JOHANNA FRIEDRICH

Winterfeldtstraße, 2. Stock

JOHANNA FRIEDRICH

Winterfeldtstraße, 2. Stock

Roman

Marion von Schröder

MIX
Papier aus verantwortungsvollen Quellen
FSC® C014889

Marion von Schröder ist ein Verlag
der Ullstein Buchverlage GmbH

ISBN 978-3-547-71200-1

Gesetzt aus ITC Galliard Std
Satz: LVD GmbH, Berlin
Druck und Bindearbeiten: Friedrich Pustet, Regensburg
Printed in Germany

I

»Pleite, pleite sind heut alle Leute!
Pleite, pleite ist die ganze Welt!«

(aus dem Lied »Pleite, pleite«; Text: Hans Pflanzer)

1

Der Mittwoch, der alles verändern sollte, begann nicht ungewöhnlich, zumindest nicht für eine Zeit, in der man sich täglich mit unliebsamen Überraschungen konfrontiert sah. Charlotte Berglas jedenfalls glaubte aus Fehlern gelernt zu haben, als sie am Morgen das Klingeln an ihrer Tür ignorierte und unbeirrt mit ihrer Arbeit fortfuhr.

Dabei schrillte und schepperte es im ganzen Haus. Seit einiger Zeit störte sich sogar ihr schwerhöriger Nachbar daran, der zwei Stockwerke über ihnen wohnte. Schuld an dem Ärger war ihr alter Schrank, oder vielmehr die Möbelpacker, die das Ungetüm vor einigen Wochen abtransportiert hatten. Jetzt stand es mit ramponierter Zierleiste bei Neureichen in einem eiligst eingerichteten Salon, während ihre Klingel mit einer tiefen Kerbe und einem verbogenen Klöppel versehen war. Charlotte, die gerade Laken und Bettwäsche aussortierte, hörte die Nachbarin vom Flur gegenüber schimpfen.

Die Wäsche war für Herrn Jacobi bestimmt, der ein paar Häuser weiter eine kleine Schneiderei betrieb. Er wollte daraus Sommerkleider nähen, und sie konnte jede zusätzliche Einnahme gut gebrauchen. Auf manche Kopfkissen waren Initialen gestickt, von »Urgroßtanten, Großcousinen und Ururirgendwer«, wie Albert früher zu sagen pflegte, als sie sich noch über sein Sammelsurium an Wäsche, Servietten, Tisch- und Taschentüchern gewundert hatte. Mittlerweile aber wusste sie die Sammelleidenschaft ihres Mannes zu schätzen.

Zwei Dutzend Kristallgläser mit Silberrand hatten fünf Kilo Bohnen und ein großes Stück Schweinebauch eingebracht, zwölf Tabakdosen, zum Teil mit Perlmuttintarsien versehen, ihre Vorräte an Zucker, Mehl und Kartoffeln kurzfristig gefüllt, und von dem Verkauf der Sammeltassen hatten sie sich etwas Besonderes gegönnt. Sie waren ausgegangen, die unverhoffte Schwangerschaft feiern. Nur wegen der Kandelaber, einst Requisiten an einem Filmset mit Asta Nielsen, war sie mit Albert aneinandergeraten. Er warf ihr vor, sein Leben zu veräußern, und fragte, ob sie denn auch schon von dem Virus infiziert sei, der in dieser Stadt grassierte. »Immer denken die Berliner nur an heute, heute, nichts als heute. Als ob das Gestern gar keine Bedeutung mehr hätte.« Das Geld würde sowieso niemals reichen, selbst wenn sie ihren kompletten Besitz verkauften, die Wohnung und das Auto inbegriffen. Er wolle wenigstens seine Erinnerungsstücke behalten. Seine Erinnerungen an ein …

Aber da hatte sie ihn bereits mit dem für sie so typischen Lachen unterbrochen. Sie war die Optimistin von beiden. Eine Rolle, die sie sich nicht ausgesucht hatte, die ihr aber schon immer zugeschrieben worden war. Und jetzt, da sie jeden Tag aufs Neue dafür sorgen musste, dass zumindest so viel Geld in der Kasse war, dass sie genügend zum Leben hatten, war nicht die Zeit, diese Aufgabe in Frage zu stellen.

Erneut schrillte die Glocke. Sie erwartete niemanden. Gustav konnte es nicht sein. Es war kurz vor zehn, und ihr Bruder stand selten vor Mittag auf. Albert war wie jeden Tag vor Morgengrauen aufgebrochen, seine Kamera und das Stativ im Gepäck, um spät am Abend zurückzukommen, ohne auch nur ein einziges brauchbares Foto gemacht zu haben. Sie ahnte das schon.

Zweimal, dreimal, viermal läutete es jetzt hintereinander. Oben schlug Herr Steinberg mit einem Löffel gegen die Wasserleitung.

Charlotte ging zum Fenster. Von ihrer Wohnung im zweiten Stock war der Hauseingang kaum einzusehen. Ein abgewetztes Hosenbein lugte hervor, zu kurz für denjenigen, der es trug. Vermutlich gehörte es zu einem der zahllosen Hausierer, die mittlerweile vom Schlesischen Tor bis zu ihnen nach Schöneberg kamen.

»Man erkennt sie an ihren unrasierten Gesichtern und riecht sie auf fünfhundert Meter Entfernung«, behauptete Leni, die Marktfrau vom Wittenbergplatz.

Einem hatte Charlotte neulich geöffnet. Sie hatte mit Gustav gerechnet und war plötzlich diesem hageren Mann gegenübergestanden. Er war einen halben Kopf kleiner als sie, hatte ein Gesicht wie mehrfach umgegraben und eine Stimme, die sie frösteln ließ. Den Fuß in der Tür, hielt er ihr seinen geöffneten Koffer unter die Nase. Türgriffe, Eisenbeschläge, Scheren, alles lag fein säuberlich nebeneinander. Losgeworden war sie ihn erst, als sie ihm das kleinste Messer aus seinem Sortiment abgekauft hatte. Für zehntausend Mark. Dafür hätte sie an jenem Tag fünf Eier bekommen.

Unaufhörlich lärmte ihre Klingel durch das ganze Haus. Charlotte riss das Fenster auf. »Himmel aber auch. Es ist niemand da.«

Der Mann trat einen Schritt zurück. Er kam ihr bekannt vor. In Windeseile ging sie alle Plätze und Straßenzüge durch, die sie täglich passierte. Möglich, dass er einer der Bettler vom Nollendorfplatz war.

»Könn wer mal Ihren Mann sprechen?«

»Was wollen Sie?« Ihre Stimme klang alles andere als freundlich.

Statt zu antworten, pfiff er durch die Finger.

Von der gegenüberliegenden Straßenseite sah sie einen Jungen herübertrotten. Obwohl er seinen Kopf gesenkt hielt, erkannte sie ihn sofort. Albert hatte ihn ein paarmal mit nach Hause gebracht und ihm gezeigt, wie man Fotos entwickelte.

Sie mochte ihn, auch wenn er nicht gerade das war, was man einen höflichen Jungen nannte.

Sie hatte ihm erst beibringen müssen, dass man nicht ohne zu fragen in jedes Zimmer marschierte und sich nicht alle Gegenstände mit den Fingern besah. Aber das lag schon einige Monate zurück. Es hieß, Frau Lorenz, bei der er mit seiner Familie einquartiert gewesen war, habe ihre unliebsamen Untermieter aus der Wohnung geekelt, geradewegs hinein ins Elend, in den fünften Hof einer Mietskaserne im Wedding.

»Was für eine Überraschung. Schön, dass du uns mal wieder besuchen kommst«, rief Charlotte nach unten, auch wenn sie sofort spürte, dass etwas nicht stimmte. Noch nie war der Junge in Begleitung seines Vaters erschienen, und dass er nicht zu ihr nach oben schaute, machte sie stutzig. Wenn er allein gewesen wäre, hätte sie ihm längst die Tür geöffnet, aber der Vater sah nicht danach aus, als wollte er auf eine Tasse Kaffee vorbeischauen oder sich in die Geheimnisse der Fotografie einweihen lassen.

Unsanft stieß er seinen Sohn in die Seite. »Der da möchte Ihrem Mann etwas geben«, sagte er und zog an dem Beutel, den der Junge umklammert hielt. Er sah noch immer verlegen zu Boden, weigerte sich aber beharrlich, die Tasche loszulassen.

»Wird's bald, du Rotzlöffel?« Der Vater zögerte nicht lange und schlug seinem Sohn mit der flachen Hand ins Gesicht.

Eine Passantin nickte zustimmend. Gegenüber öffnete sich ein Fenster. Hatte man nicht schon genügend eigene Sorgen? Charlotte entging der vorwurfsvolle Blick nicht.

Der Junge verzog keine Miene. Es schien, als wäre er an derlei Behandlung gewohnt. »Er hat sie mir geschenkt«, sagte er trotzig.

»Gnade dir Gott, mein Freundchen. Es wird einem nichts

geschenkt in diesem Leben, und dir schon gar nicht, merk dir das.« Diesmal schlug der Vater fester zu.

»So hören Sie schon auf«, rief Charlotte, »und kommen Sie hoch, ich mach Ihnen auf.«

Doch da waren Vater und Sohn bereits in eine Art Ringkampf verstrickt. Rasch bildete sich eine Gruppe Schaulustiger, die sich nicht damit begnügte, die Szenerie zu kommentieren. Ein Haken gab den anderen, und binnen Sekunden war unter ihrem Fenster eine Keilerei im Gange, wie man sie in diesen Monaten in Berlin häufig zu sehen bekam.

Inzwischen hatte auch Charlottes Nachbarin ihr Fenster geöffnet und ließ eine Schimpfkanonade auf die Raufbolde hernieder. Autofahrer drosselten ihr Tempo, gafften und hupten, aus den umliegenden Wohnungen streckten sie ihre müden Gesichter. Ein Schutzpolizist betrachtete die Schlägerei von einer Kreuzung einen Block weiter. Er hatte an diesem Morgen bereits drei Streitereien geschlichtet und beschlossen, eine Pause verdient zu haben.

Charlotte eilte die beiden Stockwerke nach unten. Sie suchte nach dem aschblonden Haarschopf des Jungen. Als sie ihn schließlich entdeckte, passte sie einen Moment nicht auf. Eine Faust traf sie direkt über dem rechten Auge. Die Nachbarin, gleichermaßen erschrocken wie erbost, rief und gestikulierte in Richtung des Polizisten, er solle jetzt endlich dem Spuk ein Ende bereiten.

Doch der stand noch immer missmutig an seiner Ecke und fragte sich, welche Schuld er auf sich geladen haben könnte, dass an diesem Morgen des 6. Juni 1923 so viel Pech an seinen Schuhen klebte. Wenn er wenigstens ein Gewehr dabeigehabt hätte, er hätte draufgehalten wie früher im Krieg, aber er hatte nur seine Trillerpfeife.

»Scheißkommunisten«, brummte er, bevor er seine Pfeife zum Mund führte, als handelte es sich dabei um ein vergammeltes Stück Fisch.

Nach dem fünften Pfiff ließen die Männer langsam voneinander ab. Blutende Nasen und zerraufte Haare hatten fast alle, manche aufgesprungene Lippen, zerrissene Hemden, Löcher in den Hosen, wobei man nicht wusste, ob die nicht schon vorher da gewesen waren. Jedenfalls klopfte sich kaum einer den Staub aus den Kleidern, und auf den Gesichtern war sogar so etwas wie Zufriedenheit zu erkennen.

Charlotte, die sich gegen die Wand lehnte und ihre Hand schützend vor ihr Auge hielt, wunderte sich über die Stille, die sich in diesem kurzen Moment über die Straße legte. Es war, als hätte der letzte Schlag allen Lärm verjagt, den Groll aus der Stadt geprügelt. Hätte sich der Vater nicht rasch daran erinnert, weshalb er hierhergekommen war, hätte er nicht nach seinem Sohn geschrien, ihn am Kragen gepackt und vor sich hergetrieben, direkt auf Charlotte zu, sie hätte geglaubt, am friedlichsten Flecken Berlins zu sein. Selbst der Polizist machte keine Anstalten, nach Papieren zu fragen, Belehrungen auszusprechen, Tadel zu erteilen, geschweige denn sich nach Verletzten zu erkundigen. Er trottete einfach davon.

»Entschuldige dich«, sagte der Vater, als sie vor Charlotte standen.

Dieses Mal senkte der Junge nicht seinen Blick. Sein Gesicht war mit einer Mischung aus Blut und Staub überzogen, so dass seine Augen ungewöhnlich klar darin wirkten. Am Abend, als sich Charlotte diesen Moment wieder in Erinnerung rufen sollte, war sie sich sicher, in ihnen eine Durchtriebenheit erkannt zu haben, die sie zuvor noch nie bemerkt hatte. In diesem Moment aber fiel ihr nichts dergleichen auf.

Sie sah nur den verdreckten Beutel, den er ihr wortlos reichte, hörte seinen Vater zetern, der seinen Sohn beschuldigte, ein Dieb zu sein, seiner nicht würdig, einer, dem er auch in ihrem Namen und dem ihres Mannes eine Lehre erteilen würde, die Kamera, das sei doch die ihres Mannes, er habe seinen Sohn dabei erwischt, wie er sie habe verkaufen wollen, aber er sei ein Ehrenmann, auch wenn sie eine Woche lang nichts zu fressen hätten.

Seine Worte prasselten auf Charlotte nieder wie kurz zuvor auf ihn noch die Schläge.

Sie solle doch nachschauen, er hoffe, die Kamera habe keinen Schaden genommen. Die Prügelei, eine dumme Sache, aber manchmal, sie wisse schon, ginge es eben nicht anders.

Aus einem Grund, den sie später Vorahnung nennen sollte, zögerte sie, die Tasche zu öffnen. Aber der Vater blieb beharrlich, und kurz darauf zog Charlotte tatsächlich Alberts Fotoapparat heraus. Das Gehäuse war mit zahlreichen Schrammen versehen, eine Ecke abgebrochen, das Objektiv aber zum Glück ohne Schaden geblieben.

»Ich hoffe, es ist nicht allzu schlimm«, sagte der Vater.

»Woher hast du die?« Charlotte ließ den Jungen nicht aus den Augen.

»Gefunden«, sagte er mit dem gleichen trotzigen Ton in der Stimme wie zuvor, als er behauptet hatte, man habe sie ihm geschenkt.

»Glauben Sie ihm kein Wort. Der lügt, sobald er den Mund aufmacht. Und jetzt entschuldige dich, und dann sieh zu, dass du Beine bekommst.«

Der Junge murmelte etwas Unverständliches, woraufhin ihn sein Vater erneut ohrfeigte, aber der Schmerz schien ihn nicht zu erreichen. Er drehte sich um und ging, sein rechtes Bein hinter sich herziehend, was Charlotte noch mit einem Anflug von Mitgefühl bemerkte.

Danach aber hatte sie nur noch Augen für die Kamera. Für Alberts Kamera, die nicht irgendeine Kamera war. Man hatte sie extra für ihn entsprechend seinen Bedürfnissen als Standfotograf gefertigt. Niemals gab er sie in andere Hände, auch nicht in ihre, obwohl sie schon seit ihrer Kindheit fotografierte.

Von oben erkundigte sich die Nachbarin nach ihrem Befinden. »Vergessen Sie nicht, in welchem Zustand Sie sind«, fügte Frau Sommerfeld nicht ohne Tadel hinzu. Aber immerhin verkniff sie sich die sonst übliche Tirade über das Elend in Berlin, »das nur diesem Friedensvertrag geschuldet« sei und »seinen unmenschlichen Forderungen«.

Charlottes Lid pochte, und im Gegensatz zu dem Jungen spürte sie den Schmerz. Bis in die Zehenspitzen kroch er, vermischt mit einer Angst, die sie da noch nicht benennen konnte.

Erst Stunden später, sie hatte ihr Auge mit Jod versorgt, die Wäsche Herrn Jacobi gebracht und die Kamera auf den Esstisch gelegt, nicht ohne vorher mehrfach nachgesehen zu haben, ob sich nicht doch eine Platte darin verbarg oder sonst ein Hinweis auf den Irrweg, den sie und vermutlich ihr Mann an diesem Morgen zurückgelegt haben mussten, ahnte sie, wovor sie sich fürchten sollte. Man hatte Alberts Wagen mit eingeschlagenen Scheiben an einer Böschung des Landwehrkanals gefunden.

Am Abend entdeckte man auch seine Leiche. Sie hatte sich zwischen Wehr und Ästen verfangen, nicht weit von der Stelle entfernt, an der vor über vier Jahren Rosa Luxemburg ihren Kampf verloren hatte.

»Er ist einem Verbrechen zum Opfer gefallen«, sagte Charlotte sofort, nachdem ihr der Polizist die Nachricht übermittelt und sein Beileid ausgesprochen hatte. Hastig erzählte sie ihm von den Ereignissen am Morgen. Als sie aber erwähnte, dass man ihr die Kamera zurückgebracht habe, erlosch sein ohnehin schon schwaches Interesse.

Mit verschränkten Armen lehnte er sich zurück. Während Charlotte immer schneller redete, von dem Diebstahl, dem Jungen, dessen Vater, von Albert, von sich, schüttelte der Polizist kaum merklich den Kopf. Nicht über Charlotte, der er gar nicht mehr zuhörte, schließlich kannte er dieses hysterische Gerede zur Genüge. Albert Berglas war sein vierzehnter Toter in dieser Woche, der siebenundvierzigste im Monat, der dreihundertsechsundzwanzigste im Jahr. Er pflegte seine Selbstmordstatistik. Nein, er empfand regelrecht Abscheu vor der Einrichtung dieser Wohnung, dem Neuen, Modernen, das, wie er fand, nur ein weiterer Beleg für die Verrohung der Sitten in diesem Land war. Die Fotos und Gemälde zeigten nichts als geometrische Formen, kalt und abstoßend, Geländer, Fensterrahmen, Undefinierbares, und die Möbel waren auch nicht besser. Mit seiner Hand fuhr er über den schwarzen Lederbezug des Sofas. Spuren von Schweiß blieben zurück, die nur allmählich verschwanden. Der Stuhl ihm gegenüber sah aus, als sei er nicht fertig geworden. Schmale graue Stoffbänder spannten sich über Eisenrohre. Auf einer schwarzen Kommode stapelten sich Bücher neben Kerzenständern und einer Lampe mit eckigem Schirm. Fotos lagen auf dem Couchtisch verstreut, Zeitschriften auf dem Parkett, in einer Vitrine aus Stahl und Glas herrschte nicht weniger Unordnung. Gläser, Tassen und Teller standen dort scheinbar kreuz und quer.

Er fand, er hatte genug gesehen. »Frau Berglas«, sagte er und gab sich Mühe, mitfühlend zu klingen, »ich weiß, das ist schwer zu verstehen, aber wir gehen davon aus, dass Ihr Mann freiwillig den Tod gesucht hat.«

»Nein. Das kann nicht sein. Ich bin im fünften Monat schwanger«, sagte sie, als würde das alles erklären.

Aber der Polizist ließ keinen ihrer Einwände gelten. Nicht die zerschlagenen Scheiben, die er darauf zurückführte, dass ihr Mann seine Kamera im Auto liegen gelassen haben musste, und schon gar nicht den Diebstahl des Jungen, eines schmächtigen Elfjährigen. »Und davon mal abgesehen, Ihr Mann weist keinerlei Spuren eines Verbrechens auf. Und bei Gott, davon haben wir in dieser Stadt wahrlich genug.«

Schweigend ließ der Polizist einen Moment verstreichen, in dem Charlotte ihre Hände über ihre helle Hose rieb und ihn beschwor, dass ihr Mann, Albert Berglas, niemals so feige wäre, sie in diesen Zeiten der Not, während dieser »schrecklichen Teuerung« alleinzulassen.

Auch das hatte der Polizist schon oft gehört. Aber früher oder später würde sich der Abschiedsbrief schon finden. Das sagte er ihr jedoch nicht, sondern klärte sie lediglich über das weitere Vorgehen auf, bevor er sich verabschiedete. Es standen noch andere Namen auf seiner Liste.

Das Treppenhaus ächzte unter seinen Schritten. Leise drückte Charlotte die Tür ins Schloss. Ihr Lid pochte jetzt wieder. Mit dem Rücken zur Wand ließ sie sich zu Boden gleiten.

Der Flur lag wie ein langer Tunnel vor ihr, links und rechts gepflastert mit Erinnerungen. Fotos, die sie vom Wannsee gemacht hatte, von der Wiese, auf der sie mit Albert früher oft gepicknickt hatte, von runden Gebäudefassaden, die sich sanft in den Straßenzug schmiegten. Alle aufgenommen, als sie noch keine Sorgen hatten.

Ihr Blick glitt über die Bilder hinweg, blieb haften, flog weiter, ging wieder zurück. Eine Strähne ihres kinnlangen Haares fiel vor ihr rechtes Auge. Mit zittriger Hand schob sie sie zurück.

Das Bild ihres Elternhauses hing an der Wand gegenüber der Dunkelkammer. Vier Fenster zeigten zur Straße. Hinter einem war ihr Zimmer gewesen, hinter einem anderen das Sterbebett ihrer Mutter. Das Bett ihres Vaters war da bereits seit zwei Jahren verwaist. Gustav hatte sein Zimmer gleich bei Kriegsende geräumt und war nach Berlin geflohen, einige Monate bevor auch sie gegangen war.

Weiter hinter, zwischen Küche und Bad, hatte sie ein Foto von Albert aufgehängt. Es zeigte ihn am Filmset in den Studios von Neubabelsberg, wie er gerade seine Kamera auf ein

Stativ montierte. Er sollte Fotos von Dreharbeiten machen, seine letzten, wie sich kurz darauf herausstellen sollte. Sein volles Gesicht wirkte konzentriert, aus seinen Manteltaschen ragten Fotoplatten. Im Hintergrund sah man einen der Hauptdarsteller. Das Bild war von einer Ernsthaftigkeit, der nichts Schweres anhaftete. So wie Albert auch gewesen war, bevor man ihm im November 1922 gekündigt hatte.

In der Wohnung war es so still, dass Charlotte am liebsten geschrien hätte. Stattdessen aber stützte sie ihren Kopf in die Hände. In ihren Augen schwammen Tränen. Hastig stand sie auf, doch der Flur war zu einem schmalen schwarzen Schlund geworden, der sie zu verschlingen drohte. Fragen, Sorgen, Ängste stolperten übereinander.

Sie ließ sich wieder zu Boden gleiten, aber sie wusste nicht, wie sie sitzen sollte. Mit ausgestreckten Beinen, angewinkelt, gekrümmt, den Kopf auf den Knien? Denken war unmöglich geworden. Ein Gefühl von unbeschreiblicher Enge beherrschte sie, das sie die halbe Nacht über ziellos in der großen Wohnung umherirren ließ. Vom Salon in das mit einer hohen Flügeltür damit verbundene Speisezimmer, das dahinter liegende Arbeitszimmer, die Küche gegenüber. Von dort in das angrenzende Badezimmer, das Schlafzimmer, in die Dunkelkammer, die gegenüber des einstigen Mädchenzimmers direkt an der Wohnungstür lag, zurück durch den langen Flur in den Salon, hin und her, bis sie schließlich erschöpft auf dem Sofa einschlief.

2

Verärgert warf Gustav die Karten auf den Tisch. Hatte er fünf Dollar gewonnen, verlor er zehn, und dabei hatte er Moneten-Kalle bei seinem Leben geschworen, ihn noch in der Nacht auszuzahlen.

Dichte Rauchschwaden zogen durch das enge Kellerlokal, hinter dessen Tresen ein hünenhafter Wirt mit ebenso großen Pranken stand. Gustav gab ihm Zeichen, ihm noch ein Bier zu bringen.

»Vergiss nicht, dass du hier noch 'ne Menge Schulden hast«, sagte der, was jedem als Warnung gelten musste, der schon einmal im Linienkeller in der Kreide gestanden hatte.

Nervös zupfte Gustav an seinem Hemdkragen, der über die Zeit speckig geworden war.

Mit ihm saßen noch vier weitere Männer am Tisch. Außer Heinrich, den er aufgrund seiner Größe nur den Langen nannte und mit dem er seit einem halben Jahr befreundet war, einer kleinen Ewigkeit, wie Gustav meinte, kannte er niemanden beim Namen. Wer sich nicht vorstellte, blieb anonym, das war das ungeschriebene Gesetz in diesem Lokal. Zwei seiner Mitspieler waren ihm dennoch nicht unbekannt. Den einen hatte er schon einmal in der Mulackritze gesehen, gemeinsam mit Muskel-Adolf, was ihm mindestens ebenso viel Respekt abverlangte wie die Ermahnung des Wirts, den anderen, einen Glatzkopf mit nur einem Bein, am Rosenthaler Platz. Dort wohnte er gerade zur Untermiete und teilte sich ein Bett mit einem, der schon um vier Uhr morgens zur Arbeit ging, dann, wenn Gustav nach Hause kam. Der vierte aber wirkte wie ein Fremdkörper in dieser Höhle, auch wenn man hier öfter solche Typen sah. Gerne kamen sie in Begleitung vornehmer Damen, ans Spielen aber dachten sie nie. Und der hier spielte nicht schlecht. Zumindest hatte er bislang mehr Geld gewonnen als Gustav und der Lange zusammen. Sein Bart war frisch gestutzt, sein schwarzes Haar ordentlich nach hinten gekämmt, sein weißes Hemd sauber, und statt einer Schiebermütze lagen ein Hut und eine schwarze Hornbrille neben ihm auf dem Tisch.

»Polizei, oder was?«, hatte der Kerl aus der Mulackritze gleich zu Anfang gefragt, aber der Wirt, der jeden Polizisten beim Namen kannte, hatte geschworen, den Gast schon öfter gesehen zu haben. Ärger habe er jedenfalls noch nie gemacht.

Der Glatzkopf, in dessen Mundwinkel eine zur Hälfte abgebrannte Zigarette hing, teilte die Karten aus. Gustavs Blatt versprach nichts Gutes. Die erste Runde ging er mit, die zweite auch, bei der dritten musste er passen. Von den fünfzig Dollar, die Moneten-Kalle ihm geliehen hatte, waren ihm nur noch zehn geblieben, und wenn er die setzte und verlor und diesem Halsabschneider von Kredithai, der zwanzig Prozent Gebühr verlangte, mit leeren Händen gegenübertrat, brauchte es nicht viel Phantasie, um sich auszumalen, was dann geschehen würde. Das letzte Mal hatte er sechs Wochen kaum geschlafen, solche Schmerzen hatte er gehabt.

»Dein Bier.« Der Wirt knallte ihm den Krug vor die Nase. »Und vergiss nicht, du bist nur hier, weil Kalle ein gutes Wort für dich eingelegt hat.«

Gustav musste den Kopf weit in den Nacken legen, um an der Wand, die sich da neben ihm aufgebaut hatte, hochschauen zu können. »Keine Sorge, ich hab alles im Griff.«

»Und komm nicht auf die Idee, mich mit diesen lächerlichen Markscheinen abspeisen zu wollen. Devisen oder Ware, alles andere kannst du dir gleich an den Hut stecken, haben wir uns verstanden?«

»Ich hab ’ne echte Glückssträhne«, sagte er und lachte lauter, als er es hätte tun sollen.

Jedenfalls stemmte der Wirt nun seine Arme in die breiten Hüften und beugte seinen Kopf zu Gustav nach unten, so dass der glaubte, einem Raubtier in die Augen zu blicken. »Du hast mir das letzte Mal Zigarren versprochen. Was ist damit?«

»Da ist dummerweise mein Schwager dazwischengekommen«, sagte Gustav und begann nahtlos von Alberts plötzlichem Tod zu erzählen und dem Jungen, von dem Charlotte glaubte, dass er Albert auf dem Gewissen habe. »Dem Kerlchen musste mal einer auf den Zahn fühlen. Und da hab ich Metzger-Maxe gebeten, das zu übernehmen«, sagte er und versuchte dem durchdringenden Blick des Wirts standzuhalten. Max Kubaschki, wie er mit bürgerlichem Namen hieß, war einer von mehreren kiezbekannten Schlägern, der gegen Bezahlung keine Skrupel kannte. »Sechs Zigarren wollte er dafür, alles, was ich hatte. Das verstehst du doch … Das war ich meiner Schwester schuldig«, sagte Gustav und zuckte mit den Schultern. Dass Charlotte nichts davon wusste und dass die Aktion zudem vollkommen unnütz gewesen war, erwähnte er lieber nicht. Denn selbst unter Maxes starken Armen hatte der Junge Stein und Bein geschworen, nichts mit Alberts Tod zu tun zu haben. »Immer hat meine Schwester alles für mich getan … Nie hat sie mich im Stich gelassen«, fuhr Gustav fort, nachdem der Wirt noch immer nicht die erhoffte Reaktion zeigte. »Ich konnte sie doch nicht im Regen stehenlassen. Ich bin ihr Bruder. Das hättest doch du …«

»Verschon mich bloß mit diesem elenden Familienkram«, unterbrach der Wirt ihn barsch. Sein Gesicht war mit einem Mal ganz rot geworden, so dass man meinen konnte, er würde gleich mit der Faust auf den Tisch schlagen, stattdessen aber drückte er seine Hände gegen die Brust und rang plötzlich nach Atem.

Gustav sprang als Erster auf. Allerdings sah er mit seinen ein Meter siebzig neben dieser zentnerschweren Gestalt reichlich erbärmlich aus, so dass der Kerl aus der Mulackritze gleich hinterhersprang, Gustav zur Seite stieß, seinen Arm um die Hüften des Wirts legte und schrie, man solle ihnen »zum Teufel aber auch« sofort Platz machen.

Stühle wurden gerückt, Tische verschoben, damit er den Wirt hinter dessen Tresen bugsieren konnte, wo der sich schnaubend auf einen Hocker fallen ließ und über diese »gottverdammten« sentimentalen Familiengeschichten fluchte, die einem das Dasein nur noch mehr vergrätzen würden.

Das Ganze dauerte keine fünf Minuten, aber in dieser Zeit war das Lokal wie verwandelt. Dort, wo kurz zuvor noch nahezu schweigend um Geld gespielt wurde, schwirrten jetzt die Stimmen von Tisch zu Tisch. Es war, als hätte der Wirt ganz gegen seinen Willen eine Schleuse der Erinnerung geöffnet, durch die alles bislang Ungesagte wie Treibgut in das stickige Lokal sickern konnte.

Man erzählte sich von Brüdern, die in Frankreich zurückgeblieben waren, zerfetzt an der Somme, von Vätern, von denen man seit Jahren kein Lebenszeichen mehr erhalten habe, von Müttern, die nun täglich neben anderen lägen, um über die Runden zu kommen, von kleinen Geschwistern, deren Mäuler sie an Stelle der Väter stopfen mussten.

Der Einbeinige an Gustavs Tisch rieb gedankenverloren seinen Stumpf.

Blitzschnell tauschte Gustav mit dem Langen Blicke aus. Auf dem Tisch lagen mindestens zweihundert Dollar. Der Lange wusste sofort, was Gustav vorhatte. Verstohlen schaute er sich um. Niemand schien auf sie zu achten. Wie auf Kommando schnappten sie sich das Geld, steckten die Scheine in die Hosentaschen und nutzten das Durcheinander, um ungehindert aus dem Lokal zu kommen. Kaum waren sie vor der Tür, rannten sie, so schnell sie konnten. Erst in der Münzstraße verlangsamten sie ihr Tempo. Gustav, noch ganz außer Atem, hielt sich vor Lachen den Bauch.

»Die werden Augen machen«, sagte er und schlug dem Langen auf die Schultern. »Gut gemacht, alter Freund.«

»Lass mal zählen«, keuchte der und wollte schon die Scheine aus der Tasche ziehen, was Gustav gerade noch verhindern konnte.

»Bist du verrückt, doch nicht hier.«

Obwohl es bereits kurz vor Mitternacht war, herrschte noch immer geschäftiges Treiben auf den Straßen. Es wurde mit allem gehandelt, was den Tag über zurückgehalten worden war, um es unter der Hand lukrativer zu verkaufen. Kleidung, Zigaretten, Schnaps. Einer zog sogar fünf Forellen unter seiner Jacke hervor und wurde sofort von einer Schar Frauen belagert. Seitdem der Fischladen hatte schließen müssen, war es schwierig geworden, an einem Freitag gefüllten Fisch auf den Tisch zu bringen, was nicht nur dem Rabbiner ein Dorn im Auge war.

Gustav und der Lange drückten sich an den Händlern vorbei, bogen in die Grenadierstraße ein, ließen sich von dem reichen Angebot an Morphium und Kokain nicht verführen, sondern schauten sich immer wieder um, die bange Frage im Blick, ob ihnen nicht doch jemand gefolgt war.

Als Gustav sich sicher wähnte, klopfte er an die verwitterte Tür eines Hauses, an dessen Fassade der Putz herunterhing.

»Was machen wir hier?« Der Lange flüsterte, obwohl ihn zwischen all dem Getuschel und Geschiebe auch sonst kaum jemand hätte verstehen können, zumal gerade ein Leiterwagen vorbeipolterte, auf dem ein Kind inmitten leerer Kartoffelsäcke schlief. Aber er hatte sich im Laufe der vergangenen Monate so sehr an diese verschwörerische Art gewöhnt, dass es ihm gar nicht mehr in den Sinn kam, laut und deutlich zu sprechen.

»Maxe wohnt hier«, sagte Gustav. »Der schuldet mir noch was, der soll Moneten-Kalle ...«, aber da spürte er etwas Hartes in seinem Rücken und drehte sich abrupt um.

»Ganz ruhig bleiben.«

Gustavs Blick blieb an der Pistole kleben, die direkt auf ihn zielte.

»Keine Sorge, ich tu euch nichts.«

»Sieh an, der unbekannte Saubermann aus dem Linienkeller.« Gustav stöhnte. Es wäre ja auch wirklich zu schön gewesen, einfach so davonzukommen, mit den paar Dollar zu viel in der Tasche. Aber bei dem Glück, das er hatte, war das kaum zu erwarten gewesen. Die Waffe noch immer im Blick, machte er erst gar nicht den Versuch, sich gegen sein Schicksal zu wehren. In Gedanken ging er bereits alle Fluchtwege durch, die er in den kommenden Wochen würde einschlagen müssen, um Kalle, dem Wirt, dem Einbeinigen, dem Mulack-Typen und nun eben auch noch diesem Kerl, von dessen feinem Äußerem man sich offensichtlich nicht täuschen lassen durfte, zu entkommen. »Halbe-halbe, oder was schwebt dir vor?«, fragte er, während sich hinter ihm ein Fenster öffnete, aus dem Maxe seinen zerzausten Kopf streckte.

»Was ist denn hier los?«

»Ein kleines Wiedersehen unter Freunden«, sagte Gustav mit dem spöttischen Ton in der Stimme, den er sich seit einiger Zeit angewöhnt hatte.

»Und was willst du von mir?«

»Entschuldigen Sie bitte die Störung, aber die Sache hat sich erledigt«, sagte der Mann mit der Pistole und gab den beiden Zeichen, sich vorwärtszubewegen. »Wir müssen jetzt weiter.«

»Da hörst du es. Freunden widerspricht man nicht.« Gustav zuckte mit den Schultern, drehte sich aber dennoch erst einmal zu Maxe um, während der Lange noch immer die Pistole fixierte. »Hast auf den Jungen ganz schön Eindruck gemacht. Noch so 'ne Begegnung, und aus dem wird's nur so raussprudeln wie aus 'ner Fontäne. Wenn du nichts dagegen hast, dann frag ich meine Schwester, ob wir zwei dem Bürschchen nicht einen zweiten Besuch abstatten sollten«, sagte er, obwohl nichts davon stimmte und er den Teufel tun würde, in Charlottes Gegenwart überhaupt die Existenz eines Metzger-Maxes zu erwähnen. Aber er wollte etwas Zeit gewinnen und außerdem, so dachte er, schadete es nichts, wenn der Pistolenmann begriff, dass er mit Kerlen wie diesem gut konnte.

»Immer zu Diensten, Justav, weeste doch.« Maxe machte das erfreute Gesicht, das Gustav erwartet hatte. Starken Burschen zu schmeicheln hatte er schon als Kind gelernt, damals, in dem Dorf in Brandenburg, als er noch der Sohn des Dorfpolizisten und einer verrückten Mutter gewesen war.

Wie er allerdings diesem Typ mit der Pistole beikommen sollte, war ihm schleierhaft. Er war weder besonders groß noch muskulös, noch machte er den Eindruck, als hätte er sich jemals in seinem Leben geprügelt, ohnehin überraschte es ihn, dass er eine Waffe besaß. Wenn man ihn so sah, hätte man meinen können, er sei der ehrbarste Bürger Berlins. Wobei, wie Gustav nun dachte, Ehrbarkeit ziemlich aus der Mode gekommen war. Was nutzte einem auch alle Anständigkeit, wenn man sich davon noch nicht einmal eine Erbsensuppe bei Aschinger leisten konnte?

»Los jetzt.« Der Pistolenmann scheuchte die beiden die Straße entlang bis zum Bülowplatz, wo er sie in einen dunklen Hinterhof drängte.

»Jetzt mach doch nicht so ein Theater. Sag einfach, was du willst, dann werden wir uns schon einigen.« Gustav stieß den Langen in die Seite, damit auch der das Geld aus seiner Hosentasche kramte. »Ist doch kein Grund, uns hier wie Verbrecher zu behandeln.«

»Ich kenne da welche, die das bestimmt anders sehen würden.«

»Ja man, schon gut. Willst du uns jetzt etwa auch noch eine Lektion in Moral erteilen?« Gustav zählte rasch die Scheine. »Zweihundertzwanzig Dollar«, sagte er. »Die Hälfte für dich, die Hälfte für uns, das ist doch ein faires Geschäft.«

Die beiden fest im Blick, steckte der Unbekannte die Waffe in die Innentasche seiner dunklen Jacke. Auf seinem Gesicht war auf den ersten Blick keine Regung zu erkennen. Um den Mund aber spielte jenes feine Lächeln, das nur diejenigen bemerkten, die für derlei Zartheiten empfindlich waren.

Gustav war es schon im Linienkeller nicht entgangen. Es verlieh dem Unbekannten eine Stärke, die jenseits von Muskeln und Fäusten lag.

Ungeduldig trat der Lange von einem Bein aufs andere. »Was ist denn jetzt?«

»Ich möchte, dass ihr mir einen Gefallen tut.«

»Einen Gefallen?«, fragte Gustav, unsicher, ob dieser unerwartete Wunsch Gutes verhieß oder nicht doch nur weitere Probleme nach sich zog.

In wenigen Worten umriss der Fremde sein Anliegen und drückte sich dabei so gewählt aus, dass man meinen konnte, sie säßen in einem feinen Salon und stünden sich nicht in einem Hinterhof zwischen Müllbergen und Rattenkot gegenüber. Er sei erst vor wenigen Wochen aus London gekommen, wohne momentan bei einem Bekannten, der sich seine zwei Zimmer mit Frau und drei Kindern teile, weswegen er dort nicht mehr lange unterkommen könne, er aber vorhabe, in Berlin zu bleiben. Kurzum, er sei auf der Suche nach einem Zimmer, selbstverständlich zahle er auch Miete.

»Glaubt der, wir wären vom Wohnungsamt?« Der Lange tippte sich an die Stirn.

Gustav war ebenso überrascht wie sein Freund. »Da fragst

du ausgerechnet uns? Ich meine, sieh uns doch an. Ich hab noch nicht einmal ein eigenes Zimmer … Nimm das Geld und hau ab, aber komm mir nicht mit so einem Quatsch.«

»Das Geld ist mir egal.«

»Na, umso besser. Dann kannst du ja gleich gehen. Bei uns bist du jedenfalls an der falschen Adresse.«

Der Unbekannte lächelte jetzt wieder. »Ich denke nicht.«

»Du musst ja ganz schön Dreck am Stecken haben, wenn du ausgerechnet uns um Hilfe bittest«, sagte Gustav.

»Ich glaube, du bringst da etwas durcheinander. Denkst du etwa, es war eine gute Idee, das Geld zu stehlen? Spätestens morgen wird man euch finden. Und dann … na ja … Ihr wisst ja, was man mit Leuten wie euch macht … Wie ich das sehe, könnt ihr Hilfe gut gebrauchen, und ich mache nichts weiter, als euch ein Geschäft vorzuschlagen, das für beide Seiten Vorteile bringt … Ich sorge dafür, dass sich im Linienkeller die Gemüter beruhigen, und ihr macht euch ein bisschen fein und mietet ein Zimmer unter eurem Namen … Glaubt mir, im Vergleich zu dem, was euch sonst erwarten würde, ist das nicht zu viel verlangt. Aber wenn ihr nicht wollt …«

»Du erpresst uns?«

»Ja, der erpresst uns«, wiederholte der Lange empört.

»Ich helfe euch, ihr helft mir … Eine Hand wäscht die andere. Aber wenn ihr das nicht versteht, habe ich mich wohl gründlich getäuscht. Gerade von dir hatte ich den Eindruck, du wärst schlau genug, das zu begreifen«, sagte er und zeigte mit seinem Kopf Richtung Gustav, den er schon im Linienkeller genau beobachtet hatte. Einer, der so klein und schmal war und sich dennoch in diese Gegend wagte, musste andere Qualitäten besitzen.

»Ich bin schlau genug, dir nicht über den Weg zu trauen«, erwiderte Gustav, der sich mit einem Mal sicher war, dass es besser wäre, von Moneten-Kalle und Muskel-Adolf gleichzeitig in die Mangel genommen zu werden, als mit dieser undurchsichtigen Gestalt Geschäfte zu machen.

»Schade.« Kopfschüttelnd betrachtete er dieses ungleiche Paar, das ihn bei anderer Gelegenheit zum Schmunzeln gebracht hätte. »Und ich dachte noch, wir könnten uns gut verstehen.«

»Tun wir aber nicht.«

»Ich halte meine Versprechen.«

»Du musst ja ganz schön verzweifelt sein.«

»Ich glaube, du verkennst eure Lage.«

Tage später, da hatte ihm der Kerl aus der Mulackritze bereits drei Rippen und die Nase gebrochen, alles Geld abgenommen und weitere hundert Dollar als Entschädigung gefordert, dachte Gustav ganz anders über diese Begegnung.

3

In den Tagen und Wochen nach Alberts Tod lag die Wärme wie ein schmieriger Ölfilm über Berlin. Die ganze Stadt schien darunter zu ersticken. Aus den Hinterhöfen drang der Gestank von Abfällen, der sich mit dem Brandgeruch aus den Fabrikschloten und Abgasen mischte.

Nach wie vor wusste Charlotte nicht, wie sie sitzen sollte, wie sie liegen sollte, wie sie essen sollte, wie sie überhaupt jemals wieder zur Ruhe kommen sollte in dieser großen Wohnung, in der sie mit Albert glücklich gewesen war. Unaufhörlich ging sie von einem Zimmer ins andere, öffnete Schubladen, Schränke, durchwühlte Jacken, setzte sich, hörte die Stille, diese lärmende Leere, die ihr in den Ohren dröhnte wie die Stimme des Polizisten.

»Wir gehen davon aus, dass Ihr Mann freiwillig …«

Nein, das hat er nicht. Wir waren glücklich. Trotz allem. Trotz der schweren Zeiten. Wir waren glücklich. Mein Mann hat sich nicht umgebracht, hätte sie ihm am liebsten ins Gesicht geschrien.

Fast täglich rief sie bei der Polizei an. Bat darum, Ermittlungen aufzunehmen, den Jungen zu verhören. »Auch seinen Vater. Sie müssen den oder die Verbrecher finden«, rief sie ins Telefon, und die Tränen liefen ihr übers Gesicht. Aber man sagte ihr stets, dass alles »für eine Selbsttötung« spreche, dass dies nicht ungewöhnlich sei »in diesen Zeiten«.

Und dann betete man ihr die Statistik vor, sagte, dass man allein heute wieder drei Leichen aus dem Landwehrkanal gezogen habe, dass ihr Mann einer von vielen …

»Nein. Das ist nicht wahr.«

Er war ihr einfach ins Bild gelaufen. Damals, im Mai 1919. Das Stativ geschultert, der Blick irrlichternd, auf der Suche nach einem Motiv. Als Erstes war ihr sein rotgelocktes Haar aufgefallen, das ihm etwas Exotisches verlieh. Wie Schlangen mäanderte es am Boden entlang. Zumindest sah das von ihrer Position hinter der Kamera so aus. Da stand die Welt kopf, und mit ihr Albert, dessen Namen sie da natürlich noch nicht kannte.

Der Sommer war bereits zu erahnen, und sie trug ihr hellgelbes knöchellanges Kleid, das sie sich von ihrem ersten Lohn als Schreibkraft geleistet hatte. In ihrer Tasche lagen fünf neue Fotoplatten, am Tag zuvor erstanden, die ersten seit langer Zeit. Zwar hatte Charlottes Vater ihr seine Kamera schon vor Ausbruch des Krieges vermacht, aber in den vergangenen Jahren war ihr nicht nach Fotografieren gewesen.

»Würden Sie bitte aus dem Bild gehen«, rief sie Albert zu, der am Saum des Wannsees stand, für dessen feine Kräuselung sie sich interessierte.

Doch er schien sie nicht gehört zu haben, jedenfalls bewegte er sich nicht.

»Entschuldigung, aber Sie stehen mitten in meinem Motiv.« Ihr Kopf war unter einem schwarzen Tuch verborgen, während sie ihn mit beiden Armen wegzuwedeln versuchte.

Als sie sich schon etwas besser kannten, sagte er ihr, dass sie wie eine verzweifelt summende Biene ausgesehen habe, die nicht vom Fleck gekommen sei, und er sich habe beherrschen müssen, um nicht lauthals loszulachen, damals aber fragte er nur, was sie hier mache.

»Dasselbe wie Sie, nehme ich an.«

»Ach ja, und das wäre?«

»Die Zeit anhalten.«

»Eine Zauberin, wie interessant.«

Dass sie einfach auf den Auslöser drückte und so ihr erstes Foto von ihm machte, verwirrte ihn derart, dass er fast fluchtartig aus dem Bild sprang und sie in ein langes Gespräch über Perspektive, Komposition und die richtige Motivwahl verwickelte. Sie wusste zu allem etwas zu sagen, und als sie vorschlug, sich ins Gras zu setzen und von ihren Broten zu kosten, konnte er gar nicht mehr aufhören zu reden, so durcheinander war er.

An den Sonntagen darauf streiften sie gemeinsam durchs Unterholz auf der Suche nach neuen Motiven, bestiegen Hügel, planschten mit ihren Füßen im Wasser, dachten nur bis zur nächsten Biegung, redeten und lachten. Für beide war es wie ein Erwachen nach einem langen Schlaf.

Denn noch waberte über Berlin der Geruch von Straßenkämpfen, von Leichen, von Streiks und Bewaffnung, noch hatten sie nicht vergessen, wie es sich anfühlte, wenn man sich plötzlich inmitten einer Schießerei wiederfand, so wie Charlotte, als sie im März nach Hause gekommen war und ihre Straße in Trümmern gelegen hatte.

Am Wannsee aber roch es nach Frieden, und alles sah auch danach aus. Die knospenden Bäume, die Büsche mit ihrem hellen Blütenüberzug, der blassviolette Flieder. Hier küssten sie sich zum ersten Mal.

Das Foto, auf dem Albert aus dem Bild sprang, entdeckte Charlotte in der untersten Schublade der schwarzen Kommode. Mit zittrigen Händen holte sie es hervor, strich über Alberts wehendes Haar, küsste sein unscharfes Gesicht. Das Gesicht, das ihr Leben gewesen war in den vergangenen vier Jahren. Das sie angelächelt hatte, das ihr gesagt hatte, wie schön sie sei, wie begehrenswert. In seinen Augen hatte sie sich zum ersten Mal als Frau gesehen. Nicht als Tochter eines im Krieg gefallenen Vaters oder als Pflegerin einer von Dämonen besessenen Mutter oder als ältere Schwester eines leichtfertigen Bruders. Mit Albert hatte sie endlich ihr Glück gefunden.

Sie hatten ihr Glück gefunden, Albert und sie, und wie dem Polizisten hätte sie das auch am liebsten jedem Trauergast ins Gesicht geschrien. Diesen Regisseuren und Requisiteuren, diesen Schauspielern und Redakteuren, die vor zwei Wochen an seinem Grab gestanden hatten. Wir waren glücklich, Albert und ich.

Albert, der Fotograf, und sie, die Hobbyfotografin aus der brandenburgischen Provinz. Er der Ernste, sie die Unbeschwerte, trotz allem. Er der Künstler, sie die Überlebenskünstlerin, die dafür gesorgt hatte, dass sie immer genügend zu essen hatten, auch dann, als er kaum noch Geld verdient hatte. Er hätte sie niemals alleingelassen. Allein mit einem Kind.

»Es war ein Verbrechen«, hatte sie einem der Regisseure mit brüchiger Stimme auf Alberts Beerdigung gesagt. »Ein Verbrechen.«

Aber sie hatte in seinen Augen gesehen, dass er ihr ebenso wenig glaubte wie die Polizei und wie die anderen Trauergäste, deren Getuschel ihr nicht entgangen war. Albert habe seit seiner Kündigung kein Bein mehr auf den Boden bekommen, als Fotoreporter sei er nicht annähernd so gut gewesen wie als Standfotograf. Und in Zeiten, in denen jeder zu kämpfen habe, in denen die Preise stündlich stiegen, in denen es keine Aussicht auf Arbeit gebe, da müsse man sich nicht wundern, wenn einer keinen Ausweg mehr sehe.

Die Erinnerung an seine Beerdigung trieb ihr wieder die Tränen in die Augen. Er hat sie nicht zurückgelassen. Nicht Albert. Nicht der Mann, der ihr schon drei Monate nach ihrer ersten Begegnung einen Heiratsantrag gemacht hatte. Ein kalter Schauer lief ihr über den Rücken, obwohl es in der Wohnung mindestens dreißig Grad warm war. Auch auf dem Friedhof hatte sie unter glühender Sonne gefroren.

Charlotte nahm das Foto, auf dem Albert aus dem Bild sprang, und stellte es neben seine Kamera in die gläserne Vitrine. Dort lagerte sie seine Schätze. Tassen und Teller, Handschuhe, Schals, Leuchter, Gläser, Besteck, Aschenbecher, allesamt Requisiten aus Filmen, in denen Asta Nielsen die Hauptrolle gespielt hatte und die einigen Sammlern viel Geld wert waren. Aber es waren Alberts Heiligtümer, die jetzt ihre waren, die mehr wert waren als Trillionen von Mark. Niemals, das schwor sie sich, würde sie auch nur ein Stück davon verkaufen. Selbst dann nicht, wenn sie nicht wüsste, wovon sie ihr Kind ernähren sollte.

Alberts und ihr Kind, das nun gegen ihre Bauchdecke trommelte, als wollte es sie daran erinnern, dass sie auch noch eine Verantwortung zu tragen hatte, dass sie ihre Tage und Wochen nicht allein damit zubringen durfte, nach einem Beweis zu suchen, den sie doch gar nicht finden wollte, von dem sie hoffte, dass es ihn nicht geben würde.

Im Arbeitszimmer lagen ganze Jahrgänge vom *Vorwärts* neben Notizblöcken, neben alten Lichtspiel- und Theaterprogrammen verstreut. Im Schlafzimmer türmten sich Alberts Hemden und Hosen und Jacken auf dem Bett. Der Wohnzimmerboden war mit Fotos übersät. Jeden Werbezettel hatte sie in die Hand genommen, jeden Notizblock durchgesehen, jedes Gekritzel studiert, jedes von ihm notierte Wort gelesen, aber sie hatte nichts gefunden, was auch nur im Entferntesten einem Abschiedsbrief gleichgekommen wäre.

Wie er sie angesehen hatte, als sie ihm gesagt hatte, dass sie schwanger sei. Sie, die schon einunddreißig Jahre alt war, die mit keinem Kind mehr gerechnet hatte. Für einen Moment hatte sie geglaubt, in einen Spiegel zu sehen. Denn als der Arzt ihr die Nachricht verkündet hatte, war sie so erschüttert wie Albert gewesen.

»Ich werde Vater?« Er streichelte ihr über die Wange. Staunend. Als wäre sie das Wunder.

»Wir werden Eltern«, sagte sie und strahlte und nahm seine Hand. »Wir werden eine richtige Familie sein.«

»Aber … wovon sollen wir denn leben?«, fragte er, und in seinen Augen erkannte sie kurz so etwas wie Hoffnungslosigkeit.

»Das wird sich schon finden«, sagte sie, noch immer strahlend. »Mach dir keine Sorgen. Die Zeiten werden auch wieder besser werden. Hauptsache, wir zwei halten zusammen.«

»Ach, Lottchen.« Er stöhnte erst, dann lachte er, wie er immer lachte, wenn sie ihn mit ihrem Optimismus betörte. »Was wäre ich nur ohne dich.«

»Das, was du auch mit mir bist. Der beste Fotograf auf Erden.«

»Wenn das doch nur alle so sehen würden.«

»Sie werden es. Glaub mir.«

Er nahm ihren Kopf in beide Hände und küsste sie zärtlich. »Gleich morgen«, sagte er, »werde ich die Redaktionen abklappern, versprochen.« Dann packte er sie um die Hüften, wirbelte sie im Kreis und rief: »Das müssen wir feiern. Auf unser neues Leben.«

Zum ersten Mal seit langem waren sie wieder ausgegangen, waren erst im Kino gewesen und danach tanzen und konnten von der Vorstellung, bald Eltern zu werden, gar nicht genug bekommen.

Einer, der sich so auf sein Kind freut, bringt sich nicht um, dachte Charlotte jetzt. Auch dann nicht, wenn sich keine Redaktion um seine Arbeiten reißt.

Sie fuhr mit ihrer Hand über das warme Holzgehäuse seiner Kamera.

Sie hätte schon dafür gesorgt, dass es immer weitergegangen wäre, das hatte er doch gewusst. Sie hatte doch nur ihn. Er war doch ihr Leben. Er, und bald auch das Kind.

Wieder standen Tränen in ihren Augen. Wieder wanderte sie von einem Zimmer zum nächsten, öffnete Schubladen, fand Bleistifte, Radiergummi, Briefpapier, aber keine Notiz an sie. Wieder nahm sie Buch für Buch aus den Regalen, schüttelte jedes einzelne in der bangen Erwartung, doch den alles entscheidenden Hinweis zu finden. Und wieder stellte sie jedes Buch mit einer Mischung aus Erleichterung und Verzweiflung zurück.

Das Kind in ihrem Bauch strampelte noch immer. »Ja«, flüsterte sie, »ja, ich weiß.« Es musste weitergehen. Es musste auch ohne Albert weitergehen.

Für den späteren Nachmittag hatte sich der Möbelhändler angekündigt, der den Schlafzimmerschrank, den Couchtisch, die Stehlampe und zwei Sessel mitnehmen wollte. Außerdem hatte er Interesse an ihrem Silberbesteck bekundet, und das Service mit dem Goldrand würde sie ihm auch noch verkaufen können. Das alles änderte aber nichts daran, dass sie dringend bei dem Geschäftsführer der Filmfirma anrufen sollte, von dem es hieß, dass er eine Sekretärin suchte. Irgendwann wäre auch ihr Fundus erschöpft, und was es bedeutete, dann ohne Einkommen dazustehen, konnte sie täglich mit eigenen Augen sehen. Dafür musste sie nur ein paar Schritte gehen. Spätestens am Nollendorfplatz begann das Elend. Von überall her kamen sie, um dort vor dem Eingang zur Hochbahn ihre Hände aufzuhalten. Kinder, Mütter, Alte, Junge.

Dennoch zögerte sie. Ihr letztes Vorstellungsgespräch, das sie eine Woche vor Alberts Tod geführt hatte, war ihr noch deutlich in Erinnerung. Allein der Weg ins Büro des Chefs glich einem Spießrutenlauf. Schreibmaschinengeklapper von allen Seiten und dazu jede Menge abschätzige Blicke, denen gerümpfte Nasen folgten. Ihr war, als könnte sie die Gedanken der emsigen Damen hören.

Ganz jung ist die aber auch nicht mehr. Habt ihr den Bauch gesehen? Da wächst was heran. Was will die hier? Hat die denn keinen Mann?

Der Chef dagegen war ganz direkt. Eine Schwangere in ihrem Alter, nein, beim besten Willen, da sei nichts zu machen. Ob sie denn glaube, sie wären hier bei der Wohlfahrt? Die Stadt richte gerade Schreibstuben ein, da könne sie ja mal ihr Glück versuchen, aber wenn er ehrlich sein dürfe, das ganze Arbeiten lohne sich sowieso nicht mehr, der Verdienst stehe doch in keinem Verhältnis zu den Ausgaben, allein seine Kosten überträfen jede Vorstellung, und dann begann er über die Politiker zu wettern, die »uns das alles eingebrockt haben«. Hätte man ihn gefragt, er hätte Ebert und dieser ganzen Versailler-Friedensvertrag-Mischpoke eine Kugel in den Kopf gejagt. »So wie sie es mit diesem Juden, diesem Rathenau gemacht haben. Eine Republik?« Er tippte sich an die Stirn. »Wer in solchen Hirngespinsten die Rettung sieht, kann sich ja gleich sein eigenes Grab schaufeln.«

Saß sie nicht schon mittendrin? In ihrem Grab? Schmiss man nicht schon mit Erde auf sie? Zu Alberts Beerdigung waren sie zwar noch alle erschienen, aber mit zu ihr nach Hause hatte keiner mehr kommen wollen. »Die Arbeit«, »Termine«, keiner war um eine Ausrede verlegen gewesen, dabei hatte sie die Angst auf ihren Gesichtern doch gesehen. Ihre Angst vor dem Tod, ihre Angst davor, sich bei ihr mit dieser Krankheit zu infizieren, die Aussichtslosigkeit hieß.

Es war ein Verbrechen, schrie es in ihrem Kopf. »Ein Verbrechen«, sagte sie, während sie ihre Hände beschützend auf ihren Bauch legte. »Dein Vater ist kein Selbstmörder, hörst du.« Tränen liefen ihr über die Wangen.

Sie wollte nicht, dass der Möbelhändler kam, sie wollte

keine Arbeit finden, sie wollte Albert zurück. Sie hatte doch niemanden außer ihm. Er und sie, das hatte ihr immer genügt. An seiner Seite hatte sie sich so frei gefühlt wie noch nie zuvor in ihrem Leben. An seiner Seite konnte sie fotografieren, durch die Stadt streifen, tagelang neue Motive suchen. Zumindest, bevor diese Teuerungswelle über das Land hereingebrochen war. Aber auch danach hatte er ihr nie Vorschriften gemacht, nie etwas von ihr verlangt, und sie hatte ihm bereitwillig alles gegeben. Ihre ganze Liebe. Als hätte sie die nur für ihn aufgespart.

Als sich Charlotte gerade noch einmal den Zeitungsstapel vornehmen wollte, klopfte es an ihre Wohnungstür.

»Frau Berglas!«

Sie erkannte die Stimme der Nachbarin, die so gerne schimpfte und tratschte.

»Frau Berglas! Ich weiß, dass Sie da sind. Machen Sie schon auf.«

Das ganze Haus konnte sie hören.

Mühsam erhob sich Charlotte vom Boden, strich durch ihr Haar, zupfte ihre weiße Bluse zurecht, die um ihren Bauch spannte. Sie wollte jetzt niemanden sehen, sie wollte nie wieder irgendjemanden sehen, aber die Nachbarin würde keine Ruhe geben, das wusste sie. Charlotte atmete tief durch, machte sich gerade, übte zu lächeln, bevor sie die Tür öffnete. »Frau Sommerfeld.«

»Na endlich«, sagte die Nachbarin, einen Fuß schon in der Wohnung. »Glauben Sie, Sie können sich hier drin verschanzen? Sie müssen doch etwas essen. Ein Toter genügt ja wohl.« Kopfschüttelnd reichte sie Charlotte einen Laib Brot und ein in Papier eingewickeltes Stück Speck.

»Aber Frau Sommerfeld …« Charlotte standen Tränen in den Augen. Der Rührung, aber auch der Wut. Sie wollte mit niemandem sprechen. Und schon gar nicht mit ihrer Nachbarin, auch wenn sie es gut meinte. »Das ist wirklich sehr freundlich, aber … das kann ich nicht annehmen. Sie haben doch selber kaum …«

»Keine Widerrede«, sagte Frau Sommerfeld und drückte Charlotte das Brot gegen den Bauch. »Beim Bäcker hat man Sie jetzt schon seit fünf Tagen nicht mehr gesehen. Wie stellen Sie sich das denn vor? In Ihrem Zustand.«

Sie gab sich Mühe zu lächeln, während sie versuchte, ihre Nachbarin sanft aus der Tür zu schieben. Deren neugieriger Blick wanderte jetzt den Flur entlang, und Charlotte glaubte genau zu sehen, was sie dachte. Verwahrlosung, stand auf ihrem Gesicht geschrieben. Dieser Frau muss man helfen. Doch diese Frau brauchte keine Hilfe. Diese Frau brauchte ihren Mann. »Sie müssen sich keine Sorgen machen. Mir geht es gut. Mein Bruder hat für mich eingekauft«, sagte sie, dabei hätte sie eigentlich wissen müssen, dass Frau Sommerfeld nichts entging. Und schon gar nicht, wenn Gustav sie besuchte, der schon mehr als einmal mitten in der Nacht Sturm geklingelt und damit das ganze Haus aufgeweckt hatte.

»Ihr Bruder? Frau Berglas, ich bitte Sie. Den erkenne ich doch schon am Klingeln. Und entschuldigen Sie bitte, wenn ich das so sage, aber ich war nicht unglücklich darüber, ihn in letzter Zeit nicht gehört zu haben … In diesem Punkt war ich mir mit Ihrem Mann immer einig … Obwohl, in letzter Zeit hat er ja kaum noch mit mir gesprochen. Regelrecht verschlossen war er. Und schmal war er auch geworden … Ehrlich gesagt habe ich mich schon gefragt, ob er nicht vielleicht doch krank …«

»Nein, Frau Sommerfeld.« Charlotte versuchte noch immer zu lächeln. »Er war nicht krank. Er ist einem Verbrechen zum Opfer gefallen, das wissen Sie doch. Aber jetzt entschuldigen Sie mich bitte … Sie sehen ja, ich habe noch viel zu tun. Und wie gesagt, machen Sie sich keine Sorgen und … vielen Dank.«

Doch Frau Sommerfeld dachte gar nicht daran, ihren Platz

in der Tür zu räumen. Ihr neugieriger Blick klebte noch immer auf den Zeitungen und Fotos, die im ganzen Flur verstreut lagen. »Es ist gut, wenn Sie schon jetzt aussortieren. Ich sage Ihnen, je eher alles weg ist, umso besser. Als mein Mann damals …«

»Also noch einmal vielen Dank.«

»Wenn Sie Hilfe brauchen, ich habe Zeit, ich …«

»Danke … Das ist nicht nötig, aber das Brot und den Speck, den nehme ich gern«, sagte Charlotte, während sie die Tür Spalt um Spalt immer dichter an das Schloss heranschob, bis der Nachbarin gar nichts anderes übrigblieb, als ihren Fuß wegzunehmen.

»Denken Sie an das Kind«, sagte Frau Sommerfeld noch, bevor Charlotte die Tür zudrückte. »Das Kind, Frau Berglas«, rief sie vom Treppenhaus durch die geschlossene Tür, während sich Charlotte zitternd zu Boden gleiten ließ.

Die Nachbarin hatte ja recht. Sie musste an das Kind denken. An seine und ihre Zukunft. Sie musste Arbeit finden, sie musste weitermachen.

Das Kind strampelte jetzt wieder. Beschützend legte Charlotte ihre Hände auf den Bauch. »Schon gut«, flüsterte sie, »schon gut. Ich ruf diesen Filmproduzenten ja an.«

4

Doch es verstrichen weitere Tage, an denen Charlotte nichts anderes tat, als nach diesem Abschiedsbrief zu suchen, als bei der Polizei anzurufen, als zu hoffen, dass alles nur ein böser Alptraum wäre, aus dem sie bald erwachen würde. Und sie stellte sich vor, wie sie Albert von seinem Traumtod erzählte, wie er ihr beruhigend übers Haar streichelte, wie er sie küsste, wie er sie in den Arm nahm und wie sie schließlich beide über diesen albernen Traum lachten.

Aber natürlich erwachte sie nicht. Und es gab auch niemanden, der sie tröstete oder hätte trösten können. Auch Gustav nicht, der sie zwar regelmäßig besuchte, dessen aufgeregte Betriebsamkeit ihr jedoch mehr Last denn Entlastung war. Kaum trat er durch die Tür, überschüttete er sie mit hochfliegenden Plänen, die nur ein Ziel kannten, ihm, und damit auch ihr, zu Wohlstand zu verhelfen. »Du wirst sehen, morgen setze ich auf das richtige Pferd«, sagte er beispielsweise und phantasierte davon, dass man ihm mit dem gewonnenen Geld Zugang zu einer der geheimen Pokerrunden gewähren würde. Oder er träumte von Aktienspekulationen oder von einem eigenen Nachtlokal oder einer Tanzdiele oder einem Rennpferd oder, oder, oder. Seiner Phantasie waren keine Grenzen gesetzt. »Ich werde alles tun, um dir zu helfen«, sagte er regelmäßig, und es gab für Charlotte keinen Grund, an seinem guten Willen zu zweifeln, an allem anderen jedoch schon.

Das strampelnde Kind in ihrem Bauch erinnerte sie daran, dass sie noch ein Versprechen einzulösen hatte. Charlottes Blick ruhte auf dem Telefon, das direkt neben dem Sofa auf einem schmalen Eisenrohrtisch stand. Sie musste doch nur den schweren schwarzen Hörer von der goldenen Gabel nehmen und diesen Filmproduzenten anrufen. Sie musste es wenigstens versuchen. Für das Kind, sagte sie sich. Als sie sich gerade dazu durchgerungen hatte, endlich vernünftig zu werden, klingelte das Telefon seit Tagen zum ersten Mal.

Wie üblich meldete sich die Telefonistin. Die Leitung knackte. Im Hintergrund war ein Meer aus Stimmen zu hören. Jemand rief, dass Kabine drei frei sei.

»Ja?«

»Du musst mir helfen, schnell, die sind …«

»Gustav?«

Sie hatte nur ein Rauschen im Ohr. »Ich kann dich nicht verstehen.«

»Die sind hinter mir her, Charly, mindestens fünf Mann.«

»Was ist denn los?« Noch war sie ganz ruhig. Dass Gustav in Not war, kam nicht gerade selten vor.

»Die schlagen mich tot. Bitte, Charly, du musst mir helfen.«

»Wo bist du gerade?«

»Im Postamt. Am Hackeschen Markt.«

»Dann nimm die Bahn und komm her.«

»Nein, ich kann hier nicht weg.« Panik lag in seiner Stimme. »Die sind da draußen. Ich kann unmöglich raus. Du musst kommen. Mit dem Wagen. Die machen sonst kurzen Prozess.«

»Gustav! Bitte! Ich weiß nicht, ob der Wagen …« Doch da hörte sie plötzlich aufgeregte Stimmen.

»Aus dem Weg«, schrie jemand. Kabinentüren wurden aufgerissen und wieder zugeschlagen, Füße trampelten über den Holzfußboden. »Wird's schon?«

»Das sind sie.« Gustav sprach ganz leise.

»Was ist da los? Gustav, sag schon.« Von Charlottes anfänglicher Ruhe war nichts geblieben.

Frauen schrien, Kinder weinten.

»Sag doch was.« Doch sie hatte nur seinen hektischen Atem im Ohr.

»Na, Freundchen, wo hast du dich versteckt?«

Wieder schlugen Türen, sie hörte schwere Stiefel poltern, mit einem Mal aber war es ganz still.

»Gustav? Bist du noch da?«

»Verschwindet!« Eine rauchige Stimme dröhnte durchs Telefon. »Ich schwöre euch, ich sag's nicht zweimal. Dieses Gewehr hier hat mehr Menschen auf dem Gewissen, als ihr euch vorstellen könnt. Da kommt es auf ein paar mehr nicht an.«

Ein Raunen erhob sich, das immer lauter wurde. Jemand schrie, dass sie ihn schon noch kriegen würden, dann hörte sie, wie sich Schritte entfernten.

»Ich glaube, die sind weg.« Noch immer sprach er ganz leise.

»Waren das die, von denen …«

»Ja.«

»Rühr dich nicht von der Stelle. Ich bin so schnell wie möglich da.«

Das Auto stand Bayreuther Straße Ecke Viktoria-Luise-Platz. Dort hatte es die Polizei vor vier Wochen abgestellt. Und als Charlotte den Wagen nun zum ersten Mal nach Alberts Tod wieder sah, als ihr Blick zum ersten Mal auf die eingeschlagene Scheibe fiel, die für sie der Grund ihres Elends war, und als sie auch noch die toten Fliegen im Innenraum entdeckte, wäre sie im ersten Moment am liebsten umgekehrt. Im zweiten Moment aber hörte sie wieder die Angst in Gustavs Stimme, spürte ihre eigene Angst, auch noch ihn zu verlieren, den kleinen Bruder, für den sie schon immer gesorgt hatte und der ihr als Einziger noch geblieben war.

Mit zittrigen Händen öffnete sie die Fahrertür, wischte die Fliegen vom Sitz und setzte sich hinter das Lenkrad. Sie war ähnlich aufgeregt wie vor drei Jahren, als Albert ihr das Fahren beigebracht hatte. Damals war sie nervös gewesen, weil sie es kaum hatte erwarten können, selbst den Wagen durch Berlin zu lenken. Nun aber hielt sie die Anspannung kaum aus, weil sie nicht wusste, ob das Auto überhaupt anspringen und ob sie es noch rechtzeitig zu Gustav schaffen würde.

Der Wagen rumpelte, alles zitterte, dann wurde er ganz still. Charlotte versuchte erneut, ihn zu starten. Nach dem vierten vergeblichen Versuch schlug sie verärgert auf das Lenkrad. »Herrgott aber auch, jetzt spring schon an.« Schweiß stand ihr auf der Stirn.

Passanten blieben stehen, schüttelten den Kopf, tuschelten über »diese Frau da am Steuer«. Ein älterer Herr wetterte gegen »die Weiber heutzutage«, denen nichts mehr »heilig« sei. Ein anderer fragte, ob sie denn überhaupt schon jemals Auto gefahren sei?

Charlotte sah ihn mit blitzenden Augen an. »Bin ich, der Herr, bin ich … Bis an den Müggelsee bin ich schon gefahren, bis …« Da sprang der Wagen endlich an.

Der Motor dröhnte durch ihren Körper. Langsam fuhr sie los. Der rechte vordere Reifen eierte, aber sie hatte jetzt keine Zeit, danach zu sehen. Charlotte holperte über die Potsdamer Straße, bog in die Friedrich-Ebert-Straße ein, hupte, wenn mal wieder ein Fahrradfahrer im Weg stand, versuchte schneller zu fahren, aber der Motor zischte gefährlich, sobald sie das Gaspedal stärker drückte. Das Lenkrad zitterte in ihrer Hand. Und es war nicht klar, ob sich die Nervosität des Wagens auf sie übertrug oder ob es sich umgekehrt verhielt.

Unter den Linden ging es plötzlich nicht mehr voran. Ein

schrilles Hupkonzert vermischte sich mit stakkatoartigen Rufen.

»Wir haben Hunger.«

»Runter mit den Preisen.«

»Mehr Geld für Arbeitslose.«

Sie war mitten in einen Demonstrationszug geraten, der sich in zermürbender Langsamkeit Richtung Lustgarten schob. Wie die anderen Autofahrer auch, hupte und schimpfte Charlotte nun in einem fort. Doch die Demonstranten ließen sich davon nicht beeindrucken. Ganz im Gegenteil. Manche zeigten ihr sogar die geballte Faust, schlugen gegen das Wagendach.

»Macht endlich Platz. Ich muss zu meinem Bruder«, schrie sie ihnen entgegen. »Es ist ein Notfall.« Aber das interessierte hier niemanden. Für die Gewerkschafter und Kommunisten, die gemeinsam gegen die Regierung und ihre »Politik der Reichen« mobilmachten, gegen die Teuerung und gegen die Armut, die sich mittlerweile durch alle Gesellschaftsschichten zog, war alles ein einziger Notfall.

Am Straßenrand standen Ladenbesitzer vor verrammelten Schaufensterscheiben neben Touristen mit neugierigen Gesichtern. Man sah diese Fremden jetzt immer öfter. Amerikaner, Schweden, Holländer, Ungarn. Für jeden, der Devisen besaß, war Berlin das reinste Paradies. Da gab es keine stinkenden Hinterhofhöllen und auch keine bettelnden Kinder. In diesem Berlin wimmelte es vor Nackttänzerinnen, floss der Champagner im Überfluss, spielte die Tanzkapelle bis in die Morgenstunden. Keine zehn Dollar kostete so eine Nacht.

Auch Charlotte hatte vor wenigen Tagen erst Bekanntschaft mit einem Fremden gemacht. Sie hatte gerade Herrn Jacobis Schneiderei verlassen, als sich ihr ein Amerikaner in den Weg gestellt hatte. In gebrochenem Deutsch hatte er ihr eine Billion Mark für ihre Wohnung geboten. Sie hatte keine Ahnung, woher er wusste, dass sie gerade ihren Mann verloren hatte, dass sie sich fragte, wovon sie in Zukunft ihr Leben bestreiten sollte, dass sie dringend Geld brauchte, aber allein bei dem Gedanken, die Wohnung zu verkaufen, Alberts Wohnung, ihre Heimat, wurde ihr ganz schwarz vor Augen. »Verschwinden Sie«, hatte sie zu ihm gesagt, aber er war hartnäckig geblieben, war ihr bis zu ihrem Haus gefolgt. »Zwei Billionen«, hatte er gesagt und gelächelt. Sie war derart wütend geworden, dass sie ihm die Tür vor der Nase zugeschlagen hatte.

Alberts Warnung war ihr noch deutlich im Ohr. Niemals würde das Geld reichen, egal, was sie alles verkauften, und tatsächlich, wenn sie sah, wie schnell die Preise allein für Butter in die Höhe geschnellt waren – mittlerweile kostete das Pfund gut fünfundzwanzigtausend Mark, zu Beginn des Jahres hatte sie noch achthundert bezahlt –, musste sie zugeben, dass er von Anfang an recht gehabt hatte.

Charlotte wischte sich den Schweiß von der Stirn. Sie konnte jetzt nicht an Albert denken, sie musste aus der Menschentraube heraus, sie durfte nicht riskieren, dass auch noch Gustav etwas passierte.

Als sie nach einer quälend langen Stunde endlich am Hackeschen Markt angekommen war, fand sie ihren Bruder im hintersten Winkel des Postamts, rastlos, mit wachem Blick. Er stürzte sofort auf sie zu. Sein linkes Auge war blutunterlaufen, auf seiner Wange klaffte eine tiefe Wunde, und dennoch atmete Charlotte erst einmal erleichtert auf. Sie hatte mit Schlimmerem gerechnet.

»Wo steht der Wagen?«, fragte er, ohne sie zu begrüßen.

»Vor der Tür, aber …«

»Geh und lass den Motor an, sobald du fahrbereit bist, komm ich raus, und dann fährst du los, so schnell du kannst.«

Charlotte blickte sich verunsichert um. Sie sah Einbeinige, Einarmige, Männer mit Augenklappe, Männer mit Schläfenlocken, Jungs in kurzen Hosen und verschmierten Gesichtern, Mädchen mit Haaren, die in alle Richtungen standen, Frauen in langen Gewändern. Es bot sich ihr das für dieses Viertel übliche Bild. Aus den Telefonkabinen drangen aufgeregte Stimmen, am Schalter bildete sich eine lange Schlange. Sie hatte nicht den Eindruck, als drohte von irgendwoher Gefahr.

»Worauf wartest du noch?«

Gustavs dunkles Haar war schweißnass und klebte an der Stirn, seine Wangenknochen standen hervor, spitzer als beim letzten Mal. »Wie lange hast du schon nichts mehr gegessen?«, fragte sie besorgt.

»Charly, bitte, ich meine es ernst.«

Charlotte strich ihm beruhigend über den Kopf. »Ich versuche, das Auto zu starten, ich weiß nur nicht, ob es …«

Aber er ließ sie nicht ausreden. »Mach schnell, Charly. Die sind zu fünft. Gegen die bin ich machtlos. Die kennen keine Gnade.«

Hatte es nicht bei ihrer Mutter ähnlich angefangen? Erst war sie immer dünner geworden, und dann waren die Geister gekommen. Da war sie gerade einmal zehn Jahre alt gewesen. Danach hatte es keine Träume mehr gegeben. Nur noch die Alpträume der Mutter. Bis zu deren Tod. Bis sie Albert begegnet war. Nicht Gustav, dachte sie, nicht er auch noch. Charlotte nahm ihn in den Arm, drückte ihn an sich, was er widerwillig geschehen ließ.

»Jetzt geh schon.«

Sie nickte, während sie ihm erneut über das strähnige Haar strich.

»Was ist denn noch?«

»Ich habe gerade an Mutter gedacht.«

»Herrje, für wen hältst du mich? Ich bin doch nicht verrückt.«

Sie lächelte, mit Tränen in den Augen, küsste ihn auf die

Wange. »Charly, jetzt mach schon. Ich erklär's dir später, aber ich muss von hier fort … Es geht um … Spielschulden«, log er. »Ziemlich viel Geld«, was stimmte. Denn die zweihundertzwanzig Dollar, die sein Freund und er gestohlen hatten, waren mehr wert als fünf Sackkarren voller Reichsmark.

»Hab ich dir nicht gesagt, dass du die Finger von den Karten lassen sollst?«

»Charly!« Sein ängstlicher Blick schweifte durch die überfüllte Schalterhalle. »Lass uns später darüber reden … Bitte, glaubst du, ich hätte dich angerufen, wenn es nicht wirklich ernst wäre? Ich weiß doch, dass du andere Sorgen …«

»Schon gut.« Wieder schwammen Tränen in ihren Augen. Zum ersten Mal spürte sie, wie sehr auch sie ihn brauchte und nicht nur er sie. »Warte hier. Ich versuche, den Wagen zu starten.«

Wider Erwarten sprang das Auto sofort an. Gustav stürmte nach draußen, riss die Beifahrertür auf und kauerte sich in den Fußraum. Dort blieb er sitzen, bis sie den Potsdamer Platz erreichten. Immer wieder fragte er, ob ihnen jemand folge, und obwohl sie beständig verneinte, wurde er nicht müde sie anzutreiben, schneller zu fahren. Dabei mussten sie froh sein, dass der Wagen überhaupt noch fuhr. Nicht nur, dass er unablässig stotterte und hustete, mittlerweile zog er auch noch eine dicke Rußwolke hinter sich her.

Noch während er im Fußraum saß, erzählte er ihr in abgehackten Sätzen von dem Abend im Linienkeller, wobei er es vorzog, ihr den Diebstahl zu verschweigen. Er habe Schulden gemacht, beim Pokern, nicht ahnend, mit wem er sich da eingelassen habe. Es war die Version der Geschichte, die er für beide am zumutbarsten hielt.

Während Charlotte den Wagen über den Potsdamer Platz quälte, am Vaterland vorbei, Berlins größtem Café, kroch Gustav langsam aus seinem Versteck. Vorsichtig schaute er sich um. Aber bedrohlich waren hier allenfalls die Busse und

Autos, die beim Überholen so wenig Platz ließen, dass man meinen konnte, sie wollten ein Gespann mit ihnen bilden.

»Ich kann doch eine Weile bei dir bleiben, oder?«, fragte er, noch ehe sie in die Potsdamer Straße eingebogen waren. »Ich meine, jetzt, wo Albert … Platz wäre doch da, und vielleicht, also, vielleicht wäre es ja auch für dich ganz gut, nicht so allein zu sein.« Er zuckte entschuldigend mit den Schultern. »Es wäre ja auch nicht für immer. Nur kurz. Das Problem ist nur, die wissen, wo ich mein Zimmer habe. Den einen, den hab ich dort schon oft gesehen, und ich kenn die Jungs, die … Na ja, die würden mich fertigmachen.«

Platz hatte sie mehr als genug, das stimmte. Und still war es auch. Viel zu still. Andererseits war sie sich nicht sicher, ob sie es ertragen konnte, dass in ihrer Wohnung wieder Leben einzog, dass dort wieder jemand lachte und mit ihr gemeinsam am Tisch saß und aß. Gustav im Stich zu lassen kam allerdings ebenso wenig in Frage. »Natürlich … bleib so lange, wie du willst«, sagte sie zögerlich.

»Danke, Charly, du wirst es nicht bereuen. Wir zwei, wir müssen doch jetzt zusammenhalten und …«, aber da stotterte der Motor verdächtig, und Charlotte hatte alle Mühe, den Wagen am Laufen zu halten, so dass Gustav beschloss, ihr erst später, erst wenn sie in der Winterfeldt wären, von seinen Plänen zu erzählen.

Sie kamen noch bis zur Bülowstraße. Dort blieb der Wagen gleich hinter der Hochbahntrasse direkt auf den Gleisen der Straßenbahn stehen. Zwei Bettler sprangen auf und halfen, ihn an den Rand zu schieben. Umso enttäuschter waren sie, als Charlotte ihnen zum Dank lediglich ein paar wertlose Groschen in die Hand drücken konnte. Mehr hatte sie in ihrem Portemonnaie nicht gefunden.

Von hier bis zu ihrer Wohnung brauchte man normalerweise eine knappe Viertelstunde. Sie benötigten an diesem Tag fast doppelt so lang. Gustav fühlte sich, als hätte man seine Knochen durch eine Mühle getrieben, und Charlotte glaubte, dass die ganze Welt schwankte.

Schweigend gingen sie die Winterfeldtstraße entlang. Ihre Gedanken schlugen Purzelbäume, rollten von Albert zu Gustav zu ihrer Mutter zu ihrem Kind, während er seine hätte deutlich formulieren können. Aber er wollte noch warten, bis sie endlich in der Wohnung wären.

»Bist du jetzt von allen guten Geistern verlassen?« Charlotte sah ihn entsetzt an, doch Gustav machte nicht den Eindruck, als wäre er verrückt geworden.

Ganz ruhig saß er ihr in der Küche gegenüber, vor sich eine dicke Scheibe Honigbrot, und schüttelte den Kopf. »Denk doch mal nach, Charly. Das wäre doch die einfachste Art für dich, an Geld zu kommen. Und du brauchst doch Geld, ich meine, du musst ja auch von etwas leben. Und wenn das Kind erst …«

»Das kommt überhaupt nicht in Frage. Diese Wohnung gehört Albert und mir.«

»Aber Albert ist tot.«

»Hier ist er aber noch lebendig. In jeder Ritze, in …« Sie schluckte. »Ich kann doch nicht Fremden seinen Platz überlassen.«

»Du sollst doch nur Zimmer vermieten«, sagte er und dachte dabei vor allem an diesen eleganten Pistolenmann. Allerdings zog er es vor, ihn lieber nicht zu erwähnen. Sicherlich war einer, der auf der Suche nach einer geheimen Unterkunft war, nicht der ideale Untermieter. Sein Vorteil war jedoch, dass man ihm nicht ansah, dass er etwas zu verbergen hatte. Wie ein Ganove sah er in seinem teuren Anzug jedenfalls nicht aus. Eher wie einer, der im Tiergarten eine der herrschaftlichen Villen bewohnte. Gustav konnte sich ihn gut vorstellen, wie er, die Brille auf der Nasenspitze, morgens bei einer Tasse Kaffee über der Zeitung saß, jeden Artikel kenntnisreich kommentierte, seiner Frau anschließend einen Kuss gab, seinen Kindern über die Köpfe strich und danach von seinem Chauffeur zur Arbeit gefahren wurde. Charlotte würde er bestimmt gefallen, und ihm könnte er die Schläger vom Leib halten. Er würde ihn nur finden müssen. Seit jener Nacht hatte er ihn nicht mehr gesehen.

»Nein, auf keinen Fall«, sagte Charlotte. »Es ist gerade einmal fünf Wochen her, dass man Albert gefunden hat … Da kann ich doch nicht … Ich kann nicht sein Leben preisgeben. Unser gemeinsames Leben.« Alle ihre Erinnerungen würden von den Fremden überlagert werden.

»Ich versteh dich nicht, Charly«, sagte Gustav und biss erst einmal von seinem Brot ab, bevor er weitersprach. »Du warst doch sonst immer die Vernünftige von uns beiden … Und was bitte schön ist vernünftiger, als in diesen Zeiten Zimmer zu vermieten? Vor dem Wohnungsamt stehen sie Schlange. Willst du, dass man hier Leute zwangseinquartiert? Früher oder später wird das passieren, und dann kannst du dich zu Recht darüber beklagen, dass man dir dein Leben genommen hätte, aber noch kannst du selber entscheiden … Oder willst du etwa verkaufen?«

Sie schüttelte den Kopf. »Ich such mir Arbeit.«

Gustav lachte laut auf. »Entschuldige, aber du bekommst bald ein Kind.«

»Herrgott ja, ich weiß.«

»Oh, du unvernünftige große Charly-Schwester, jetzt denk doch endlich mal nach. In der Wohnung gibt es ein Arbeitszimmer, das Zimmer vorne am Eingang, eine Dunkelkammer, ein Schlafzimmer und dann noch diese beiden ineinander übergehenden Zimmer. Ich meine, wenn du drei davon vermietest, ist für dich und …«, er lächelte, »… Albert noch immer genügend Platz übrig. Das wäre doch für alle die beste Lösung.«

»Für alle? Wer ist alle?«

»Für dich, das Kind … und vielleicht, ich meine, ich zahle auch Miete.«

»Ach ja? Wovon denn? Mir war, als hätte ich dich eben erst aus den Fängen böser Schuldeneintreiber gerettet.«

»Na ja, schon, aber … ich kann arbeiten.«

Jetzt war sie es, die laut auflachte. »Das wäre mir neu.«

»Gut, du hast recht«, sagte er und schluckte den letzten Rest Honigbrot hinunter, »ich bin nicht der ideale Bruder, aber du musst zugeben, ich habe Ideen … Und ich sorge mich um meine Schwester, weil meine Schwester die Beste ist, und weil ich möchte, dass meine beste Schwester sich wenigstens keine Geldsorgen mehr machen muss, und außerdem soll sie wissen, dass sie sich immer auf mich verlassen kann. Charly, das weißt du doch? Oder?«

»Ach, Gustav …« Sie seufzte leise und schaute dabei auf sein blutunterlaufenes Auge und die Wunde auf seiner linken Wange, die sie mit Jod behandelt hatte. »Es ist gut, dich erst einmal hier bei mir zu wissen.«

5

»Und Sie sind ein Freund meines Bruders?« Charlotte musterte den Besucher skeptisch. Sie schätzte ihn auf Anfang zwanzig. Jedenfalls schien er deutlich jünger zu sein als sie. Eindeutig war hingegen, dass er fast eineinhalb Köpfe größer war als ihr Bruder. Er trat in ihr ehemaliges Schlafzimmer und musste den Kopf einziehen, um nicht am Türrahmen anzustoßen. »Kennen Sie sich denn schon lange?«

Heinrich Proske, der seine Hände in den breiten Hosentaschen vergrub, blickte verunsichert zu Gustav. Nichts solle er sagen, was auch nur im Entferntesten auf den Diebstahl im Linienkeller hindeuten könnte. Am besten sei es ohnehin, so hatte Gustav ihm eingebläut, er überließe das Reden ganz ihm.

»Der Lange und ich, wir kennen uns von den Markthallen am Alex«, sagte Gustav beiläufig, während er seinen Freund weiter ins Zimmer schob und auf das Ehebett zeigte. »Ist doch besser, als sich eine Pritsche mit einem Fremden zu teilen? Die eine Hälfte für mich, die andere für dich. Was meinst du?«

»Ach, das ist ja interessant«, sagte Charlotte überrascht. »Das hat mir Gustav gar nicht erzählt. Arbeiten Sie dort?«

»Hab ich ganz neu, den Job«, erwiderte der Lange und wagte es kaum, sie dabei anzusehen. Sein Blick blieb an seinen abgeschabten Schuhspitzen haften, die auf dem blankpolierten Parkett umso grauer und matter wirkten.

»Und was machen Sie da?«

»Fauliges Gemüse und so.«

»Fauliges Gemüse. Aha.« Charlotte konnte sich ein Schmunzeln nicht verkneifen. »Ich nehme an, Sie sortieren das Gemüse aus?«

Er nickte. »Was einem die Bauern da alles unterjubeln wollen. Das geht auf keine Kuhhaut. Und dann das dicke Geld kassieren«, sagte er, doch Gustavs strenger Blick ließ ihn wieder verstummen.

Charlotte strich nachdenklich über ihren Bauch. »Das heißt, Sie könnten Ihre Miete auch in Naturalien bezahlen?«

»Natu– was?«

»Charly meint Bohnen, Kartoffeln, Erbsen, Möhren, Steckrüben, Kohl und so.«

»Na, ich weiß ...«

»Natürlich kann er das.« Gustav nickte ihm aufmunternd zu.

»Ja, also ... wenn Ihnen ... also, wenn Ihnen das lieber wäre.« Der Lange knetete seine Hände. Charlottes Gegenwart machte ihn ganz klein, auch wenn er hier mit Abstand der Größte war. Aber ihr freundliches Gesicht, ihr blondes feines Haar, ihre zarten Fesseln hatten ihn sofort fasziniert. Sie war in nichts mit den Frauen zu vergleichen, die er sonst kannte. Erst gestern hatte er neben einer im Bett gelegen, die ihn mit ihrem unermüdlichen Gequatsche und den schweren Brüsten beinahe erdrückt hätte.

»Sie wissen ja selbst, wie rasant die Lebensmittelpreise steigen ... Wenn Sie also an der Quelle sitzen, wäre das sicherlich nicht von Nachteil«, sagte Charlotte, dennoch skeptisch, ob sie sich wirklich auf Gustavs Vorschlag einlassen sollte.

Dass sie Heinrich Proske überhaupt in ihre Wohnung gelassen hatte, war nur den vielen Nächten auf dem Sofa geschuldet, auf dem sie seit Alberts Tod mehr wach lag als schlief. Die Angst, ohne Einkommen dazustehen, ohne Essen, dafür aber mit einem hungrigen Kind, das ihr geschwächter Körper noch nicht einmal würde stillen können, wuchs, je dicker ihr Bauch wurde.

Noch nicht einmal Witwenrente würde man ihr zahlen, was sie erst vor einer Woche erfahren hatte. Ihr Mann sei immer selbständig gewesen, da hätte man eben selber vorsorgen müssen, hieß es auf dem Amt. Dabei hätte sie schwören können, dass er in Babelsberg einen festen Vertrag gehabt hatte. Und dann hatte sie in der Dunkelkammer eine Entdeckung gemacht, die Fragen aufwarf. Siebenundsechzig Fotos mit dem immer gleichen Motiv hatte sie dort in einer Kiste gefunden. Auf allen war ein leerer Fabrikraum mit verschmutzten Fenstern zu sehen. Davon hatte er ihr nie etwas erzählt. Stundenlang hatte sie schon vor diesen Fotos gesessen, aber bislang war sie nicht dahintergekommen, was er sich dabei gedacht haben könnte. Aber das alles änderte nichts daran, dass sie noch immer die Sorge quälte, sie würde Albert verraten, wenn sie einen Fremden in die Wohnung nehmen würde.

Ihr Blick ging zu Gustav, der sie erwartungsvoll ansah. Warum musste er ihr ausgerechnet diesen schlaksigen Kerl mit der viel zu weiten Hose als Untermieter präsentieren? Noch nicht einmal richtig in die Augen schauen konnte er ihr. Doch die Vorstellung, regelmäßig mit Lebensmitteln versorgt zu werden, war verlockend. »Herr Proske«, sagte sie, und sie spürte sofort, wie seltsam unpassend es klang, ihn so anzureden, »wo wohnen Sie denn zurzeit?«

»Bei … bei …«

»Er hat kein Zimmer«, ging Gustav dazwischen.

»Wo schlafen Sie dann? Doch nicht etwa auf der Straße?«

»Nein. So einer ist der Lange nicht, er sucht sich eben … na ja, du weißt schon, nette Damen, die ihn aufnehmen.«

Der Lange wurde feuerrot.

Jetzt tat er ihr schon fast leid. »Ach so. Ich verstehe.«

»Nein, nein, Sie verstehen das falsch. Ich brauch doch nur …«

»Ein Bett«, sagte Charlotte und lächelte. »Ich weiß.«

So wie sie Arbeit gebraucht hätte. Aber alle ihre Bemühungen waren kläglich gescheitert. Der Filmproduzent, den sie gleich am Tag nach dem Gespräch mit Gustav angerufen hatte, hatte sie schon am Telefon abgewimmelt. Und in den Cafés der Nachbarschaft, wo sie sich als »Mädchen für alles« angepriesen hatte, war man zwar freundlicher gewesen, aber mehr als ein aufmunterndes Wort hatte man letztendlich dort auch nicht für sie übrig gehabt. Für eine Schwangere würde es keine Arbeit geben. Das hatte sie in den mitleidigen Blicken deutlich gesehen.

»Das Bett hier gefällt mir sehr gut«, sagte der Lange.

Das Bett, das einmal ihr Ehebett gewesen war, in dem Albert und sie sich geliebt hatten, nächtelang und tagelang. Das Bett, um das sie seit seinem Tod einen großen Bogen machte. Charlotte zögerte. Wenn sie ihm jetzt zusagte, dann war dieses Bett für immer Geschichte. »Sie müssten es sich aber mit Gustav teilen«, sagte sie.

»Oh, das macht nichts. Es ist besser als alles, was ich je hatte, und … und ich verspreche Ihnen, ich werde Ihnen das beste Gemüse bringen. Und Obst«, fügte er hastig hinzu. »Alles, was immer Sie wollen.«

Gustav, der am Fensterbrett lehnte, nickte ihr aufmunternd zu.

Vielleicht hatte er ja recht, dachte sie. Vielleicht musste sie sich tatsächlich glücklich schätzen, eine Wohnung ihr Eigentum zu nennen. Und sie wäre ja nicht die Erste, die an Fremde vermietete. Sogar die Jacobis taten das jetzt, und die hatten nur vier Zimmer und obendrein drei Kinder. »Also schön«, sagte sie. »Wir können es ja mal versuchen.«

»Na dann, herzlich willkommen«, sagte Gustav und schlug seinem Freund auf die Schulter. »Charly, du wirst es nicht bereuen, das verspreche ich dir.«

Hoffentlich, dachte sie und musterte die beiden skeptisch.

Aber was sollte sie machen. Ihr blieb fast keine Wahl. »Die Miete wäre dann jeden Freitag zu entrichten«, sagte sie. »Bohnen, Erbsen, Kartoffeln, was bei Ihnen eben so abfällt.«

»Ich werde Sie nicht enttäuschen«, sagte der Lange und schien dabei ganz vergessen zu haben, dass er noch nie länger als einen Monat irgendwo in Lohn und Brot gestanden hatte. Aber allein dass eine Frau wie Charlotte einem wie ihm, der in seinem Leben noch nie ein eigenes Bett besessen hatte, Vertrauen schenkte, erfüllte ihn mit so viel Stolz, dass er keine Sekunde an seiner Zuverlässigkeit zweifelte.

Drei Tage später hatte Charlotte auf Betreiben von Gustav auch das Zimmer gleich neben der Eingangstür so weit hergerichtet, dass es vermietet werden konnte. Kein Wort hatte er über den seltsamen Pistolenmann verloren, und schon gar nicht darüber, dass er hoffte, mit dessen Hilfe die Schläger loszuwerden, aber dass Charlotte Einkommen brauchte, stand außer Frage. Von dem, was der Lange ihr mitbrachte, konnte sie jedenfalls weder die Stromrechnung noch die Kohlenlieferung für den Winter bezahlen noch beim Bäcker einkaufen, geschweige denn sich mal ein Stück Wurst oder Fleisch leisten.

Ein schmales Bett stand nun in dem Zimmer, das einmal Alberts Abstellraum gewesen war, dazu ein runder Eichentisch samt passendem Stuhl, Erbstücke ihrer Eltern. Das Bett hatte sie von dem Möbelhändler, der dafür ihren letzten Teppich bekommen hatte. Wenn man wollte, konnte man jetzt auf Socken durch die komplette Wohnung schlittern. Und an manchen Tagen, wenn sie besonders verzweifelt war, wenn sie es kaum ertragen konnte, dass statt Albert nun Gustav und der Lange mit ihr am Tisch saßen, wenn sie die beiden am liebsten aus der Wohnung geworfen hätte, weil sie es nicht aushielt, Stimmen zu hören, die nicht Alberts Stimme waren, tat sie das in unbeobachteten Momenten.

Dann hatte sie für Sekunden das Gefühl, ganz leicht zu sein, zu schweben, wieder die zu sein, die sie einmal an Alberts Seite gewesen war, die Optimistische, die immer eine Lösung fand. Doch die Wirkung hielt nie lange vor. Auch an diesem Augusttag nicht, als das Telefon pausenlos klingelte und sie es müde war, immerzu mit Fremden sprechen zu müssen, die sich aufgrund ihres Aushangs bei ihr meldeten.

»Zimmer zu vermieten«, hatte sie geschrieben und dazu ihre Telefonnummer. Seit drei Tagen hing der Zettel nun beim Bäcker, und seit drei Tagen klingelte das Telefon fast ohne Unterbrechung. Doch Charlotte hatte noch nicht einen der Anrufer eingeladen, sich ihr einmal persönlich vorzustellen.

Mal fand sie die Stimme zu alt, dann wieder zu jung, zu forsch, zu schüchtern, zu aufdringlich, zu fordernd, zu verführerisch, mal wollte sie lieber eine Frau, dann einen Mann. Dabei brauchte sie, um über die Runden zu kommen, ohnehin zwei weitere Mieter, wie sie in einer ihrer durchwachten Nächte ausgerechnet hatte. Einen für das kleine Zimmer, einen für das Arbeitszimmer. Aber allein die Vorstellung, noch zwei Fremde bei sich aufzunehmen, brachte sie schier um den Verstand.

Nicht, dass es mit dem Langen Probleme gegeben hätte, mit seinen Lebensmittellieferungen übertraf er sogar alle ihre Erwartungen. Es war seine pure Anwesenheit, die sie störte. Sein verschämter Blick zu Boden, wenn sie ihm im Flur begegnete, die Art, wie er ihre Fotos betrachtete, die sie als gierig empfand, dabei gab er sich redlich Mühe, nicht aufzufallen, ihr alles recht zu machen, sich leise zu verhalten. Eigentlich war er der perfekte Mieter, und das wusste sie auch. Und dennoch wurde sie das Gefühl nicht los, man habe ihr nicht nur Albert genommen, sondern mit diesem Untermieter auch ihr ganzes Leben gestohlen. Am liebsten hätte sie sich hingelegt und wäre nie wieder aufgestanden, aber das Kind in ihrem Bauch gab keine Ruhe. Auch Gustav fragte unermüdlich, wie weit sie mit ihrer Auswahl denn schon sei, und ob er ihr bei der Suche nicht helfen solle. »Ich mach das gern, Charly«, sagte er auch an diesem Tag.

Charlotte, die erschöpft auf dem Sofa saß, musterte ihn nachdenklich. Bislang hatte sie seine Hilfe immer abgelehnt. Was seine Menschenkenntnis anging, traute sie ihm nicht über den Weg. Den Langen hätte sie sich jedenfalls niemals als Mieter ausgesucht. Er war ihr zu jung, zu schüchtern, viel zu wenig greifbar. Obwohl sie ihn täglich sah, hatte sie keine Vorstellung davon, wer er war, und sie wurde das Gefühl nicht los, dass sich hinter seiner stillen Fassade Abgründe verbargen. Andererseits kam sie alleine auch nicht weiter. In der Nacht war sie wieder aufgeschreckt, nachdem sich ihr Telefonhörer in einen riesigen Mund verwandelt hatte, aus dem eine rötliche Masse gequollen war, in der ihre alten Teppiche und Möbel schwammen. Sogar den Schrank mit der ramponierten Zierleiste hatte sie erkannt sowie die Kandelaber. Alles hatte sich mit einem tiefen Gurgeln über sie ergossen, so dass sie geglaubt hatte, darin zu ertrinken.

»Vielleicht«, sagte sie, »ist es doch keine so schlechte Idee, wenn du auch mal die Augen offen hältst.«

»Klar, Charly, das mache ich gern.« Gustav atmete erleichtert auf. Er hatte schon Sorge, sie könnte zwei Mieter finden, ehe er den Pistolenmann aufgetrieben hätte. Ein Mittelsmann von einem Mittelsmann hatte ihm die Nachricht überbracht, dass er ab kommender Woche wieder in Berlin sein werde. Er solle nach Theo von Baumberg fragen.

Draußen schien die Luft zu kleben. Das Atmen fiel schwer, auch weil der Wind von Norden kam und dichten Rauch mit sich führte. So wie es aussah, brannte es in Moabit.

Charlotte ließ sich davon jedoch nicht aufhalten. Obwohl

ihr Kleid am Körper klebte und sie kaum Luft bekam, eilte sie im Laufschritt die Winterfeldtstaße entlang, an der Schneiderei von Herrn Jacobi vorbei, dem sie flüchtig zuwinkte, über die Eisenacher und die Habsburger Straße, bis sie bei der Bäckerei am Winterfeldtplatz angelangt war, an deren Tür ihr Zimmerangebot hing, das sie rasch abnehmen wollte, um nicht weiter von Anrufern belästigt zu werden.

Vor dem Laden drängelten sich die Massen. Keuchend quetschte sich Charlotte zwischen den Wartenden hindurch und tippte einer älteren Dame mit raspelkurzen Haaren, dafür umso größeren Ohrringen, von hinten auf die Schulter. »Entschuldigen Sie bitte. Der Zettel da an der Tür, würden Sie den für mich abnehmen und mir geben?«

Eine Frau schimpfte, sie solle sich gefälligst hinten anstellen, man warte hier schließlich schon seit geschlagenen zwei Stunden. Obwohl Charlotte beteuerte, nichts kaufen zu wollen, schenkte man ihr keinen Glauben. Nur die Frau mit dem kurzen Haar schien sich nicht an ihr zu stören. Im Gegenteil. »Sind Sie die Vermieterin?«, fragte sie, nachdem sie sich zu ihr umgedreht hatte.

»Ja, ja schon, aber …«

»Sie glauben ja nicht, was ich gerade tun wollte. Sehen Sie, ich hab schon Papier und Stift in der Hand. Ich wollte Sie gleich anrufen. Ich bin doch nicht etwa zu spät?«, fragte sie und lachte und riss Charlottes Zimmerangebot mit energischem Schwung von der Glastür.

Die Menge drückte von hinten und schob die Dame weiter in den Laden hinein. Sie hielt den Zettel in die Höhe. »Warten Sie einen Moment? Bitte!«

Als sie wieder herauskam, mit einer Tüte Schrippen in der Hand und einem Strahlen auf dem Gesicht, erwartete Charlotte sie bereits ungeduldig. Von allen Seiten schoben sie jetzt in die Bäckerei, stießen sich in die Rippen, schimpften.

»Ist die Gier erst einmal geweckt, nimm die Beine in die

Hand und lauf weg.« Die Frau mit den Brötchen lachte. »Hat meine Mutter immer gesagt, ist aber schon lange her und war wohl auf etwas anderes gemünzt. Aber egal, hier, kosten Sie, die sind noch ganz warm. Na los, keine falsche Bescheidenheit.« Sie hielt Charlotte die offene Tüte hin, während sie mit einem zufriedenen Stöhnen in ihr frisches Brötchen biss. »Köstlich.« Für einen kurzen Moment schloss sie die Augen. »Wie damals im Adlon.«

Charlotte versuchte sich ihre Überraschung nicht anmerken zu lassen. Aber sich vorzustellen, dass die Dame, deren Angebot sie nach kurzem Zögern nun doch dankend annahm, jemals dort gegessen haben sollte, fiel ihr schwer. Ihre Halsketten, die ihr bis zum Bauchnabel reichten, klimperten bei jeder Bewegung, ihre schweren glitzernden Ohrringe hingen bis auf die Schultern, zudem trug sie ein Kleid, das sie an Tausendundeinenacht denken ließ. Es ging bis zum Boden, war hellgelb und mit einer knallroten, kunstvoll gestickten Bordüre versehen. Es umhüllte ihren schweren Körper.

»Woran werden Sie erinnert?«

An die Picknicke mit meinem Mann am Ufer des Wannsees, hätte Charlotte beinahe gesagt, aber sie kannte die Frau ja nicht. »Ach, wissen Sie, ich schaue lieber nach vorn.«

»Natürlich.« Sie nickte wissend. »Wollen wir ein Stück gehen?« Ohne Charlottes Antwort abzuwarten, hatte sich die Dame bei ihr untergehakt und zog sie sanft, aber bestimmt in die Mitte des Winterfeldtplatzes. »Ich würde Ihnen gerne etwas zeigen.«

»Ich hab nicht viel Zeit.«

»Der Aushang, ich weiß. Es dauert auch nicht lang, versprochen. Sehen Sie den Balkon da im dritten Stock?« Sie zeigte auf ein Haus, das schräg gegenüber der Bäckerei lag. »Die Wohnung gehört einem alten Offizier. Ein komischer Vogel, sag ich Ihnen. Der denkt doch tatsächlich, er wäre noch im Krieg. Tagein, tagaus marschiert er in seiner Uniform und mit Gewehr im Anschlag durch die Wohnung. Und wehe, irgendwo reflektiert ein Licht. Ich zieh schon immer alle Vorhänge zu. Aber langsam wird er unberechenbar. Neulich hatte er es auf meine Mitbewohnerin abgesehen, ein junges Mädchen von gerade einmal zwanzig Jahren. Weiß der Teufel, was er in ihr zu sehen glaubte. Vor lauter Angst ist sie jedenfalls vom Balkon gesprungen.«

Charlottes unruhiger Blick wanderte über die gusseisernen Balustraden. Auf einer blühten Geranien. Hinter einer anderen stand eine ältere Dame, schwarz gekleidet, als käme sie gerade von einer Trauerfeier. Sie hielt eine Zigarettenspitze in der Hand und starrte reglos in den immer dunkler werdenden Himmel. »Schrecklich«, sagte Charlotte leise und wusste selbst nicht, ob sie die Dame oder das Mädchen meinte.

»Das kann man wohl sagen«, erwiderte ihre neue Bekanntschaft, die keinen Blick für die Trauernde hatte. »Dabei hat sie noch Glück gehabt. Ein paar gebrochene Knochen, sonst nichts. Aber wenn ich nicht zufällig unten vorbeigegangen wäre, ich meine, das hätte schlimm ausgehen können. Ich sag Ihnen, die hat mich ganz schön umgehauen, aber ich bin ja zum Glück robust.« Sie lachte so herzhaft, dass sich ihr ohnehin volles Gesicht zu einer Kugel verformte. »Was ich sagen will, auf mich können Sie zählen. In jeder Hinsicht. Wenn das Zimmer also noch zu haben ist, ich meine, Sie machen keinen Fehler.«

Anfang fünfzig, dachte Charlotte, eher älter. Wie ein Strahlenkranz gruben sich feine Falten um den Mund. Die Augen aber leuchteten so entschieden, dass sie alle Spuren des Lebens vergessen machten.

»Ach, du meine Güte, ich hab mich Ihnen ja noch gar nicht vorgestellt. Ich heiße Claire«, sagte sie und reichte Charlotte die Hand. »Einfach nur Claire. So nennen mich jedenfalls alle. Ich bin sozusagen die Oberschwester aus dem Toppkeller in der Schwerinstraße, wenn Sie verstehen, was ich meine. Zumindest jeden Tag von zehn Uhr am Abend bis morgens um sechs, dann stehe ich dort hinter der Bar.«

Über Charlottes Gesicht huschte ein Lächeln. Der Abend mit Wodka und Minzlikör war ihr sofort wieder präsent. Scheußliches Getränk, aber effektiv. Nach vier Gläsern hatte sie sich noch nicht einmal mehr an den Namen ihres Heimatdorfes in Brandenburg erinnert. Vor über vier Jahren, als sie durch Zufall in diesem Lesbenclub gelandet war, war dies nicht die schlechteste Folge von zu viel Alkohol gewesen. »Charlotte«, erwiderte sie, »einfach nur Charlotte.«

In der Ferne war ein Donnergrollen zu hören. Dunkle Wolken schoben über den Himmel, durch die nur noch vereinzelte Sonnenstrahlen fielen. Der Winterfeldtplatz war in ein wechselvolles Licht getaucht, changierend zwischen Grautönen und Orangegelb. Je nachdem, von welcher Perspektive aus man auf den Platz sah, zeugte die Färbung mal von Untergang, mal von Aufbruch. Charlottes Blick blieb an der kupfernen Kirchturmspitze haften, die einem verglimmenden Feuer ähnlich über dem Kirchenschiff flackerte.

»Hunderttausend die Woche«, sagte sie, selbst überrascht, wie leicht es ihr plötzlich fiel, dieser Unbekannten eines ihrer Zimmer anzubieten.

»Phantastisch.« Claire lachte jetzt wieder ihr kugelrundes Lachen.

»Für den Anfang«, fügte Charlotte schnell hinzu. »Ich werde die Miete natürlich an die Preise anpassen.«

»Ach, Schätzchen, nix wird billiger heutzutage, das weiß ich doch.«

»Aber ich muss Sie warnen, das Zimmer ist nicht gerade groß, und ich betreibe keine Pension. Für Ihre Verpflegung müssen Sie selber sorgen, aber selbstverständlich können Sie die Küche mit benutzen. Ach ja, und Sie werden sich nicht nur mit mir arrangieren müssen, sondern mit zwei weiteren Mitbewohnern, und sehr wahrscheinlich stößt noch jemand hinzu, sonst reicht es hinten und vorne nicht und …« Sie deutete auf ihren Bauch, sprach aber nicht weiter. Wer konnte schon ahnen, wie die Welt in ein paar Wochen aussehen würde. Der Entbindungstermin war Ende Oktober, und sie hatten jetzt gerade einmal Mitte August.

6

Theo von Baumberg beobachtete Gustav nun seit geraumer Zeit. Wie er Passanten ansprach, auf sie einredete oder, wenn sie achtlos an ihm vorübergingen, ihnen hinterhereilte, wie er ihnen mit eifrigem Ungestüm Schatullen und Döschen, Spazierstöcke oder bestickte Taschentücher zeigte, wie er vor ihnen tänzelte, sich verbeugte und einen imaginären Hut zog. Es rührte ihn.

»Ein Kaffee, der Herr?« Der Kellner sprach mit sächsischem Akzent, was ihn für einen Moment von Gustav ablenkte. Bis gestern war er selbst in Dresden gewesen, und auch wenn sein Besuch dort keinen Anlass geboten hatte, misstrauisch zu werden, so war es doch besser, stets auf der Hut zu bleiben. Das Gesicht des Kellners verriet nichts Ungewöhnliches. Aber was hieß das schon? In seinem konnte auch niemand lesen, zumindest hoffte er das. Wenn er lächelte, dann tat er das bewusst, wenn er die Stirn in Falten legte, wollte er das so. Auch dieses unkontrollierte Zucken um Augen und Mund hatte er über die Jahre in den Griff bekommen.

»Der Herr?« Der Kellner wartete noch immer auf eine Antwort.

Theo von Baumberg nickte. »Und bringen Sie mir bitte eine Lilie, mittleres Format.«

»Sehr wohl.« Er verbeugte sich, trat einen Schritt zur Seite und wandte sich den nächsten Gästen zu, den linken Arm auf dem Rücken, wie man es in den besseren Lokalen hier auf dem Kurfürstendamm eben tat.

Theo von Baumberg lehnte sich zurück. Entweder war der Kellner ein exzellenter Mann oder ahnungslos. Auch auf seine Zigarrenbestellung hin hatte er keine Reaktion gezeigt. Und er hatte ein gutes Auge, geschult an Zuchthauswärtern, die nicht zimperlich gewesen waren.

Um ihn herum wurde heftig debattiert. Wie immer in letzter Zeit ging es um die Besetzung des Ruhrgebiets durch französische und belgische Truppen und den Wertverfall der Mark. Da erst wenige Tage zuvor Stresemann zum Reichskanzler ernannt worden war, fiel auch öfter dessen Name, was Theo von Baumberg zu äußerster Selbstdisziplin zwang. Wenn er dieses Geschwafel von Hoffnung und Mut hörte, hätte er am liebsten mit der Faust auf den Tisch geschlagen und diesen Blinden die Augen geöffnet. Merkten die denn nicht, dass diese Regierung wie auch die Regierungen zuvor von gierigen Geiern umzingelt war, die gar kein Interesse an einer Besserung der Umstände hatten?

Um nicht Gefahr zu laufen, doch noch die Beherrschung zu verlieren, lenkte er seine Aufmerksamkeit wieder auf Gustav. Ein Mittelsmann aus der Münzstraße hatte ihm gesagt, dass er ihn hier vor der Gedächtniskirche finden würde. Wie er schon vermutet hatte, war er ein unbeschriebenes Blatt. »Etwas naiv, aber harmlos«, so zumindest hatte es der Zuträger formuliert. Über die Wohnung in der Winterfeldt, das freie Zimmer und Charlotte war er ebenfalls auf dem Laufenden. Die Konstellation sei ideal. Eine Schwangere, die gerade ihren Mann verloren habe, würde bestimmt keine unangenehmen Fragen stellen. »Und ganz ehrlich, das Auge isst doch mit. Die würde ich auch mit drei Kindern im Bauch nicht von der Bettkante stoßen.«

Noch so ein Moment, in dem Theo von Baumberg sich hatte beherrschen müssen. Allein dass der Druckergeselle in diesen entscheidenden Wochen überhaupt noch an Vergnügungen dachte, brachte ihn schon auf die Palme. Sie mussten jetzt alle ihre Sinne beisammenhalten, da war jede Ablenkung Gift. Aber er hatte es mittlerweile aufgegeben, mit den einfachen Burschen über den Sinn ihres Kampfes zu diskutieren. Klar, mehr Geld wollten sie alle, und so etwas wie Gerechtigkeit auch, fragte man aber, was genau sie darunter verstanden, konnte kaum einer eine Antwort geben, die ihn zufriedengestellt hätte. Aber solange sie taten, was er von ihnen verlangte, und er nicht vergaß, welche Aufgabe vor ihm lag, war ihm für den Moment alles recht.

Als der Kellner den Humidor mit den Zigarren brachte, sah er Gustav gerade dabei zu, wie er einem dicklichen Herrn einen Spazierstock mit silbernem Löwenkopfknauf verkaufte. Ein Accessoire für neureiche Pinkel. »Degoutant«, hätte seine Mutter gesagt und dabei ihr Taschentuch gezückt und ihre Nase betupft.

»Ich empfehle die äußerste Rechte«, sagte der Kellner und verzog noch immer keine Miene.

»Ganz wie Sie meinen.« Auch Theo von Baumberg ließ keinerlei Regung auf seinem Gesicht erkennen, obwohl er nun doch ein wenig nervös war.

Ohne etwas zu erwidern, legte der Kellner Zigarrenschneider und Streichhölzer auf den Tisch, bevor er sich erneut verbeugte und katzengleich davonschlich.

Mit geübten Fingern streifte er die Banderole von der Zigarre. »Hilde, 24« stand auf der Innenseite, mit dünnem Bleistift notiert. Er ließ das Papier unbemerkt in seiner Westentasche verschwinden. Zufrieden lehnte er sich zurück.

Auf der gegenüberliegenden Straßenseite versuchte Gustav noch immer, seine Ware zu verkaufen.

Ungefähr zur gleichen Zeit nahm der Lange in der Winterfeldtstraße seinen ganzen Mut zusammen.

Sechs Zimmer, dazu ein eigenes Bad, eine Küche, so groß wie die Wohnung seiner Mutter, noch nie hatte er in so einem Palast gelebt. Allein der Flur war die reinste Promeniermeile. Am liebsten schritt er die Fotos ab, die Hände auf dem Rücken. Bedeutende Menschen, dachte er, machten das so. Jedes Detail wollte er sich einprägen, um vor Charlotte zu glänzen. Wenn sie ihn allerdings fragte, ob ihm die Fotos gefielen, nickte er nur. Dabei hätte er sie zu gern in ein Gespräch verwickelt. In den Nächten, in denen Gustav neben ihm schnarchte, stellte er sich vor, wie er sie ausführte, wie er mit ihr plauderte, während die Musik einen Shimmy spielte, zu dem er sie mit größter Selbstverständlichkeit zum Tanz auffordern würde.

In der Hand seine Mütze die er aufgeregt knetete, stürmte er in die Küche.

»Frau Charlotte«, sagte er und trat dabei von einem Bein aufs andere, »was ich mich die ganze Zeit schon frage … Ich meine, die schönen Fotos an der Wand, das ist doch jammerschade, jetzt wohne ich schon seit über vier Wochen bei Ihnen, und ich habe Sie …«

Doch das schrille Pfeifen des Wasserkessels übertönte seine Worte.

Charlotte, nur mit Nachthemd und einem dünnen cremefarbenen Morgenmantel bekleidet, goss das heiße Wasser in eine große Kanne. »Entschuldige. Was hast du eben gesagt?«

Er zögerte. »Ich meine … was ich mich frage … Also, die Fotos … diese wunderbaren Fotos, vor allem die vom Wannsee gefallen mir besonders gut … Ich frage mich einfach … Warum fotografieren Sie nicht mehr?«

Sie starrte ihn an, als hätte er etwas Ungeheuerliches gefragt. Ob er sich nicht vorstellen könne, dass sie ganz andere Sorgen habe? Ob er denn nicht sehe, dass sie schwanger sei? Ob er denn nicht wisse, dass sie gerade erst ihren Mann verloren habe? Dass man ihn ermordet habe und sich keiner um diese Verbrecher kümmerte? Wie er nur annehmen könne, dass sie einfach so weitermachen würde, als sei nichts geschehen? Ihre ganze Verzweiflung pulsierte in diesem Moment wieder durch ihre Adern. Aber der Lange stand derart unbeholfen vor ihr, seine Mütze noch immer unablässig knetend, dass sie sich nur zum Fenster drehte, ohne etwas zu sagen.

Im Hof war ihre Nachbarin gerade dabei, den letzten ihr noch verbliebenen Teppich auszuklopfen. Der dumpfe regelmäßige Ton beruhigte sie ein wenig. Für einen Moment schloss sie die Augen, atmete tief durch. Als sie sie wieder öffnete, hatten es sich auf dem Fenstersims zwei Meisen bequem gemacht. Genau wie damals, als Albert um ihre Hand angehalten hatte.

Das war vor ziemlich genau vier Jahren gewesen. Es war ähnlich sommerlich wie jetzt. Ansonsten war alles anders. Sie trug ihr weißes Kleid, ihre Haut war zart gebräunt, und sie war überglücklich. Auch Albert strahlte, als er ihr die Tür zu seiner Wohnung öffnete, ihr seinen Arm reichte und sie in die Küche geleitete. Ein Strauß roter Rosen stand auf dem Tisch, daneben lag sein Fotoapparat. Bis in den kleinen Finger kribbelte ihre Aufregung, und sie hätte am liebsten schon ja gesagt, obwohl sie nur ahnte, dass er um ihre Hand anhalten wollte. Zwei Stunden ließ er sie zappeln. Sie aß Kuchen, erzählte von ihrer Arbeit, von den Fotos, die sie gemacht hatte, und er hörte ihr einfach nur zu, und erst, als sie schon dachte, sich getäuscht zu haben, zog er eine Rose aus dem Strauß, reichte sie ihr, nahm ihre Hand, und da hielt sie es nicht mehr auf ihrem Stuhl, sie sprang auf und erwiderte seinen Heiratsantrag mit einer Flut von Küssen.

Die Erinnerung daran trieb ihr die Tränen in die Augen.

»Frau Charlotte?« Der Lange, noch immer die Mütze in der Hand, machte ein paar Schritte auf sie zu. Er konnte ja nicht sehen, dass sie weinte.

»Du gehst jetzt besser«, sagte Charlotte, ihr Gesicht weiterhin von ihm abgewandt.

»Entschuldigung … Also, wenn ich etwas Dummes gesagt habe, das wollte ich nicht. Ich wollte doch nur, dass Sie wieder … Ich meine, die Fotos …«

»Bitte«, sagte sie und drehte sich jetzt doch zu ihm um.

Als er ihre Tränen sah, war er für einen Moment wie erstarrt. Dann stürmte er, ein »Entschuldigung« auf den Lippen, aus der Küche, den Flur entlang, riss die Haustür auf und rannte nach draußen, vorbei an dem schwerhörigen Herrn Steinberg, der gerade auf der Treppe verschnaufte und nun verärgert seinen Stock schwang und dem Langen hinterherbrüllte, dass er es schon immer gewusst habe, dass Leute wie er kein Benehmen hätten.

An einem anderen Tag hätte er sich den Alten geschnappt und ihn so lange gegen die Hauswand gepresst, bis er sich bei ihm entschuldigt hätte. Aber die Beschimpfungen waren momentan sein geringstes Problem. Er konnte sich nicht daran erinnern, dass er sich jemals so geschämt hätte.

Er rannte die komplette Winterfeldtstraße entlang, ohne auch nur einmal stehen zu bleiben. Einige wenige Passanten schauten ihm kopfschüttelnd hinterher. Auf der Bülowstraße kamen die Straßenbahnen von beiden Seiten, und hätte nicht der Bettler an der Straßenecke gesessen, über dessen selbstgebauten Rollwagen er stolperte, er wäre genau in dem Moment über die Straße gelaufen, als sie sich kreuzten. »Du elender, erbärmlicher Nichtsnutz, du«, fluchte er, am Boden liegend, auf Augenhöhe des Bettlers. Rasch rappelte er sich wieder auf.

»Klappe halten, Großmaul«, sagte der und zeigte auf die Abzeichen auf seinem abgegriffenen Jackett. »Unteroffizier a. D., drittes Infanterieregiment, wenn dir das was sagt.«

Und ob es das tat. Seit er vierzehn war, hatte er an die

Front gewollt, dem Feind direkt ins Auge blicken. Doch als er endlich alt genug gewesen war, hatte man ihn lediglich in eine Munitionsfabrik gesteckt. Zu einhundertzweiunddreißig Frauen. Nicht, dass er nachgezählt hätte. Das hatte sein Chef übernommen, dem es eine sadistische Freude gewesen war, ihn täglich auf diesen Umstand hinzuweisen. Schlimmer, hatte er damals gedacht, könnte es nicht mehr kommen.

Sein Blick fiel auf das Verwundetenabzeichen des Bettlers, von dessen einst goldenem Glanz kaum noch etwas übrig geblieben war. »Der Krieg ist vorbei, schon vergessen?«, blaffte er den Beinlosen von oben herab an.

»So 'n Schlaks wie du wär bestes Kanonenfutter gewesen. Glaub mir, die Franzmänner hätten ihre Freude an dir gehabt.« Sein Lachen klang hohl, als hätte man ihm neben den Beinen auch noch den halben Kehlkopf weggeschossen. »Aber ich wette, einen wie dich nehmen noch nicht einmal die Dummköpfe aus dieser verdammten Judenrepublik. Soll ich dir mal was verraten, Kleiner?« Er stützte sich auf beide Arme und wuchtete seinen Rumpf näher an die Beine des Langen heran. »Der Krieg ist noch lange nicht beendet. Also steh gefälligst gerade und schlag die Hacken zusammen, wenn du mit mir sprichst.«

»Schlag doch selber die Hacken zusammen.«

»Sehr komisch, wirklich. Aber ich sag dir was, wenn du den nächsten Kampf nicht verpassen willst, dann reiß dich am Riemen. Verlierer wie dich kann niemand gebrauchen. Und jetzt geh mir aus der Sonne. Du verdirbst mir noch den ganzen Tag.« Er hielt ihm seine verschmutzte Hand hin. »Na, wird's schon? Du glaubst doch wohl nicht, dass es so einen guten Rat umsonst gibt?«

Kopfschüttelnd blickte der Lange auf den Bettler herab, dann ging er weiter.

»Gerade stehen nicht vergessen«, rief der ihm hinterher,

als er bereits auf der Straßenmitte war. »Wenn du das kannst, dann melde dich bei mir, ich kenn da einen, der Leute wie dich gut gebrauchen kann.«

Für einen Moment kreisten die Gedanken des Langen noch um den Bettler. Das Verwundetenabzeichen in Gold war nur an die verliehen worden, die dem Tod mindestens fünfmal von der Schippe gesprungen waren. An echte Helden, wie er jetzt dachte. Nicht mehr gehen zu können schien ihm in diesem Fall ein annehmbares Schicksal zu sein, jedenfalls annehmbarer als seines. Er sollte sich den Tag als Tag der Demütigungen anstreichen.

Als er in die überfüllte Straßenbahn stieg, glaubte er von Blicken durchbohrt zu werden. Unwillkürlich senkte er den Kopf, was ein Fehler war, wie sich kurz darauf herausstellen sollte.

Am Potsdamer Platz herrschte wie immer das dichteste Gedränge, und wäre er so aufmerksam gewesen wie sonst, er hätte in der Menge unbemerkt verschwinden können, so aber entdeckte er die beiden Schlägertypen aus dem Linienkeller erst, als sie nur noch eine Armlänge von ihm entfernt waren.

Dass er in diesem Moment erst an seinen Chef dachte, der ihn nun feuern würde, und danach an Charlotte, die er dann nicht mehr würde bezahlen können, war das Einzige, woran er sich später noch erinnern konnte. Selbst wie er nach Hause gekommen war, wusste er nicht mehr.

Sein Gesicht war geschwollen, und, wie Charlotte vermutete, es waren etliche Rippen gebrochen. Wimmernd lag der Lange auf seinem Bett. Bei jedem Versuch, den Claire und sie unternahmen, ihn zu entkleiden, schrie er so laut, dass es ihnen kalt über den Rücken lief. Wortlos tauschten sie Blicke aus. Und obwohl sie sich erst seit wenigen Tagen kannten, wussten sie sofort, dass sie den gleichen Gedanken hatten. Sie nickten sich zu, dann hob Claire ihn an, und Charlotte streifte ihm erst das Hemd, dann die Hose vom Leib. Sie machten so schnell sie konnten. Als er schließlich nackt vor ihnen lag, schien das ganze Haus von seinen Schreien erfüllt.

Sein magerer Körper war mit blutenden Wunden übersät, und als Charlotte und Claire sich gerade fragten, ob sie nicht besser doch den Arzt rufen sollten, öffnete Gustav frohgelaunt die Tür.

Hinter ihm ging Theo von Baumberg, vor dem er nun mit denselben tänzelnden Schritten hin und her sprang wie vor seinen potentiellen Kunden. »Immer hereinspaziert.« Seine Laune hätte nicht besser sein können. Er hatte einen Spazierstock und zwei Taschentücher verkauft, dabei die Bekanntschaft eines Amerikaners gemacht, von dem er sich einiges erhoffte, vor allem aber hatte er endlich Theo von Baumberg gefunden, wie er glaubte, denn eigentlich verhielt es sich gerade andersherum.

»Und, hab ich zu viel versprochen?«, fragte er, noch auf der Türschwelle stehend, während er sich darüber wunderte, dass alle Zimmertüren offen standen. Der Flur, der sonst in einem fahlen Licht lag, wirkte, als würde er von allen Seiten bestrahlt. Besseres, dachte Gustav für einen kurzen Moment, konnte ihm gar nicht passieren, doch da begann der Lange wieder zu schreien. Einen Augenblick lang glaubte er die Schreie seiner Kriegskameraden zu hören. Blutverschmiert lagen sie vor ihm und schrien um ihr Leben. Starr vor Schreck blieb er in der Tür zu seinem Zimmer stehen.

Theo von Baumberg aber zögerte nicht lange, warf Jacke und Hut auf den Boden, krempelte die Ärmel seines Hemdes nach oben und nahm Charlotte wie selbstverständlich den bereits blutgetränkten Lappen aus der Hand.

»Entschuldigung … Sind Sie Arzt?« Charlotte sah ihn verständnislos an.

Doch statt zu antworten, tastete er den Körper des Langen

ab. »Ich brauche frisches Wasser, Jod und Verbandszeug«, sagte Theo.

Claire, die sofort verstand, holte ihm die gewünschten Sachen, Charlotte aber sah ihn noch immer erstaunt an. »Also, Sie sind jetzt bitte wer?«, fragte sie.

»Von Baumberg«, sagte er, ohne seinen Kopf vom Langen zu wenden. »Ich erklär's Ihnen später. Wir sollten jetzt lieber …«

»Er ist ein Freund«, ging Gustav rasch dazwischen, der sich etwas gefangen hatte.

Gekonnt versorgte Theo von Baumberg den Langen. Auch Charlottes unablässige Fragen nach ihm und nach dem Zustand des Verletzten brachten ihn nicht aus der Ruhe. Ebenso wenig wie das nun einsetzende Gestammel des Langen, der etwas von »Pistole« und »Vorsicht« murmelte und Charlotte dabei so flehentlich ansah, dass sie seine Hand nahm und beruhigend auf ihn einsprach.

Erst als Theo von Baumberg alle Wunden behandelt und den zerschundenen Körper mit einem dünnen Tuch bedeckt hatte, als er Gustav angewiesen hatte, große Mengen Schmerzmittel zu besorgen, am Bayerischen Platz, da kenne er einen Arzt, Doktor Chodziener, er müsse lediglich Grüße von ihm bestellen, nahm er seine Brille ab, wischte sich den Schweiß aus dem Gesicht und bedachte Charlotte mit jenem Lächeln, das schon Gustav im Linienkeller aufgefallen war und das sie nun für einen kurzen Moment zur Ruhe brachte.

Charlotte strich sich eine Strähne hinters rechte Ohr. Dass dieser gutgekleidete Herr ein Bekannter von Gustav sein sollte, konnte sie kaum glauben.

7

Wenn man in die Wohnung kam, befand sich gleich linker Hand Claires Zimmer. Lange bevor Charlotte hier eingezogen war, und auch lange bevor Albert die Wohnung gekauft hatte, war dies das Zimmer des Hausmädchens gewesen. Über dem Türrahmen war noch immer eine Vorrichtung zu sehen, an der man eine Glocke hätte anbringen können. Allerdings war das Seil, das sich von dort über die Flurdecke bis in den Salon gespannt hatte, längst abgenommen worden. Im Salon, der nun Charlottes Zimmer war, zeugte lediglich eine bronzefarbene Klingel neben der Flügeltür von diesen einst herrschaftlichen Zeiten. Obwohl die Klingel seit mindestens zehn Jahren nicht mehr in Betrieb war, wies sie noch immer deutliche Spuren eines regen Gebrauchs auf. Im Vergleich zur glänzenden Zierbordüre wirkte der zarte Knopf matt und stumpf, fast wie ergraut.

Charlotte hätte niemals gedacht, dass sie einmal diesem Umstand Beachtung schenken würde, aber jetzt, da sich so vieles veränderte, war es ihr ein Trost zu wissen, dass es Dinge gab, die sich gegen das Verschwinden stemmten, auch wenn sie nutzlos geworden waren.

Claires Zimmer glich einem orientalischen Basar. Die vier Meter hohen Wände waren mit bunten Tüchern drapiert, und auf dem Holzfußboden stand eine große Messingschale, um die sie vier Kissen gelegt hatte. Sah man einmal von ihrem schmalen Bett ab, das ebenfalls mit bunten Tüchern bedeckt war, waren dies die einzigen Sitzmöglichkeiten. Für eine Frau mit der Leibesfülle einer Matrone, die bereits die fünfundfünfzig überschritten hatte, war es erstaunlich zu sehen, mit welcher Eleganz sie dort im Schneidersitz thronte. Wäre sie nicht über und über mit Schmuck behängt gewesen und hätte sie nicht Tag und Nacht diesen knallroten Lippenstift getragen, sie hätte an eine buddhistische Figur erinnern können.

Hilde Ehrmann, wie sie eigentlich hieß, liebte es, ihre Tage mit einer Sensation zu beginnen. »Ihr glaubt nicht, was sich gestern Nacht wieder Unglaubliches zugetragen hat«, sagte sie gern, wartete, bis jemand seinen neugierigen Kopf in ihre Zimmertür streckte, und erzählte meist von bildschönen jungen Frauen, die sich im Toppkeller unsterblich in sie verliebt hätten. »Ein Püppchen von Person, bestimmt Tänzerin in der Scala, Gott, und noch so jung, da hab ich sie eben unter mein Kleid schlüpfen lassen.« Oft lachte sie dann so herzlich, dass Theo von Baumberg sie am anderen Ende der Wohnung noch hören konnte.

So wie Charlotte es sich kaum vorzustellen vermochte, dass Claires Zimmer bis vor kurzem Lagerstätte von Alberts Sammelleidenschaft gewesen war, so war es schier undenkbar geworden, dass in dem kargen Raum, in dem Theo von Baumberg nun seit fast einer Woche wohnte, einmal Alberts Arbeitszimmer gewesen sein sollte. Regale bis zur Decke, ein schwerer Schreibtisch auf einem Perserteppich, im Erker der Sekretär und auf dem Boden Berge von Zeitungen und Zeitschriften, so hatte es in dem Zimmer bislang ausgesehen. Jetzt standen dort nur noch ein Bett und ein Schaukelstuhl auf dem blanken Parkett sowie der Eichentisch, der eigentlich für Claires Zimmer vorgesehen gewesen war. Neben der Leere war das Auffälligste im ganzen Raum der schmale grün gekachelte Ofen, der fast bis zur Decke reichte.

Einen Tag nach ihrer ersten Begegnung war Theo von Baumberg mit ähnlicher Selbstverständlichkeit bei ihr eingezogen, mit der er auch den Langen versorgt hatte. Später wusste Charlotte nicht mehr, ob es an seinem selbstbewussten Auftreten gelegen hatte, dass sie keine weiteren Fragen gestellt hatte, oder an Gustav, der so stolz gewesen war, ihr diesen Mann vorstellen zu können, »einen Adligen, Charly«, oder an Claire, die ihn davon unbeeindruckt sofort behandelt hatte wie einen alten Bekannten, oder einfach nur daran, dass sie dringend den Ausfall des Langen kompensieren musste. Jedenfalls glaubte sie in Theo von Baumberg einen Untermieter gefunden zu haben, der ihr keinen Ärger machen würde.

Am 24. August 1923 trug sie seine erste Mietzahlung über eine Million Mark in ihr Haushaltsbuch ein. Dafür hätte sie an jenem Tag fünf Laibe Brot bekommen oder drei Kilo Kartoffeln, Steckrüben und Bohnen und ein Pfund Butter. Eine Woche später bekam sie für dieselbe Summe nur noch eine Handvoll Gemüse und kochte davon für den Langen Suppe, so wie sie es auch schon die Tage zuvor getan hatte.

Mit schmerzverzerrtem Gesicht setzte er sich an den Küchentisch. Es war der erste Tag, an dem er wieder aufstehen konnte. Als Charlotte ihm Suppe auf den Teller schöpfte, wagte er es kaum, ihr dabei zuzusehen. Jede Geste an ihr verriet ihm, dass sie ihr kurzes Gespräch von jenem Morgen nicht vergessen hatte. Ihr Lächeln war flüchtig geworden, ihre Blicke kurz.

»Danke, Frau Charlotte«, sagte er leise.

Sie nickte.

»'nen Orden verdienen Sie sich … Wissen Sie, so einen für Helden. Mit ganz viel Gold und so … Alle Schulden zahl ich zurück, da können Sie sich drauf verlassen, Frau Charlotte. Und wenn es Probleme gibt, ich meine, mit dem Neuen, Sie wissen schon, diesem Adelsmann, der …«

»Schon gut«, unterbrach sie ihn und legte ihm mit einem Anflug von Mitgefühl ihre Hand auf die Schulter. Er war so mager, dass sie jeden Knochen spürte.

Aber ihm war, als loderte ein Feuer auf seiner Schulter. Wenn es doch ewig brennen würde, wenn sie doch nie wieder ihre Hand … Doch da drehte sie sich schon zur Spüle.

»Ich glaube, es ist an der Zeit, dass du mich beim Vornamen nennst«, sagte sie.

»Ja?« Hoffnung keimte in ihm auf, dass sie sich ihm erneut zuwenden würde, dass ihre Hand ihn wieder berührte, ja vielleicht beide Hände, dass …

»›Frau Charlotte‹«, sagte sie, »das klingt nach alter, verbitterter Frau, findest du nicht?«

»Nein, ganz und gar nicht«, beeilte er sich zu sagen. Nicht auszudenken, wenn sie dachte, dass er dachte … Sie war die begehrenswerteste Frau, die er kannte. Trotz ihres dicken Bauchs. Und selbst wenn sie wie jetzt barfuß war und dieses Herrenhemd trug und dazu die hochgekrempelten weiten Leinenhosen, die einst ihrem Mann gehört haben mussten und die sie mit schwarzen Hosenträgern befestigt hatte, war er sich sicher, noch nie eine so schöne Frau gesehen zu haben.

»Charlotte jedenfalls reicht. Und hör auf, mich zu siezen. Sonst komme ich mir noch vor wie eine von diesen Vermieterinnen mit Dutt und heißem Bügeleisen, die ihre Untermieter in den Wahnsinn treiben«, sagte sie, verzog jedoch keine Miene.

Er entschuldigte sich unzählige Male, beteuerte, dass er niemals vorgehabt habe, sie zu kränken, doch Charlotte dachte nur, dass sie nicht mehr lange auf seine Miete verzichten konnte. Das Leben verteuerte sich in einem Tempo, dass einem ganz schwindelig davon werden konnte. Wie auch von dem Gedanken, dass seit Alberts Tod noch nicht einmal drei Monate vergangen waren. Drei Monate, in denen sich so vieles verändert hatte, dass sie manchmal glaubte, in einem Alptraum zu stecken, aus dem sie nur zu erwachen brauchte.

»Ich hab's nur gut gemeint, das müssen Sie mir glauben«, sagte der Lange.

»Du, Heinrich.«

»Natürlich, 'tschuldigung.«

»Und hör auf, dich zu entschuldigen. Ich glaub dir ja.«

»Ja, natürlich … 'tschuldigung.«

»Heinrich!« Sie lachte.

Er senkte verschämt seinen Blick. Aber er würde ihr schon noch zeigen, was in ihm steckte. »Ist gut, ich hab verstanden«, sagte er und fügte leise ihren Namen hinzu.

Charlotte schenkte ihm ein flüchtiges Lächeln, dann nahm sie sich ein Glas Wasser und ging damit in ihr Zimmer. Essen würde sie erst, wenn der Lange wieder im Bett war oder wenn sie sich zumindest sicher sein konnte, die Küche für sich allein zu haben. Noch immer hatte sie sich nicht daran gewöhnt, dass Fremde an ihrem Tisch saßen, an dem sie oft mit Albert gegessen hatte, dass Fremde ihr Bad benutzten, dass sie sich in Alberts und ihrer Wohnung wie selbstverständlich miteinander unterhielten.

Charlottes Blick fiel auf den Bürgersteig gegenüber. Genau dort, wo nun ein Gasriecher die Leitungen prüfte, hatte der Junge gestanden.

Vorsichtig nahm sie Alberts Kamera aus dem gläsernen Regal. Das Gehäuse fühlte sich kalt an. Wie schon so oft, besah sie es sich von allen Seiten. Aber wie immer fand sie nur die altbekannten Spuren eines sinnlosen Kampfes. Wenn sie doch nur wüsste, was am frühen Morgen des 6. Juni tatsächlich geschehen war. Wenn doch nur die Polizei endlich Ermittlungen einleiten würde, vielleicht, so dachte sie, würde sie sich dann weniger alleingelassen fühlen mit ihren Sorgen.

Sie würde bald eine Wiege benötigen, dazu Babykleidung, Windeln. Zudem musste sie die Rechnungen bezahlen. Gas, Wasser, Strom. Für den Winter brauchten sie Kohlen. Und sie besaß kaum noch etwas, das sie hätte zu Geld machen können. Sogar Alberts Wagen hatte sie mittlerweile verkauft sowie die meisten seiner Bücher. Dass sie nun ganz von der

Zuverlässigkeit ihrer Mieter abhängig sein sollte, stimmte sie nicht gerade optimistisch. Zwar schienen Claire und Theo ihre Verpflichtungen ernst zu nehmen, Gustav aber hatte bislang nur mit dem Versprechen bezahlt, dass bald bessere Zeiten anbrechen würden. Und allein an seinem Gesichtsausdruck hatte sie schon sehen können, dass Vorsicht geboten war.

In der Küche klapperten Töpfe und Pfannen. Aus dem Badezimmer hörte sie Wasserrauschen. Eilige Schritte durchquerten den Flur, dann öffnete jemand die Tür nebenan. Das musste Theo gewesen sein, der gerade nach Hause gekommen war.

»Lotte!« Claires Stimme dröhnte durch die Wohnung. »Hast du noch Schmierseife übrig?«

Sie hörte jetzt, wie sich Claires schwerer Körper ihrem Zimmer näherte. Bevor sie anklopfen konnte, öffnete Charlotte die Tür. »Wenn, dann unten in der Waschküche.«

»Da hab ich schon nachgesehen, da ist nichts. Wir haben doch heute Waschtag, oder?«

Charlotte nickte. »Immer dienstags.«

»Seltsam ... Warst du heute schon unten?«

»Ich wollte erst nächste Woche waschen.«

»So ein Mist. Ich müsste dringend diesen Fleck loswerden«, sagte sie und hielt Charlotte ihr rotes Kleid unter die Nase. »Da hat mir doch gestern glatt eines von diesen jungen Dingern seinen Likör in den Ausschnitt gegossen. Wie lange hat Richters Drogerie eigentlich geöffnet?«

»Normalerweise bis sechs, aber zurzeit ... Ich weiß nicht. Ich glaube, der hat schon seit Tagen geschlossen.«

»Ob vielleicht der Neue ...?« Sie klopfte an Theos Tür. »Hallo, Herr Nachbar, hast du meine Schmierseife entwendet?«

Doch niemand antwortete. Man hörte auch keine Schritte.

»Der ist doch da, oder?« Sie klopfte erneut. »He, mach mal

auf. Ich will meine Seife zurück«, rief sie durch die geschlossene Tür, als eine dichte Rauchwolke in den Flur zog. »Verdammt.« Claire schüttelte lachend den Kopf. »Jetzt hab ich doch glatt den Schweinebauch auf dem Herd vergessen«, sagte sie und eilte, das Kleid in der Hand, in die Küche.

Charlotte, die bis dahin mit verschränkten Armen im Türrahmen gestanden hatte, ungläubig staunend, dass diese Matrone in ihrer Wohnung nach Seife suchte, dass sie von dem Neuen gesprochen hatte, obwohl sie doch selbst eine Neue in der Winterfeldt war, folgte ihr.

Die ganze Küche war in Rauch getaucht. Charlotte riss das Fenster auf, wedelte mit den Armen, suchte nach den Topflappen, die sonst immer neben dem Herd lagen, fluchte, weil sie dort nicht mehr waren, wie überhaupt vieles nicht mehr an seinem Platz war, seitdem alle ihre Küche mit benutzten, als Claire kurzerhand ihr Kleid nahm und damit die viel zu heiße Pfanne vom Herd zog.

»Ich glaube, jetzt brauche ich keine Seife mehr«, sagte sie und lachte, während sie abwechselnd auf das verkohlte Stück Fleisch starrte, das mit der Pfanne im Spülbecken gelandet war, und auf den mit Fett beschmierten Stoff in ihrer Hand. »Schade drum. Dieses Kleid hatte immer etwas Magisches, das hat die jungen Dinger wie Fliegen angezogen.«

Charlotte schmunzelte, sagte aber nichts, sondern versuchte nun, mit einem Abtrockentuch den Qualm aus der Küche zu vertreiben. »Puh. Was für ein Gestank.« Sie hustete.

»Tut mir leid.«

»Ja, ja, schon gut. Ich mach bei mir mal im Zimmer die Fenster auf. Wir brauchen Durchzug. Sonst steht der Rauch noch bis morgen in der Wohnung.«

Als sie zurückkam, warf Claire gerade den Schweinebauch in den Abfall. »Das kann auch nur mir passieren. Das erste Stück Fleisch seit Tagen, und dann das …« Sie schüttelte den

Kopf. »Der Speck hier lässt sich ja leider nicht braten«, sagte sie und tätschelte lachend ihre prallen Hüften.

»Hast du denn jetzt gar nichts mehr zu essen?«

»Ich fürchte, heute steht Augenschmaus auf meinem Speiseplan.«

Charlotte zögerte. Eigentlich hatte sie ja ihre Ruhe haben wollen. »Wenn du magst, ich hab noch Suppe. Die könnte ich warm machen. Da ist zwar kein Fleisch drin, aber immerhin reicht sie für uns beide.«

»Das würdest du tun?« Noch ehe Charlotte etwas erwidern konnte, drückte Claire ihr einen roten Lippenstiftkuss auf die Wange. »Ich hab's sofort gewusst. Auf dich kann man zählen.« Sie strahlte über das ganze Gesicht.

Unterdessen war Theo aus seinem Zimmer gekommen. Die Arme verschränkt stand er im Türrahmen und grinste. »Braucht ihr die Feuerwehr?«

»Ha, wusste ich's doch.« Claire sah ihn kopfschüttelnd an. »Der feine Herr ist anwesend. Warum öffnest du denn nicht deine Tür, wenn man anklopft?«

Doch statt zu antworten, lächelte Theo nur, wie er immer lächelte, seitdem er hier wohnte.

»Gib's zu. Du hast meine Schmierseife entwendet.«

»Klar. Ich bin der berühmte Schmierseifendieb.«

»Zuzutrauen wär's dir.«

»Ach ja?«

»Na, ein schmieriger Kerl wie du, ich bitte dich. Der muss sich doch schrubben.« Sie lachte.

»Danke für das Kompliment.« Theo lächelte noch immer. »Aber zu deiner Information, ich lasse waschen.«

»Das war ja klar. Hast du das gehört, Lotte? Der Herr lässt waschen.«

»Lässt der Herr auch Suppenteller verschwinden?«, fragte sie, nachdem sie alle Türen ihres Küchenschranks geöffnet hatte und nun ratlos davorstand.

»Bin ich Houdini?«

»Wer weiß? Einer, der es sich in diesen Zeiten leisten kann, seine Wäsche wegzubringen, der muss schon über Zauberkräfte verfügen.«

Ohne etwas zu sagen, ging Theo in die Abstellkammer und kam mit fünf Tellern wieder heraus, die er auf dem Küchentisch abstellte. »Voilà. Die reinste Magie.«

»Ich bin beeindruckt.«

»Das freut mich.«

»Ich hoffe nur für dich, dass nicht du es warst, der auf den absurden Gedanken gekommen ist, Suppenteller in die Abstellkammer zu räumen.«

»Da wollte sich wohl unser Kranker nützlich machen. Ich habe ihn gesehen, wie er die Teller weggestellt hat.«

»Er hat sie in die Abstellkammer gebracht?«, fragte Charlotte fassungslos.

Theo zuckte lächelnd mit den Schultern.

»Ist es zu viel verlangt zu erwarten, dass man Teller in den Schrank stellt?« Warum, dachte Charlotte, warum tat man ihr das an? Warum musste sie, die bald ein Kind erwartete, die gerade erst ihren Mann verloren hatte, mit diesen Menschen ihre Wohnung teilen, von denen eine ihre Küche fast in Brand gesetzt hätte und der andere alles durcheinanderbrachte und der Dritte ewig nur lächelte, als ginge ihn das alles nichts an. »Ab morgen gibt's ’ne Wohnungsordnung«, sagte sie.

Claire legte ihren Arm um Charlottes Schulter. »Schätzchen, ich weiß, es ist schwer. Ich musste auch schon mal bei null anfangen, aber irgendwann geht es wieder bergauf. Glaub mir.«

»Aber nicht in diesen Zeiten.«

»Auch in diesen Zeiten«, sagte Claire und drückte sie fest an sich. »Lass uns was essen. Ein voller Magen hat noch immer geholfen. Willst du auch?« Sie schaute zu Theo, doch der schüttelte den Kopf.

»Ich muss noch mal los«, sagte er und ging ebenso lächelnd davon, wie er gekommen war.

Wenig später schöpfte Claire für Charlotte und sich Suppe aus dem Topf und schnitt für jede eine dicke Scheibe Brot ab. Gierig beugte sie sich über den dampfenden Teller. »Du musst dich eben erst an uns gewöhnen«, sagte Claire mit vollem Mund. »Wir müssen uns alle erst aneinander gewöhnen, das ist doch normal.«

»Normal?« Charlotte lachte laut auf. »Das nennst du normal? Wenn ich jetzt hier mit meinem Mann sitzen würde, dann wäre das normal, aber doch nicht ...« Sie stockte. Claire konnte ja nichts dafür. Claire war vermutlich das Beste, was ihr in dieser Situation hatte passieren können. Sie nahm einen Löffel von der Suppe. Dafür, dass sie nur aus Bohnen, Sellerie, zwei alten Möhren und einer Handvoll verschrumpelter Kartoffeln bestand, schmeckte sie gar nicht so schlecht.

»Wir schaffen das. Gemeinsam schaffen wir das«, sagte Claire.

»Hoffentlich.« Charlotte stöhnte leise.

8

Es war bereits weit nach Mitternacht, als Gustav noch immer darauf wartete, dass der Türsteher ihn in den Toppkeller ließ. Seine Beteuerungen, die Barfrau zu kennen, hatten bis dahin nur zu weiterem Unmut bei dem bulligen Kerl geführt.

»Unsere Claire ist ’ne feine Dame, die kennt keine schmächtigen Bürschchen wie dich.«

»Dann geh doch rein und frag sie.«

»Als ob ich nichts Besseres zu tun hätte.« Der Türsteher schnaubte verächtlich, während er wieder einen Schwung Gäste an Gustav vorbeiwinkte. Ehepaare waren darunter, Männer mit dicken Zigarren, junge Frauen in dünnen Kleidchen und mit Federn im Haar, Mädchen, die trotz dick aufgetragenem Puder noch wie Schulmädchen aussahen. »Willst wohl deine Dollar hier loswerden, was?«

»Herrgott, nein. Ich will nur mit Claire sprechen.«

Der Türsteher musterte ihn skeptisch. »Spieler, oder was?«

»Was soll denn diese Fragerei? Jetzt lass mich schon rein.«

»Hast du nun Dollar oder nicht?« Seit Tagen kursierte das Gerücht, dass die Polizei großangelegte Razzien plane, um nach ausländischem Geld zu fahnden, und sein Chef hatte ihm strikte Anweisung gegeben, niemanden mit Devisen in den Club zu lassen.

»Natürlich nicht.« Noch nicht, dachte Gustav und grinste.

»Keine Dollar?«

Wie oft sollte er es dem Kerl denn noch sagen? Muskeln

wie Berge, aber ein Gehirn von der Größe eines Kieselsteins. Wie er diese Typen satthatte. »Nein, keine Dollar.«

»Zeig mir deine Taschen.«

Gustav zog die linke Augenbraue nach oben. »Dein Ernst?«

»Mein voller Ernst.«

Widerwillig stülpte er seine Hosentaschen nach außen. Es kamen sein Haustürschlüssel und drei Hunderttausender zum Vorschein. Zu wenig, um sich im Toppkeller mehr als ein Glas Wodka leisten zu können. »Zufrieden?«

»Das soll alles sein?«

Es fehlte nicht viel und Gustav hätte seine guten Vorsätze vergessen und dem Kerl sein überhebliches Grinsen aus dem Gesicht geprügelt, aber da öffnete er ihm endlich die Tür.

»Na dann, schönen Abend.«

Kopfschüttelnd ging er an ihm vorbei. Bald schon würde er das Geschäft seines Lebens tätigen, und dann würde er Anita Berber beim Tanzen zusehen, sich ein Mädchen schnappen und es ins Adlon entführen, Cognac trinken, Austern schlürfen und an Typen wie diesen Türsteher nur noch mit Verachtung zurückdenken.

Der Traum war so unwiderstehlich, dass er einfach weiterträumte. Mit einem Mal nämlich glaubte er nur noch nackte Frauenbeine zu sehen. Beine, die sich um Hüften wanden, die sich in die Höhe warfen, die im wilden Rhythmus tanzten. Beine, die auf anderen Beinen lagen. Beine, die bis zu den Achseln reichten. Dicke, dünne, dürre. Noch nie hatte er so viele Beine auf so kleinem Raum gesehen.

Wie in Trance stolperte er durch den Club. Vorbei an ineinander verkeilten knutschenden Paaren, über kichernde, sich auf dem Boden wälzende Mädchen hinweg. Gleich dahinter spielte eine Kapelle auf einem kleinen Podest. Fünf Frauen, jede in Anzug und Krawatte, heizten mit einem immer schneller werdenden Charleston der Menge ein.

Auf halbem Weg zur Bar schlängelte sich eine Frau auf dem Boden. Unter ihrem weißen Schleier war sie unverkennbar nackt. Gustav beobachtete sie fasziniert. Der sehnige Körper spreizte und krümmte sich, bog sich nach oben, um gleich darauf wieder zu Boden zu gleiten. Durch den transparenten Stoff zeichneten sich ihre Brustwarzen ab. Nicht einen Moment hielt sie still.

Dass ihre schwarzgeschminkten Augen Eingängen zu dunklen Höhlen glichen, dass sie, entrückt von Koks und Morphium, in einer ganz anderen Welt zu Hause war als er, bemerkte er nicht.

Er sah nur ihren bebenden Körper und eine Hand, die ins Leere zu greifen schien und die er nun, ohne zu zögern, ergriff. Das Mädchen war so leicht, dass selbst er sie ohne Mühe nach oben ziehen konnte. Doch statt sich an ihm zu winden, wie von ihm erhofft, verpasste sie ihm eine Ohrfeige.

»Was fällt dir ein, du Idiot? Ich steh nicht auf Typen wie dich. Women only«, fauchte sie und ließ sich wieder zu Boden gleiten.

Von überall her trafen ihn Blicke. Von dem kleinen runden Tisch aus, an dem eine Frau mit Zigarettenspitze saß und spöttisch grinste, von dem Tisch gleich daneben, an dem drei Männer tranken und lauthals lachten, von der Tanzfläche, der Kapelle, von der Bar aus. Von dort vernahm er nun auch Claires gutgelaunte Stimme.

»Was machst du denn hier? Komm rüber … Ich geb dir einen aus«, rief sie, gehüllt in ihr rotes Kleid, das Herr Jacobi hatte retten können.

»Ich brauch deine Hilfe«, sagte er und nahm einen Schluck von dem Wodka, den sie ihm hingestellt hatte.

»Und deswegen kommst du mitten in der Nacht?«

Hastig trank er das Glas leer. »Charly und du, ihr versteht euch doch gut?«

»Ich denke schon … Warum?«

»Du musst mit ihr reden«, sagte er. »Du musst ihr klarmachen, dass man die Wünsche eines Toten nicht über die Bedürfnisse von Lebenden stellen kann.«

»Wie bitte?« Claire lachte, während sie Gläser voll Wodka über den Tresen schob und auch Gustav ein neues reichte.

»Charly sieht nicht ein, dass sie das Geschäft ihres Lebens machen kann«, sagte er und leerte das Glas in einem Zug. »Oder würdest du auf tausend Dollar verzichten?«

»Vermutlich nicht, aber wenn sie es tut, wird sie schon ihre Gründe haben.«

Gustav lachte laut auf. »Ihre Gründe, ja, die hat sie. Ihre Gründe sind absurd.«

Charlottes schnippischer Ton war ihm noch deutlich im Ohr. »Schlag dir das aus dem Kopf … Das kommt nicht in Frage … Albert hätte das niemals gewollt … Du weißt wohl nicht, was es heißt, ein Erbe in Ehren zu halten?« Als ob er nicht wüsste, was es hieß, um sein Leben zu kämpfen.

»Ich hab da einen amerikanischen Asta-Nielsen-Sammler aufgetan«, sagte er, »der würde für das Paar Glacéhandschuhe, das in Charlottes Vitrine liegt, plus zehn Originalfotografien tausend Dollar bezahlen. Tausend Dollar, Claire. Und das in Zeiten, in denen Charlys Mieteinnahmen noch nicht einmal für das Nötigste reichen.«

»Das ist ’ne Menge Geld«, sagte Claire, während sie neuen Gästen zuwinkte und dabei Glas um Glas mit einem Gemisch aus Gin und Bols füllte. Eine ganze Reihe blau leuchtender Getränke stand nun vor Gustav auf dem Tresen.

»Und?« Er sah sie erwartungsfroh an. »Was sagst du? Das ist die Gelegenheit, die darf man sich doch nicht entgehen lassen … Sprichst du mit ihr? Auf dich hört sie bestimmt.«

»Nee, nee, mein Lieber … Wenn Charlotte nicht will, dann will sie nicht. Das solltest du respektieren.«

»Aber das sind tausend Dollar, Claire … tausend Dollar.

Das ist … Machst du mir noch einen Wodka? … Das ist unvorstellbar viel Geld. Damit wäre sie alle Geldsorgen los.«

»Du meinst, du müsstest dich nicht um Arbeit bemühen«, sagte sie und grinste, wurde in dem Moment aber von einer großgewachsenen Dame abgelenkt, die ihr eine Kusshand zuwarf. »Champagner?«

»Wie immer.«

»Hast du schon gehört, die Waldoff hat sich für später angekündigt. Du solltest dich also beeilen, wenn du heute wieder unser Schlangenmädchen erobern willst.«

Die Dame zog genüsslich an ihrer Zigarette, dann blies sie Gustav den Rauch direkt ins Gesicht. »Na, mein Kleiner, hast wohl das falsche Lokal erwischt.«

»Lass ihn in Frieden. Er hat schlechte Laune.« Claire lachte und stellte ihm dieses Mal ein Wasserglas voll Wodka hin.

»Man sollte ihm vielleicht sagen, dass es hier keine Frauen für ihn gibt«, sagte die Dame, ohne eine Miene zu verziehen, dann rauschte sie ab, das Glas Champagner in der Hand, mit dem sie das Schlangenmädchen zu sich lockte.

»Wer war das denn?«

»Die spitzeste Zunge der Stadt.«

»Pah … ich könnte sie alle haben. Alle, wie sie hier sitzen und tanzen und sich vergnügen. Aber ich hab Geschäfte zu tätigen … Also bitte, Claire, hilf mir.«

Aber Claire schüttelte nur den Kopf. Sie konnte Charlotte gut verstehen.

Als sie am Morgen gemeinsam vor die Tür traten, hatte Claire Gustavs Glas sechsmal nachgefüllt. Auf seine Bitte aber, mit seiner Schwester zu sprechen, sie davon zu überzeugen, dass ein toter Albert ja wohl nichts dagegen haben könnte, dass die Lebenden von seiner Sammelleidenschaft profitierten, war sie nicht weiter eingegangen. Wie nach jeder arbeitsreichen Nacht waren Claires Beine auch jetzt dick geschwollen, und sie konnte vor Schmerzen kaum gehen. Gustav, der noch immer nicht daran dachte aufzugeben, reichte ihr seinen Arm, obwohl er Mühe hatte, sich überhaupt aufrecht zu halten.

Sie gaben ein komisches Bild ab, der Schmächtige und die Dicke, die an diesem Morgen durch jenes Licht zwischen Traum und Tag nach Hause gingen, das immer auch ein Quäntchen Hoffnung in sich barg.

Gustav plapperte ohne Unterlass. Von dem Schlangenmädchen, der großen Schlanken, den Musikerinnen, der berühmten Sängerin, man konnte meinen, er hätte mit allen an diesem Abend eine Affäre gehabt. Claire ließ ihn einfach reden. Erst als er wieder auf den Amerikaner zu sprechen kam und auf die Chance, die sich ihm dadurch eröffne, und auf Charlotte, die in ihrer Sturheit gar nicht mehr klar sehen könne, schüttelte sie den Kopf, atmete tief durch und zeigte auf eine Bank am Winterfeldtplatz.

»Lass uns einen Moment ausruhen.« Sie setzte sich mit einem lauten Stöhnen. Ihre Beine waren eine einzige Plage. Momentan allerdings wusste sie nicht, was schlimmer war, ihr körperlicher Zustand oder Gustavs Ausdauer.

Kaum saßen sie, redete er munter weiter. Sie verstehe doch sicherlich, dass er handeln müsse, dass er nicht zusehen könne, wie leichtfertig Charly in diesen Zeiten mit ihren Möglichkeiten umgehe, dass er als ihr Bruder doch auch eine Verantwortung trage, dass …

»Nun sei aber mal still.« Claire zündete eine Zigarette an und reichte sie ungefragt an Gustav weiter, bevor sie sich selbst eine ansteckte. Sie nahm einen tiefen Zug. Es hätte so friedlich sein können in dieser frühen Morgenstunde. Noch übertönte das Vogelgezwitscher die ratternden Hoch- und Straßenbahnen und die lärmenden Motoren der Busse und Autos. Nur gegen Gustavs Eifer kam es nicht an.

Sie sei doch eine Frau mit viel Erfahrung, eine, die wisse,

dass man nach vorne schauen müsse statt zurück. »Es geht doch nur um einen winzig kleinen Teil der Sammlung, einen winzig kleinen Teil mit großer Wirkung«, sagte er, wobei »winzig klein«, so wie er es aussprach, eher nach »winschklein« klang. Der Alkohol zeigte deutliche Wirkung.

Langsam erwachte der Platz zum Leben. Fenster wurden geöffnet, Betten ausgeschüttelt und zum Teil über die eisernen Balkonbrüstungen gehängt. Einige wenige verharrten erwartungsfroh beim Anblick der Morgenröte. Nicht mehr lange und die Stadt würde wieder Fahrt aufnehmen, wieder ächzen unter den Gaunern, den Versagern, den Reichen, den Hungrigen, den Krüppeln, den Spielern.

Und sie würde sich schlafen legen, dachte Claire, und hoffentlich nicht träumen. Erschöpft rieb sie ihre müden Beine. Dann nahm sie noch einmal einen tiefen Zug von ihrer Zigarette und erzählte ihm, was sie eigentlich für sich hatte behalten wollen, aber er würde sonst ja keine Ruhe geben. »Ich habe einen Sohn«, sagte sie. »Er wäre heute in deinem Alter. Seit sechs Jahren gilt er als vermisst, verschollen im Krieg, wie es so schön heißt. Irgendwo in Frankreich verschwunden. Ich würde alles dafür geben, endlich zu erfahren, was aus ihm geworden ist … Ich meine, vielleicht lebt er ja noch und hat nur sein Gedächtnis verloren, und vielleicht ist er sogar glücklich … Aber ich weiß natürlich selber, dass es wahrscheinlicher ist, dass er tot ist, aber es wäre so wichtig, wenigstens darüber Gewissheit zu haben.« Sie machte eine kurze Pause, in der sie erneut an ihrer Zigarette zog. »Was ich sagen will … Ich kann Charlotte gut verstehen. Ich habe alle seine Sachen eingelagert, und ich werde nichts davon weggeben, ehe ich nicht Klarheit habe … Wenn man nicht trauern kann, dann möchte man kein noch so kleines Stück seiner Erinnerung preisgeben. Für kein Geld der Welt … Verstehst du?«

Gustav war sein Erstaunen deutlich anzusehen. Hätte man

ihn gefragt, er hätte geschworen, Claire sei schon als dicke Lesbe zur Welt gekommen. »Das heißt, du warst mal verheiratet?« Eine dümmere Frage hätte ihm in diesem Moment wohl kaum einfallen können, aber Gustavs Verstand wankte jetzt ebenso wie sein Weltbild. Dass man aber auch nie seinem ersten Eindruck trauen konnte. Erst dieser feine Kerl, der sich als Pistolenmann entpuppt hatte und sich dann doch als brauchbarer Retter erwies, und nun Claire, diese lustige Alte, die nicht so unbekümmert war, wie er gedacht hatte. Er spürte, wie ihm schlecht wurde. Plötzlich schwankten auch die Häuser. Der Wodka meldete sich mit voller Wucht.

Während Gustav gegen die Übelkeit kämpfte, war Claire in Gedanken ganz bei ihrem Sohn. Peter. Peter Ehrmann. Schon lange hatte sie seinen Namen nicht mehr ausgesprochen.

Auf den wenigen Metern bis zu ihrem Haus musste Gustav sich immer wieder übergeben. Nur den Hausflur verschonte er, dafür polterte er gegen jede Stufe, blieb hängen, fiel auf die Knie, rappelte sich wieder auf. Claire half ihm, so gut sie konnte, doch den Ärger der Nachbarin hatten sie sich da schon zugezogen. Mit hochrotem Gesicht und einer Armada von Flüchen erwartete Frau Sommerfeld die beiden an der Tür.

Dass sie plötzlich verstummte, lag nicht an Claire, die sich mehrfach entschuldigte, und schon gar nicht an Gustav, der sich kaum noch verständlich machen konnte, sondern an Theo. Frisch gekämmt, in Anzug und Weste und mit einem breiten Lächeln trat er aus der Tür. Er wusste um seine Wirkung auf sie.

»Ein so eleganter Mann und so feine Manieren, grüßt immer so freundlich. Und der Bart? Haben Sie den Bart gesehen? Ganz akkurat gestutzt. Da sitzt jedes Härchen.« Wenn sie über ihn sprach, war sie in ihrer Begeisterung kaum zu bremsen. »Wie mein Berti früher, ganz mein Berti.« Ihr verstorbener Mann. Auch Charlotte hatte schon öfter das zweifelhafte Vergnügen gehabt, sich ihre Lobgesänge auf Theo anhören zu müssen, verbunden mit guten Ratschlägen für ihre Zukunft. Sie müsse ja auch an morgen denken. »Soll das Kind denn ohne Vater aufwachsen? Der Himmel, Frau Berglas, der Himmel hat Ihnen diesen Mann geschickt.«

»Herr von Baumberg.« Ihre Stimme wand sich in ungeahnte Höhen. »Schön, Sie schon so früh auf den Beinen zu wissen. Auf dem Weg zur Arbeit, nehme ich an?«

»Ach, Frau Sommerfeld, Sie wissen ja, man kann heutzutage nicht zeitig genug aufstehen. Die Existenz gleitet einem ja sonst wie Sand durch die Finger.«

»Wie recht Sie haben, Herr von Baumberg, wie recht. Wenn das doch nur alle so sehen würden«, sagte sie und blickte Gustav und Claire mitleidig hinterher, die gerade in der Wohnung verschwanden.

»Die beiden arbeiten hart. Sie sollten mit ihnen etwas nachsichtiger sein.«

»Wenn Sie das sagen.«

»Ganz bestimmt. Niemand nimmt sein Leben auf die leichte Schulter heutzutage«, sagte er mit einer Freundlichkeit, die ihm auf ganz natürliche Art zu eigen zu sein schien und die die Nachbarin als Aufforderung zum Plausch missverstand.

»Die arme Frau Berglas, die kann einem ja wirklich leidtun. Erst der Mann, und jetzt das.« Sie sah ihn komplizenhaft an, als teilte er insgeheim ihr wenig schmeichelhaftes Urteil über Gustav und den Langen und »diese fette Kuh«, wie sie Claire anderen gegenüber unverblümt nannte. Wenn man sie fragen würde, also, sie würde sich das nicht gefallen lassen. »Solche Exzesse. Wo leben wir denn?«

Während sie sich immer mehr in Wallung brachte und Theo nur auf den richtigen Moment wartete, sich endlich verabschieden zu können, trat Charlotte zu ihnen.

»Guten Morgen, Frau Berglas, wie schön, Sie auch schon so früh zu sehen.« Die Nachbarin überschlug sich fast vor Freundlichkeit. »Wir sprachen gerade von Ihnen. Ich sagte, dass Sie es ja auch nicht leicht haben, aber mit Herrn von Baumberg an Ihrer Seite müssen Sie sich keine Sorgen machen. Ein so freundlicher Herr, nicht Frau Berglas?«

»Sehr freundlich«, sagte sie und dachte, dass er verdächtig freundlich war. Ihr Blick glitt an seinem Profil entlang. Seitdem sie ihn kannte, trug er das immer gleiche undurchdringliche Lächeln im Gesicht. Es war wie ein Schutzschild, unter dem das frisch gewetzte Messer lauerte.

»Wenn die Damen mich nun bitte entschuldigen würden.« Theo deutete eine Verbeugung an. »Die Pflicht ruft.«

»Aber selbstverständlich, Sie haben bestimmt Wichtiges zu tun«, sagte die Nachbarin. »Wo … also, wenn ich fragen darf, wo arbeiten Sie denn?«

Doch Theo verbeugte sich nur mit einem Lächeln, dann ging er nach unten. Auf dem ersten Treppenabsatz angekommen, drehte er sich noch einmal um. Charlottes und sein Blick trafen sich jetzt. Zu ihrer Überraschung zwinkerte er ihr zu. Es war nur ein kurzer verschwörerischer Moment, aber Charlotte hatte zum ersten Mal das Gefühl, dem echten Theo von Baumberg begegnet zu sein.

9

Es war einer jener spätsommerlichen Tage, an denen sich die Luft angenehm warm um den Körper schmiegte, hätte man in Berlin nur Zeit gefunden, dem Gefühl nachzuspüren. Aber dort war es wie immer in diesem Sommer 1923. Die Angst, zu den Verlierern zu gehören, ließ die Stadt vibrieren.

Auch Charlotte verfiel in eine Hektik, die ihrem Zustand nicht angemessen war. Seit neuestem hatte sie sich in den Kopf gesetzt, Alberts Fotos verkaufen zu wollen. Nicht die, an denen seine Erinnerungen hingen, aber seine Berlin-Aufnahmen, dachte sie, könnte sie vielleicht in einigen Redaktionen unterbringen, auch wenn die Bilder ziemlich düster aussahen. Leere Straßen und Gebäudefassaden, hinter deren Fenstern die Dunkelheit wie eine Drohung klaffte, waren sein liebstes Motiv gewesen. Aber war das Leben nicht so? Ohne Recht auf Gnade?

Mit einer großen Handtasche voll Fotos klapperte sie die Verlage ab. Man empfing sie freundlich und bat sie ebenso freundlich, wieder zu gehen. »Haben Sie denn nichts Lebendiges?« war die Frage, die sie überall zu hören bekam. »Die Leser wollen Gesichter sehen, Frau Berglas. Alte, Kranke, Junge, Gesunde, egal wen, aber Hauptsache, Gesichter. Also gehen Sie raus und nehmen Sie um alles in der Welt Menschen auf. Wir wollen doch nicht den Eindruck erwecken, unser letztes Stündlein habe bereits geschlagen. Da höre ich ja schon die apokalyptischen Reiter nahen, wenn ich mir die Fotos ansehe«, sagte einer von diesen alerten Redakteuren, neben denen sich Charlotte in ihrem Zustand plump vorkam. Dass nicht sie die Fotografin war, hatte er vergessen. So wie er ebenso schnell vergaß, dass sie überhaupt da gewesen war.

Ein Redakteur bei Ullstein, den sie noch von früher über Albert kannte, versprach ihr zwar, einige der Fotos seinem Chef vorzulegen, aber sie ahnte, dass dies nichts weiter als ein billiger Trost war.

Um mit dem Tempo Schritt zu halten, in dem die Preise in schwindelerregende Höhen stiegen, hätte es auch die Möglichkeit gegeben, die Miete jeden Tag um ein Vielfaches zu erhöhen, aber das war ebenso unrealistisch wie der Wunsch, Alberts Tod sei nur ein Missverständnis.

Claires Verdienst, der sich an den Trinkgeldern bemaß, schwankte wie die Launen ihrer Gäste. Der Lange, mittlerweile wieder genesen, verdingte sich als Tagelöhner, wobei er an höchstens drei Tagen in der Woche Arbeit fand, und Gustav hielt sich merkwürdig auf Distanz. Er kam, wenn sie schon aus dem Haus war, und ging, bevor sie wiederkam. Sein Verhalten fand sie derart ärgerlich, dass die Nachrichten, die sie ihm hinterließ, immer giftiger wurden. »Wenn Du nicht bald Deinen Beitrag leistest, vergesse ich, dass Du mein Bruder bist, und setze Dich vor die Tür«, hatte sie ihm zuletzt geschrieben.

Nur mit Theo gab es keine Probleme, was in einer Zeit, die nur aus Problemen bestand, schon verdächtig war. Aber man sägte nicht an dem einzigen Ast, auf dem man notdürftig saß, auch wenn man vor Neugier brannte. Fragen wie Wohin gehst du jeden Morgen? Was arbeitest du? Woher kommt das Geld? lagen Charlotte zwar auf der Zunge, aber sie hütete sich, sie zu stellen. Er war nur ein Mieter, und solange er sich an ihre Vereinbarung hielt, hatte sie keinerlei Recht, etwas über ihn zu erfahren.

An jenem Spätsommertag, an dem man sich in Berlin einmal mehr mit aller Macht gegen den Untergang stemmte, auch Gustav, der zum ersten Mal in seinem Leben die Weinstube Loebell betrat, konnte man außerhalb der Stadt der Illusion erliegen, es mit einem gewöhnlichen Sommertag zu tun zu haben. Bienen summten, Schmetterlinge tanzten, in der Ferne war Plätschern zu hören, und im angrenzenden Wald hämmerte ein Specht.

Es war ein Septembertag wie viele, wären da nicht die Gewehrsalven gewesen, die die Stille immer wieder durchbrachen.

Theo von Baumberg war unzufrieden. Noch immer gingen viel zu viele Schüsse daneben. »Hab ich euch nicht gesagt, ihr sollt üben? Wenn ihr nicht lernt, präzise zu schießen, dann erwischt man euch, ehe ihr überhaupt den ersten Schuss abgegeben habt.« Er winkte den Anführer einer Gruppe von dreißig Mann zu sich. »Wenn alles nach Plan läuft, bleiben uns keine zwei Monate mehr. Also sieh zu, dass du deine Truppe auf Kurs bekommst. Wir können nur Leute gebrauchen, die im Schlaf ins Schwarze treffen.«

Dem Anführer, einem drahtigen Mann von Anfang vierzig, musste man das nicht sagen. Sein Befehlston war geübt an langen Fronteinsätzen, bevor er im November 1918 die Seiten gewechselt hatte. Und im Gegensatz zu Theo von Baumberg hatte er sich damals nicht erwischen lassen. Hätte man ihn gefragt, er wäre der ideale Mann gewesen, um die Berliner Kampftruppe zusammenzustellen, und nicht dieser Schnösel. Was erwartete er denn, wenn man ihm nur Milchbubis schickte, die gestern noch in den Windeln gelegen hatten. Fassten ihr Gewehr mit jenen kleinbürgerlichen Fingern an, mit denen Mama zu Hause das Spitzendeckchen geradezog.

»Keine Sorge, in spätestens vier Wochen treffen die einen Regenwurm aus hundert Metern Entfernung«, sagte er und brüllte seinen Jungs fast im selben Atemzug Anweisungen entgegen: Ziele aufstellen, Magazine laden, Gewehr anlegen. Schießen.

Der Kugelhagel war ohrenbetäubend, doch Theo von Baumberg störte vor allem die Sonne, die ihm jetzt direkt ins Gesicht schien. Vergeblich versuchte er, dagegen anzublinzeln. Statt aufzustehen und sich einen anderen Platz zu suchen, entschied er sich, die Augen lieber zu schließen. Es reichte, wenn er hörte, dass sie nicht richtig trafen. Streifschüsse zischten, Querschläger verursachten einen dumpfen Ton, Treffer einen klaren.

Die Holzhütte, vor der er es nun vor allem zischen hörte, stand auf einer Lichtung in der Nähe eines Seitenarms der Havel, nur erreichbar über einen verschwiegenen Waldweg. An ihren Außenwänden rankte Efeu, rosafarbene Blütenstauden zierten den Eingang. Es war eine Hütte, die dem Vergessen hätte anheimfallen sollen, hätte er sie nicht vor einiger Zeit durch Zufall entdeckt.

Damals war die Tür aufgebrochen gewesen, was er als gutes Zeichen gedeutet hatte. Er hatte einen dreibeinigen Stuhl gefunden, einen kleinen runden Holztisch mit eingeritzten Liebesbekundungen, eine zerschlissene Matratze und jede Menge Katzendreck. Nichts also, was ihn daran hätte hindern sollen, die Hütte zur Kommandozentrale einer geheimen Kampftruppe zu machen. Die nächsten Häuser lagen schätzungsweise fünf Kilometer entfernt, und eine größere Straße suchte man vergebens.

Lediglich ein Kätzchen beanspruchte die Unterkunft noch für sich. Es war aber, was seine Anwesenheit betraf, mindestens ebenso launisch wie er. Mal kam es täglich, dann war es wieder überhaupt nicht zu sehen, was Theo, je mehr Zeit er hier draußen verbrachte, umso bedauerlicher fand. Bei all den Gruppen, die er in den nächsten Wochen beurteilen und zusammenstellen sollte, bei all dem Kommen und Gehen, spürte er zu seinem Erstaunen ein Verlangen nach Vertrautem.

»Machen wir Schluss für heute.« Er holte sein Notizbuch aus der Westentasche und trug darin einen Code ein, den außer ihm und der Parteispitze niemand verstand: KS30/159/2. Letztendlich aber war es wie mit allen Kürzeln. Wusste man um ihre Bedeutung, waren sie profan. Dieses besagte lediglich, dass sich in der dreißigköpfigen Truppe von K(arl) S(zenick) am 15. September nur zwei Männer befanden, die er an der Schusswaffe für sicher genug hielt, um im Kampf bestehen zu können.

Hastig zerlegten die Jungs ihre Gewehre und verstauten sie in ihren Rucksäcken. Immerhin das hatten sie gelernt. Wurde mal einer erwischt, konnte er wenigstens behaupten, sich als Waffenreiniger zu verdingen. Bislang aber hatte noch keiner von dieser Notlüge Gebrauch machen müssen, was auch an der strikten Anweisung lag, Parteiabzeichen und Mitgliedsbücher an einem sicheren Ort zu verwahren und keinesfalls mit sich zu führen.

»Und ihr wisst ja, verhaltet euch in der Zwischenzeit so unauffällig wie möglich. Geht keine Diskussionen mit Fremden ein und lasst euch nicht zu Schlägereien hinreißen, auch wenn ihr euch noch so sehr im Recht fühlt.«

Der Anführer der Truppe musste sich beherrschen, um nicht eine zynische Bemerkung zu machen. Ein paar Prügel hätten seinen Jungs sicherlich nicht geschadet, so verweichlicht, wie die noch waren. Aber Anweisung war Anweisung. Und wenn er etwas in seiner viereinhalbjährigen Mitgliedschaft in der Kommunistischen Partei gelernt hatte, dann, dass man sich Anweisungen nicht widersetzte.

Den Befehl zur Revolution oder, wie Theo es nannte, den »Startschuss für einen langen Lauf in eine bessere Welt«, hatte er am 24. August in einem Bierlokal in der Hildegardstraße erhalten. Gerade noch rechtzeitig, wie er glaubte. Hätte man ihn machen lassen, er hätte gleich die aufgeheizte Stimmung während der Massenstreiks Anfang des Monats genutzt, aber die Entscheidung lag weder bei ihm noch bei der Parteispitze noch überhaupt in Berlin. In Moskau wurde entschieden, und dort hatte man beschlossen, dass die Kämpfe mit dem Jahrestag der Revolution am 9. November beginnen sollten. Das Geld dafür verwaltete der russische Botschafter in Berlin, wo nun die Parteioberen regelmäßig zum Rapport antreten mussten. Auch Theo hatte Bericht zu erstatten. Nach Monaten im Untergrund war er mit Codes und Abkürzungen und geheimen Botschaften aber derart vertraut, dass er seine Kürzel fast schon im Schlaf hätte übermitteln können. Die Zeit, die ihm dadurch blieb, nutzte er seit neuestem für Momente der Ruhe.

Dabei war er keiner, oder zumindest hatte er das bislang immer geglaubt, der Stille etwas abgewinnen konnte. Stille war Stillstand, wie das Wort ja schon sagte. Stille war allenfalls noch die Ruhe vor dem Sturm. Er, dem der Kampf für eine gerechtere Gesellschaft alles war, der schon als Kind am liebsten die Bäume im großen Garten seiner Eltern gefällt hätte, um dort Häuser für Bedürftige zu errichten, er lauschte nun plötzlich dem Rauschen von Ahorn und Buche. Es gab niemanden, der sich darüber mehr gewundert hätte als er.

Dieser im unregelmäßigen Rhythmus zart anschwellende und abebbende Ton hätte ihn, wäre er seinen Eltern noch in Verachtung verbunden gewesen, auch an das verhasste Klavierspiel seiner Mutter denken lassen können, aber es rief keinerlei Erinnerung in ihm wach. Er fand noch nicht einmal Worte für das, was er spürte, er wusste nur, dass er einem inneren Drang folgte, der so bedingungslos war wie bislang alles in seinem Leben.

Nur so konnte er es sich auch erklären, dass er an diesem Tag allen Anweisungen zum Trotz, sich unauffällig zu verhalten, das Kätzchen mit in die Winterfeldtstraße nahm. Dieses struppige Tier, das sich die lange Fahrt über mit ausgefahrenen Krallen gegen seine Entführung aus dem Paradies wehrte, bescherte ihm die Aufmerksamkeit eines Filmstars.

Alte Frauen, die Taschen voll geklauter Kartoffeln, boten ihm Milch für »das arme Tier« an. Kinder wollten es unbedingt streicheln. Blicke streiften ihn, man tuschelte über den »Mann mit der Katze«. An ihren glänzenden Augen aber konnte man sehen, dass dieses Kätzchen mehr war als eine willkommene Attraktion. Es schien fast, als wäre es ihnen ein Versprechen auf ein freieres Leben, von dem sie vor langer Zeit einmal geträumt hatten.

Am Spandauer Bahnhof, wo er in die Hochbahn stieg, verlangte ein Schutzpolizist seine Papiere. Hätte ihn in diesem Moment einer aus der Führungsspitze seiner Partei gesehen, er wäre wohl nicht nur Amt und Tarnung los gewesen. So weit er aber den vollen Bahnsteig überblicken konnte, erkannte ihn niemand. Ohne die geringste Spur von Verlegenheit zu zeigen, erzählte er dem Ordnungshüter die Geschichte einer Tante, die überraschend verstorben sei und um deren Erbe, zu dem eben auch die Katze gehöre, er sich nun zu kümmern habe. »Es tut mir schrecklich leid, aber in der Eile habe ich es leider versäumt, meine Papiere einzustecken.«

»'ne tote Tante, aber 'ne wild gewordene Katze? Na, denn lofen Se mal, junger Mann, sonst zerfleischt Se das Vieh ja noch. Und das nächste Mal Papiere nicht verjessen. Wenn ick Se wiedersehe, ick erinnere mir!« Er sah ihm kopfschüttelnd hinterher. Die Menschen wurden immer wunderlicher. Trugen Katzen zu ihrem feinen Zwirn. Ob das jetzt wohl auch schon Mode war? Aber er war nicht der Typ, der lange sinnierte. Schnell griff er sich den nächsten Passanten, der ihm verdächtig vorkam. Dieses Mal erwischte es einen, dessen großer Rucksack bis oben hin mit Brennholz aus dem Spandauer Forst gefüllt war.

Als der Lange sah, wie friedlich die Katze auf Charlottes Schoß schnurrte, regte sich wieder sein Misstrauen gegen den Pistolenmann. Da konnte er ihm noch so viele Schläger vom Hals halten, dass Theo von Baumberg nicht der feine Herr war, für den er sich ausgab, war für Heinrich Proske unbestritten. Und dann diese aufdringliche Höflichkeit, mit der er Charlotte etwas von seinem Speck anbot, und jetzt auch ihm, und wie er mit Claire schäkerte, die eine Flasche Cognac wettete, dass das Tier ein Überbleibsel irgendeiner Liebschaft sei. Es war nicht auszuhalten.

Den Speck lehnte er dankend ab, obwohl der Anblick ihm das Wasser im Mund zusammenlaufen ließ. Die vergangenen zwei Wochen hatte er sich ausschließlich von Erbsensuppe ernährt beziehungsweise von Suppe und trockenem Brot im Wechsel. In der Regel teilte er sich mit Gustav eine Portion bei Aschinger am Alexanderplatz. Nur heute war Gustav nicht erschienen, und er hatte Suppe und Brot ganz für sich allein gehabt, was den Verzicht auf den Speck aber nicht leichter machte.

Wie entspannt Charlotte aussah, wenn sie die Katze streichelte. Und wie sie diesen Theo jetzt anstrahlte. Ihr ganzes Gesicht war eine einzige Einladung. So hatte er sie noch nie gesehen. Sie hatte doch auch ein Recht darauf zu erfahren, mit wem sie es zu tun hatte. Das ist der Pistolenmann, hätte er am liebsten gesagt. Und dann? Er hatte im Prinzip ja nichts Schlimmes getan, jedenfalls nicht im Vergleich zu Gustav und ihm, und er wollte auf keinen Fall, dass sie von seinem Diebstahl im Linienkeller erfuhr.

Charlotte wirkte so gelöst wie lange nicht mehr. Dabei war sie nicht sofort begeistert gewesen, als Theo mit der Katze angekommen war. Schließlich wollte so ein Tier auch gefüttert werden. Aber mit welchem Furor die Katze durch den Flur geschlittert und auf die Küchenfensterbank gesprungen war, wie sie dort gestanden hatte, mit funkelnden

Augen und aufgerichtetem Schwanz und elektrisiertem Fell, wie sie keinen Hehl gemacht hatte aus ihrem Ärger über diese scheinbar ungerechte Lage, das hatte ihr gefallen. So ein Tier wusste nicht, was es hieß, sich zusammenreißen zu müssen, zu schmeicheln, wenn einem nach Schreien war, zu lachen, wenn einem die Traurigkeit fast die Luft abschnürte.

»Wisst ihr eigentlich«, sagte sie, und es war das erste Mal, dass sie den anderen aus ihrem Leben erzählte, »dass ich als Kind ganz verrückt war nach Katzen? Gott, habe ich meinen Eltern damit in den Ohren gelegen, aber wir hatten nur Hasen zu Hause. Weil man die schlachten kann, wie mein Vater immer gesagt hat. Dabei mochte keiner von uns Hase. Ich hab jetzt noch den strengen Geruch in der Nase, wenn ich nur daran denke. Wenn also von euch jemand auf die Idee kommen sollte, auch noch einen Hasen anzuschleppen, dann rechnet nicht mit meinem Einverständnis«, sagte sie und streichelte dem noch namenlosen Tier übers Fell.

»Gut zu wissen. Ich liebe nämlich Hase. Hase in Pfeffersoße mit Rotkohl und Klößen.« Claire leckte sich genießerisch den Mund.

»Ach was, Hase geschmort in Rotwein mit Speckbohnen und dazu Kartoffelgratin«, erwiderte Theo spontan und wunderte sich einmal mehr über sich selbst. Das Gericht aus seiner Kindheit glaubte er längst vergessen zu haben.

»Oder mit Preiselbeeren und diesen Kartoffelplätzchen aus dem Ofen.«

»Mit Oliven in Weißwein und frischen Kräutern. So machen sie das in Italien«, sagte Theo, was er nur deshalb wusste, weil er erst im vergangenen Jahr dort gewesen war, um gegen Mussolinis neue Regierung zu kämpfen.

Claire und Theo, der langsam Vergnügen an dieser Form des Schmauses fand, warfen sich die unterschiedlichsten Rezepte zu – mit Tomaten, mit Senf, mit Speck, mit Liebstöckel –, und als sie davon genug hatten, machten sie mit Rind und Reh einfach weiter.

»Rehrücken mit Kartoffelklößen und Rotweinsoße und vorneweg eine cremige Spargelsuppe und hinterher ein herrlicher Apfelkuchen mit Schlagsahne. Das wäre die Krönung«, sagte Charlotte.

»Und zum Schluss noch Käse«, sagte Theo.

»Und ein süßer Wein«, fügte Claire hinzu.

In ihrer Phantasie speisten sie wie die Götter und kannten weder Mangel noch Überdruss. Charlotte ließ das warme Katzenfell durch ihre Finger gleiten. Für einen Moment schienen alle Sorgen vergessen. Theo lachte jetzt sogar. Sie hatte ihn noch nie lachen gehört. Erstaunt sah sie auf. Sein Bart hüpfte in seinem Gesicht wie der Ball des Nachbarjungen im Hinterhof.

Nur der Lange war auffällig still. Er beobachtete Theo und Charlotte ganz genau. Lachte sie, weil er lachte? Oder lachte er, weil sie lachte? Oder hatte das Lachen des einen mit dem des anderen nichts zu tun? Vielleicht war sie einfach nur glücklich? Wenn sie glücklich ist, dachte er, darf ich jetzt keinen Fehler machen. Sein Magen knurrte. »Also, mir sind Buletten mit Kartoffelsalat am liebsten«, sagte er und schaute dabei abwartend zu Charlotte. Dann sah er ihr Lächeln. Und als sie ihn schließlich anstrahlte wie zuvor schon Theo, atmete er erleichtert auf.

10

»Sie haben gesagt, das sei eine sichere Sache. Zehn Prozent Gewinn in nur einem Tag.« Gustav trat von einem Bein aufs andere, während er seine Mütze knetete wie der Lange, wenn der nervös war. Er hasste diese Eigenart an ihm, und dass er sich jetzt ebenso verhielt, hob nicht gerade seine ohnehin schon schlechte Laune.

»Es gibt immer Risiken, damit muss man rechnen«, sagte der Bankangestellte.

»Sie haben sich verzockt. Geben Sie es doch zu. Sie haben sich auf meine Kosten verzockt. Glauben Sie mir, ich kenn mich mit so etwas aus.«

»Wie gesagt, es gibt Risiken.«

»Und warum sagt mir das keiner?«

»Das dürfte allgemein bekannt sein«, erwiderte der Mann hinter dem Schalter und gab seinem Kollegen vom Wachdienst Zeichen, ihm diesen lästigen Kunden endlich vom Hals zu schaffen.

»Wenn ich ein Spiel beginne, dann verständige ich mich vorher mit meinen Mitspielern auf die Regeln. Sie etwa nicht?«

Der Angestellte lächelte gequält.

»Es wäre Ihre verdammte Scheißpflicht gewesen, mich darüber aufzuklären, dass bei Ihrem verdammten Scheißspiel Regeln gelten, die außer Ihnen offensichtlich niemand kennt«, schrie Gustav, als ihn zwei Männer von hinten packten und an der langen Schlange vorbei nach draußen schleiften. »Ihre verdammte Scheißpflicht wäre das gewesen«, wiederholte er nun deutlich leiser, bevor er sich auf die steinernen Stufen vor dem Bankhaus fallen ließ.

Wie gewonnen, so zerronnen. Der blöde Spruch ging ihm nicht aus dem Kopf. Gestern hatte er noch hundert Dollar in der Tasche gehabt, und heute klaffte dort wieder dieses große Loch, durch das einfach alles fiel. Wenn er nicht aufpasste, bald auch seine Hoffnung.

Hundert Dollar für eine Zigarettenspitze, nur weil Asta Nielsen in einem Film ihre Lippen daran gehalten hatte. Er hatte keine Ahnung, ob das stimmte, aber Charlotte hatte sie mit all den anderen Schätzen in der gläsernen Vitrine aufbewahrt, weit hinten, so dass ihr Fehlen nicht gleich auffallen würde, so hoffte er jedenfalls. Und der Amerikaner hatte ihm die hundert Dollar, ohne mit der Wimper zu zucken, gezahlt. Bei Loebell, an einem Tisch mit weißen Decken und vor getäfelter Wand. Vielleicht hätte er mehr verlangen sollen, dachte er jetzt. Vielleicht war dieses Requisit das Doppelte wert. Vielleicht hatte ja der Amerikaner ein viel besseres Geschäft gemacht als er.

Der Spruch über das Gewinnen und Zerrinnen verfolgte ihn noch tagelang. Vor der Gedächtniskirche, wo er nach wie vor seine Waren feilbot. Im Traum, wenn er Anita Berber begegnete und einem Harem voller schöner junger Mädchen. Selbst wenn er sich ins Kino schlich und sich auf der Leinwand die größten Tragödien abspielten, hämmerte dieser Spruch gegen seine Schädeldecke. Er hätte ihm eigentlich eine Warnung sein müssen, aber er goss nur weiter Öl ins Feuer eines brennenden Gefühls tiefster Ungerechtigkeit.

Eine Woche nach dem Betrug, so bezeichnete er mittlerweile sein fehlgeschlagenes Bankgeschäft, glaubte er, Anspruch auf Wiedergutmachung zu haben. Als Claire noch schlief und alle anderen außer Haus waren, machte er sich erneut an

Charlottes Vitrine zu schaffen. Alles lag in dem gleichen Durcheinander, wie er es das letzte Mal vorgefunden hatte. Handschuhe in Tassen, Tassen auf Spitzendeckchen, Ringe in winzig kleinen Aschenbechern, in die gerade mal eine schmale Zigarette passte, und daneben ein Dolch, der aus *Hamlet* stammte. Was er nur deshalb wusste, weil er auf der Flucht vor Gläubigern einmal ins Kino geflüchtet war, wo sie den Film gerade spielten.

Etwas aber war anders. Er bemerkte es nicht sofort. Charlotte hatte ihren eigenen Fotoapparat zwischen all die Dinge gelegt.

Ob es der Anwesenheit des Kätzchens geschuldet gewesen war oder der ungewöhnlich ausgelassenen Stimmung, Charlotte jedenfalls fand es später unverzeihlich, dass sie noch an jenem Abend, als Theo das Tier mit nach Hause gebracht hatte, in die Dunkelkammer gegangen war, um von dort ihren Fotoapparat zu holen und ihn den anderen zu zeigen.

Es war eine kleine Kamera, viel kleiner als die von Albert. Mit lederbezogenem Holzgehäuse, das, wenn es nicht aufgeklappt war, wie ein schmales Schatzkästchen aussah. Als Charlotte den Verschluss öffnete und sich das Objektiv mit einem kaum wahrnehmbaren »Pff« nach vorne schob, war sie ebenso aufgeregt wie beim ersten Mal, als ihr Vater ihr die Kamera feierlich überreicht hatte. In diesem Geräusch lagen Welten, die weit über das hinausreichten, was man täglich sah.

Charlotte klappte den Sucher nach oben. Das letzte Mal hatte sie das irgendwann im vergangenen Jahr getan. Entstanden war ein Foto, auf dem Bauarbeiter vor einem halbfertigen Haus in der Heilbronner Straße zu sehen waren. Eigentlich nichts Ungewöhnliches, aber auf ihren Gesichtern und in ihrer erschöpften Haltung war eine so große Verletzlichkeit abzulesen gewesen, dass Charlotte damals ein tiefes Unbehagen ergriffen hatte.

Aber daran dachte sie jetzt nicht, sondern nahm wie selbstverständlich die Kamera und blickte durch den Sucher. Claire, die an ihrer Zigarette zog, blies ihr mit breitem Grinsen Rauch entgegen, was ein schönes Foto ergeben hätte, hätte sie nur Fotoplatten gehabt. Auch das Gesicht des Langen gab eine Menge her. Als sein Blick das leere Holzbrett streifte, auf dem Theos Speck gelegen hatte, bemerkte sie ein für ihn ungewöhnlich stolzes Lächeln. Am besten aber gefiel ihr, was sie bei Theo sah. Er hatte seine Brille abgenommen, was ihn befremdlich anders aussehen ließ, auch wenn er jetzt wieder versuchte, sein immer gleiches Gesicht zu machen.

Lange nachdem Claire in den Toppkeller aufgebrochen war, saßen Charlotte und die beiden Männer noch in der Küche beisammen. Kerzen brannten, und auch viele der Nachbarn hatten Kerzen angezündet, um Strom zu sparen. Der Innenhof flackerte, als loderte hinter jedem Fenster ein kleines Feuer. Auch das wäre ein schönes Foto, wie Charlotte jetzt sagte, denn seitdem sie die Kamera geholt hatte, kannte sie nur ein Thema.

»Wisst ihr, welches mein allererstes Foto war?«

Theo und der Lange, die an ihren Lippen klebten, schüttelten fast zeitgleich den Kopf.

»Ich habe mich mitten in eine ungemähte Wiese gesetzt und Grashalme fotografiert«, sagte sie und lachte. »Ich glaube, mein Vater hat sich damals wohl etwas Sorgen um seine Tochter gemacht. Er dachte wohl, ich fotografiere die Nachbarskinder oder so, jedenfalls nicht Gras … Aber diese Halme, die waren so unglaublich aufregend für mich damals. Ihre zarten Strukturen, das wirkte alles so fein und passte irgendwie so gar nicht in diese derbe Ackerlandschaft ringsherum … Überall wurde ja nur Getreide angebaut, und diese Wiese kam mir im Vergleich dazu so nutzlos vor, dass sie in meinen Augen unglaublich schön war … Versteht ihr?«

Die beiden nickten, auch wenn sie nicht verstanden, aber sie wollten, dass Charlotte immer weitersprach, denn dass sie wie jetzt so sorglos beisammensaßen und Charlotte ihnen aus ihrem Leben erzählte, das war bislang noch nie vorgekommen.

»Später«, sagte Charlotte, »habe ich mich dann auf die gemähte Wiese gelegt, und wenn das Gras noch feucht ist und der frühmorgendliche Nebel über den Feldern liegt, und wenn man mit der Kamera in die Weite fotografiert, dann hat man das Gefühl, als würden sich Himmel und Erde berühren … Als wäre alles eins, als gäbe es nichts Trennendes mehr.« Für einen Moment schaute sie nachdenklich auf die brennende Kerze. »Hat das schon einmal jemand von euch gemacht? Dem Tag dabei zusehen, wie er langsam erwacht?«

Der Lange, der nicht wusste, was er sagen sollte, schließlich kannte er nur Hinterhöfe und Straßen, in denen das Leben nie stillstand, schüttelte den Kopf. Und auch Theo verneinte, auch wenn das nicht stimmte, aber er wollte ihre Erzählung nicht durch sein eigenes Geschwätz unterbrechen. Ihre Art zu reden, diese Erregung in ihrer Stimme, erinnerte ihn an seinen eigenen Enthusiasmus, wenn er über seine Vision von einer besseren Welt philosophierte. Sie gefiel ihm gut.

»Das müsst ihr unbedingt tun … Und dann müsst ihr euch auch mal einen Zweig ganz genau anschauen. Und zwar richtig, nicht nur so im Vorübergehen, wie man das sonst vielleicht so macht. Ihr müsst euch Härchen um Härchen dieses Zweiges ansehen, und ihr werdet feststellen, dass sich einem diese Härchen abwehrend entgegenrichten … ja, abwehrend … Als wollte so ein Zweig einem sagen: Hüte dich davor, mir etwas anzutun. Ich lebe! Ich weiß nicht, ob ihr euch das vorstellen könnt, aber das war wie eine Offenbarung, als ich das zum ersten Mal gesehen habe. Da war ich vielleicht zwölf, und ich habe begriffen, wenn ich diesen Zweig jetzt fotografiere, dass ich ihn dann für immer am Leben halten kann. Ganz egal, was geschehen wird. Ob der Sturm ihn mitreißt oder ein Bauer ihn abschneidet oder ein Schädling ihn befällt, wenn ich ihn fotografiere, dann bleibt er erhalten. Für immer. Und sei es nur auf meinem Fotopapier … Das ist Fotografie«, sagte sie, und für einen Moment zitterte ihre Stimme. »Ein ewiger Kampf gegen das Sterben.«

Am nächsten Morgen hätte Charlotte den Abend am liebsten ungeschehen gemacht. Sie war in eine Art Rausch geraten, den sie bei Tageslicht betrachtet nicht mehr nachvollziehen konnte. Ihre Lust am Fotografieren war Teil des Lebens, das sie Albert geschenkt hatte und niemandem sonst. Ohne zu zögern, nahm sie die Kamera und legte sie in den gläsernen Schrank, als handelte es sich dabei um ein unbrauchbar gewordenes Requisit, das allenfalls noch als schöne Erinnerung diente.

Als Gustav nun Charlottes Fotoapparat entdeckte, zuckte er zurück. Er ahnte ja nichts von den Ereignissen an jenem Abend in der Küche der Winterfeldtstraße, an dem er das Geschäft mit dem Amerikaner getätigt hatte. Während er noch überlegte, ob er nicht vielleicht doch besser mit seinem Koffer voller Knöpfe zur Gedächtniskirche fahren sollte, hatte sich die Katze in Charlottes Zimmer geschlichen. »Verdammtes Vieh«, fauchte er und versuchte, sie mit einem sanften Tritt zu verscheuchen. Doch die ließ sich davon nicht beeindrucken und schmiegte sich bettelnd an seine Beine. Ein Schälchen Milch am Tag, das war für ein Tier, das ans Jagen gewöhnt war, zu wenig. Aber Gustav hatte jetzt kein Gespür für ihre Nöte. Ihr schmeichelndes Schnurren störte seine Konzentration.

Er beugte sich zu ihr nach unten und wollte sie gerade packen, als er es scheppern hörte. Er war mit seinem Ellenbogen gegen den Schrank gestoßen. Zwei Kristallgläser waren umgefallen, direkt auf einen Silberlöffel, der zum Katapult geworden war und einen goldenen Ring mit rubinrotem Stein in eine blau-goldene Mokkatasse geschleudert hatte. Wie durch ein Wunder war nichts zu Bruch gegangen. Verärgert schnappte er das Tier, warf es mit leisen Verwünschungen in den Flur und schloss die Tür zu Charlottes Zimmer.

Es musste jetzt schnell gehen, nicht dass Claire noch aufwachte.

Die Gläser hatten leicht versetzt rechts hinten gestanden. Nein, direkt nebeneinander. Oder vielleicht doch eher in der Mitte? Immer wenn er dachte, sich nun endlich erinnern zu können, kamen ihm kurz darauf wieder Zweifel. Jetzt kratzte auch noch die Katze an Charlottes Tür. Gustav schob verzweifelt die Gläser hin und her, bis er selbst so durcheinander war, dass er sich nicht gewundert hätte, wenn sie gar nicht in diesem Regalboden, sondern ganz unten oder ganz oben gestanden hätten.

Als er sich schließlich dazu entschloss, seine Vergesslichkeit als Zeichen zu deuten, zitterten seine Hände. Hastig wickelte er die beiden Gläser in ein Tuch, nahm den Silberlöffel und, weil es jetzt sowieso nicht mehr darauf ankam, auch noch den Dolch.

11

Dass Claire an diesem Nachmittag nicht wach geworden war, hatte weniger an Gustavs Eile gelegen als vielmehr an den Ereignissen vom Morgen.

Wieder hatte es Sturm geklingelt, wieder im ganzen Haus gescheppert, und wieder hatte Herr Steinberg mit seinem Stock gegen die Rohrleitung geklopft.

Dieses Mal reagierte Charlotte schneller. Sie riss das Fenster auf und erkannte die viel zu kurzen Hosenbeine sofort. Ein Taumel erfasste sie. Aufgestützt auf das Fensterbrett, sah sie, wie der Vater mit seinem linken Fuß einen Stein zur Seite kickte. Sie atmete tief durch. Ihr Blick wanderte zur gegenüberliegenden Straßenseite, rechts bis zur Eisenacher, links bis zur Lutherstraße. Nirgendwo war der Junge zu sehen. »Was wollen Sie?«, rief sie schließlich nach unten.

Der Vater, schmaler, blasser, in schmutzigeren Kleidern als beim letzten Mal, trat einen Schritt zurück und schaute die ockerfarbene Fassade nach oben. Ein Löwenkopf prangte direkt über Charlottes Fenster. »Entschuldigen Sie, entschuldigen Sie tausendmal, aber es ist etwas Schreckliches passiert.«

»Da bin ich ganz Ihrer Meinung«, rief Charlotte etwas zu laut, so dass sich wie schon beim ersten Mal zahlreiche Nachbarfenster öffneten. Die Gesichter waren in den vergangenen Monaten noch müder geworden. Noch nicht einmal mehr ein Kopfschütteln war ihnen die Störung wert. Nur Frau Sommerfeld war ganz die Alte und schimpfte und fluchte und drohte, die Polizei zu rufen, sollte er nicht augenblicklich verschwinden.

Der Vater, davon unbeeindruckt, faltete seine Hände wie zum Gebet. »Bitte, Frau Berglas, ich flehe Sie an, Sie müssen uns helfen.«

»Hat Ihr Sohn endlich gestanden? Hat er Ihnen endlich erzählt, was an dem Morgen vorgefallen ist?«

»Mein Sohn ist tot.«

Schmerzen wie Messerstiche durchstießen Charlottes Rücken. Für einen Moment sah sie nur Schwarz, hörte nicht, was der Vater noch sagte, auch der Motorenlärm der Autos, das Klackern der Straßenbahn, die gerade durch die Parallelstraße fuhr, schienen weit weg, irgendwo in einem tiefen Schacht verschwunden.

Er sei ein Ehrenmann, das wisse sie doch, ein Ehrenmann, Frau Berglas. Er habe alles verloren. Seinen Sohn, seine Arbeit. Vier Kinder habe er noch und eine kranke Frau. Er bitte sie nur um etwas Hilfe. Ein wenig Geld oder etwas zu essen, eine Art Belohnung, weil er ihr doch die Kamera zurückgebracht habe. Nur eine Gabe für seine Kinder, nicht dass sie noch das gleiche Schicksal ereilte wie seinen Ältesten. Hunger habe der doch nur gehabt, nur deshalb habe er die Barrikaden errichtet. Und dann, einfach abgeknallt hätten sie ihn. Diese Fanatiker. Als ob er ein Kommunist gewesen wäre. Sein Sohn! Noch keine zwölf!

Seine Stimme hallte durch die Straße wie in einem endlos scheinenden Echo. Alles drehte sich jetzt. Die weiße Fensterbank, der messingfarbene Fensterknauf. Die Luft flirrte und summte, als schwirrten überall Bienen. Claire, von der scheppernden Klingel aus dem Schlaf gerissen, kam gerade noch rechtzeitig, um Charlotte aufzufangen.

Sie war nicht lange ohne Bewusstsein, aber lange genug wie betäubt, so dass sie sich jetzt, da sie auf dem Sofa lag und die Beine mit den viel zu kurzen Hosen sah, darüber wunderte, wie der Vater in die Wohnung gekommen war. Er stand mit dem Rücken zum Fenster, während Claire unermüdlich auf ihn einredete. Er habe bekommen, was er wollte, sagte sie, er möge nun bitte gehen. Doch der Vater war so unbeweglich wie ein Fels.

»Was hat er bekommen?« Charlotte, die sich langsam aufrichtete, wusste überhaupt nicht, wovon Claire sprach.

»Nur den Rest Hartwurst und etwas Speck, was eben noch da war«, sagte sie. Dass sie ihm auch noch die Hälfte ihrer Einnahmen der vergangenen Nacht zugesteckt hatte, verschwieg sie lieber. Er hatte ihr leidgetan, wie er dort unten auf der Straße auf die Knie gefallen war und Himmel und Hölle angefleht hatte, dass man doch wenigstens »die arme Frau Berglas« verschonen möge. »Frau Sommerfeld hat mal wieder ein Theater gemacht.« Claire verdrehte die Augen. »Ich wollte nur verhindern, dass sie die Polizei ruft.«

Noch immer fühlte sich Charlotte wie benommen. Vorsichtig betastete sie ihren Bauch. Aber mit dem Kind schien alles in Ordnung, es bewegte sich jedenfalls. In ihrem Kopf dagegen herrschte Unordnung. Dort tobte ein reißender Strom, der alle Gedanken mit sich riss. Nur Bilder des Jungen tauchten auf. Wie er über die Straße trottete, den Kopf gesenkt, wie er sich an den Beutel klammerte, wie er klaglos die Schläge des Vaters ertrug.

Ihr Blick klebte an den ausgefransten Hosenbeinen des Vaters. Aus der Nähe betrachtet sahen sie noch dreckiger aus, und seine Schuhe waren von einem Straßenstaubgrau, das sich kaum von der Farbe seines Gesichtes unterschied. Sie erkannte darin weder Trauer noch Ärger noch sonst eine Regung, dafür aber dunkle, vom Schmutz durchwobene Falten eines alten Mannes, dabei war er kaum älter als sie. Im ganzen Zimmer lag der Geruch von Moder und Schimmel und Schweiß.

»Würden Sie jetzt bitte gehen.« Claire, sonst wenig zimperlich, scheute sich, ihn anzufassen.

Als hätte er sie nicht gehört, starrte er unentwegt auf Charlotte, die nun ihren Rücken durchstreckte und erneut versuchte, tief durchzuatmen. Sie musste an ihr Kind denken. Sie durfte sich nicht aufregen. Aber sie dachte an den Jungen, der nun tot war. Auch er noch ein Kind, das sich von Albert mit leuchtenden Augen hatte erklären lassen, wie man Fotos entwickelte.

»So eine Kamera«, sagte der Vater jetzt, »die ist doch ’ne Menge wert.«

Charlotte drehte sich ruckartig um. Aber ihre Befürchtung war unbegründet. Alberts Kamera lag noch an ihrem Platz, oben auf der Vitrine. Sonnenstrahlen fielen direkt auf das gelbbraune Holzgehäuse, als hielte jemand einen Scheinwerfer darauf. Staubkörner tanzten im Licht. Es war eine friedliche Stimmung, die so gar nicht zur angespannten Atmosphäre im Zimmer passte. »Die ist unbezahlbar«, sagte sie und drehte sich wieder zu dem Vater.

»Sie wissen, dass ich ein Ehrenmann bin, Frau Berglas. Ich habe mir nichts zuschulden kommen lassen. Ich meine, wir leben in Zeiten der Not. Da ist es nicht selbstverständlich, dass man so ehrlich ist wie ich.« Er gab sich redlich Mühe, sich gewählt auszudrücken, schließlich hatte er sich mehr erhofft als nur ein kleines Stück Wurst und Hosentaschen voller unbrauchbarer Scheine. Und wenn er sich so umschaute, war seine Hoffnung berechtigt. Verglichen mit dem Zimmer, in dem er mit Frau und Kindern hauste, lebte man hier im Luxus. Mit sauberem Holzparkett und Gardinen an den Fenstern, mit Möbeln, die nicht danach aussahen, als würden sie gleich zusammenbrechen, und mit Bildern an den Wänden. Bei ihm zu Hause bröckelte der Putz unter der Tapete.

Die Anwesenheit des Vaters versetzte Charlotte wieder um Wochen zurück, mitten hinein in den 6. Juni, der sich nun im Eiltempo vor ihr abspulte. Sie am Fenster, sie auf der Straße, sie auf dem Sofa mit dem Polizisten, sie, wie sie durch die Wohnung geisterte. Schon unzählige Male hatte sie diese Momente durchlebt.

»Ich bin ein Ehrenmann«, sagte er erneut, als müsste er sich selbst immer wieder davon überzeugen. »Ich würde Sie nicht bitten, wenn es nicht wirklich ernst wäre. Meine Kinder haben Hunger. Eine Gabe für meine Ehrlichkeit, das ist doch nicht zu viel verlangt.«

»Herr …?« Sie kannte noch nicht einmal seinen Namen. »Es ist furchtbar, was mit Ihrem Sohn geschehen ist. Mein aufrichtiges Beileid.«

Er nickte.

Ihr Blick ging jetzt wieder zu Alberts Kamera. »Aber Sie werden verstehen, dass ich Sie nicht belohnen kann.«

»Ich bin ein ehrlicher Mensch, Frau Berglas.«

Charlotte musterte ihn skeptisch. »Mein Mann ist tot«, sagte sie mit scharfem Ton in der Stimme. »Er ist an dem Tag gestorben, an dem Sie mir seine Kamera zurückgebracht haben.«

Er schaute sie verunsichert an.

»Die Scheiben seines Wagens waren eingeschlagen.« Sie hielt kurz inne, ließ den Vater aber nicht aus den Augen. »Man hat ihn aus dem Landwehrkanal gezogen. An ebenjenem Tag, an dem Sie Ihren Sohn einen Dieb genannt haben.«

Der Vater stand da, mit offenem Mund, fassungslos. »Aber, Frau Berglas, Sie glauben doch nicht, dass mein Sohn etwas mit dem Tod Ihres Mannes …«

»Ich denke, dass da zumindest ein Zusammenhang besteht.«

Der Vater schüttelte energisch den Kopf. »Mein Sohn war ein guter Junge. Trotz allem. Ein Kind, ein guter Mensch wäre aus ihm geworden. Seine Hände, Sie haben doch auch seine Hände gesehen.«

Tatsächlich erinnerte sich Charlotte an die ungewöhnlich feingliedrigen Finger des Jungen. »Künstlerhände«, hatte sie damals zu Albert noch gesagt. Das hatte sie ganz vergessen. Auch, wie Albert ihr einmal eine zerbrochene Fotoplatte gezeigt hatte mit dem Hinweis, dass dies die »ach so zarten Künstlerhände« gewesen seien. Sie sah ihn jetzt wieder vor sich, wie er mit dem Jungen in der Dunkelkammer verschwand. Wie Vater und Sohn, dachte sie, und plötzlich sammelten sich Tränen in ihren Augen. Wenn sie jetzt weinte, dann weinte sie auch um den Jungen.

Sie presste die Lippen aufeinander, rieb sich die Schenkel, versuchte ruhig zu atmen, fuhr sich über die Augen, durchs Haar, aber was immer sie auch tat, sie konnte nicht verhindern, dass ihr Tränen über die Wangen liefen. Sofort wischte sie sie weg. Jetzt, da der Junge tot war, würde sie wohl nie mehr erfahren, was an dem Morgen tatsächlich geschehen war. »Hat Ihr Sohn noch einmal über den Tag gesprochen?«, fragte sie dennoch. »Oder über meinen Mann?«

Er schüttelte den Kopf.

»Kein Wort?«

Der Vater, noch immer überrumpelt von den Ereignissen, hatte das Gefühl, vorsichtig sein zu müssen. Jede unbedachte Äußerung könnte sich rasch gegen ihn und seinen Sohn wenden. Er versuchte nachzudenken. »Beine hätte ich ihm gemacht, wenn er auch nur ein schlechtes Wort über Ihren Mann verloren hätte«, sagte er schließlich.

Den Kopf leicht schüttelnd, stand Charlotte auf, ging zu ihrer Vitrine und legte die linke Hand auf Alberts Kamera. Die ganze Zeit über hatte sie schon das Bedürfnis verspürt, sie vor dem Vater zu beschützen. »Bitte, versuchen Sie sich zu erinnern. Jede Kleinigkeit ist wichtig. Irgendetwas wird Ihr Sohn Ihnen doch erzählt haben.«

Der Vater schüttelte erneut den Kopf.

»Aber Sie haben ihn bestimmt gefragt, woher er die Kamera hat. Also bitte, was hat Ihnen Ihr Sohn über jenen 6. Juni erzählt? Hat er meinen Mann noch einmal gesehen?

Hat er mit ihm gesprochen? Hat er die Kamera aus dem Auto geklaut? War er es, der die Scheiben eingeschlagen hat? Oder hatte er Komplizen?«

Sie überhäufte den Vater mit Fragen, so dass dem bald der Kopf schwirrte. Er war doch nur gekommen, um sich den Lohn für seine Ehrlichkeit abzuholen. Dank hatte er erwartet, vielleicht auch Mitgefühl, vor allem aber hatte er geglaubt, Verständnis zu finden. Er spürte, wie die Wut in seine Glieder kroch. »Was wollen Sie eigentlich? Einen Sündenbock? Mein Sohn ist tot.«

Charlotte, die Hand noch immer auf Alberts Kamera, zitterte. Sie sah seine Fäuste, sein entschlossenes Gesicht, sie dachte, dass nicht mehr viel fehlte und er würde die Maske des Anstands fallen lassen. Sie versuchte ruhig zu bleiben. »Ich bin auf der Suche nach der Wahrheit«, sagte sie. »Das werden Sie doch verstehen.«

Der Vater schlug mit der Faust gegen die Wand. »Himmelherrgott aber auch! Ich hab Ihnen die Kamera gebracht, reicht das denn nicht?« Sein Gesicht wurde feuerrot.

»Bitte denken Sie nach«, sagte sie scheinbar unbeeindruckt von seinem Ausbruch.

»Ich bin ein Ehrenmann«, schrie er. »Und mein Sohn war auch einer.«

»Ich möchte doch nur wissen, was wirklich geschehen ist.« Ihre Stimme bebte, auch wenn sie sich noch immer bemühte, freundlich zu bleiben.

»Und ich dachte, Sie wären eine Dame. Meine Kinder weinen vor Hunger, aber in diesem feinen Schöneberg kennt man so etwas ja nicht. Ohrfeigen könnte ich mich dafür, dass ich Ihnen die Kamera zurückgebracht habe.« Wieder schlug er mit der Faust gegen die Wand. »Und so etwas wie Sie wird Mutter? Wegnehmen sollte man Ihnen das Kind.«

Ein kalter Schauer durchzuckte sie. Das war zu viel. Er konnte brüllen, so viel er wollte, aber beleidigen ließ sie sich nicht. »Ich denke, Sie gehen jetzt besser«, sagte sie kühl.

»Geben Sie mir, was mir zusteht, dann verschwinde ich auf der Stelle.«

Doch da hatte Claire ihn bereits an seiner schmutzigen Jacke gepackt und schob ihn aus dem Zimmer. Zu ihrem Erstaunen wehrte er sich kaum.

Als Charlotte vom Fenster aus beobachtete, wie er mit hängenden Schultern davonschlich, durchströmte sie ein unerwartetes Mitgefühl. Wie damals bei dem Jungen. Es war, als würde sie die Verzweiflung des Vaters erst jetzt erkennen. Jetzt, da er aus ihrem Blickfeld verschwand und in die Eisenacher Straße abbog. Erneut kämpfte Charlotte mit den Tränen. Aber dieses Mal, das spürte sie, würde sie weder um Albert noch um den Jungen weinen, sondern um sich, würde sie den Geschwistern nicht helfen. Sie konnten ja nichts dafür. Und Albert hatte dem Jungen doch auch geholfen, diesem Kind, das so roh und doch so fein gewesen war.

Tränen schwammen in ihren Augen, als sie das Brot aus der Vorratskammer nahm sowie fünf Eier, Zucker, eine halbe Flasche Milch und dazu noch den Kohlkopf, den sie erst am Vortag durch Glück ergattert hatte. Sie würde es für Albert tun. Und den Jungen. Vor allem aber für sich. Für ihr Gewissen. Sie wollte sich keine Vorwürfe machen müssen.

In der Motzstraße, auf Höhe des Schusterladens, entdeckte sie den Vater. Er starrte in das Schaufenster voller Schuhsohlen wie auf ein Wunder. Charlotte tippe ihm von hinten auf die Schulter. »Für Ihre Kinder«, sagte sie, reichte ihm den Beutel mit den Lebensmitteln, schaute kurz in sein erstauntes Gesicht, drehte sich um und ging so schnell, wie sie gekommen war, wieder zurück.

Sie rannte jetzt sogar, aber die Tränen ließen sich nicht länger unterdrücken. Ihr Kind, dachte sie, würde nie einen Vater haben, der um seine Ehre kämpfte.

II

»Wenn du denkst, der Mond geht unter,
der geht nicht unter, das scheint bloß so.«

(aus dem Lied »Wenn du denkst, der Mond geht unter«;
Text: Robert Steidl)

12

Alice kam am 18. Oktober 1923 zur Welt. Zwei Tage nachdem die Regierung beschlossen hatte, dem wahnwitzigen Verfall der Mark nun doch Einhalt gebieten zu wollen, vierundzwanzig Tage nachdem Charlotte den Diebstahl entdeckt hatte.

Sie war ein schmächtiges Kind, nur sechsundvierzig Zentimeter groß und kaum mehr als drei Kilo schwer, aber von Anfang an mit einem starken Willen versehen. Die Wehen hatten unerwartet eingesetzt, so dass der herbeigerufenen Hebamme nichts weiter zu tun geblieben war, als die Nabelschnur zu durchtrennen und dem Mädchen einen Klaps zu versetzen.

Beim ersten Schrei atmete Charlotte erleichtert auf. Die vergangenen Wochen waren so aufwühlend gewesen, dass sich sogar Theo, der eigentlich mit anderen Problemen kämpfte, Sorgen um das Wohlergehen von Charlotte und ihrem Kind gemacht hatte.

Alice Bernadette Therese Berglas, so sollte das Kind mit vollem Namen heißen. Weder nach Müttern noch Großmüttern benannt, sondern einzig nach Albert, dessen Name sich in den Anfangsbuchstaben verbarg. Als die Hebamme ihr das Mädchen, eingewickelt in helle Tücher, zeigte, flüsterte Charlotte seinen Namen mit ungläubigem Staunen, bevor sie erschöpft einschlief und sofort zu träumen begann.

Gustav, mit neuen Knickerbockern und schwarzen Lacklederschuhen bekleidet, schob einen Kinderwagen mit Papiergeld gefüllt durch eine enge Gasse. »Ein Teufelsbursche, dein Albert, mit seiner Sammelwut«, rief er ihr zu. »Man muss nur den Wasserhahn aufdrehen. Gold kommt da raus. Und Champagner und Mädchen, zwei für jeden Arm, und die Hand der Berber auf meinem Knie. Ich verdopple, wenn dein Herz nicht wieder zu Asche zerfällt.« Gustav lachte mit blecherner Stimme, während der Kinderwagen wuchs und wuchs, bis er die ganze Gasse ausfüllte. Aus einem der oberen Fenster schaute Albert mit reglosem Gesicht. Theo, in der Montur eines Schornsteinfegers, stellte eine Leiter an die schwarzgraue Wand. Die Sprossen brachen, als er versuchte, nach oben zu klettern. Sein verzweifelter Schrei erfüllte die Gasse, und aus allen Fenstern schauten jetzt Köpfe, die sich vorwurfsvoll und wie von Geisterhand geführt in unheimlichem Gleichklang hin und her bewegten. Charlotte selbst stand unter einer Gaslaterne und konnte sich nicht bewegen.

Gut drei Wochen vor Alices Geburt hatte Charlotte die Lücke in ihrer Vitrine bemerkt. Noch im Schlaf hätte sie jedes einzelne Stück aus Alberts Sammlung beschreiben können, aber nur die beiden Gläser kannte sie bis ins letzte Detail. Die hatten Albert und sie zu besonderen Anlässen benutzt, und dass ausgerechnet die nun fehlten, machte die Sache nicht besser.

Ihr Verdacht fiel sofort auf Gustav und den Langen. Als sie am Abend gemeinsam nach Hause kamen, rief sie die beiden zu sich in die Küche, wo sie den halben Tag schon mit Unmengen von Tee und einer unbändigen Wut auf sie gewartet hatte. An Essen war nicht zu denken gewesen. Das Brot lag unangetastet auf einem Brett. Die Kartoffelsuppe, die Claire für sie gekocht hatte, war längst kalt geworden.

»Warst du an meiner Vitrine?«, fragte sie Gustav, noch bevor er sich überhaupt hatte setzen können.

Mit einem breiten Grinsen schob er ihr fünf Scheine von je hundert Millionen über den Tisch. »Für dich«, sagte er.

»Woher hast du das Geld?«

»Von dem Amerikaner ... Ich hab es für uns getan, Charly. Für dich und mich.«

»Habe ich dir nicht gesagt, dass ich Alberts Erbe in Ehren halten werde? Dass ich nicht ein Stück davon verkaufen möchte? Habe ich mich so undeutlich ausgedrückt?«

»Nein, aber ich dachte ... Ach, Charly, komm, das sind doch nur ein paar Gläser und so Kram. Dafür habe ich achthundert Dollar bekommen. Du brauchst das Geld doch ... Jetzt nimm es schon. Ich zahl dir ab sofort jede Woche die Miete. Du kannst dich auf mich verlassen.«

»Ich soll mich auf dich verlassen? Du bestiehlst mich, und du sagst mir, dass ich mich auf dich verlassen kann?« Charlotte lachte. Dann schaute sie zum Langen, der, die Hände auf den Schenkeln, aufrecht vor ihr saß. »Und was ist mit dir? Bist du auch zu Scherzen aufgelegt?«

»Ich hab damit nichts zu tun. Ehrlich.«

»Glaubst du denn im Ernst, ich habe nicht gesehen, dass du seit neuestem Lacklederschuhe trägst und weiße Überzieher? Soweit ich weiß, hattest du für derlei Extravaganzen bislang kein Geld.«

»Aber nein, die Schuhe sind ...«

»Ich war es, Charly. Der Lange hat damit nichts zu schaffen.« Dass sie ihm so ein Geschäft allein nicht zutraute, beleidigte ihn schon fast. Dabei hatte er in nur einem Tag die achthundert Dollar beim Pferderennen fast verdoppelt. Oder, um genau zu sein, aus dreihundert Billionen Reichsmark fünfhundert Billionen gemacht. Schweren Herzens hatte er beschlossen, sich lieber an die Umtauschpflicht zu halten, nicht dass ihm das schöne Geld bei einer Razzia auch noch abhandenkam. Nur eine stille Reserve von hundert Dollar behielt er ein. Er versteckte sie in seinen Schuhen, was zur

Folge hatte, dass er sich alle paar Schritte nach vermeintlichen Verfolgern umdrehte. »Jetzt nimm das Geld, es gehört dir.« Er deutete auf die fünfhundert Millionen. »Du kannst auch eine Milliarde haben, wenn du willst.«

Charlotte sagte nichts.

Furchterregend still war sie, wie der Lange fand, der dafür umso lautstärker beteuerte, nichts gewusst zu haben. »Ich schwöre bei meinem Leben«, sagte er und versuchte ihrem Blick standzuhalten, was ihm jedoch nicht gelang. Stattdessen sah er der Katze dabei zu, wie sie um seine glänzenden Fußspitzen streifte. Bei deren Anblick keimte wieder Stolz in ihm auf, und er wagte es schließlich doch, Charlotte in die Augen zu schauen. Tiefblau waren sie, wie das offene Meer. Aber er konnte nicht schwimmen.

»Seid ihr von allen guten Geistern verlassen?« Charlotte schüttelte fassungslos den Kopf. »Wie könnt ihr nur mein Vertrauen so missbrauchen? Ich habe euch ein Dach über dem Kopf gegeben, und das ist der Dank dafür?« Sie atmete tief durch. Sie durfte sich so kurz vor der Geburt nicht aufregen. Aber es fiel ihr schwer, ruhig zu bleiben. Der Lange, der leugnete, ihr Bruder, der kein Unrechtsbewusstsein zeigte, das war zu viel. »Das Geld gehört weder euch noch mir. Ihr habt es einem Toten gestohlen, tiefer kann man gar nicht mehr sinken.« Ihre Stimme bebte. »Verschwindet, alle beide. Ich will euch hier nicht mehr sehen, und wehe, ihr bringt die Sachen nicht zurück.«

»Solltest du nicht lieber an dein Kind denken statt an einen Toten?«, fragte Gustav verständnislos.

»Überlass meine Gedanken ruhig mir«, erwiderte sie spitz. »Und jetzt geht.«

Gustav, der noch immer nicht glauben wollte, dass sie das Geld nicht nahm, hielt ihr erneut die Scheine hin.

Doch Charlotte schaute ihm nur streng in die Augen und schwieg.

»Ich verstehe dich nicht, Charly«, sagte er kopfschüttelnd. »Wirklich, ich verstehe das nicht.« Dann gab er dem Langen Zeichen, ihm zu folgen.

Hintergangen worden zu sein, in der eigenen Wohnung, dort, wo sie sich eigentlich hätte sicher fühlen sollen, machte ihr in den Tagen danach zu ihrem eigenen Erstaunen fast noch mehr zu schaffen als die Tatsache, dass wertvolle Stücke aus Alberts Sammlung fehlten. Denn natürlich brachte Gustav sie nicht zurück. Stattdessen vertrödelte er seine Nachmittage beim Pferderennen, und am Abend verprasste er das meiste Geld mit Mädchen im Arm, die ihn nach einer durchtanzten Nacht bereitwillig mit zu sich nach Hause nahmen.

Der Lange aber hatte sich vorgenommen, um seine Ehre zu kämpfen, die er ohnehin erst vor kurzem entdeckt hatte. Es verging kein Tag, an dem er Charlotte nicht schwor, unschuldig zu sein, an dem er ihr nicht sagte, dass er die Schuhe geschenkt bekommen habe, an dem er ihr nicht sein ganzes Geld überreichte, sofern er tagsüber etwas verdient hatte.

Charlotte glaubte ihm kein Wort. Wer sollte dem Langen schon so schicke Schuhe schenken? Einer wie er brauchte Arbeitsschuhe und keine aus glänzendem Lackleder. Nur mit seinem Rauswurf drohte sie nicht mehr, obwohl sie sich sicher war, dass er sich über sie lustig machen wollte. Aber in diesen harten Zeiten konnte sie ihn nicht auf die Straße setzen. Selbst Gustav hätte sie wieder aufgenommen, wenn er darum gebeten hätte. Doch der blieb verschwunden, was ihr nicht unrecht war.

An dem Abend, als der Lange Charlotte Blumen mitbrachte, saß sie mit Claire und Theo gemeinsam in der Küche. Wie so oft in den vergangenen Tagen sprachen sie über »diese Ungeheuerlichkeit«, wie Charlotte den Diebstahl nun nannte.

Claire, die über die Tat bislang ebenso empört gewesen war wie Charlotte, versuchte dieses Mal, Verständnis für die beiden aufzubringen. »Du weißt, dass ich deinen Ärger teile«, sagte sie. »Aber es ist die Zeit, die die Menschen um den Verstand bringt. Und erst recht so junge wie den Langen und Gustav, die doch nichts weiter kennen als Krieg und Kampf und diese himmelschreiende Ungerechtigkeit. Wenn man nämlich sieht, dass ein paar wenige immer reicher werden und der Rest in den Abgrund schlittert, ist es doch kein Wunder, dass die meisten denken, Rücksichtslosigkeit würde belohnt werden.«

»Aber sollte uns das nicht eine Warnung sein?«, fragte Theo, der früher als üblich nach Hause gekommen war und ungewöhnlich abgekämpft wirkte.

Charlotte nickte ihm dankbar zu. Er schien sie als Einziger zu verstehen. »Natürlich ist das Leben ungerecht«, sagte sie, »wer wüsste das besser als ich. Aber es gibt doch auch noch so etwas wie Anstand.«

»Ach, Lotte.« Claire legte ihre Hand auf Charlottes Arm und drückte sie ganz fest. »'ne alte Dame wie ich hat schon 'ne ganze Menge von Wünschen und Träumen und Hoffnungen dahingehen sehen. Das Einzige, was da hilft, ist, nachsichtig zu sein, auch mit sich selbst«, sagte sie. Doch sie wusste nur zu gut, wie schwer das manchmal war. Dass sie ihren Sohn in den Krieg hatte ziehen lassen, konnte sie sich jedenfalls kaum verzeihen.

»Ganz ehrlich, Claire, ich glaube, dass genau das mein Fehler war. Ich hab Gustav immer alles durchgehen lassen. Sogar, dass er als Einziger keine Miete bezahlt hat. Wäre ich strenger gewesen, ich meine ...« Sie atmete tief durch. »Er bestiehlt seine eigene Schwester, das muss man sich mal vorstellen. Nein, nenn mich meinetwegen verbohrt oder uneinsichtig, aber dumm bin ich nicht.«

Theo, die Arme vor der Brust verschränkt, sah sie lange an. Auf ihrem Hals zeigten sich rote Flecken, ihr linker Mundwinkel zuckte. Es gefiel ihm, wie entschieden sie für ihr Recht eintrat und wie wenig sie sich von Claires, wie er fand, undurchdachter Erklärung beeindrucken ließ. Denn für Unrecht, das war sein Credo, gab es keine Entschuldigung. Nur, was war Unrecht? Theo, der seit Jahren kaum etwas anderes tat, als über diese Frage nachzudenken, war sich sicher, die Antwort zu kennen. Umso überraschter war Charlotte nun, als er sagte, er halte Gustav und den Langen für Opfer wie sie.

Charlotte sah ihn verständnislos an. Hatte sie sich etwa in ihm getäuscht? Stand er doch nicht auf ihrer Seite? Sie befühlte ihren dicken Bauch. Warum dachte sie eigentlich unentwegt an den Diebstahl und Gustav und den Langen statt an das Kind, das sie bald bekommen würde? Aber die Tatsache, dass die beiden ihr Vertrauen missbraucht hatten, ließ sie einfach nicht los. »Zwischen Täter und Opfer zu unterscheiden war ja wohl selten so einfach wie hier«, sagte sie hörbar verärgert.

Theos Lider waren schwer, seine Stimme müde, aber einer wie er, der so sehr daran gewöhnt war, sich zu verstellen, hatte sich rasch wieder im Griff. Reflexartig schob er seine Brille zurecht und zeigte Charlotte sein berüchtigtes Lächeln. »Stell dir einen Süchtigen vor, der das Koksen nicht lassen kann. Einen von diesen Bleichgesichtern, die jeden Morgen auf die Straße torkeln. Die unterwerfen ihre Werte und Gesetze dem Diktat der Droge. In unserer Gesellschaft ist das nicht anders. Nur dass da die Droge Geld und Macht und Anerkennung heißt. Warum sonst sollte ein Mann Lacklederschuhe tragen, die zu nichts zu gebrauchen sind, als sich auf ihrer glänzenden Oberfläche wie in einem Spiegel zu bewundern?«, fragte er gerade, als der Lange, zwei gelbe Astern und eine Lilie in der Hand, im Türrahmen erschien.

»Idiot«, zischte der.

»Entschuldige, so war das nicht gemeint. Ich wollte damit nur sagen, dass sich unsere Gesellschaft vom schönen Schein verführen lässt.«

»Meinst wohl dich damit, mit deinem feinen Anzug, oder was?«

»Sind wir nicht alle für die schönen Dinge empfänglich?« Theo sah ihn herausfordernd an, was er bis dahin noch nie getan hatte und was er besser auch jetzt nicht getan hätte, aber das wusste er da noch nicht. »Aber zum Glück besitzen manche von uns auch noch so etwas wie Verstand. Und der sollte uns eigentlich sagen, dass Glanz rasch ermatten kann.«

Die Fäuste des Langen zuckten verdächtig. Ausgerechnet der Pistolenmann wagte es, ihn zu provozieren? Ihn, der sich nichts hatte zuschulden kommen lassen? Saß hier in trauter Eintracht mit Charlotte und ließ vermutlich nichts unversucht, um sie in ihrem Glauben zu bekräftigen, in ihm einen Dieb zu sehen. Er rang mit sich, doch er wusste, wenn er jetzt zuschlagen würde, dann dürfte er Charlotte nie wieder unter die Augen treten. Also atmete er tief durch, ließ es bei einem erneuten »Idiot« bewenden, ging um den Tisch direkt auf sie zu und streckte ihr die Blumen entgegen. »Für die schönste Frau der Welt«, sagte er mit bemüht fester Stimme.

»Was neue Schuhe alles bewirken können.« Theo nickte halb anerkennend, halb belustigt.

»Kümmer dich bloß um deinen eigenen Kram.«

»Willst du mich bestechen?«, fragte Charlotte kühl.

Er schüttelte den Kopf.

»Was dann? Ist das ein Schuldeingeständnis?«

»Nein!« Er klang empört. »Ich will nur, also, ich will, dass du weißt, dass auf mich immer Verlass ist. Im Gegensatz zu anderen hier bin ich nämlich eine ehrliche Haut.«

»Ach ja? Und wie darf ich das bitte schön verstehen?«

»Das wirst du bestimmt bald merken, ich meine … die Zeit … also ganz sicher …«, stammelte er und warf Theo einen vernichtenden Blick zu. Dabei hatte er seine ganze Aufmerksamkeit eigentlich ihr widmen wollen, denn selbst wenn sie wie jetzt sichtlich verärgert war, hätte er sich noch immer am liebsten auf den Rundungen ihrer Wangenknochen gebettet. »Ich bin jedenfalls der, den du siehst, und niemand sonst«, sagte er, und es fehlte nicht viel und er hätte wie ein trotziges Kind aufgestampft, aber auch dieser Versuchung konnte er widerstehen.

»Ach, komm schon.« Claire legte ihren Arm um Charlottes Schultern. »Gib dir einen Ruck. Unser Kleiner meint es doch nur gut.« Ihr Mitgefühl schien unerschöpflich, und so wie sie dem Vater das Geld gegeben hatte, hätte sie dem Langen jetzt gerne etwas mehr Geschick gewünscht. Aber der stand weiterhin nur da, die Blumen nach vorne gestreckt, und starrte in Charlottes Gesicht.

Der Lilienduft stieg Charlotte in die Nase. Sie hatte schon lange keine Blumen mehr geschenkt bekommen. Zu einem anderen Zeitpunkt wäre sie bestimmt gerührt gewesen. Auch zu sehen, wie unbeholfen der Lange vor ihr stand, hätte ihr Mitgefühl geweckt. Wenn er sich wenigstens entschuldigen würde. Aber vielleicht hatte Claire ja recht. Vielleicht war es wirklich an der Zeit, über ihren Schatten zu springen. Charlotte schaute ihm in die Augen. Er wich ihrem Blick nicht aus. »Also schön«, sagte sie und streckte ihre Hand nach den Blumen aus. »Dann vielen Dank. Ich hoffe nur, sie sind nicht geklaut.«

»Sie riechen nach Abendrot«, sagte der Lange.

»Abendrot?«

»Das hat die Blumenfrau gesagt.«

Ein Lächeln huschte über Charlottes Gesicht. Sie traute ihm ja vieles zu, aber sicherlich nicht, dass er Sinn für Poetisches hatte. Zum ersten Mal beschlichen sie Zweifel an seiner Schuld. »Dann muss ich wohl dankbar sein, dass sie dir nicht den Weltuntergang mitgegeben hat«, sagte sie, lächelte und hielt ihre Nase an die Blüten.

An jenem Abend sog Charlotte den Blumenduft wie eine längst vergessene Köstlichkeit in sich auf. Und jetzt, da sie gerade Mutter geworden war und vor Erschöpfung noch immer schlief, glaubte sie einen ähnlich herrlichen Duft wahrzunehmen. Der Geruch von frischer Frühlingsluft umhüllte sie, und sie fand sich inmitten einer saftigen Wiese wieder, so grün, wie sie nur in Träumen grün sein kann. Vögel sangen, Halme bogen sich sanft, und sie schwebte ähnlich einer Feder im Wind über das feuchte Gras. Bis sie ihn entdeckte, diesen nackten Mann, der seine Hände voller Tatendrang nach ihr ausstreckte und die sie, ohne zu zögern, ergriff.

Als sie aufwachte, erinnerte nur noch ihr schweißnasses Laken an den Traum. Charlotte hatte ihn in dem Moment vergessen, in dem sie Alice in Claires schweren Armen liegen sah.

»Nach meine Beene ist ja ganz Berlin verrückt, mit meine Beene hab ich manches Herz geknickt«, sang Claire, als würde sie ein Wiegenlied singen, während sie mit dem Kind vor Charlottes Bett auf und ab ging. »Und zeig ich meine Beene voller Intelljenz, dann schlag ich aus dem Felde jede Konkurrenz … Sieh doch, sie lächelt. Das lass ich mir gefallen, ein Kind mit Köpfchen«, sagte sie, gab Alice einen zärtlichen Kuss auf die Wange und legte sie in Charlottes Arm. »Herzlichen Glückwunsch zu dieser formidablen, einzigartigen, phänomenal wunderbaren Tochter.«

Charlotte lachte, während ihr die Tränen über die Wangen liefen. Das, was sie sich nie hatte vorstellen können, war Wirklichkeit geworden. Natürlich hatte sie geahnt, dass sie mit Staunen auf dieses Kind blicken würde, auf diese kleinen Hände und Ohren und das zerknautschte Gesicht, in dem noch die Anstrengung der Geburt wohnte. Aber sie hatte sich nie ausmalen können, wie es sich anfühlen würde, die eigene Tochter zum ersten Mal im Arm zu halten, sie zum ersten Mal zu streicheln, das weiche Gesicht zum ersten Mal mit Küssen zu bedecken.

Ein Gefühl unendlicher Dankbarkeit durchflutete sie, in das sich tiefe Trauer mischte. Tränen schüttelten sie. »Dein Vater«, flüsterte sie und drückte Alice eng an sich, »wäre jetzt bestimmt sehr glücklich.«

13

Auf dem regennassen Asphalt der Leipziger Straße tanzten die Scheinwerferlichter der Autos mit denen der Straßenbahnen und Omnibusse zu ihrer eigenen Melodie. Vor und zurück und hin und her glitten die Lichter, verschmolzen, stockten und stoben wieder auseinander. Aus den Tanzdielen drangen die Töne von Shimmy und Foxtrott. Vermischt mit dem Motorenlärm und dem Stimmengewirr, klangen sie wie das Begleitorchester zu einem Gruselfilm.

Denn seit einiger Zeit blieben die meisten Schaufensterlichter dunkel. Auch die Leuchtreklamen auf den Dächern, die für Mundwasser oder Cremes warben, waren nur noch als skelettartige Gerüste zu erkennen. Gaslaternen flackerten schwach, manche waren ganz erloschen. Glücksuchende drängten sich neben Bettlern und Arbeitslosen, Einarmige neben Anzugträgern, Abgemagerte neben Dickbäuchigen.

»Geldausgabe bei Siemens jeden Morgen um zehn am Werkstor 1« war auf einer der Litfaßsäulen zu lesen. Daneben hing ein Plakat mit Durchhalteparolen: »Arbeiter! Genossen! Habt Geduld. Die Rentenbank bringt Wohlstand für alle.« Die Ankündigung für eine neue Revue im Admiralspalast versprach da schon Konkreteres. Fünfzehn Paar Tanzbeine streckten sich den Passanten entgegen. Und es gab nicht wenige Männer, die trotz aller Hektik davor stehen blieben und staunten und sich wünschten, sie hätten zu Hause eine Frau mit ebenso langen Beinen. Die Frauen hingegen kommentierten das Plakat meist im Vorübergehen. »So ein Paar Seidenstrümpfe machen doch noch aus jedem Stamm einen zarten Zweig«, hieß es da schon mal, und in ihren Stimmen war der Neid derjenigen zu hören, die seit Monaten die immer gleichen ausgeleierten Baumwollstrümpfe tragen mussten.

Der Lange betrachtete sein Spiegelbild im schwach erleuchteten Fenster eines Lokals. Seine Schuhe waren frisch poliert und glänzten, was er mit Genugtuung sah. Als er aber den Riss im Ärmel seiner Jacke bemerkte, bereute er es sofort, so eitel gewesen zu sein. Rasch ging sein Blick wieder nach links.

Noch immer stand Theo in der Schlange vor der gläsernen Wechselstube, vielleicht zweihundert Meter von ihm entfernt.

Ungeduldig rieb er seine Hände. Seit mindestens einer Stunde folgte er ihm jetzt schon, und bislang konnte er nicht behaupten, er habe irgendetwas über ihn herausfinden können, was von Interesse gewesen wäre. Wenn es überhaupt etwas Besonderes zu vermelden gab, dann dass Theo die Straßenbahnlinien offenbar nicht besonders gut kannte. Er hätte nur aus dem Haus fallen, die paar Meter die Gosslower Straße hochgehen und in die 57er steigen müssen, wenn er zum Potsdamer Platz wollte.

Stattdessen aber war er im Nieselregen bis zum Viktoria-Luise-Platz gegangen, hatte dort die U-Bahn genommen, war eine Station bis zum Nollendorfplatz gefahren, dort in die Hochbahn umgestiegen, um wiederum nur eine Station bis zur Bülowstraße zu nehmen, wo er dann ausgerechnet so lange gewartet hatte, bis die 57er gekommen war, obwohl von dort mindestens sechs verschiedene Linien zum Potsdamer Platz fuhren.

Noch immer schüttelte der Lange den Kopf, wenn er daran dachte. Hätte er wenigstens zwischendurch mit jemandem gesprochen, sich umgesehen, seinen Schritt beschleunigt, irgendetwas Auffälliges getan, dieser Umweg hätte ihm eingeleuchtet, aber Theo war so unauffällig gewesen, dass er zwischendurch sogar Sorge hatte, er könnte ihn in der Masse der schwarzen Hutträger verlieren.

Zwar sah er aus wie einer von vielen, aber er war keiner von ihnen, das wusste der Lange ganz genau. Unter dem feinen Anzug verbarg sich nicht nur eine Waffe, sondern auch ein Geheimnis, hinter das er nun endlich kommen wollte. Noch einmal jedenfalls würde er sich nicht so vorführen lassen wie an jenem Abend, als er Charlotte die Blumen brachte. Er musste ihr endlich die Augen öffnen über diesen vermeintlichen Jedermann. Er musste sie schützen, jetzt, wo das Kind da war. Er wollte …

Sein Gedankenfluss stoppte abrupt. Theo war an der Reihe.

Wie alle anderen auch hatte er eine große Reisetasche dabei. Für einen Dollar bekam man mittlerweile vier Milliarden Mark, da war eine Brieftasche nutzlos geworden. Bündelweise reichte ihm die Dame die Scheine über den Tresen. Der Lange hätte gerne mitgezählt, aber er stand zu weit entfernt, als dass er hätte sehen können, um welche Scheine es sich handelte. Er tippte auf hundert Dollar, die Theo tauschte. Dass er dänische Kronen eintauschte, die bis vor kurzem noch Rubel gewesen waren, das ahnte der Lange nicht. Er sah nur, wie Theo die vielen Scheine wie schmutzige Wäsche in die Tasche stopfte.

Als er endlich fertig war, beschleunigte er seinen Schritt. Auf dem Weg lagen ein Hutgeschäft, eine Parfümerie, ein Geschäft für Lederwaren, alle geschlossen. Vor einem Tabakladen, ebenfalls dunkel, schien er kurz zu zögern, ging dann aber doch weiter. Nur die Reichshallen waren wie eh und je erleuchtet, und der Lange hätte zu gerne einen Blick in den großen Saal geworfen, um endlich einmal die Artistin zu sehen, von der es hieß, sie könnte fliegen wie ein Vogel. Aber

Theo ging auch an dem Vergnügungspalast vorbei. Erst auf Höhe der Hausnummer 60 verlangsamte er seinen Schritt. Ausgerechnet dort. Denn wenn der Lange einen Ort wie seine Westentasche kannte, dann Aschingers Bierquellen in der Leipziger Straße und am Alexanderplatz.

In dem mit Holz getäfelten hohen Raum drängte sich halb Berlin. Perlenbestickte Ausgehkleidchen standen neben Küchenschürzen, abgewetzte Ärmelschoner neben schwarzen Fliegen, Hut neben Schiebermütze, Pelz- neben Speckkragen. Über allen thronte ein Leuchter, der aussah, als hätte man Tulpen sorglos in eine viel zu kleine Vase gestellt. An den Stehtischen trank man Bier oder Weinbrand oder beides zusammen, aß Erbsensuppe oder Bierwurst mit Kartoffelsalat oder eben nur die Brötchen, die es gratis gab. Direkt am Eingang, in der Ecke, stand wie immer der Einäugige und begrüßte jeden mit einer Verbeugung.

Der Lange versuchte, sich klein zu machen, sich zu verstecken, nicht aufzufallen, aber er war nun einmal einer der Größten. Eine der Bierzapferinnen hinter dem Tresen entdeckte ihn rasch, rief seinen Namen, winkte ihn zu sich, so wie sie es immer tat, wenn sie ihn sah. Jemand tippte ihm von der Seite auf die Schulter. Der Lange, der versuchte, Theo nicht aus den Augen zu verlieren, tat so, als bekäme er das alles nicht mit, aber der Schultertipper kannte kein Erbarmen. Er stellte sich ihm direkt in den Weg.

»Musst mir mal verraten, wie du das machst. Die Erika ist ja ganz verrückt nach dir. Mir hat sie noch nie ein Bier spendiert. Das Blaue vom Himmel wirst ihr ja wohl kaum versprechen, so gesprächig, wie du immer bist«, sagte der Mann in dem ausgebeulten Jackett und lachte und offenbarte dabei gelb-schwarze Stummel, die einmal Zähne gewesen waren.

Die kurze Ablenkung hatte genügt, um Theo im Gewühl zu verlieren. Er war nirgendwo mehr zu sehen, auch wenn der Lange sich noch so sehr streckte und verrenkte. Dafür rief Erika nun umso lauter seinen Namen. Besser, er winkte ihr kurz. Sie zeigte auf den Zapfhahn, streckte einen Daumen in die Höhe, formte mit ihren Fingern ein Herz. Es machte ihn immer verlegen, wenn sie das tat, und auch jetzt wurde er rot und senkte seinen Blick. Als er Sekunden später wieder aufschaute, sah er direkt in Theos Gesicht.

Er lächelte nicht, gab dem Langen aber einen Klaps auf die Schulter, als wären sie alte Freunde. »Das ist ja mal 'ne Überraschung. Du hier in der Leipziger?«

»Ich bin … bin oft hier«, sagte der Lange, dem der Schweiß auf der Stirn stand.

»Rast das Geld auch in den Keller, bei Aschinger gibt's immer 'nen vollen Teller«, sagte Theo und lachte jetzt, wie der Lange ihn noch nie hatte lachen hören. Es klang wie eine Drohung.

Er nickte unbeholfen. Seine klitschnassen Hände presste er gegen die grauen Hosenbeine.

»Dann lass es dir schmecken. Ich muss weiter«, sagte Theo, gab ihm erneut einen Klaps auf die Schulter und verschwand ebenso schnell, wie er aufgetaucht war.

Es dauerte eine Weile, bis der Lange begriff, aber als er verstand, dass Theo ohne Tasche gegangen war, dass er das Geld jemandem hier im Lokal gegeben haben musste, fluchte er so laut, dass sich Erika vor Freude auf die Schenkel klopfte.

Als er in dieser Nacht nach Hause kam, lag ein Stapel Fotoplatten mit einem Umschlag vor Charlottes Zimmertür. Bis zum Morgengrauen rang er mit sich, ob er ihn öffnen oder einfach an sich nehmen sollte. Immer wieder lauschte er an den Türen, glaubte mal Charlotte husten zu hören, mal Alice quengeln. Aber auch wenn es ganz still war, war er sich nie sicher, ob seine Wahrnehmung ihn nicht doch trog und gleich jemand eine Tür öffnen und ihn entdecken würde.

Kurz bevor Claire nach Hause kam, schlief er schließlich ein. Er hatte es doch nicht gewagt, den Umschlag in die Hand zu nehmen.

Wie eine Versuchung lagen die Fotoplatten auf der schwarzen Kommode. Wie eine Versuchung, der Charlotte widerstehen musste, der sie nur begegnen konnte, indem sie jede Sekunde an Albert dachte. Denn noch immer fürchtete sie, ihr Bild von ihm würde durch andere ersetzt, wenn sie wieder zu fotografieren begann.

Aber ihr Kopf war bereits voller neuer Bilder. Überall sah sie plötzlich Motive. Der eingerollte Schwanz der Katze auf dem Bauch ihrer Tochter war so eines. Claire mit geschlossenen Augen, die wie ein Buddha auf dem Boden thronte, Alice auf den Knien, ein anderes. Theo, der mit angewinkelten Beinen auf der Fensterbank saß und nach draußen blickte in eine weit entlegene Ferne, ein weiteres.

»Wer das Talent zum Sehen besitzt, trägt Schätze in sich, die es zu bergen gilt«, hatte er ihr geschrieben, und seitdem kreisten ihre Gedanken nicht nur um Albert, sondern eben auch um Theos Worte. Es war nicht so, dass er ihr damit die Augen geöffnet hätte. Dafür war dieser Kalenderspruch zu banal. Aber er erinnerte sie daran, weshalb die Fotografie für sie schon immer von so großer Bedeutung gewesen war.

Zehn lange Tage gelang es ihr dennoch zu widerstehen. Zehn Tage, in denen der Nebel über den Dächern waberte, sich in jede Ecke schmiegte, sich wie ein feuchter Film über die Stadt legte.

Es roch nach Moder und Verwesung, der Geruch kroch einem in die Glieder, schien sich in jede Pore zu fressen, und es fiel schwer, den Gestank, der über Berlin lag, nicht als Ausdruck eines rasanten Verfalls zu verstehen.

Noch im Sommer hatte es nicht wenige Stimmen gegeben, die die Dunstglocke aus Abgasen und Abfällen als notwendiges Übel eines pulsierenden Lebens gedeutet wissen wollten, nicht schön, aber auch nicht besorgniserregend, jetzt im November sorgte man sich auch in der Presse um all die Tuberkulosekranken, die unzähligen kalten Öfen aufgrund des Kohlemangels.

Die Vorräte in der Winterfeldtstraße reichten gerade noch aus, um Charlottes Zimmer zu heizen und damit Alice warm zu halten. Claire behalf sich mit Decken und Tüchern, einem eisigen Winter würde sie so allerdings nicht trotzen können.

»Handelt!« war immer häufiger als Überschrift in den Zeitungen zu lesen, meist verbunden mit der Forderung, endlich für eine stabile Währung zu sorgen. Dass man diesen Aufruf auch anders verstehen konnte, wusste Theo nur zu gut. Der Lange würde ihn auf seine Weise interpretieren, und Gustav hatte längst eine eigene Deutung dieses Appells gefunden.

Für ihn hieß das, so viel Abstand wie möglich zur Winterfeldtstraße und seiner Schwester zu gewinnen. Er fühlte sich von Charlotte ungerecht behandelt und hatte seit seinem Rausschmiss nicht eine Zeile an sie geschrieben, nicht einmal mit dem Langen über sie gesprochen, auch nicht über seine Nichte, die er noch nie gesehen hatte. Aber das Vergessen ließ sich nicht erzwingen. Häufiger, als ihm lieb war, dachte er an Charlotte, erinnerte er sich an jenen Abend, als sie ihm die Leviten gelesen hatte, und je mehr Zeit verstrich, desto mehr schämte er sich für seine Tat.

Müde der wechselnden Betten, hatte sich Gustav mittlerweile ein Hotelzimmer in der Nähe des Kurfürstendamms genommen, was nicht hieß, dass er auch müde der wechselnden Mädchen geworden war. Nur das Pferdewetten hatte er nach der ersten Niederlage rasch aufgegeben und sich wieder aufs Kartenspiel verlegt.

Vielleicht lag es ja an seinen braun-schwarz karierten Knickerbockern, der passenden Weste, dem weißen Hemd, den

Überziehern und den braunen Lederschuhen, dass man ihm mehr Respekt entgegenbrachte als früher. Vielleicht auch daran, dass er nicht mehr in den Kaschemmen rund um die Linienstraße spielte, sondern in schicken Wohnzimmern von Professoren und Künstlern, die sich so ihr Auskommen sicherten. Vielleicht aber auch einfach nur an dem Umstand, dass er es nun häufig mit verzweifelten Anwälten oder Ärzten zu tun hatte, die aus Sorge um ihre Existenz ihr Glück zum ersten Mal beim Poker versuchten. Jedenfalls gewann er so viel und so häufig wie nie.

Fast jeden Abend besuchte er die Weiße Maus, um dort Anita Berber zu sehen. Dass sie weit häufiger schimpfte und fluchte und über die Bühne torkelte, als dass sie ihre Hüften kreisen ließ, störte ihn nicht. Allein sich dort einen Logenplatz leisten zu können gefiel ihm, so wie es ihm auch gefiel, sich eine Zigarre bringen zu lassen. Sein Glück perfekt gemacht hätte, wenn er sich auch noch als Gönner hätte aufspielen können, aber da machte ihm Claire einen Strich durch die Rechnung. Seine üppigen Trinkgelder, die er ihr »für Charlotte und Alice« über den Tresen des Toppkellers schob, gab sie ihm umgehend zurück.

Sie denke nicht daran, sich von ihm zu seiner Komplizin machen zu lassen. »Dein schlechtes Gewissen«, sagte sie, »kann dir nur deine Schwester nehmen. Geh zu ihr, sprich mit ihr, verhalte dich endlich wie ein Mann.«

Aber er ging lieber zu seinen Pokerrunden zurück und den Mädchen in den Tanzdielen, als sich von Charlotte eine Standpauke abzuholen.

Der Lange aber, in dessen Phantasie sich Theos unbekannte Nachricht in dem verschlossenen Umschlag zu einem Liebesschwur bis in alle Ewigkeit ausgewachsen hatte, zu einer Ungeheuerlichkeit, zu einer Zumutung, schwor sich, nun endlich wie ein Mann zu handeln.

Am Morgen des 5. November, als er aufbrach, sein Vorhaben in die Tat umzusetzen, hing Charlottes Widerstandskraft nur noch an einem hauchdünnen Faden.

Der Wunsch, endlich wieder die Kamera in die Hand zu nehmen, eine Fotoplatte einzulegen, auf den Auslöser zu drücken, gespannt in der Dunkelkammer zu stehen, darauf zu warten, dass aus dem Bild im Kopf ein reales wurde, war von Tag zu Tag größer, mächtiger, verlockender geworden. Es war, als stünde Sehnsucht gegen Sehnsucht, Verlangen gegen Verlangen, und an diesem Morgen begriff sie zum ersten Mal, dass sie ihrer Angst, Albert zu verlieren, anders begegnen musste.

Noch immer hing der Novembernebelgestank über Berlin, und Charlotte schlüpfte in ihr schönstes Kleid aus schwarzer Seide. Es ging ihr fast bis zu den Knöcheln, war an den luftigen Armen mit Perlen bestickt, links und rechts mit langen Schlitzen versehen, und an der Taille war eine breite Schärpe befestigt. Zwar fiel es nicht mehr ganz so locker wie früher, aber das störte sie nicht. Man sollte ruhig sehen, dass sie eben erst ein Kind bekommen hatte. Die Lippen schminkte sie rot, die Augen dunkel. Ihr kinnlanges blondes Haar lag eng am Kopf. Sie wollte, dass sie aussah wie in ihren glücklichsten Zeiten.

Als sie, das Stativ geschultert und die Kamera um den Hals, in diesem Kleid vor die Tür trat, waren ihr erstaunte Blicke gewiss. Man trug Hut und Mantel, verbarg sein Gesicht im hoch aufgestellten Kragen, Charlotte aber war viel zu aufgeregt, um die feuchte Kälte zu spüren. Selbst der beißende Geruch störte sie nicht.

Mit schnellen Schritten ging sie zum Viktoria-Luise-Platz.

Die Häuser ringsherum lagen im dichten Nebel verborgen, der stillgelegte Brunnen war kaum zu erkennen, Büsche und Bäume nur als Ahnung wahrnehmbar. Sie stellte das Stativ so, dass die Kamera in ein großes, weites nebliges Nichts zeigte, ohne Anfang und Ende, ohne Konturen. Denn es war gerade diese Grenzenlosigkeit, die sie interessierte, das darin enthaltene Versprechen auf Verschmelzung.

Noch bevor sie sich in Position brachte, spürte sie jene Erregung, die sie sonst nur in Alberts Armen ergriffen hatte. Und als sie auf den Selbstauslöserknopf drückte, war ihr, als würden seine zärtlichen Hände sie streicheln, der Nebel sie mit sanftem Druck umschließen, sie in eine rauschhafte Ewigkeit entführen. Sie atmete in tiefen Zügen. Erst schnell, dann immer langsamer.

Passanten schüttelten den Kopf über diese Frau mit den nackten Beinen auf den Pfennigabsätzen und in dem dünnen Abendkleid, die dort inmitten des Platzes vor einer Kamera stand. Aber Charlotte lächelte zufrieden.

Am Nachmittag, als sie das Foto zum ersten Mal in Händen hielt und sie sich als schemenhafte Gestalt im Nebel stehen sah, erkannte sie auf den ersten Blick nichts Ungewöhnliches an diesem Bild, außer dass es unscharf war, vage, seltsam fließend. Hinter- und Vordergrund waren kaum zu unterscheiden. Ein Profi hätte es vermutlich achtlos beiseitegelegt.

Charlotte betrachtete es lange. Mit gewöhnlichen Augen war das Besondere an diesem Foto nicht zu erkennen. Für sie aber wurde es nach und nach zum Beweis intimster Nähe, zu einer Vergewisserung ihrer tiefen Verbundenheit mit Albert.

14

Der Sportclub Olympia betrieb sein Vereinshaus im Schatten des Polizeipräsidiums unweit des Alexanderplatzes. Auch das mächtige Gerichtsgebäude lag in unmittelbarer Nähe, ebenso die Arrestzellen des Untersuchungsgefängnisses. Nicht, dass man den Ort absichtlich gewählt hätte, der Verein war dort schon ansässig gewesen, als sich Wilhelm in Versailles zum Kaiser hatte ausrufen lassen, aber der Vereinsboss, ein Strafverteidiger namens Erich Außländer, wusste nach anfänglicher Skepsis die kurzen Wege zwischen Arbeitsstätte und Sportclub zu schätzen. Einen noch größeren Vorteil sah er allerdings in der Tatsache, dass nicht allzu weit davon entfernt, in der Gormannstraße, das Arbeitsamt ansässig war.

Zwei Drittel seiner Vereinsmitglieder rekrutierten sich mittlerweile von dort. Ein Paar neue Schuhe, eine warme Mahlzeit und ein Fußballplatz, das, so hatte er schnell gelernt, reichte aus, um junge, arbeitsuchende Männer Anfang zwanzig für sich zu gewinnen. Je nachdem, mit wem er sprach, bezeichnete er seine Vereinsarbeit mal als »Förderung der Gemeinschaft«, mal als das »eiserne Schmieden von Zusammenhalt«, immer aber betonte er, die Schwächsten der Gesellschaft zu starken Charakteren formen zu wollen, damit sie sich gegen »diese Judenrepublik, die ihnen dieses Elend« eingebrockt habe, »angemessen zur Wehr setzen« könnten.

Statt einen Mitgliedsbeitrag zu zahlen, hatten sie ihren Anteil in Form von Arbeit abzuleisten, was den meisten nur gerecht erschien angesichts der Annehmlichkeiten, die sie plötzlich genossen. Es beklagte sich jedenfalls keiner, wenn er den Rasen pflegen oder Fußbälle aufpumpen sollte.

Seit Ende September gehörte der Lange dazu. Schnell rief man ihn auch hier bei seinem Spitznamen, von Anfang an aber schwang Respekt für seine Größe mit. Nach einer Woche stand er bereits im Tor, nach der zweiten übertrug ihm sein Mannschaftsführer die Verantwortung für dessen Wartung. Regelmäßig begutachtete er seitdem das Netz, flickte Löcher, lackierte den Rahmen.

Diese stille, fast meditative Tätigkeit, wenn er den Pinsel über das Holz gleiten ließ, wenn er Schicht um Schicht auftrug, wenn er Zeuge wurde, wie Risse und Schrammen verschwanden und ganz allmählich makellose Oberflächen entstanden, mochte er besonders. Er fand, dass sich allein für diese Erfahrung die Mitgliedschaft lohnte.

Aber natürlich wollte er auch seine Lacklederschuhe nicht mehr missen. Und dass er jetzt Kameraden hatte, erfüllte ihn mit Stolz. »Kamerad Langer.« So hieß er dort, und wäre er nicht so unsicher gewesen, er hätte seine Hacken zusammengeschlagen und salutiert, wenn ihn jemand so nannte.

Wie ein Soldat.

Wie einer, der sich auf seine Kameraden verlassen wollte.

Dass er Dieter, »Kamerad Dieter«, den er für seine Unerschrockenheit und seine Muskeln bewunderte, um Hilfe bat, war daher nur folgerichtig.

Der zeigte sich allerdings wenig interessiert, als der Lange ihm von Theo, dem Pistolenmann, erzählte. »Was ist er? Ein Dieb? Soll ich meine Zeit etwa mit einem lausigen Dieb vergeuden?«, fragte er kopfschüttelnd. »Nur weil er eine Waffe hat, machst du so ein Theater? Sieh mich an, seh ich etwa aus wie einer, der keine Waffe besitzt?«

»Ich weiß nicht.«

»Sieh genau hin, Mann.« Er kraulte sich am Schritt und

lachte. »So eine hast du hoffentlich auch. Oder ist da bei dir was nicht in Ordnung? 'ne Schwuchtel können wir hier nämlich nicht gebrauchen.«

Er sei nicht so einer, er liebe die schönste Frau der Welt, hätte er beinahe gesagt, aber da schlug ihm Dieter schon auf die Schulter.

»Keine Bange, Kamerad Langer, war doch nur Spaß. Hier.« Er zog eine Pistole aus seinem Hosenbund. »Das ist 'ne echte. Wenn man nicht aufpasst, pustet die einem das Gehirn aus dem Schädel, dass es nur so spritzt. Was glaubst du, was in Berlin los wäre, wenn man jeden verfolgen würde, der eine Pistole besitzt? Die Füße platt treten würde man sich.« Er schlug sich vergnügt auf den Schenkel. »Da würden sich die Pistolenbesitzer nur so stapeln. Lauter Pistolenbesitzerhaufen würden dann in den Straßen liegen. Wie Hundescheiße. Menschlicher Hundedreck«, sagte er, und Tränen standen ihm in den Augen vor lauter Lachen.

Der Lange schlug sich ebenfalls auf die Schenkel, lachte laut, aber sein neuer Freund war so sehr mit sich und dem Ausschmücken seiner Idee beschäftigt, dass er auf ihn gar nicht achtete.

»Pass auf, ich mach dir einen Vorschlag«, sagte Dieter schließlich, als er sich wieder etwas beruhigt hatte. »Bevor ich darüber nachdenke, ob ich für dich in die Hundescheiße trete, lassen wir erst einmal die Köter von der Leine.«

Der Lange verstand nicht, fragte aber auch nicht, sondern zögerte keine Sekunde, als Dieter ihm sagte, er solle ihm folgen.

Am Alexanderplatz drängten sich wie immer Straßenbahnen und Omnibusse und Autos neben Pferdewagen und eiligen Passanten. Angestellte mit Leiterwagen voller Geld, ihr Lohn für den Tag, hasteten gegen Mittag ins Kaufhaus Tietz, um rechtzeitig vor Bekanntgabe eines weiteren Wertverfalls noch feste Schuhe oder eine warme Jacke zu erwerben.

Im Gegensatz zu den anderen schien es Dieter nicht eilig zu haben. Er zeigte auf die Auslagen in den Geschäften, Hüte, Wintermäntel, Schals, Handschuhe, auf die Menschen mit ihren abgehetzten Gesichtern. Er sagte, dass es eine Schande sei, dass sich der ehrliche Bürger deutschen Stammes Sorgen machen müsse wegen des kommenden Winters.

Der Lange nickte.

Dass man ein Zeichen setzen müsse. Dass man diesen Novemberverbrechern, diesen Feiglingen entgegentreten müsse. Dass seine Sorgen wegen des Pistolenmanns im Vergleich dazu ja wohl lächerlich seien.

Der Lange widersprach nicht.

Er war jetzt ganz Soldat.

Schwarzgekleidete mischten sich unter die Menge. Von allen Seiten kamen sie und strömten in kleinen Gruppen von je fünf, sechs Mann Richtung Scheunenviertel. Dieter beschleunigte seinen Schritt und folgte ihnen, und der Lange folgte Dieter. Schnell wurde die Menschenmasse immer unübersichtlicher. Etwas Helles blitzte zwischen all diesen dunklen Gestalten auf, verschwand wieder, kam wieder zum Vorschein, elfenbeinfarben.

Bis der Lange begriff, dass dies der nackte Oberkörper eines Mannes war, bis er dessen Schreie hörte, bis er sah, dass auf ihn eingeprügelt wurde, dass Steine flogen, dass die Menschen aus Panik rannten und nicht, weil sie noch ein Stück Wurst ergattern wollten, packte Dieter schon einen Mann am Kragen und stieß ihn mit Wucht gegen die Schaufensterscheibe einer Metzgerei. Das Glas sprang in tausend Teile. Der Mann blutete im Gesicht, versuchte, sich aufzurappeln, wegzurennen, aber da war er schon von mindestens zehn Männern umzingelt, die keine Gnade kannten.

Dieter, gefolgt vom Langen, schlenderte weiter die Münzstraße entlang, als wäre nichts geschehen.

Zwei Kinder von vielleicht sieben, acht Jahren rannten in den nächsten Hauseingang, drückten sich gegen die Wand. Scheinbar achtlos ging Dieter an ihnen vorbei. Dann, blitzartig, drehte er sich um, lief zurück und baute sich direkt vor ihnen auf. »Wollt ihr mich für dumm verkaufen?«, brüllte er mit der Stimme eines Soldaten. »Denkt ihr, ich würde euch nicht sehen? Glaubt ihr etwa, ihr könnt mich bescheißen?« Er packte die Jungen an den Schläfenlocken und zog sie dicht zu sich heran. »Das liegt euch wohl im Blut, das Tricksen und Täuschen, was?«

Die Jungen, starr vor Schreck, wagten kaum zu atmen.

»Was sagen wir zu so einem Pack, Kamerad Langer?«

Nicht weit von hier hatte er immer Karten gespielt, Muskel-Maxe wohnte um die Ecke, und nur zwei Häuser weiter betrieb ein Methusalem von Mann ein Friseurgeschäft, da konnte man sich für ein paar Pfennige die Haare schneiden lassen, zumindest war das früher so gewesen. Und gleich daneben lag das Kino. Tagelang hatte er da schon dringesessen. Rudolph-Valentino-Filme gesehen, rauf und runter. Es hatte sich danach immer ein Mädchen gefunden, das man trösten konnte. Aber das wollte Dieter jetzt sicherlich nicht wissen, und so zuckte er verunsichert mit den Schultern.

»Was sagen wir zu so viel Niedertracht?«

Das Herz des Langen raste. Er wollte auf keinen Fall etwas Falsches sagen.

»Drecksjude«, brüllte Dieter. »Merk dir das.«

Drei Polizisten, die auf der gegenüberliegenden Straßenseite standen, vor einem Schuhladen mit der Aufschrift »Christliches Geschäft«, steckten ihre Hände in die Manteltaschen. Es gab keinen Grund einzugreifen, wie sie fanden. Auch dass links von ihnen Rauch aus einem der Kellerläden drang, interessierte sie nicht. Erst als eine Frau keuchend nach draußen kroch und um Hilfe schrie, setzten sie sich langsam in Gang.

»Hast du verstanden?«

Der Lange nickte.

»Die glauben, brave Bürger, wie wir es sind, übers Ohr hauen zu können.«

Wieder nickte der Lange.

»Als ob wir zu blöd wären, das zu merken. Mieses Pack«, brüllte Dieter und zog jetzt so fest an den Haaren der Jungen, dass einer von beiden vor Schmerz aufschrie. »Aber jammern, wenn man es beim Betrügen erwischt.«

Der Lange sah nicht weg, weil Dieter ihn nicht aus den Augen ließ. Er sagte auch nichts. Er stand nur da. Er spürte, dass er jetzt nichts anderes tun durfte.

Ohne Vorwarnung stieß Dieter die Jungen gegen die Hauswand. Sie gingen zu Boden, rappelten sich rasch wieder auf und rannten, so schnell sie konnten, davon, im Zickzack durch die Menge.

Für einen Moment sah Dieter ihnen noch hinterher. »Dieses Pack weiß einfach nicht, was sich gehört«, sagte er kopfschüttelnd. »Man bedankt sich doch, wenn einem so viel Großzügigkeit widerfährt. Hab ich recht, Kamerad Langer?«

Noch unzählige Male sollte er an diesem Tag Menschen, die ihm verdächtig erschienen, beschimpfen, hinter ihnen herrennen, sie in Hauseingänge drängen, sie bedrohen, Schaufensterscheiben einwerfen, sich die Taschen vollmachen mit Wurst und Speck, mit Bürsten und Fladenbrot, mit allem, was er in die Finger bekommen konnte.

Der Lange lief hinter ihm her, brüllte, wenn sein Freund es verlangte, raffte, wenn er es befahl, bis er sich langsam in der Anonymität der Masse verlor und es ihm fast schon natürlich erschien, all diese Dinge zu tun, die er bis dahin noch nie getan hatte.

Straßen wie die Grenadierstraße, die Dragoner, die Alte

Schönhauser, die Hirtenstraße kannte er gut. Bei dem Schuster in der Steinstraße hatte er früher schon so manches Mal gesessen und Tee getrunken, wenn er mal wieder abgebrannt gewesen war. Als er ihn jetzt erkannte, als er sah, wie er vor seinem Laden saß, stoisch, mit verschränkten Armen, gewillt, dem Mob zu trotzen, winkte er ihm aus alter Gewohnheit zu.

Es war, als hätte er noch gar nicht begriffen, dass sie auf zwei verschiedenen Seiten standen.

Die Masse drückte und schob, immer weiter die Steinstraße entlang. An der Ecke zur Gormannstraße brannten Barrikaden. Der Lange sah, wie Dieter in einem Hauseingang verschwand. Aber es war unmöglich, ihm zu folgen. Alle drängten jetzt in die andere Richtung, weg von dem Feuer. Er ließ sich schieben, treiben, stoßen. Er hatte das Gefühl, auf einer Welle von Sturmgebrüll in ein ihm unbekanntes Soldatenland zu schreiten.

Durch die Alte Schönhauser marschierte er bereits mit schwingenden Armen. Den Linienkeller passierte er mit einem Gefühl der Überlegenheit. In die Rosenthaler bog er als Sieger ein.

Dass er nicht sofort reagierte, als er Theo dort vor der Hausnummer 38 mit drei Männern und einer Frau stehen sah, dass er ihn erst gar nicht erkannte, lag an diesem betäubenden Taumel. Bis nach Pankow wäre er so marschiert, bis über die Stadtgrenze Berlins hinaus, wäre ihm nicht der Pistolenmann in die Quere gekommen. Und für einen Moment überlegte er tatsächlich, ob er nicht einfach weitergehen sollte, ob das Glück, das er beim Ausschreiten empfand, nicht höher wog als aller Ärger. Aber da drängte sich schon Charlotte in seine Gedanken, ihr Lachen, das vielleicht bald nur noch Theo gelten würde, wenn er nichts unternahm.

Theo gestikulierte aufgeregt. Sein Kopf war feuerrot. Gerade erst war eine kurzfristig einberufene Versammlung in der Zentrale der Kommunistischen Partei zu Ende gegangen, und ihm war deutlich anzusehen, dass er mit dem, was man ihm dort verkündet hatte, alles andere als einverstanden war.

»Nur weil die Reichswehr in Sachsen einmarschiert ist«, sagte er und gab sich gar keine Mühe, leise zu sprechen, »sollen alle unsere Vorbereitungen umsonst gewesen sein?« Er denke gar nicht daran, sich zu beugen, er habe in den vergangenen Wochen Hunderte Kämpfer ausgebildet, mühsam sei das gewesen, kein Zuckerschlecken, aber aus der größten Null sei noch ein brauchbarer Schütze geworden. »Und jetzt macht Moskau einen Rückzieher?«

»Vergiss nicht, was in Hamburg passiert ist«, gab einer zu bedenken.

»Zweihundert Arbeiter gegen ein Vielfaches an Polizisten, da muss man sich auch nicht wundern.«

Tatsächlich währte der kommunistische Aufstand an der Elbe gerade einmal zwei Tage. Und die von Sozialdemokraten und Kommunisten geführte Regierung in Sachsen hatte nur wenige Wochen Bestand. Republikgegner in einer Landesregierung zu wissen, das war den Politikern in Berlin nicht geheuer. Aufgrund des Ausnahmezustands mit weitreichenden Befugnissen ausgestattet, setzte Reichskanzler Stresemann die Regierung kurzerhand ab. Dass zur gleichen Zeit in Bayern über Pläne eines Marsches auf Berlin gesprochen wurde, ähnlich des Marsches Mussolinis auf Rom, dass man dort von einer nationalen Diktatur schwadronierte, dass man dort eine Republik für mindestens so entbehrlich hielt wie bei den Kommunisten, dass man sich offen gegen die Reichsregierung stellte und gar nicht daran dachte, das Parteiorgan der eben erst gegründeten NSDAP, den *Völkischen Beobachter*, zu verbieten, sorgte für weit weniger entschiedenes Handeln. Man ließ es geschehen, was lediglich den Austritt der SPD aus der Berliner Regierung zur Folge hatte.

»Womit doch endgültig der Beweis erbracht ist«, sagte Theo, noch immer sichtlich aufgebracht, »dass diese Sozialdemokratie zu nichts zu gebrauchen ist. Wir sollten jetzt endlich die Chance nutzen und die enttäuschten Genossen zu uns holen. Die Mehrzahl der Arbeiter steht sowieso hinter uns, sie sind bereit zu kämpfen. Die warten doch nur auf den Befehl zum Losschlagen. Himmelherrgott aber auch. Wenn wir so weitermachen, können wir gleich unser eigenes Grab schaufeln.«

Theo war nicht mehr zu bremsen. Er schimpfte auf »diese korrupte Regierung, die nur an das »Kapital der Wirtschaftsbosse« denke, an deren Händen »das Blut von Millionen« klebe, auf Moskaus Selbstherrlichkeit, auf die Führungsebene der KPD, die ohne Plan sei, und bemerkte nicht, dass nur eine Straße weiter der Krieg tobte.

Lastwagen, auf deren Ladeflächen Polizisten dicht an dicht saßen, rollten durch die Rosenthaler, Menschen rannten, humpelten oder gingen scheinbar gleichgültig ihres Weges. Von allen Seiten hörte man Rufe, »den Totengräbern unseres Vaterlandes« endlich den Garaus machen zu wollen. »Weg mit der Judenrepulik!«, skandierten nicht wenige. Theo und seine Mitstreiter aber standen ganz im Bann der eben erst abgesagten Revolution und hatten weder Augen noch Ohren für das Geschehen um sie herum.

Nur so war es auch zu erklären, dass der Lange sich Theo unbemerkt Stück für Stück nähern konnte. Verdeckt von einem Hausvorsprung, stand er schließlich nur noch wenige Armlängen von ihm entfernt und lauschte mit wachsendem Interesse. Er verstand bei weitem nicht alles, aber er hörte genug, um rasch zu begreifen, welche sensationelle Entdeckung er gerade machte. Theo ein Kommunist. Voller Siegesgewissheit ballte er seine Fäuste. Damit würde er bei Charlotte punkten können.

Dass er nicht sofort nach Hause eilte, um ihr die Neuigkeit zu verkünden, lag ausschließlich an diesem Gefühl der Unverwundbarkeit, das er beim Marschieren erworben hatte. Er genoss es jetzt förmlich, im Schatten dieses Hausvorsprungs zu stehen. Bald schon, da war er sich sicher, würde das Licht auf ihn fallen, ihn, den Helden, der die Wahrheit zutage gefördert hatte, der Charlotte geschützt und den Familienfrieden wiederhergestellt hatte. Denn was wog schon Gustavs Schuld im Vergleich zu Theos Verlogenheit?

Als die fünf aufbrachen, folgte er ihnen voller Selbstbewusstsein. Auch die Treppen, die hinunter in ein verrauchtes russisches Kellerlokal führten, nahm er mit einer Selbstverständlichkeit, die neu an ihm war. Während Theo und seine Freunde auf den einzig freien Tisch in dem gut besuchten Lokal zusteuerten, stellte er sich an die Bar. Wozu sollte er sich verstecken? Er hatte das Recht, hier zu sein, wie alle anderen auch. Dass Theo ihn gar nicht bemerkte, ärgerte ihn sogar ein wenig.

Der Wodka war billig und floss in Strömen. Zungen lösten sich wie abfallende Tapeten, gaben Blicke auf ein ihm fremdes Leben preis. Jeder hier hatte von Barrikadenkämpfen zu erzählen, von besetzten Kasernen, von langen Ausbildungen an der Waffe. Manche von Monaten und Jahren im Zuchthaus, viele von den heißen Wochen direkt nach dem Krieg, als es so aussah, als sollte ihre Idee von einer besseren Welt triumphieren. Verklärt schauten sie auf diese revolutionären Zeiten zurück.

Während der Lange versuchte, sich jedes Detail zu merken, um es später gegen Theo verwenden zu können, während er sich schon überlegte, wie er sichergehen konnte, dass Charlotte ihm dieses Mal auf Anhieb glaubte und ihn nicht erst wieder der Lüge verdächtigte, saß Theo in seinem Rücken und leerte Glas um Glas.

Seine Zunge wurde immer schwerer, seine Gedanken träger, nur die Wut über die Entscheidung aus Moskau nahm von Schluck zu Schluck zu.

Man könne nicht einfach so über sein Schicksal bestimmen. Sein Leben lang habe er für diese Revolution gekämpft. Und jetzt solle er sich diesen feigen Funktionären beugen, die an ihren Stühlen klebten wie Krupp an seinem Stahl? Sein Gezeter ergoss sich in einer Flut von Flüchen. Und wie zuvor schon auf der Straße war er auch jetzt nicht aufzuhalten.

Seinen Freunden wurde es langsam mulmig. In aller Öffentlichkeit Kritik an der Partei zu üben lag nah am Verrat. Nicht, dass sie vorgehabt hätten, ihn bei der Parteispitze anzuschwärzen, aber selbst in diesem Lokal, ihrer geheimen Berliner Zentrale, in der der Wirt das Oberkommando führte und jeden kritisch beäugte, den er zum ersten Mal sah, musste man mit Spitzeln rechnen. Einer seiner Freunde beugte sich zu ihm und beschwor ihn leise, doch daran zu denken, was mit Oberst Krassnow geschehen sei. »Seit zwei Jahren gibt es kein Lebenszeichen mehr von ihm.«

Aber seine Warnung hatte nicht den gewünschten Effekt. »Willst du mich etwa einschüchtern?«, fragte Theo empört. »Man kann mir nicht den Mund verbieten. Ich bin ein freier Mann. Eingesessen habe ich für dieses Partei. Ich kann euch gern die Narben zeigen. Die Wärter waren nicht zimperlich mit mir. Aber selbst in dieser Hölle habe ich mir das Denken nicht verbieten lassen. Und jetzt soll ich schweigen?« Er schlug mit der Faust auf den Tisch. »Niemals.«

Der Lange lachte laut auf. »Toller Auftritt«, rief er und klatschte in die Hände, aber niemand klatschte mit.

Theo drehte sich kurz um, erkannte ihn und wandte sich wieder von ihm ab. Seine Anwesenheit schien keinen Eindruck auf ihn zu machen, jedenfalls zeigte er keine Reaktion. Er polterte einfach weiter. Sie müssten jetzt ihre Schlagkraft unter Beweis stellen, Moskau sei nicht Berlin, Lenin krank und so weiter, und so weiter. Als er aber dem sowjetischen Regierungschef unterstellte, nicht mehr Herr seiner Sinne zu sein, wurde es selbst dem Wirt zu bunt.

»Aaron«, rief er mit tiefem Bass hinter dem Tresen hervor, »jetzt halt endlich den Mund. Eine Krähe hackt der anderen kein Auge aus.«

Seine Ermahnung zeigte Wirkung. Theo verstummte abrupt.

»Aaron?« Der Lange sah den Wirt verwundert an. »Wieso Aaron?«

»Und du verschwinde. In meinem Lokal wird nur applaudiert, wenn ich das sage.«

15

In den darauffolgenden Tagen überschlugen sich die Zeitungen mit immer neuen Berichten aus dem Scheunenviertel. Einen antisemitischen Hintergrund wollte jedoch niemand eindeutig ausgemacht wissen. Vielmehr sprach man von »jugendlichen Burschen«, die sich von Aufrührern hätten missbrauchen lassen. »Dieses Gesindel ist absolut käuflich«, schrieb der *Vorwärts.* Man dürfe in Zukunft zwar nicht länger die Augen vor diesen »Feinden der Republik« verschließen, Grund zur Sorge bestünde jedoch nicht. Es seien Hungerkrawalle gewesen, nicht zu unterscheiden von all den anderen Hungerkrawallen auch, meinte hingegen die *B.Z. am Mittag.* »Mit einem Toten und Dutzenden Verletzten fällt die Bilanz durchschnittlich aus.«

Auf die Unruhen im Scheunenviertel folgten Unruhen im Wedding, auf die Schlagzeilen rund um den Alex Schlagzeilen über einen blutig niedergeschlagenen Putschversuch unter der Führung von Adolf Hitler in München. Jederzeit, das war deutlich zu spüren, konnte die Lage außer Kontrolle geraten. Als am 15. November mit der Rentenmark eine neue Währung eingeführt wurde und die Schlangen vor den Banken ins Unermessliche wuchsen, war es, wie Claire sagte, »fünf vor Ende«, dass das Land nicht im Chaos versank.

Für ihr Trinkgeld vom Vorabend, etwas über sechs Billionen, bekam sie sechs neue Mark. Es fühlte sich merkwürdig an, plötzlich so wenig Geld in der Tasche zu haben, plötzlich wieder mit Ziffern hinter dem Komma rechnen zu müssen, für einen Laib Brot dreißig Pfennig statt Millionen zu zahlen.

Es war ein weiterer Schritt Richtung Normalität, wie Charlotte hoffte.

Den ersten, das wusste sie, hatte sie mit dem Nebelfoto aus eigener Kraft getan. Denn je öfter sie das Bild in die Hand nahm, je öfter sie sah, was andere nicht zu sehen vermochten, desto zuversichtlicher war sie, die Herrschaft über ihr Leben zurückerobern zu können.

Hätte sie geahnt, dass der Lange einer der Krawallmacher war, und hätte sie da schon um Theos Geheimnis gewusst, sie wäre vielleicht auf den Gedanken gekommen, das Schicksal streckte ihr die Zunge heraus, wollte nicht, dass sie neue Hoffnung schöpfte. Aber noch war sie ahnungslos und, wie sie später sagen würde, als sich ihr vieles bereits aus einer anderen Perspektive darstellen sollte, »von beängstigender Naivität«.

Zehn Tage nach der Währungsreform hatte sich die Lage nur oberflächlich beruhigt. Zwar waren die Preise stabil, die Einnahmen dafür umso unberechenbarer geworden. Selbst Theo, der seine Miete sonst immer pünktlich gezahlt hatte, musste sie vertrösten. Claires Trinkgelder stürzten von einer Tiefe in die nächste. Und der Lange hatte wie immer Schwierigkeiten, Arbeit zu finden.

Zwanzig Mark die Woche zu nehmen, so wie es Frau Jacobi tat, war für sie utopisch. »Zahlt, was ihr könnt«, sagte sie, aber natürlich war das keine dauerhafte Lösung. Als sie sich gerade ausrechnete, wie lange sie mit ihrem Kohlevorrat noch auskommen würde, wenn sie nur noch morgens heizte, klopfte Claire an ihre Tür. Sie sah ungewohnt bekümmert aus. Und anders als sonst gab sie Alice keinen Kuss, summte auch keines ihrer Lieder, sondern ließ sich mit einem Seufzer aufs Sofa fallen.

Charlottes Blick war besorgt.

»Gustav war heute Nacht im Toppkeller«, sagte Claire.

»Ach so, und ich dachte schon, es sei etwas Schlimmes passiert.«

Es war ja nicht das erste Mal, dass Claire ihr von Gustavs Besuchen erzählte, und bislang hatte sie nicht den Eindruck gehabt, sich Sorgen um ihn machen zu müssen. Im Gegenteil. Es machte sie noch immer wütend, wenn sie nur daran dachte, wie skrupellos er hatte sein können, sich an Alberts Sachen zu vergreifen.

»Wie man's nimmt. Es geht ihm jedenfalls nicht gut«, sagte Claire und erzählte von letzter Nacht, in der er wie ein Säufer ins Lokal getorkelt sei. Das Hemd bis zum Bauchnabel geöffnet, die Hose nass und schmutzig. Unaufhörlich habe er gepöbelt. Über dieses Geld, das nichts mehr wert sei, das ihn ruiniert habe. Trillionen habe er vorher an einem Tag gewonnen und an einem Abend ausgegeben, und jetzt säßen die Herren Professoren und Anwälte wieder sicher auf ihren Sesseln mit ihren ordentlichen Gehältern, seien wieder anständig geworden, als ob er nie anständig gewesen sei. Keines Blickes sei er ihnen mehr wert. Wie einen Kriminellen würden sie ihn behandeln, wie einen von diesem elenden Lumpenpack, das plündernd durch die Straßen ziehe. »Eine Stunde ging das so. Ich hatte wirklich Mühe, den Türsteher davon abzuhalten, ihn hochkant aus dem Laden zu werfen«, sagte Claire und zwirbelte dabei ihre Ketten, bis sie ihr wie ein Strick aus bunten Perlen um den Hals hingen.

Nachdenklich schaute Charlotte in Claires noch immer bekümmertes Gesicht. Dann holte sie tief Luft. »Gut«, sagte sie und seufzte, »dann ist es jetzt wohl so weit. Wo kann ich ihn finden?«

Ohne zu zögern, packte Claire Charlottes Kopf mit beiden Händen und drückte ihr einen roten Lippenstiftkuss auf den Mund. »Lotte, Liebes«, sagte sie, »du tust das einzig Richtige. Du weißt ja, als ich damals … Also, hätte mich mein Mann damals nicht betrogen … Manchmal muss man seinem Schicksal einfach dankbar sein, und wer weiß, was Gustavs … Aber ich rede schon wieder zu viel. Entschuldige«, sagte sie und lachte, und wie immer, wenn sie dies tat, verformte sich ihr Gesicht zu einem kugelrunden Ballon.

Bei diesem Anblick konnte Charlotte gar nicht anders, als für einen Moment ihre Sorgen zu vergessen. »Hab ich dir eigentlich schon gesagt, »dass du meine Sonne am grauen Himmel bist?«, fragte sie.

Claire strahlte.

»Deine Unerschütterlichkeit ist wirklich unglaublich.«

»Na ja. Was soll man machen. Aufgeben geht halt nicht. Das ist ja wohl klar.«

»Das sagst du so leicht.«

»Nein, nein.« Claire hob den Zeigefinger wie eine Lehrmeisterin. »Das sag ich aus tiefster Überzeugung. Es klingt vielleicht banal, aber jedes Tal endet irgendwann. Und dann freust du dich, wenn du auf dem Gipfel stehst und sich dir das Leben wieder in seiner ganzen Fülle offenbart. Oder wenn du auf einer Ebene angekommen bist und du wieder den Horizont sehen kannst. Das ist doch herrlich. Diese Weite, plötzlich sind alle Hindernisse verschwunden. Oder aber«, sagte sie und sprach jetzt ganz sanft, »du hast das große Glück wie ich und wirst ganz langsam und leise zur Sonne für jemanden, der dir ebenso langsam und leise ans Herz gewachsen ist.«

Das Hotel, in dem Gustav laut Claires Angaben wohnte, lag in einer Seitenstraße in unmittelbarer Nähe zum Kurfürstendamm. Der Perserteppich vor der Rezeption hatte schon bessere Tage gesehen. Die Farben waren verblasst, und an vielen Stellen konnte man die Maserung des Holzfußbodens durch das Gewebe erkennen. An den Wänden hingen Fotos, ebenfalls aus besseren Zeiten. Frauen mit Sonnenschirmen und wallenden Kleidern winkten in Richtung des Fotografen. Eine Großfamilie posierte auf einem Gruppenfoto vor dem Hoteleingang, daneben blühten Rosensträucher. Es war ein fast ländlich anmutendes Idyll, von dem kaum etwas geblieben war.

Das schmale Fachwerkhaus, einst an der Straße gelegen, stand nun inmitten grauer Hausfassaden, die das Hoteldach weit überragten. Wie umzingelt sah es aus, als würde es von seiner Umgebung gleich verschluckt. Der Hoteldirektor, der zudem Concierge und Page war, schien nichts auf diesen ersten Eindruck zu geben. Stolz begrüßte er jeden Besucher, und auch Charlotte kam in den Genuss seiner Zeremonie, die aus Handschlag, Verbeugung und einem Hinweis auf die »fast drei Generationen währende Geschichte des Hauses Wohlgemuth« bestand, eines Hauses, wie er sagte, das seinen Platz noch immer behauptete.

Seine Zuversicht hatte angesichts des verblassten Charmes etwas Rührendes. Und je höher Charlotte die schmalen Stufen stieg, die hinauf zu Gustavs Zimmer führten, desto unwirklicher schien dieser Ort zu werden mit seinen vergilbten Tapeten, den ausgetretenen Teppichen, den von Würmern zerfressenen Handläufen. Es war wie in einem Traum, in dem auf eine Biegung gleich die nächste folgte, sich verschlossene Türen aneinanderreihten, es plötzlich Stufen zu erklimmen galt, wo man keine vermutet hätte.

Gustavs Zimmer lag im obersten Stockwerk am Ende eines durch zahlreiche Vorsprünge seltsam labyrinthartig wirkenden Flurs.

Charlotte klopfte an die Tür. Erst zaghaft, dann lauter. Als sie nach dem vierten Mal noch immer keine Antwort bekam, trat sie ein. Was sie sah, war unzweifelhaft real. Nur mit Hemd und Unterhose bekleidet lag Gustav, eine Flasche Cognac im Arm, auf der Matratze und schnarchte. Das kleine Sprossenfenster war von Eisblumen umrankt, das Wasser in der Waschschüssel gefroren. Unwillkürlich zog Charlotte ihren Mantelkragen höher. Leere Flaschen lagen auf dem Boden, es roch nach Alkohol und Schweiß.

Sanft rüttelte sie ihn an der Schulter.

Vom vielen Alkohol müde, schlug er nur widerwillig die Augen auf, nuschelte etwas Unverständliches, drehte sich zur Seite, schien plötzlich zu begreifen, drehte sich wieder um, sah in Charlottes Gesicht und zog laut stöhnend das Kissen über seinen Kopf. »Was machst du hier?«

»Dich nach Hause holen.«

»Welches Zuhause?«

»Steh auf und zieh dich an. Hier drin ist es bitterkalt.«

»Weiße Maus, ade, Wintergarten auf Nimmerwiedersehen, Barberina, Champagner, Mädchen, bye-bye«, brummte er unter seinem Kissen hervor.

»Du erwartest hoffentlich nicht, dass ich Mitleid mit dir habe«, sagte sie kopfschüttelnd. »Sag mir lieber, ob du hier noch Schulden zu begleichen hast.«

»Vorausbezahlt, Anfang des Monats, zehn Billionen oder so für dreißig Tage. Schlau von mir, was?« Vorsichtig blinzelte er unter seinem Kissen hervor. »Du meinst es wirklich ernst?«

Charlotte zog die Augenbrauen hoch. »Hab ich dich schon jemals im Stich gelassen?«

Er zuckte mit den Schultern, schüttelte aber gleichzeitig den Kopf.

»Wenn du so weitermachst, überleg ich's mir aber vielleicht noch. Beeil dich also lieber«, sagte sie, und zum ersten Mal war ein Lächeln auf ihrem Gesicht zu sehen.

Langsam richtete er sich auf. »Aber nur damit du es weißt, ich werde kein reumütiger Sünder sein«, sagte er trotzig.

»Ach ja? Ich finde aber, dass dir ein bisschen Reue gut zu Gesicht stehen würde.«

»Ein bisschen? Wie viel ist ein bisschen? So viel?«, fragte er und grinste jetzt schon wieder, während er seine Hände einen Spaltbreit auseinanderhielt.

»Drei Meter und zweiundsechzig Zentimeter«, antwortete sie trocken, hob seine Hose vom Fußboden auf und hielt sie ihm hin. »Und jetzt zieh dich endlich an.«

»Charly?«, sagte er leise, nachdem er tatsächlich in seine Hose geschlüpft war.

»Ja.«

»Tut mir leid.«

Auf dem Weg nach Hause rannten sie mehr, als dass sie gingen, allein schon, um der Kälte zu trotzen, aber auch, um jede weitere Entschuldigung, jedes »Ich verzeih dir« oder »Mach das nie wieder« zu vermeiden. Jedes Wort schien zu viel oder falsch zu sein, schien nicht das auszudrücken, was nur mit einer Geste hätte gesagt werden können.

Aber erst als sie zu Hause waren, erst als Gustav Alice zum ersten Mal hochgehoben und rasch wieder zurück in ihre Wiege gelegt hatte, als Claire ihn geknufft und er sich nach dem Langen und nach Theo erkundigt hatte, die, wie Charlotte sagte, »hauptsächlich durch Abwesenheit glänzten«, und erst als er auch noch die Katze gestreichelt hatte, nahmen sie sich endlich in die Arme.

Charlotte standen die Tränen in den Augen, Gustav atmete hörbar erleichtert auf.

16

Zwei Tage später lauschte der Lange einem Gespräch, das ihn, wie er glaubte, endgültig zum Helden machen würde. Beschwingt von der Aussicht auf eine blendende Zukunft, schlitterte er wie ein übermütiges Kind über die zum Teil vereisten Bürgersteige. Er pfiff und lachte und hätte am liebsten jeden umarmt, der ihm auf der Chausseestraße begegnete. Selbst die Gebückten und Gebeugten schienen ihm plötzlich liebenswert zu sein, die mit den hageren Gesichtern und den schmutzigen Kleidern, von denen es hier mehr als anderswo gab.

Dicke Rußwolken stiegen aus schmalen Kaminen und schraubten sich in den grauen Himmel, der schwarzgraue Schneeflocken fallen ließ. Sie tanzten ebenso wie die strahlend weißen, ließen die Straße aber noch schmutziger erscheinen, als sie es ohnehin schon war.

Eine Bande von Kindern lieferte sich zum Ärger der Erwachsenen eine Schneeballschlacht über die gesamte Breite der Straße. Immer wieder prallte einer der Schneebälle gegen ein Autoblech oder gegen eine Autoscheibe, gegen Straßenbahnen und Omnibusse, traf Passanten auf den Bürgersteigen oder Fahrgäste, die keinen Platz mehr im Inneren der überfüllten Busse ergattert hatten. Es war ein einziges Gezanke und Geschimpfe und Gekreische, das durch die Straße hallte. Mit geschlossenen Augen hätte man meinen können, sich inmitten einer riesigen Keilerei zu befinden.

Der Lange aber pfiff fröhlich vor sich hin, als ginge ihn das alles nichts an. Immer wieder schlitterte er über die Eisplatten, doch es war das Marschieren, das ihn noch immer am glücklichsten machte. Er ließ jetzt wieder die Arme schwingen und versuchte sich an eines der Lieder zu erinnern, das man ihm bei Olympia beigebracht hatte. Aber das einzige Wort, das er behalten hatte, war Vaterland. Mit Mutterland hätte er etwas anfangen können, Mutterland hätte ihn aufgeschreckt, aber man sagte nun einmal Vaterland, und das sagte ihm nichts. Noch nicht jedenfalls.

Im Rausch des Marschierens war er am Bahnhof Wedding rechts abgebogen und danach gleich noch einmal rechts, ohne es gewollt oder gar gemerkt zu haben. Eine alte Gewohnheit hatte ihn getrieben.

Als er nun auf das sechsstöckige grauschwarze Haus starrte, das er viel zu gut kannte, war er mit einem Mal hellwach. Nichts hatte sich verändert. Der langgestreckte Durchgang zum Hof war noch immer so schwarz wie das Innere eines Kamins, die Fensterrahmen grau und schimmelig, viele Fensterscheiben durch Pappen ersetzt. Gardinen hingen schief, wenn überhaupt welche angebracht waren, und die wenigen Blumentöpfe auf den Fensterbänken waren schon lange keine Zierde mehr. Alles sah aus wie früher, als er im dritten Hof im fünften Stock gewohnt hatte.

Fenster wurden aufgerissen, Mütter schrien nach ihren Kindern, bellten ihre Befehle, dann wurden sie wieder zugeschlagen.

Der Lange glaubte die Stimme seiner Mutter zu hören.

»Goldkrone, zwei Flaschen, und wehe, du bringst nur eine nach Haus.«

»Wann schaffst du endlich diese verdammten Kohlen ran? Willst wohl, dass ich erfriere, aber das könnte dir so passen.«

»Du stellst dich ja noch dümmer an als dein Vater. Und der war selbst zum Sterben zu blöd. Dreimal musste er sich die Schlinge um den Hals legen. Dreimal! Das war die größte Flasche unter der Sonne. Die größte, merk dir das.«

Er hätte weitergehen können, er hätte sich daran erinnern können, dass er sich bis vor wenigen Augenblicken noch für unbesiegbar gehalten hatte, aber der Durchgang wirkte wie ein Sog auf ihn, dem er nichts entgegenzusetzen wusste.

Kalt hallten seine Schritte von den Wänden.

Im ersten Hof bewarfen ihn Kinder mit Schnee, lachten, rannten hinter ihm her, ließen jedoch rasch von ihm ab, als er keine Reaktion zeigte. Im zweiten Hof stapelte sich der Müll. Im dritten hingen karierte Hemden an der Leine, zu Brettern erstarrt. Ein Schneemann, vielleicht einen Meter hoch, stand verschämt in einer Ecke. Augen, Nase, Mund waren aus Stein, in seinem grauen Bauch steckte ein alter, in der Mitte gebrochener Teppichklopfer. Niemand hatte hier jemals einen Teppich ausgeklopft, und den Langen hätte es gewundert, wenn sich daran etwas geändert haben sollte.

Vor dem Krieg, als Kind, hatte er fast alle Bewohner gekannt, die meisten auch mit Namen. Er versuchte sich zu erinnern, aber es fiel ihm kein Einziger mehr ein. Manchmal vergaß er aber auch seinen eigenen. Was, wie er fand, kein Wunder war, wenn ihn nie jemand bei seinem Namen nannte. Die wenigsten wussten, wie er wirklich hieß.

Sein Blick glitt weiter die Fassade entlang. Er zählte die Risse, die Löcher, er tat alles, um nicht zu schnell zu den Fenstern seiner Kindheit zu gelangen, bis sich ihm aus dem dritten Stock ein verrunzeltes Gesicht entgegenstreckte.

Die Frau blickte skeptisch, beugte sich nach vorn, rieb sich die Augen. »Heini? Bist du das?« Sie klatschte in die Hände. »Das ist doch der kleine Heini, dem die Kohlen immer die Stufen runtergepoltert sind. Mann, war das eine Sauerei.«

»Tut mir leid, aber Sie müssen mich verwechseln, ich wollte eigentlich …«, sagte er, und er spürte, wie er rot wurde, wie er sich am liebsten hinter dem Schneemann versteckt hätte.

Sie wischte seine Worte mit wedelnder Hand beiseite. »Besuchst mal deine arme Mutter? Da wird sie sich freuen. Geht ja kaum noch aus dem Haus, die Alte, aber 'ne große Klappe hat sie noch immer. Der Heini … das ist ja lange her.« Erneut klatschte sie in die Hände. »Und ich hätte schwören können, dich erwischt's als einen der Ersten, so dumm, wie du dich immer angestellt hast.«

»Ich bin nicht dieser Heini, Sie verwechseln mich«, sagte er erneut, dieses Mal mit deutlich festerer Stimme, aber die Frau wollte nicht hören, glaubte ihm nicht, wusste, dass er log.

»Der Heini ist da«, rief sie ins Zimmer. »Kommt, das müsst ihr sehen, der hat sich keinen Deut verändert, lang und dürr ist er, wie früher. Als Schornsteinputzer würde er sich bestimmt …«

Den Rest hörte er nicht mehr. Mit schnellen Schritten ging er zurück, rannte fast, als fürchtete er, man könnte ihn verfolgen, einholen, ihn festhalten, ihn mit Geschichten aus seiner Vergangenheit vollstopfen, bis er platzte, bis er gar niemand mehr wäre.

Als er an diesem Abend Charlotte und Gustav zum ersten Mal von Theo von Baumberg erzählte, dem Kommunisten, Aufwiegler und Lügner, stand er noch immer unter dem Eindruck dieses ungewollten Ausflugs in sein früheres Leben.

Nicht, dass sich ihm Theos Geschichte aufgrund dieser Erfahrung nun anders dargestellt hätte, nicht, dass er es an Ausschmückungen und Dramatisierungen hätte fehlen lassen. Unter Charlottes erstaunten Augen und unter Gustavs frohlockendem Gesicht wuchs Theo immer mehr zu einem Monster heran, einer Gefahr für alle. Aber sosehr er sich auch in ihm verbiss, das Gefühl, das er am Nachmittag auf der Chausseestraße empfunden hatte, kam nicht zurück.

Er war weder Held noch Sieger noch der selbstbewusst ausschreitende »Kamerad Langer«. Wenn er in Charlottes immer skeptischer werdende Augen blickte, war er nichts weiter als der Heini aus dem dritten Weddinger Hinterhof, dem niemand Glauben schenkte. Und wenn er Gustavs Lachen hörte, war es, als verhöhnte er ihn mit der gleichen Selbstverständlichkeit, wie es die Alte getan hatte.

In dieser Nacht machte Charlotte kein Auge zu. Sie wälzte sich von einer Seite auf die andere, stand auf, trat ans Fenster, legte sich wieder hin. Es fiel ihr schwer, dem Langen zu glauben, aber schon einmal hatte sie ihm misstraut und sich hinterher bei ihm entschuldigt, weil sie im Unrecht gewesen war.

Dass Theo ein Kommunist sein sollte, fand sie nicht beunruhigend. Albert war Sozialdemokrat gewesen, sie stand vielleicht irgendwo dazwischen, jedenfalls ganz sicher auf der Seite der Frauen. Aber wenn es stimmte, dass er auch vor Gewalt nicht zurückschreckte, war sie damit nicht einverstanden. Der Krieg hatte ihren Vater das Leben gekostet und letztendlich auch ihre Mutter, ganz zu schweigen von den vielen Millionen, so dass man, wie sie fand, kein Moralist sein musste, um jeglicher Auseinandersetzung mit Waffengewalt zu misstrauen.

Am meisten verunsicherte sie aber die Behauptung des Langen, dass Theo nicht der war, der er vorgab zu sein. Dass durch seine Adern »das Blut eines gewöhnlichen Juden« floss, wie er gesagt hatte.

Sie hatte so viele Fragen, und dennoch zögerte sie einen Moment, als sie gegen vier Uhr am Morgen Theos Schritte im Treppenhaus hörte, als sie hörte, wie er die Tür aufschloss und durch den Flur schlich.

Vielleicht war es besser, die Wahrheit nicht zu kennen?

Aber sie war jetzt Mutter, sie hatte Verantwortung zu tragen, es war nicht mehr so leicht, die Augen zu verschließen, zu glauben, was man lieber glauben wollte. Und es war auch etwas anderes, ob sie sich der Illusion hingab, sie könnte mit Albert im Nebel verschmelzen, oder ob sie Alice einer Gefahr aussetzte.

Sie schlüpfte in ihr kariertes Baumwollkleid, zog eine Strickjacke darüber, bürstete rasch ihr Haar, und als sie gerade die Hand auf die Klinke setzte, hörte sie, wie sich eine andere Tür öffnete. Die Stimme des Langen dröhnte durch den Flur.

»Stehen geblieben!«, rief er, als wäre Theo ein Dieb.

»Pst. Nicht so laut«, ermahnte ihn Gustav.

Theo musste direkt vor ihrer Tür stehen. Sie glaubte seinen Atem zu hören. Was denn los sei, fragte er leise.

»Küche!«, sagte der Lange nur, nun tatsächlich mit deutlich gedämpfter Stimme.

Charlotte konnte Theo zwar nicht sehen, aber wie er jetzt die Augen verdrehte, wie er stöhnte, wie er den Langen zum Teufel wünschte, das konnte sie sich lebhaft vorstellen. Sie wartete noch einen Moment, atmete noch einmal tief durch, und während sie hinter ihrer Tür stand und lauschte und erst Theo flüstern hörte, dann Gustav, wurde ihr bewusst, wie selbstverständlich ihr Theos Anwesenheit geworden war, viel selbstverständlicher als die des Langen.

Als sie in die Küche kam, stand der Lange mit verschränkten Armen ans Fensterbrett gelehnt. Im fahlen Licht der Küchenlampe sah sein hageres Gesicht noch knöchriger aus. »Verschwinde, du Sau!«, hörte sie ihn noch sagen, doch er verstummte abrupt, als er sie sah.

Wortlos ging Charlotte zum Herd und setzte Teewasser auf. Drei Augenpaare folgten ihr mit einer Mischung aus Besorgnis und Zufriedenheit.

»Haben wir dich geweckt?«, fragte Theo.

Sie schüttelte den Kopf. »Ich konnte sowieso nicht schlafen. Ich …« Sie drehte sich zu ihm um und sah ihn nachdenklich an. »Ich mache mir Sorgen um Alice.«

»Warum, ist sie krank? Soll ich den Arzt rufen?«, fragte er und war schon drauf und dran, aufzuspringen und zum Telefon zu eilen, hätte sie ihn nicht zurückgehalten.

Sie wusste auch nicht, was sie erwartet hatte, aber dass er aussah wie immer, kam ihr seltsam unpassend vor. Sein Bart war frisch gestutzt, seine Augen wach, sein Lächeln schwankte zwischen fürsorglich und unergründlich. Hätte der Lange ihr nicht diese Geschichten erzählt, sie würde mit ihm jetzt über die Fotos sprechen, die sie dank seiner Platten in letzter Zeit gemacht hatte. Über das befreiende Gefühl, das sie dabei empfunden hatte. Das Glück, das sie durchströmte, wenn sie in der Dunkelkammer stand. Sie würde ihm die Bilder vom Viktoria-Luise-Platz zeigen. Sie hatte das Nebelfoto zum Anlass genommen, dort eine kleine Serie aufzunehmen. Sie würde mit ihm vielleicht auch über ihre Sorge sprechen, dass dieses Glück bald schon vorbei sein könnte, da es ihr an Entwickler fehlte und an Fotopapier und sie sowieso nur noch zwei Fotoplatten hatte. Stattdessen hatte sie im Kopf, was der Lange ihr gesagt hatte, sie musste Fragen stellen, sie musste sich aufführen wie eine Anklägerin.

»Ich mache mir Sorgen, weil …«, sie stockte, »weil der Lange Gustav und mir heute Abend etwas erzählt hat, was ich nicht verstehe.«

»Und das wäre?«, fragte Theo lächelnd.

»Er hat zufälligerweise ein Gespräch belauscht und dabei erfahren, dass du ein Kommunist bist, der für seine Überzeugung bis zum Äußersten geht, und dass du darüber hinaus nicht der bist, der du vorgibst zu sein. Und ganz ehrlich, das macht mir Angst, denn wenn dem so ist, dann denke ich in erster Linie an meine Tochter, die ich beschützen muss und die ich keiner Gefahr aussetzen möchte. Und ich frage dich, ob es stimmt, dass du bereit bist, zur Waffe zu greifen, und ob der Lange recht hat, wenn er sagt, dass du eine Pistole besitzt und dass du nicht Theo von Baumberg heißt, sondern in Wahrheit Aaron Birnbaum. Dass du ein Jude bist, der sich hier unter falschem Namen einquartiert hat, der mir nur den ehrbaren Mieter vorgaukelt, in Wahrheit aber ein gefährlicher Revolutionär ist, der zudem noch Gründe hat, seine wahre Identität zu verheimlichen. Also, wer bist du, Theo von Baumberg? Stimmt es, dass wir in größter Gefahr sind, solange du in der Winterfeldt wohnst?«

Als sie geendet hatte, fühlte Charlotte sich klein und schäbig, denn Theo lächelte noch immer, als hätte sie ihm tatsächlich nur ihre Fotos gezeigt.

Für einen Moment war es still. Man hörte nur das Wasser kochen. Der Lange ballte seine Fäuste. Gustav wartete ungeduldig. Er konnte gar nicht verstehen, warum der Lange sich so über Theo erboste. Etwas Besseres hätte ihm nach seiner unrühmlichen Rückkehr jedenfalls nicht passieren können, niemand achtete auf ihn. Dieser Kerl war fast so aufregend wie Anita Berber mit ihren vielen Gesichtern.

Theo räusperte sich, schob seine Brille zurecht. »Möchtest du nicht erst den Tee aufgießen, bevor ich zu deinen Anklagepunkten Stellung nehme?«, fragte er freundlich.

Anklagepunkte. Als ob sie über ihn richten würde. Charlotte schenkte sich eine Tasse Tee ein, stellte die Kanne auf den Tisch, setzte sich und versuchte seinem Blick standzuhalten, der jetzt ernster war, durchdringender, fordernder als sonst.

»Punkt eins«, sagte er und sah dabei zum Langen, »ich halte es für keine gute Sitte, anderen hinterherzuspionieren. Zumal du mit deinen Anschuldigungen vorsichtig sein solltest. Ich erinnere nur an den Abend im Linienkeller.«

Was das denn damit zu tun habe, fragte der Lange empört, aber Theo sprach einfach weiter.

»Punkt zwei. Ja, es stimmt, ich kämpfe für eine Gesellschaft, in der es gerechter zugeht als in unserer. In der einer wie du«, und wieder sah er zum Langen, »sich nicht jeden Tag fragen muss, ob er Arbeit findet und wie er überleben kann. Eine Gesellschaft, in der du«, jetzt sah er zu Charlotte, »deine Tochter aufwachsen sehen kannst, ohne dir Sorgen machen zu müssen, ob sie genügend zu essen bekommt, oder du dich fragen musst, wie du ihre Ausbildung finanzieren kannst. Eine Gesellschaft ohne Reiche und ohne Arme, in der jeder genug zum Leben hat. Punkt drei. Wer behauptet, ich würde Unschuldige gefährden, lügt. Und wer behauptet, ich wäre so verantwortungslos, dein Leben oder das deiner Tochter aufs Spiel zu setzen, sollte sich selber fragen, wie verantwortungslos es ist, solche Behauptungen aufzustellen«, sagte er.

»Und was ist mit deiner Pistole? Die habe ich ja wohl schon höchstselbst gesehen? Gustav kann das bezeugen«, sagte der Lange giftig.

»Du hast recht, ich besitze eine Pistole. Viele Menschen tun das. Die Zeiten sind unsicher, und wenn man sich wie ich politisch engagiert, ist man gut beraten, wenn man sich zu verteidigen weiß. Aber! Mir würde es im Traum nicht einfallen, eine Waffe mit hierherzubringen. Ich verwahre sie an einem sicheren Ort.«

»Das kannst du deiner Großmutter erzählen. Ich weiß ganz genau, dass sie in deiner Weste ist.«

»Wenn du möchtest«, sagte er an Charlotte gerichtet, »kannst du mich und mein Zimmer gerne durchsuchen. Aber du wirst keine Pistole finden, das schwör ich dir.«

»Nein, nein.« Charlotte schüttelte den Kopf. »Nicht nötig.« Es war so schon mehr als peinlich.

»Punkt vier. Ich bin der, den ihr kennt. Theo von Baumberg. So steht es in meinem Pass.«

»Du bist ein so elender Lügner«, fauchte der Lange. »Du heißt Aaron Birnbaum, das weiß ich nun mal zufälligerweise ganz genau.«

Über Theos Gesicht huschte sein berüchtigtes Lächeln. »Ich zeige dir gerne meine Dokumente. In deinen müsste dann ja Heinrich Proske stehen. Ich frage mich nur, warum dich niemand so nennt?«

»Das ist doch was ganz anderes. Du, du betrügst doch, du gibst dich als Adliger aus, und dabei bist du nur so eine …«

»So eine was?«

Der Lange biss sich auf die Lippen. »Eine … ach, ist doch auch egal.«

Theo lächelte nur.

»Das stimmt also nicht, das mit dem falschen Namen?«, hakte Charlotte nach. Nicht, dass sie Sorge hatte, er könnte ein Jude sein, was sie irritierte, war das Gefühl, betrogen worden zu sein. Wenn er nicht der war, der er vorgab zu sein, mit wem sprach sie dann? War er nichts weiter als die Summe dessen, was sie sehen wollte, lediglich eine Projektion?

Theo schien ihre Sorgen zu erahnen. Er tat jedenfalls etwas, das er bis dahin noch nie getan hatte und was dem Langen den Atem stocken ließ. Er griff nach Charlottes Hand, drückte sie und schaute ihr in die Augen. »Ich bin der, den du siehst und kennst. Der, der versucht, dir ein zuverlässiger Mieter zu sein … und ein Freund.«

Einer, der mir Fotoplatten schenkt, dachte sie. Einer, der wusste, was sie brauchte, der mitdachte, der sich interessierte. Einer, der seine Hand auf ihre legte. Und die war zweifellos echt. »Natürlich«, sagte sie, »du hast recht. Aber …« Sie zögerte.

Er wartete kurz, sah sie an, lächelte, zuckte mit den Schultern, als wollte er sagen, ist doch alles nur ein großes Theater, nur Spaß, nur meinem Sinn für Ironie geschuldet, aber dafür war die Situation zu ernst.

»Punkt fünf«, sagte er. »Solltest du dennoch zu dem Schluss kommen, dass es dir zu unsicher ist, mit mir, einem bekennenden Kommunisten, unter einem Dach zu leben, dann packe ich noch heute meine Koffer.« Er drückte noch einmal ihre Hand, dann noch einmal und noch einmal, und nach dem vierten Mal merkte er, dass er im Meerblau ihrer Augen ganze Ozeane entdeckte. Rasch ließ er sie los.

Zu unsicher? Was hieß schon zu unsicher? Ihr ganzes Leben war unsicher geworden, seit Albert tot war. »Ich denke darüber nach«, sagte sie und erhob sich langsam von ihrem Stuhl. Sie schaute ein letztes Mal auf Theo, der wegsah, schaute zum Langen, der zum wiederholten Mal sagte, dass Theo – »oder wie immer der auch heißt« – ein Lügner sei, dass er eine Gefahr sei, dass sie ihn rauswerfen müsse, schaute in Gustavs vor Neugier gespanntes Gesicht und nahm doch nichts richtig wahr.

Ihre Gedanken kreisten nur noch um eine Frage: Warum?

Warum war Albert tot? Warum hatte er sich nicht gewehrt? Warum hatte er sie zurückgelassen?

Wie konnte er es zulassen, dass sie sich allein mit einem sechs Wochen alten Kind zwischen einem Kommunisten, zwei Taugenichtsen und einer ältlichen Lesbe wiederfand? Ohne Arbeit, angewiesen auf deren Miete? Sie wollte ihr Leben zurück. Sie wollte Albert zurück. Dringender denn je.

17

Zeit, Albert hinterherzutrauern, blieb Charlotte in den darauffolgenden Wochen allerdings wenig. Alice hielt sie Tag und Nacht in Trab. Und wenn sie ihre Tochter mal nicht fütterte oder sie mit zärtlichen Worten und Küssen bedachte oder sie in den Schlaf wiegte, versuchte sie, mit Claires und Gustavs Hilfe die aufgeheizte Stimmung in der Wohnung zu beruhigen. Der Lange kam nicht darüber hinweg, dass sie »diesen Lügner« weiterhin duldete, und Theo ließ keine Gelegenheit aus, dem Langen zu zeigen, wie sehr er ihn dafür verachtete, dass er ihm hinterherspioniert hatte.

Nur dank Gustavs Einfluss auf den Langen und Theos Verständnis dafür, dass Charlotte wenigstens die ersten Feiertage ohne Albert in Frieden verleben wollte, rissen sich die beiden schließlich zusammen. Weihnachten verbrachten sie in erstaunlicher Harmonie. Claire hatte einen Karpfen ergattert, so dass sie sogar so etwas wie ein kleines Festmahl genießen konnten, auch wenn der Fisch kaum für alle reichte.

Zum Jahreswechsel war Charlotte mit Alice allein. Claire musste arbeiten, Gustav und der Lange feierten mit Freunden. Theo war irgendwo. Wie immer hatte er ihr nicht gesagt, wohin er ging, und sie hatte auch nicht gefragt. Aber Charlotte war es ganz recht, dass er nicht da war. Es wäre ihr schwergefallen, Theo fürs neue Jahr alles Gute zu wünschen, zu sehr misstraute sie ihm. Auf seine Miete konnte sie allerdings nicht verzichten, das wurde ihr in den Monaten danach immer deutlicher.

Im Mai, wenige Wochen vor Alberts erstem Todestag, fiel Charlottes Blick zum ersten Mal auf das schwarze Tuch, das in der Dunkelkammer hinter einer alten Kiste mit belichteten Fotoplatten versteckt lag. Es war zwischen Wand und Regal geklemmt und schien zu den Dingen zu gehören, die im Laufe der Jahre überflüssig werden. Jedenfalls dachte sie sich nichts dabei und stellte eine weitere Kiste davor, in die sie aussortierte Negative legte.

Draußen rauschte der Verkehr, Autos hupten, man schimpfte, lachte, eilte weiter. Die Menschen hatten wieder Ansprüche zu verteidigen, was auch an ihrem Gang abzulesen war. Er war aufrechter geworden, voller Erwartung. Auch Charlotte ging jetzt so. Mit langen Schritten und geradem Rücken trieb sie den Kinderwagen vor sich her, als hätte sie keine Zeit zu verlieren. Als würde sie zur Arbeit hetzen. Als hätte sie Aufträge zu erledigen. Als erwartete man sie.

Andere Mütter spazierten mit ihren Kindern durch den Tiergarten, ließen sich im Lunapark von Gauklern verzaubern, staunten über die Löwen und Affen im Zoo. Charlotte zeigte Alice, wo es das günstigste Brot zu kaufen gab, bei welchem Händler die Milch am preiswertesten war, wie man es schaffte, der Marktfrau für denselben Preis zwei Kartoffeln mehr aus den Rippen zu leiern. Mit der richtigen Mischung aus Gleichgültigkeit und Freundlichkeit und einem Kind auf dem Arm klappte es meist.

Momente der Ruhe fürchtete sie.

Nur vor den Auslagen von Richters Drogerie blieb sie häufig stehen. In dem Geschäft, das direkt am Winterfeldtplatz lag, gab es Entwickler, Fotopapier, Stifte, Schachteln in allen Formen und Größen, Klammern, Schüsseln und Fotoplatten zu kaufen. Trat man in den Laden, ertönte eine Klingel, und der Inhaber kam herbeigeeilt, die eine Hand am Spitzbart, die andere in der Tasche seines weißen Kittels versteckt. Sein rechtes Auge zuckte. Und wenn er Charlotte sah, zuckte es besonders schnell. In den vergangenen Monaten hatte sie nur zweimal Fotopapier und einmal Entwickler bei ihm gekauft. Lediglich zwölf Mark und dreiunddreißig Pfennige hatte sie dafür ausgegeben. Sogar die Tage und die Uhrzeit hätte er ihr nennen können.

Woche für Woche zeigte er ihr das neuste Kodak-Fotopapier, fachsimpelte mit ihr über die Vorzüge von Fotoplatten oder Rollfilm, führte sie an den Regalen mit all den Chemikalien vorbei, fragte, ob sie den Entwicklerduft nicht auch dem von Parfüm vorziehen würde. Wenn sie daraufhin jedoch lachte, verzog er keine Miene, und auf ihre Bitte, anschreiben lassen zu dürfen, schüttelte er den Kopf. Sie müsse, sagte er, bedenken, dass er ein Geschäft zu führen habe mit Angestellten. Anders als die Marktfrauen ließ er sich auch von Alices Lachen nicht erweichen.

Charlotte aß nur das Nötigste, kochte Kartoffelbrei mit Wasser, verzichtete auf Kaffee, ließ sich von Herrn Jacobi ihre Röcke und Kleider enger machen, statt neue zu kaufen, bat ihn, sie auf Knielänge zu kürzen und aus dem restlichen Stoff Kleidung für Alice zu schneidern.

Aber das Geld blieb knapp.

Das Angebot des Maklers war seit Wochen unverändert. Hundertzwanzig Quadratmeter, sechs Zimmer, Küche, Bad, fließend Wasser, Elektrisch. Die Scala um die Ecke, das exklusive Horcher nicht weit, aber auch viel Zwielichtiges in der Umgebung. Da könne man nicht allzu viel erwarten. »Pi mal Daumen, zwanzigtausend.« Ein anderer Makler bot eintausend mehr, wenn sie … Sie wisse schon. Die Nachbarn von gegenüber, sagte Frau Sommerfeld, hätten für ihre Wohnung dreißigtausend bekommen.

»Und wo soll das hinführen?«, fragte Claire in regelmäßigen Abständen. »Suchst du dir dann einen neuen Mann?«

Wie immer, wenn sie das fragte, dröhnte Charlottes Lachen durchs ganze Haus.

»Wovon willst du denn leben? Wo willst du wohnen? Wer passt dann auf Alice auf? Wer sagt dir, dass du die beste Fotografin bist? Wer malträtiert deine Ohren mit Liedern und Geklimper? Wer hinterlässt Lippenstiftküsse auf deinen Wangen? Wer schmuggelt eine halbe Flasche Cognac aus der Bar und leert sie mit dir am frühen Morgen? Wer nimmt dich in den Arm?«

Stets wusste Claire die richtigen Fragen zu stellen, und nach den oft kurzen, aber regelmäßigen Gesprächen ahnte Charlotte, dass ihre Sorgen nicht kleiner werden würden, wenn sie die Wohnung verkaufte.

Allerdings währte ihre Einsicht nur so lange, wie Gustav nicht mit leeren Händen nach Hause kam, wie der Lange nicht nur die Hälfte seiner Miete zahlte, wie Claire nicht gestehen musste, dass die Gäste mal wieder knauserig gewesen waren. Und wenn Charlotte sich nicht fragte, ob sie Theo nicht doch lieber fortschicken sollte, ob er nicht doch eine Gefahr darstellte für Alice. Aber er war nun einmal der Einzige, der relativ zuverlässig bezahlte.

Verkaufen. Nicht verkaufen. In diesem Rhythmus lebte sie im folgenden halben Jahr bis zu Alices Geburtstag. Es war eine Art Teufelskreis. Je öfter sie daran dachte, alles hinter sich zu lassen, desto häufiger glaubte sie, sich niemals trennen zu können.

Es gab kein Vor und Zurück mehr.

Am Nachmittag des 16. Oktober stand Frau Sommerfeld mit einem Lächeln auf dem Gesicht und einem Schokoladenkuchen in der Hand vor Charlottes Tür. Hätte Claire sie am Morgen nicht vorgewarnt, sie wäre zumindest überrascht gewesen, ihre Nachbarin dort stehen zu sehen. Jedenfalls wäre sie nie auf den Gedanken gekommen, sie zu Alices erstem Geburtstag einzuladen. Aber Claire hatte eine Überraschungsfeier organisiert, und so blieb ihr nichts anderes übrig, als sich in ihr Schicksal zu fügen, wollte sie sich nicht einmal mehr in endlose Diskussionen über die »Pflicht, den Blick nach vorne zu richten« verstricken. Und dafür fehlte ihr an einem Tag wie diesem, an dem sie schon mit brennender Sehnsucht aufgewacht war, an dem sie sich nichts mehr wünschte, als eine »ganz normale Familie« zu sein, die Kraft.

Höflich bedankte sie sich für den »wunderbaren Kuchen«, schon seit einer Ewigkeit habe sie keinen Kuchen mehr gegessen, atmete einmal tief durch und nahm sich vor, diesen Tag zu genießen. Allein schon Alice zuliebe.

»Dir zuliebe«, hätte Claire gesagt, aber so weit war sie noch nicht.

Als wenig später die neuen Nachbarn von einer Etage tiefer klingelten, Herr und Frau Grün, ein Ehepaar Anfang vierzig, mit den zwei halbwüchsigen Kindern Ruth und Jakob, fiel ihre Begrüßung schon überschwänglicher aus, was auch an den zwei Gläsern Sekt lag, die sie da bereits getrunken hatte. Und als ihr kurz darauf der schwerhörige Herr Steinberg einen zerschlissenen Teddybären in die Hand drückte, mit den Worten, dass der einmal seinem Sohn gehört habe, »Gott hab ihn selig«, und er ihr alles Gute wünschte und sie aufmunternd anlächelte, umarmte sie ihn sogar.

Mit Alice waren sie zwölf Personen, und Charlotte hatte Mühe, sich zu erinnern, wann sie zum letzten Mal Gäste bewirtet hatte. Als Albert noch in Babelsberg gewesen war, vermutlich. Sie malte sich aus, dass statt ihrer Nachbarn und Mitbewohner die Schauspieler und Regisseure hier saßen, die er manchmal mit nach Hause gebracht hatte. Aber die Vorstellung befremdete sie nun ebenso, wie es sie anfangs befremdet hatte, Alberts Wohnung mit anderen teilen zu müssen.

Theo unterhielt sich angeregt mit Herrn Grün, Gustav gab Herrn Steinberg lautstark Zeichen, dass neben ihm noch ein

Platz frei wäre. Daneben saß der Lange mit Alice auf dem Schoß. Mit ihren kleinen Fingern erkundete sie sein Gesicht, zog ihn an Ohren und Haaren, was ihm offenbar so gut gefiel, dass er immer wieder juchzte.

Im Hintergrund spielte das Radio. Gustav hatte es vor einigen Monaten mitgebracht und behauptet, es sei eine Art Bezahlung gewesen für seine Dienste als Ausrufer eines Lokals. Zwar fiel es nicht nur Charlotte schwer, ihm zu glauben, aber missen wollte auch sie das Gerät nicht mehr. Es hatte längst seinen festen Platz in der Küche gefunden, und egal, welches Programm gespielt wurde, es war fast immer angeschaltet. Gerade sang Richard Tauber über die Liebe und tat dies so schwungvoll, dass Claire unwillkürlich mitsang.

»Ach, du mein Lieschen, Lieschen, Lieschen, komm ein bisschen, bisschen, bisschen in die Diele …« Den Rest summte sie, da sie den Text nicht kannte.

Auch Frau Grün summte jetzt mit, und als Charlotte sah, wie Frau Sommerfeld rot wurde und sich ihr Blick nach innen richtete und sie versonnen lächelte, als erinnerte sie sich an lustvolle Zeiten, da war sie endgültig mit Claires Idee versöhnt, Alices Geburtstag auf diese Art zu feiern.

»Über einundachtzig Stunden«, brüllte Gustav Herrn Steinberg ins Ohr. »Das müssen Sie sich einmal vorstellen. Einundachtzig Stunden ohne Unterbrechung in der Luft.«

Herr Steinberg nickte, wie er immer nickte, wenn er nichts verstand, und reichte Claire sein leeres Glas. Dass es etwas zu trinken gab, schien ihm wesentlich interessanter zu sein als die erste Atlantiküberquerung mit dem Zeppelin.

»Da hätte man ja gleich mit dem Schiff reisen können«, sagte Frau Sommerfeld, und Frau Grün pflichtete ihr bei.

Eine Tante von ihr wohne in New York, sehr viel länger habe die Reise dorthin auch nicht gedauert. Und so eine Fahrt auf dem Dampfer sei ja wohl wesentlich komfortabler, als in so einer engen Kabine sitzen zu müssen. Ihr Mann warte sowieso nur darauf, dass man endlich mit dem Flugzeug über den großen Teich komme. Er sei nämlich, sagte sie und beugte sich dicht an Frau Sommerfelds Ohr, »Ingenieur bei Siemens. Ganz oben. Nicht, Karl?«

Aber der unterhielt sich gerade mit Theo über den Reichsbankpräsidenten Schacht und den neu ausgehandelten Vertrag zur Regelung der Reparationsleistungen. Er sah vor, die jährlich zu zahlende Summe deutlich zu senken und die Industrie mit einer Zwangsanleihe zu belegen. Offensichtlich waren sie nicht einer Meinung, denn Theo schüttelte jetzt energisch den Kopf. »Das ist doch alles nur Augenwischerei. Am Ende wird der Steuerzahler wieder die Zeche zahlen, und das Großkapital kommt davon.« Er glaube doch wohl nicht im Ernst, dass die Konservativen diesem Plan sonst zugestimmt hätten?

Nein, da täusche er sich, sagte Herr Grün, der Vertrag sei ein Ausdruck der Vernunft, des »moralischen Gewissens«, der Deutschland wieder in sicheres Fahrwasser lenke. Die Wirtschaft werde ihren Beitrag leisten. Bei Siemens jedenfalls sei man optimistisch.

»So, so. Optimistisch«, sagte Theo und warf Charlotte einen vielsagenden Blick zu. »Moral«, sagte er und schaute dabei noch immer zu ihr, »war noch nie ein Kriterium für die herrschende Klasse.«

Wenn er allerdings in diesen Floskeln sprach, merkte Charlotte sofort, was sie trennte. Stundenlang hatten sie sich schon über die von ihm so häufig bemühte »herrschende Klasse« gestritten, die, wie Charlotte fand, so vielfältig war wie die Gesellschaft selbst, so dass man sie nicht kollektiv anklagen konnte. Es würde, sagte sie, auf die eine oder andere Weise ja wohl immer so etwas wie eine herrschende Klasse geben, »und ich ziehe es vor, jedem erst einmal eine gute Portion gesunden Menschenverstand zuzubilligen, sonst muss man ja erst gar nicht auf Besserung hoffen«.

Wie immer, wenn sie diesen Einwand brachte, wurde Theo ernst und sagte: »Man muss nicht auf die da oben vertrauen, sondern auf die, die ganz unten stehen. Nur die wissen um den Wert jedes einzelnen Lebens.«

Herr Grün lachte laut auf. »Sie sind mir ja vielleicht ein Pessimist.«

Kommunist, korrigierte Theo ihn in Gedanken, sagte aber nichts, schließlich feierten sie Alices Geburtstag, und er hatte ohnehin genug von diesen immer gleichen Reden, die zu nichts führten. Da kam es ihm gerade gelegen, dass Claire jetzt das Radio lauter drehte.

»Charleston für alle«, rief sie und tanzte in den Flur, so dass alles an ihr nur so wogte und klimperte und Herr Steinberg seine Augen gar nicht mehr von ihr lassen konnte.

Auch Frau Grün sah ihr interessiert hinterher.

Bis auf Jakob, den Sohn der Grüns, der es vorzog, die Katze zu ärgern, und Herrn Steinberg, der dann doch lieber die Flasche Sekt leerte, konnte sich keiner lange Claires beharrlichem Locken widersetzen. Sogar Frau Sommerfeld wusste ihre Beine elastisch zu bewegen und rief damit nicht nur bei Charlotte Erstaunen hervor.

»Frau Sommerfeld!«, rief Gustav. »Sie?« Und hüpfte wie ein Derwisch um sie herum.

Alice auf dem Arm, drehte sich Charlotte zur Musik. »Wenn dein Vater jetzt hier wäre«, flüsterte sie ihr ins Ohr, »würden wir uns eng aneinanderschmiegen. Nur wir drei.« Doch Alice schienen ganz andere Sehnsüchte zu plagen. Sie quengelte und strampelte mit ihren Beinchen, bis Charlotte sie kaum noch halten konnte.

Sofort war der Lange zur Stelle. Wie so oft in den vergangenen Monaten.

Musste Alice gefüttert werden, bot er sich an zu helfen. Wollte sie getröstet werden, trug er sie stundenlang durch den Flur. Schrie sie nachts, konnte es sogar vorkommen, dass er sich in Charlottes Zimmer schlich und Alice aus dem Bettchen holte. Von dieser Fürsorge anfangs noch irritiert, hatte sich Charlotte mittlerweile so sehr an seine Hilfe gewöhnt, dass sie ihm ihre Tochter mit größter Selbstverständlichkeit überließ.

Theo konnte sich ein Grinsen nicht verkneifen. Die Beflissenheit, mit der sich der Lange um Alice kümmerte, erinnerte ihn an die Akkuratesse eines preußischen Postbeamten. Nur dass er auch mit Ärmelschonern noch keinen ordentlichen Staatsdiener abgegeben hätte. »Ganz schön eifrig, unser Kleiner.«

»Untersteh dich, etwas Schlechtes über ihn zu sagen. Ohne ihn wäre ich verloren«, sagte Charlotte und nickte dem Langen dankbar zu, bevor sie sich ganz der Musik hingab. Sie warf jetzt Arme und Beine in alle Richtungen, schlenkerte mit dem Kopf, schwang ihre Hüften, und Theo, der kein schlechter Tänzer war, gab sein Bestes, mit ihr mitzuhalten.

Im Überschwang drückte er Charlotte spontan an sich, schien davon aber ebenso überrascht wie sie, ließ sie schnell wieder los, murmelte etwas von »Eifer des Gefechts« und zog sich in die Küche zurück.

Charlotte schaute ihm kurz hinterher, unterbrach ihren Tanz aber nicht, sondern hörte jetzt nur noch auf die Musik, die immer schneller wurde, immer wilder und die sie in eine Welt führte, weit weg von diesem Flur. Sie schien jetzt nur noch Körper und Rhythmus zu sein, existierte nur im Moment. Und dieser Moment war herrlich. Sie dachte an nichts.

Unterdessen tänzelte Frau Grün auffällig eng um Claire herum, die sich so leichtfüßig bewegte wie lange nicht. Seit Monaten plagte sie eine Venenentzündung, aber heute schien sie keinen Schmerz zu kennen. Sie animierte Frau Grün sogar, immer weiter und immer weiter in die Knie zu gehen, bis sie sich selbst nicht mehr halten konnte und nach hinten kippte. Wie ein Käfer lag sie auf dem Boden und lachte und ließ sich von Frau Grün bereitwillig nach oben ziehen. Deren Händedruck war ungewöhnlich fest.

»Beeindruckend«, sagte Claire und zwinkerte ihr zu, und Frau Grün zwinkerte selbstbewusst zurück, als hätte sie weder Mann noch Kinder. »Und jetzt alle mal aufstellen zum Erinnerungsfoto. Am besten, wir gehen dafür in Lottes Zimmer.« Claire klatschte in die Hände. »Auf. Marsch, marsch. Auch du, mein Lieber«, sagte sie zu Jakob, der gelangweilt in der Ecke saß.

Charlottes Einwand, keine Fotoplatte mehr zu haben, ergo auch kein Foto machen zu können, ignorierte sie, packte stattdessen Herrn Steinberg unter den Achseln und half ihm auf. Erst als alle im Zimmer versammelt waren, fingerte sie aus den Tiefen ihres leuchtend orangefarbenen Gewands eine Fotoplatte hervor. »Mit den besten Wünschen von Herrn Richter. Oder wie ich es formulieren würde: Pour la fameuse Fotografeuse.«

Charlotte, die erst nicht wusste, was sie davon halten sollte, sah sie ungläubig an.

»Na los. Worauf wartest du noch? Hol die Kamera und das Stativ. Wir müssen Alice später doch beweisen, dass wir uns an ihrem ersten Geburtstag nicht haben lumpen lassen.«

»Von Herrn Richter?«, fragte Charlotte noch immer sichtlich irritiert.

Claire zuckte mit den Schultern. »Manchmal geschehen kleine Wunder.«

»Er hat sie dir geschenkt? Für mich?«

»Für die Schönste, Beste, Tollste«, sagte sie und lachte. »Das hat er natürlich so nicht gesagt, aber du weißt ja, ich kann Gedanken lesen.«

»Ich fass es einfach nicht«, sagte Charlotte wieder und wieder und schüttelte dabei den Kopf, während sie Stativ und Kamera aufbaute und die anderen sich in Position brachten.

Frau Sommerfeld suchte die Nähe zu Theo und schmiegte sich so eng an ihn, dass ihm fast nichts anderes übrigblieb, als seinen Arm um ihre Schulter zu legen, wollte er nicht wie ein Stock neben ihr stehen. Claire drängte sich zwischen Frau und Herrn Grün. Ruth hakte sich bei ihrem Vater unter, daneben stand Gustav, den Kopf gereckt, die Arme in die Seiten gestemmt, die Mütze weit in die Stirn gezogen. Vor ihm saß Herr Steinberg auf einem Stuhl. Nur der Lange wusste nicht so recht, wo er sich mit Alice auf dem Arm platzieren sollte. Charlotte dirigierte ihn zwischen Claire und Herrn Grün, direkt in die Mitte, dann holte sie für Jakob noch einen Stuhl, damit der sich in Symmetrie zu Herrn Steinberg schräg vor Frau Sommerfeld setzen konnte. Auf seinem Schoß räkelte sich die Katze.

Nachdem Charlotte die Kameraeinstellung mehrfach überprüft hatte, stellte sie sich mit dem Selbstauslöserknopf in der Hand zwischen den Langen und Herrn Grün. Ein Schauer lief ihr über den Rücken. Denn erst jetzt wurde ihr bewusst, was sie hier eigentlich machte. Es war das klassische Familienfoto, für das sie hier alle Aufstellung genommen hatten.

Weder von ihren Eltern besaß sie so eine Aufnahme noch von Albert und sich. Sie hatten noch nicht einmal Hochzeitsfotos machen lassen. Albert hatte »diese gestellte und künstliche Porträtfotografie« immer verachtet. Und jetzt stand sie hier mit ihren Freunden und Bekannten und tat so, als wären sie eine große Familie.

Charlotte atmete tief durch, dann küsste sie Alice zärtlich auf die Hand, schaute kurz an dem Langen hoch, dachte noch, um wie vieles selbstbewusster er in den vergangenen Monaten doch geworden war, nickte Theo zu, drückte Claires Hand, suchte Gustavs Blick, bevor sie schließlich Anweisung gab, doch bitte in die Kamera zu lächeln.

Als der Blitz das Zimmer in grelles Licht tauchte, sprang die Katze fauchend von Jakobs Schoß und er laut fluchend hinterher, packte sie am Schwanz, so dass nicht nur die Katze schrie, sondern auch Charlotte, er solle jetzt endlich aufhören, das Tier zu quälen, und während sie das schrie, fuchtelte sie mit den Armen und zog dabei so unglücklich an der Schnur des Selbstauslösers, dass es plötzlich einen lauten Schlag tat, das Stativ umfiel und die Kamera auf dem Boden lag.

Für einen Moment war es mucksmäuschenstill.

Denn dass diese Kamera mehr war als nur die gewöhnliche Kamera einer Freizeitfotografin, merkten selbst die Grüns. Dafür musste man kein großer Menschenkenner sein. Das eingefrorene Entsetzen auf Charlottes Gesicht sagte alles. Sogar Jakob sah es und schwieg.

Claire schlug die Hände über dem Kopf zusammen. Das ist das Ende aller Hoffnung, dachte sie. Auch Theo lief es kalt über den Rücken. Vorhin in der Küche, während Charlotte noch getanzt hatte und er sich geärgert hatte, dass er so feige gewesen war, hatte er sich vorgenommen, sie später zu einer seiner Versammlungen einzuladen. Aber unter diesen Umständen war daran kaum zu denken.

Währenddessen schrie Alice, wie sie noch nie geschrien hatte, so grell und schrill wie die Katze. Der Lange versuchte sie zu beruhigen, ging mit ihr vor dem Sofa auf und ab, ließ Charlotte dabei aber nicht aus den Augen.

Sie sagte nichts. Sie bewegte sie nicht. Sie stand da wie erstarrt.

Gustav bückte sich und hob die Kamera auf. Das Objektiv war in tausend Teile zersprungen, Risse zogen sich über das Gehäuse. Im Gegensatz zu Claire sah er das Ende zwar nicht gekommen, wusste aber auch, dass er jetzt besser den Mund hielt.

Charlotte klappte das Stativ zusammen, lehnte es gegen die Fensterbank, strich wie beiläufig über Alberts Fotoapparat auf der Vitrine, und erst dann nahm sie von Gustav ihre

Kamera entgegen. Noch immer sagte sie nichts, und noch immer sahen sie alle mit einer Mischung aus Sorge und gespannter Erwartung an. Nur Gustav nicht, der jetzt die Glassplitter einsammelte.

»Das Foto«, sagte sie schließlich. »Ich werde mal sehen, ob ich wenigstens das Foto noch retten kann.« Und Claire glaubte, Felsbrocken fielen von ihr ab, derart erleichtert war sie, Charlotte so gefasst reden zu hören.

Das Gehäuse war verbogen, die Klappe in sich verkeilt, und Charlotte konnte an dem Verschluss so viel zerren und ziehen, wie sie wollte, außer dass ihre Fingerkuppen dabei rot wurden, tat sich nichts. Auf der Suche nach einer Zange oder sonst einem Hilfsmittel stellte sie die halbe Dunkelkammer auf den Kopf. Sie fand Negative über Negative, Reste von Fotopapier, sogar noch etwas Entwickler und Stopper, eine ihr vollkommen fremde Schüssel, aber nichts, was ihr im Moment hätte weiterhelfen können, bis ihr Blick auf einen Zipfel des schwarzen Tuchs fiel, das sie vor einem halben Jahr entdeckt und dann wieder vergessen hatte. Damit, so dachte sie, würde sie wenigstens den Verschluss besser zu fassen bekommen.

Das Tuch war größer als gedacht, vor allem aber schwerer. Darin eingeschlungen fand sie eine Fotoplatte. Eine belichtete, wie sie auf den ersten Blick sah.

Ob es Zufall war oder Schicksal, dass sie ausgerechnet an dem Tag, an dem ihre Kamera zu Bruch gegangen war, diese Entdeckung machte, würde sie sich später noch häufig fragen. In diesem Moment aber hatte sie wenig Sinn für Überraschungen.

Ihr Interesse galt allein dem Familienfoto, an das sie sich nur deshalb so beharrlich klammerte, um über ihre in tausend Teile zerschmetterte Hoffnung nicht in Verzweiflung zu geraten. Die Kamera war ja nicht nur Erbstück und Erinnerung, sie war immer auch schon Versprechen auf ein reicheres und erfülltes Leben gewesen. Vor der Zeit mit Albert, währenddessen und seit dem Nebelfoto auch wieder danach.

Und jetzt war sie kaputt, von ihr selbst zu Boden gerissen, und wenn sie auch nur eine Sekunde daran gedacht hätte, wäre sie vielleicht ähnlich mutlos und verwirrt gewesen wie damals, als man ihr gesagt hatte, Albert sei tot.

Charlotte versuchte, mit Hilfe des Tuchs die Kamera zu öffnen. Nach vielen Flüchen und lautem Stöhnen gelang es ihr schließlich. Wie durch ein Wunder war die Glasplatte nur am rechten oberen Rand beschädigt. Vor Freude stieß sie einen spitzen Schrei aus. Theo, Claire und der Lange, die vor der Tür lauschten, atmeten erleichtert auf.

18

Albert, Albert, Albert … Unzählige Male hatte Charlotte seinen Namen schon auf Papier geschrieben, zerknüllt und wieder zerrissen. In großen Buchstaben, in kleinen, geschwungen, abgehackt, zerfetzt wie die Blätter, die auf ihrem Boden lagen, nur aus unverbundenen Strichen bestehend.

In den knapp eineinhalb Jahren seit Alberts Tod hatte sie sich alle Mühe gegeben, die Augen vor der Wahrheit zu verschließen. Und sie fürchtete sich auch jetzt davor, sie zu öffnen, denn Sehen bedeutete, dass sie anklagen und ihr Leben in Frage stellen musste, dass sie sich keiner Sehnsucht mehr hingeben konnte, dass sie anders denken musste. Über sich. Über Albert. Über ihr gemeinsames Glück.

Welches Glück?

Seit Tagen lag das Foto auf ihrem Couchtisch. Seit dem Tag, an dem sie es entwickelt hatte. Hätte sie geahnt, was sie erwartete, sie hätte die Finger davon gelassen, so getan, als hätte sie diese Fotoplatte nie entdeckt. Aber dafür war es nun zu spät. Sogar Entwickler hatte sie extra gekauft. Für drei Mark und neunundzwanzig Pfennig. Herr Richter hatte ihn ihr nicht geschenkt.

Hätte er nur auch Claire die Fotoplatte nicht für sie mitgegeben. Dann wäre ihre Kamera jetzt noch heil, und sie wäre nicht so versessen gewesen auf ein Familienfoto, das doch nur eine große Illusion war. Wie ihr ganzes Leben, das ihr plötzlich eine einzige Fälschung zu sein schien.

Wer war sie für ihn?

War sie diese Frau mit den Höhlenaugen, die aussah, als wäre sie gerade einer Gruft entstiegen? War sie das Ebenbild dieser Schaufensterpuppe, die Haare hatte wie sie, blond und auf Kinnlänge geschnitten? Die ihr Kleid trug? Das schwarze mit den langen Schlitzen an den Seiten, damit man einen Blick auf ihre langen Beine erhaschen konnte? Die in dieser unwirtlichen, grauen, düsteren Fabriketage stand, mit diesen schmutzigen Fenstern, durch die kaum Licht drang? War sie diese Frau? Eine Tote, allen Menschseins beraubt?

Als Claire das Foto zum ersten Mal gesehen hatte, war sie still geworden. Ausgerechnet Claire, die zu allem immer etwas zu sagen wusste, hatte nichts gesagt, hatte nach Worten gerungen und keine gefunden, was mehr über dieses Foto ausgesagt hatte als alle Gedanken zusammen, die sie sich bis dahin selbst gemacht hatte.

Es hätte eine Probeaufnahme für Modefotos sein können. Ein Test, um mit Licht und Schatten zu experimentieren. Eine Art Suche nach einer interessanten Umgebung für Porträtfotografie. Aber warum hätte Albert die Fotoplatte dann verstecken sollen? Und vor allem: Er hasste Porträtaufnahmen, er hasste Mode. Er hasste alles Künstliche. Berühmt war er ja gerade für seine natürlichen Standaufnahmen geworden, die aussahen, als hätte man sie aus dem Leben geschnitten und nicht aus einem Film. Für die Uneitelkeit, die sich auch auf den Gesichtern der Schauspieler wiederfand, auch wenn sie sich sonst großspurig und unnahbar gaben. Das war sein Stil gewesen, dafür wurde er verehrt und verachtet. Wie zuletzt von dem Regisseur, der von ihm genau das Gegenteil verlangt und ihn letztendlich gefeuert hatte.

Fünf Abzüge hatte Charlotte gemacht. Immer in der Hoffnung, sich getäuscht zu haben, aber die Augen blieben schwarze, dunkle Höhlen, egal, wie lange sie den Entwickler wirken ließ. Und es blieb auch ihr Kleid, ihr Haarschnitt. Es war ihr Gesicht. Sie hatte eine Weile gebraucht, um überhaupt zu erkennen, dass nicht sie es war auf diesem Foto, sondern eine Schaufensterpuppe, so täuschend ähnlich sah sie ihr. Sie hatte die gleichen hohen Wangenknochen, den gleichen kleinen Höcker auf der Nase, die gleiche volle Unter- und schmale Oberlippe. Sie sah aus, als wäre sie nach ihrem Vorbild modelliert. Aber sie hatte nicht ihre Augen. Nicht dieses Meerblau, das manchmal fast türkisfarben leuchtete, wenn die Sonne darauffiel.

Oder wenn sie weinte.

Augen, von denen Albert früher gesagt hatte, man könne, wenn man nur lange genug in ihnen verweile, die Wellen rauschen hören, das Meer riechen, die Freiheit mit Händen greifen.

»Da ist wohl beim Entwickeln etwas schiefgelaufen«, hatte Gustav gesagt, als er noch gar nicht gewusst hatte, dass nicht sie auf dem Foto zu sehen war. »Du siehst aus, als hättest du dir die Augen ausgekratzt.«

Auch der Lange hatte sich täuschen lassen. »Das Foto darf Alice auf keinen Fall sehen, davon bekommt sie ja Alpträume«, hatte er mit einer Entschiedenheit gesagt, als wäre er der Vater. »Das bist nicht du, das ist ein böser Geist, der einen da anschaut. Was hast du dir da nur dabei gedacht? Wenn es wegen deiner Kamera ist, ich …«

Aber da hatte sie ihm schon nicht mehr zugehört.

Nicht sie hatte sich etwas bei dem Foto gedacht, sondern Albert. Nicht sie war es, die diese Aufnahme gemacht hatte, sondern er.

Wieder schrieb sie seinen Namen in zigfacher Ausführung und unzähligen Varianten auf leeres Papier.

Geliebter, notierte sie, starrte auf das Wort, zu dem sie keine Verbindung fand, und zerknüllte das Blatt.

Bis dahin war ihr noch nie aufgefallen, dass in seinem Vornamen auch das Grauen steckte.

Wenn sie auf die Augen schaute, auf die Augen, die Albert gesehen hatte, lief es ihr kalt über den Rücken. So musste der Eingang zur Hölle aussehen. Nichts als Schwärze, die einen empfing. Schlachtfelder voller Toter kamen ihr in den Sinn.

Warum hatte er ihr dieses Foto hinterlassen? Nur dieses eine Foto? Keine Notiz, keinen Brief, nichts, womit er sich hätte erklären können. Ihr erklären, was falsch an ihr war, warum er sie so sehr gehasst hatte, dass er ihr die Augen hatte auskratzen müssen. Gustav hatte ganz recht. Sie sah aus – denn sie war zweifellos gemeint –, als hätte man ihr die Seele geraubt. So tötete man einen Menschen.

Warum hatte sie nicht bemerkt, dass ihr geliebter Albert sie so gesehen hatte?

Sicher, er war stiller gewesen in seinen letzten Wochen. Aber er hatte sie gestreichelt, er hatte sie geküsst, er hatte sie in den Arm genommen. Nur einmal, da war er anders gewesen. Wie ein wild gewordenes Tier hatte er sie von hinten gepackt, ihr die Kleider vom Leib gerissen. Wenn sie jetzt daran dachte, kam er ihr wie ein Ertrinkender vor. Damals hatte sie diese Rohheit genossen.

Du dummes blindes Huhn, notierte sie in klitzekleiner Schrift an den Rand.

Kein Wunder, dass sie für ihn zu einer Frau ohne Augen geworden war. Wie hatte sie nur annehmen können, dass sie die Fähigkeit besaß, mehr zu sehen als viele andere, wenn sie noch nicht einmal ihren eigenen Mann hatte sehen können? Da war es schon fast eine glückliche Fügung, dass ihre Kamera nicht mehr zu gebrauchen war und ihre Zeit als Fotografin Geschichte.

Nie wieder, sagte sie sich, nie wieder würde sie auch nur ein einziges Foto machen.

Er hätte aber auch mal den Mund aufmachen können, dachte sie jetzt. Er hätte ihr sagen können, was ihm an ihr nicht passte. Sie war schließlich keine Hellseherin. Aber dann hätte sie mit ihrer Meinung auch nicht hinterm Berg gehalten. Dass er jeden Tag aufs Neue einfach abgehauen war, wohl wissend, am Abend wieder kein Geld mit nach Hause zu bringen, war von ihm wahrlich keine Glanzleistung gewesen. Und dass sie alles hatte allein organisieren müssen, Konto, Essen, Rechnungen, einfach ihr ganzes Leben, das hatte er für selbstverständlich genommen. Kein Wort des Dankes, keine Unterstützung. Und wehe, sie verkaufte ein Stück aus seiner heiligen Sammlung.

Wütend zerriss sie das Blatt Papier.

»Er muss unendlich verzweifelt gewesen sein«, sagte Claire am Abend, als sie gemeinsam bei Kerzenschein in der Küche saßen, »nur noch diese Leere in sich gespürt zu haben. Dich nur noch mit diesen toten Augen sehen zu können.«

»Claire.« Charlottes Stimme bebte. »So versteh doch. Er hat sich umgebracht. Albert hat sich das Leben genommen. Und ich habe nichts bemerkt. Ich war so blind, dass ich sogar einen Elfjährigen des Mordes verdächtigt habe. Ein Kind, Claire. Und den Vater habe ich wie einen Verbrecher behandelt. Dabei ist Albert der Verbrecher. Lässt mich allein zurück. Seine schwangere Frau. Wir haben ein Kind erwartet, und er haut einfach ab und besitzt noch nicht einmal die Größe, wenigstens den Versuch zu unternehmen, sich mir zu erklären?« Über ihre Wangen liefen Tränen der Wut, die sie energisch wegwischte. »Und ich dachte immer, wir wären glücklich. Er wäre glücklich. Mit mir.«

Claire, die schon viele Selbstmörder gesehen hatte, solche, bei denen sie die Tat vorausgeahnt hatte, aber auch solche, bei denen sie nie auf den Gedanken gekommen wäre, lächelte ihr aufmunternd zu. »Nicht allen sieht man die Verzweiflung an.«

»Aber er hätte doch mit mir reden können. Hatte er denn so wenig Vertrauen zu mir?« Neben dem »Warum?« war es diese Frage, die sie schon seit Tagen umtrieb. Und wie sie fand, gab es nur eine Antwort darauf: Sie hatte versagt, als Ehefrau, als Mensch. Wie sie sich hasste, wie sie ihn hasste, wie sie dieses ganze gottverdammte Leben hasste, an dem offensichtlich kein Körnchen Wahrheit war. Alles nur Einbildung. Ihr Leben war eine einzige Täuschung. »Vielleicht stimmt das ja auch alles nicht«, sagte sie. »Vielleicht interpretieren wir irgendetwas in dieses Foto hinein, das gar nicht der Wahrheit entspricht. Vielleicht ist es einfach nur ein x-beliebiges Foto, und sein Tod war ein Unfall. Einfach nur ein dummer Unfall.«

»Vielleicht«, sagte Claire, aber sie klang wenig überzeugend.

»Wenn man sich umbringt, dann hinterlässt man doch wenigstens einen Abschiedsbrief, oder nicht?«

»Das Foto … Also, Albert … er war Fotograf … Vielleicht … na ja, man könnte schon denken, dass dies seine Art Abschiedsbrief ist.«

»Aber dieses Foto ist eine einzige Anklage gegen mich, gegen diese blinde und gefühllose Ehefrau, die ihm nicht hat helfen können.«

Claire schüttelte den Kopf. »Nein, Lotte. Ich glaube eher, dass sich in den Augen der Puppe seine innere Verfassung widerspiegelt. Und vielleicht war dieses Foto ja ein Versuch, dir zu zeigen, wie er sich fühlt. Tot, taub, gefühllos. Und dann scheint ihn der Mut verlassen zu haben. Wahrscheinlich konnte er sich nicht vorstellen, dass man für jemanden wie ihn Mitgefühl empfinden kann.«

Wieder liefen Tränen über Charlottes Wangen. Dieses Mal wischte sie sie nicht weg.

Claire nahm sie in den Arm. »Es ist nicht deine Schuld, Lotte. Du hättest ihn nicht retten können.«

»Aber ich dachte doch immer, dass wir glücklich wären. Wenn ich meiner eigenen Wahrnehmung nicht mehr trauen kann, was soll ich denn dann noch glauben?«

19

»Was siehst du?«

»Wie? Was sehe ich?« Gustav sah seine Schwester ratlos an.

»Was siehst du, wenn du hier aus dem Fenster schaust?«

»Was ist das denn für eine blöde Frage? Häuser, eine Straße. Menschen, die auf dem Bürgersteig gehen, Autos. So was halt.« Er zuckte mit den Schultern.

»Und was denkst du, wenn du das siehst?«

»Wie? Was denke ich? Nichts denke ich.«

»Du kannst doch nicht einfach da rausschauen, ohne etwas dabei zu denken. Also, was denkst du, wenn du die Häuser siehst, die Menschen, die Straße?«

»O Mann, Charly! Was soll das denn?«

»Ich will doch nur wissen, was du denkst. Denkst du zum Beispiel, oh, das Haus sieht aber schön aus, dieses Eingangsportal ist so groß und prächtig, da müssen ganz besonders reiche Leute wohnen. Oder denkst du, das Fenster im dritten Stock könnte auch mal wieder geputzt werden, oder, die Blumen auf dem Fenstersims im zweiten haben auch schon bessere Tage gesehen, vielleicht wohnt da ja keiner mehr, oder schlimmer, vielleicht ist da ja jemand gestorben. Vielleicht denkst du auch daran, die Tür aufzubrechen, weil du einen Erhängten dahinter vermutest. Oder du denkst, der Mann da im Auto, der so angespannt hinterm Lenkrad sitzt, der überlegt gerade, ob er seiner Frau sagen soll, dass er ihren Anblick nicht mehr ertragen kann, dass er ihre Beine viel zu fett findet, dass sie aus dem Mund riecht, dass er sie nur der reichen Erbschaft wegen geheiratet hat. Oder du denkst, die Frau da in ihrer Schwesterntracht, die jetzt in die Lutherstraße einbiegt, die sieht ganz schön grimmig aus, vielleicht bringt sie demnächst ihre Patienten um, weil sie ihre Arbeit nicht mehr ertragen kann, noch nie hat ertragen können, weil sie immer von einer Karriere als Tänzerin geträumt hat.«

Gustav tippte sich an die Stirn. »Bist du jetzt vollkommen übergeschnappt? Wenn du nicht aufpasst, endest du noch wie Mutter.«

»Aber denk doch mal nach … Findest du nicht auch, dass man Dinge sieht, ohne sie wirklich zu sehen? Dass einen die eigene Wahrnehmung ständig täuscht und belügt? Dass man nur das sieht, was man sehen will? Du siehst die Fassade, aber du siehst nicht dahinter, du siehst ein Auto, das fährt, aber nicht den, der es lenkt. Im Grunde siehst du nichts. Verstehst du, was ich meine?«

Er schüttelte den Kopf, wie man den Kopf schüttelt, wenn man etwas ganz und gar nicht versteht und sich auch keine Mühe geben möchte, den anderen verstehen zu wollen. »Zum Glück«, sagte er nach einer Weile, »sehe ich klar. Und ich sehe einen Job, der auf mich wartet. Und wenn alles gut läuft, dann zahle ich dir schon bald die komplette Miete für das kommende Jahr.«

Unter anderen Umständen hätte Charlotte jetzt laut aufgelacht oder ihn wenigstens skeptisch gemustert, sie hätte vielleicht einen Scherz gemacht, ihn gefragt, ob er gedenke, eine Bank auszurauben, auf jeden Fall hätte sie ihn ermahnt, nichts zu tun, was er später bereuen würde, aber sie war noch so sehr in Gedanken, dass sie gar nicht begriff, was er eben gesagt hatte.

Charlotte deutete auf das Foto, das vor ihr auf dem Küchentisch lag. »Was siehst du?«, fragte sie den Langen wenige Tage später.

Auch er verstand ihre Frage nicht. »Ein Foto?«

»Und was siehst du auf diesem Foto?«

»Dich, Alice, Claire, die Grüns, Frau Sommerfeld, Herrn Steinberg, mich, Theo oder wie immer der auch heißt. Und den Schwanz der Katze«, sagte er. »Warum hat die eigentlich immer noch keinen Namen? Sollten wir ihr nicht langsam mal einen geben, ich meine, jeder hat einen Namen verdient, außerdem ist das ja wohl nicht nur Sache von diesem Theo, nur weil der die Katze angeschleppt hat, also ich ...«, sagte er, doch Charlotte hob ihre Hand, was er sofort verstand und verstummte.

Sie sah ihn nachdenklich an. »Du siehst uns und denkst dabei also an den Namen der Katze.«

Er nickte.

»Denkst du noch etwas anderes? Ich meine, siehst du noch etwas anderes in diesem Bild?«

Er zögerte, kratzte sich verlegen an der Schläfe. »Es ist ... Also, man könnte ... man könnte meinen, es wäre so ein richtiges Familienfoto. Also, so mit Vater, Mutter, Kind und Verwandtschaft.«

Ja, genau, so sah es aus, und doch war es ganz anders. »Aber könnten es nicht auch Fremde sein?«, fragte sie. »Fremde, die sich zufällig begegnet sind, denen man gesagt hat, sie sollten so tun, als wären sie eine Familie? Die nichts miteinander verbindet und die auch nichts voneinander wissen?«

»Aber ...« Er lächelte verlegen. »Ich weiß ja, dass es nicht so ist.«

»Aber du weißt doch auch, dass es kein Familienfoto ist, und trotzdem siehst du eines.«

Röte stieg ihm ins Gesicht. »Habe ich was Falsches gesagt?«

Sie schüttelte den Kopf. »Es ist nur alles so ... so verwirrend«, sagte sie leise.

Das verstand er. Er nahm allen Mut zusammen und legte

seine Hand auf ihre. Als sie nicht zurückzuckte, konnte er sein Glück kaum fassen. Ihre Hand fühlte sich kalt an. Er hätte sie gerne gestreichelt, gewärmt, sie in seinen Schoß gelegt. Wenn sie jetzt gelächelt hätte, dann hätte er sich vielleicht getraut, aber ihr Blick ging in weite Ferne, als würde sie ihn gar nicht wahrnehmen. »Deine Kamera«, sagte er zögerlich, »also … ich wollte nur sagen, ich kann mir vorstellen, wie schlimm das für dich ist, sie nicht mehr zu haben. All die schönen Fotos … Ich werde … Also, du sollst wissen, dass du immer auf mich zählen kannst … Immer.«

Sie sah ihn jetzt doch an, lächelte sogar, zog ihre Hand aber unter seiner hervor. »Danke«, sagte sie und musterte diesen ordentlich rasierten jungen Mann, der mit dem von vor einem Jahr kaum noch etwas gemeinsam hatte. Aber vielleicht trog sie ihre Wahrnehmung auch oder hatte sie damals getrogen. Sie wusste es nicht. Sie wusste nichts mehr.

Wer war Albert? Wer war sie? Wer waren all die Menschen um sie herum? Der Lange, Theo, Claire? Sie kannte sie doch noch viel weniger, als sie Albert je gekannt hatte. Was hätte sie damals sehen müssen, und was sah sie jetzt nicht? Charlotte verstrickte sich immer mehr in einem Knäuel aus Fragen, die sie nicht beantworten konnte, die jedoch Bilder in ihr wachriefen, die sich wie Erinnerungen anfühlten, die aber genauso gut ihrer Phantasie hätten entsprungen sein können.

Lippen wie Striche, das Gesicht eingefroren, so sah sie Albert nun vor sich. So saß er ihr am Tisch gegenüber, so wachte er morgens neben ihr auf. Nie sagte er ein Wort, nie schaute er ihr in die Augen. In ihrer Erinnerung war er kreidebleich geworden, als sie ihm sagte, dass sie ein Kind erwarteten. Im Schlaf rief er ihr »Meerauge« entgegen. Es klang wie eine Drohung, als wollte er sie zu sich in die Tiefe ziehen. Auch in jener Nacht, im Januar 1925, in der der Lange bei Olympia war und Gustav bei vermeintlichen Freunden, hatte sie diesen

Traum. Sie trat um sich, wehrte sich mit aller Kraft. »Lass mich endlich frei«, schrie sie in die Dunkelheit.

Von ferne hörte sie Alice weinen.

Als sie die Augen aufschlug, schaute sie in Theos Gesicht. »Wer bist du?«, fragte sie spontan, als wäre sie noch zwischen Traum und Tag.

»Ich bin es. Geht es dir gut?«

Langsam richtete sie sich auf, fuhr sich durchs Haar, stand auf, ganz benommen, schlüpfte in ihren Morgenmantel, nahm Alice aus ihrem Bett, die aufgewacht war und schrie, strich sich erneut durchs Haar, schaute zu Theo und fragte mit kratziger, noch nicht ans Sprechen gewöhnter Stimme: »Wer bist du, Theo?«

Er lachte. Denn dass sie ihm ausgerechnet jetzt, um drei Uhr in der Nacht, in eisiger Kälte, während er im Schlafanzug vor ihr stand, diese existentiellste aller Fragen stellte, machte ihn für den Moment fassungslos. »Ich bin es.«

»Wer ist ich?«

»Meinst du das ernst?«

Und wie ernst sie das meinte. So ernst, dass er sich das gar nicht vorstellen konnte. Sie gab Alice einen zärtlichen Kuss auf die Wange, wiegte sie, flüsterte ihr Liebkosungen ins Ohr. Rasch schlief sie in ihren Armen wieder ein. Behutsam legte Charlotte sie zurück in ihr Bett. Dann gab sie Theo Zeichen, ihr in die Küche zu folgen.

»Es ist mitten in der Nacht«, sagte er leise.

»Es ist höchste Zeit«, erwiderte sie.

»Du hast nur schlecht geträumt.«

»Genau deshalb kann ich auch nicht länger warten.«

Er sah sie verständnislos an.

»Setz dich. Bitte.«

Er zögerte. »Es ist bitterkalt. »

»Ich mach den Ofen an«, sagte sie und beugte sich zu den Briketts, die neben dem Herd in einem Korb lagerten.

»Warte. Ich kann auch …« Theo legte seine Hand auf ihre Schulter.

Ein Schauer durchfuhr sie, doch sie ließ sich davon nicht beirren. »Ich mach das schon, aber du könntest die Flasche Cognac aus der Abstellkammer holen. Ich kann jetzt einen großen Schluck vertragen.«

Und ich erst, dachte er und grinste. Er goss die Schnapsgläser randvoll, setzte sich ans Tischende und beobachtete Charlotte dabei, wie sie Feuer machte. Mit welch heiligem Ernst sie das Streichholz anzündete, ließ ihn für einen Moment sogar vergessen, dass er nur mit einem Schlafanzug bekleidet war. Seiner Sträflingskleidung. Er hasste Schlafanzüge, seitdem er im Gefängnis gewesen war.

Als das Feuer loderte, setzte sie sich zu ihm. »Gleich wird's wärmer.«

»Dann sollten wir wohl anstoßen«, sagte er. »Auf die wundersame Charlotte Berglas.«

»Auf die Wahrheit«, sagte sie, und im Gegensatz zu ihm lachte sie nicht.

»Die Wahrheit. So, so. Was für große Worte mitten in der Nacht.«

»Würdest du jetzt meine Frage beantworten?«

»Wer ich bin?«

Sie nickte.

»Könntest du denn sagen, wer du bist?«

»Es geht aber nicht um mich, sondern um dich.«

»Und das bestimmst du einfach so?«

»Nicht einfach so, aber ich brauche endlich Klarheit. Das musst du doch verstehen, nach allem, was passiert ist. Dieses schreckliche Foto …« Sie stockte. »Ich möchte einfach wissen, wer du bist. Keine Geheimnistuerei mehr. Noch einmal …« Sie zuckte mit den Schultern. Noch einmal, das hatte sie sich geschworen, würde sie nicht blind durch die Welt stolpern. »Bitte. Ich finde, das bist du mir schuldig.«

»Schuldig. Noch so ein großes Wort. Hat unser Kleiner wieder Märchen über mich erzählt?«

»Nein, hat er nicht. Lass den Langen aus dem Spiel. Er hat nichts damit zu tun.«

»Weil er sich so rührend um die kleine Alice kümmert, oder warum? Hätte er nicht Unsinn geredet, dann würde ich doch jetzt nicht hier wie auf der Anklagebank sitzen. Dann würden wir in Ruhe unseren Cognac trinken, uns wie Erwachsene unterhalten.« Wie Mann und Frau, dachte er.

»Warum beantwortest du nicht einfach meine Frage?«

»Entschuldige, aber der Kerl macht mich rasend. Siehst du denn nicht, wie der sich bei dir anbiedert?«

»Man könnte ja glatt meinen, du wärst eifersüchtig«, sagte sie und ließ ihn dabei nicht aus den Augen.

Es war ihm nichts anzumerken. Er lächelte wie immer, schob seine Brille zurecht, verschränkte nicht die Arme, denn die Arme zu verschränken hätte bedeutet, sich ertappt zu fühlen, sondern nippte an seinem Glas, als säße er in einer Bar am Tresen. In seinem Inneren aber brodelte es. »Das ist ja lächerlich«, sagte er.

»Na, umso besser«, erwiderte Charlotte. Wenn er nicht bald begriff, worum es ihr ging, würde sie ihn bitten auszuziehen. Sie würde auch ohne sein Geld zurechtkommen, und dieses Dauerlächeln hatte sie sowieso satt.

Vertraue niemandem!, hatte sein Ausbilder früher immer gesagt. Noch nicht einmal dir selbst. Der Kasernenhofton war ihm noch deutlich im Ohr. Aber was hatte ihm dieses Misstrauen gebracht? Die erhoffte Revolution jedenfalls nicht, dafür jede Menge Ärger, und wenn er nicht aufpasste, bald auch kein Dach mehr über dem Kopf, keine Charlotte mehr und keine Alice. Kein Zuhause mehr, dachte er und war selbst von diesem Gedanken überrascht. Sein Zuhause war doch immer die Partei gewesen, auch wenn die momentan nicht so wollte wie er.

»Theo.« Charlotte trommelte gegen ihr halbvolles Glas. »Ich habe dich etwas gefragt.«

Wie sie ihren Rücken durchstreckte, wie ihre Augen funkelten, wie sie jetzt ihren Morgenmantel noch enger um sich schlang, so dass sich ihre Brüste deutlich abzeichneten, ließ ihn nicht unberührt. Vielleicht sollte er sie einfach an die Hand nehmen und in sein Zimmer führen? Bei dem Gedanken huschte ein Lächeln über sein Gesicht, das nichts mit seiner sonst so kontrollierten Mimik zu tun hatte. Für einen Augenblick strahlte er eine Wärme aus, die auch Charlotte erreichte, die ihr bis in die Zehenspitzen kroch, die ihr den Atem nahm und sie in ähnliche Aufregung versetzte wie damals auf dem Viktoria-Luise-Platz der Moment im Nebel.

Es war nur ein kurzer Augenblick.

Charlotte hatte nicht vergessen, weshalb sie hier mitten in der Nacht saßen. Erste Fenster erhellten sich, hinter einigen Gardinen sah man Schatten auf und ab gehen, gestikulieren. Vor Tagesanbruch wollte sie eine Antwort auf ihre Frage. »Wenn du nicht bald …«, sagte sie, verstummte aber, als er ihr bedeutete, verstanden zu haben.

Ob sie ein Geheimnis bewahren könne?

Sie nickte.

»Kein Wort zu deinem Bruder oder Claire und erst recht nicht zum Langen.«

Sie nickte wieder.

»Versprich es.«

Was auch immer er ihr zu sagen hatte, schlimmer, als zu schweigen, sich zu verschließen, einfach nichts zu sagen, konnte es nicht sein. »Versprochen.«

Er atmete tief durch. »Dann lass uns in mein Zimmer gehen. Ich habe keine Lust, vom Langen oder deinem Bruder überrascht zu werden.«

»Ganz wie du willst.« Ihr Blick ging unwillkürlich zum

Ofen, der eine angenehme Wärme abgab. In Theos Zimmer würde es eiskalt sein, aber das war ihr egal. Hauptsache, er rückte endlich mit der Sprache heraus. Charlotte stand auf und wartete, dass auch er sich erhob.

Doch Theo blieb sitzen. Dass er sie vor wenigen Minuten noch an die Hand hatte nehmen wollen, war plötzlich vergessen. Das Lächeln auf seinem Gesicht war verschwunden. Er seufzte. »Ich hoffe, du weißt, was du von mir verlangst.«

»Nur Ehrlichkeit, nichts weiter. Na, komm schon. So schlimm wird's schon nicht sein.«

Wenn sie wüsste. Langsam stand er auf. Er musste sich gut überlegen, wie weit seine Offenheit gehen sollte.

In seinem Zimmer hatte sich seit seinem Einzug kaum etwas verändert. Noch nicht einmal einen Stuhl hatte er vor den kleinen Tisch gestellt. Charlotte setzte sich auf die breite Fensterbank und zog die Beine dicht an ihren Körper. Die Kälte bohrte sich durch die Ritzen, durch ihren Morgenmantel, aber sie fror nicht. Viel zu gespannt war sie, endlich zu erfahren, wer er in Wirklichkeit war. Erwartungsvoll schaute sie ihn an.

Theo, der mit verschränkten Armen ihr gegenüber saß, lächelte, als wollte er ihr Mut machen und nicht sich selbst. »Am besten«, sagte er zögerlich, »ich fange von vorne an.«

Sie nickte ihm aufmunternd zu.

»Der Lange hat recht. Ich bin als Aaron Birnbaum zur Welt gekommen. Ich bin der Sohn einer jüdischen Kaufmannsfamilie aus Frankfurt. Einer reichen. Einer sehr, sehr reichen«, sagte er und zuckte dabei entschuldigend mit den Schultern. »Mir hat's an nichts gemangelt. Ich hab die besten Schulen besucht, ich hab vom feinsten Porzellan gegessen, ich hatte Kindermädchen, ich hatte alles, wovon manch anderer vermutlich ein Leben lang träumt. Der Lange ganz bestimmt. Na ja, vielleicht hätte er sich auch andere Eltern gewünscht. Die waren ziemlich streng und wollten, dass ihr einziger Sohn in die Fußstapfen seines Vaters tritt. Aber gut, das ist nichts Ungewöhnliches. Ungewöhnlich war eher, dass ich einen Lehrer hatte, der für die Ideen von Marx und Engels brannte. Von ihm habe ich gelernt, dass jeder Mensch ein Recht auf freie Entfaltungsmöglichkeit hat. Ich ebenso wie der Sohn des Schusters. Wie du, wie der Lange. Einfach jeder. Unabhängig von seiner Herkunft. Und dass die Welt, in der ich lebe, keine normale ist, dass es ungerecht ist, wenn die einen zu viel haben und die anderen zu wenig. So bin ich Kommunist geworden«, sagte er und lächelte wieder.

Charlotte lächelte auch. »Aber das ist doch nichts Schlimmes«, sagte sie. »Das kann ich gut verstehen. Ich begreife allerdings nicht, warum du deswegen deine Herkunft verleugnest?«

»Jude zu sein kann eine große Last bedeuten. Jede Äußerung, die man tut, jeder Fehler, den man macht, jeder Erfolg, den man erzielt, wird am Ende auf das Jüdischsein reduziert. Du glaubst ja gar nicht, was ich mir alles habe anhören müssen. Gerade von den Genossen. Die sind keine besseren Menschen, nur weil sie für eine bessere Welt kämpfen, das habe ich schnell begriffen. Soll sich der Jude doch um die Finanzen kümmern, hieß es oft. Dabei hatte ich davon wirklich keine Ahnung. Ich bin ein guter Stratege, ein Denker, aber kein Geschäftsmann. Und wenn ich Einwände vorbrachte, warf man mir typisch jüdische Überheblichkeit vor. Irgendwann war ich es leid. Ich hatte schließlich ein Ziel. Und ich hab's noch immer. Ich will die Welt zu einer besseren machen. Das kostet Kraft und ist mit viel Kampf verbunden. Da musste ich mich entscheiden. Will ich um meine Ehre kämpfen oder für alle? Und die Antwort fiel mir leicht. Ich wollte meinen Traum verwirklichen. Deswegen habe ich mir nach dem Krieg einen neuen Namen zugelegt, einen, der meine guten Absichten unterstreicht, wenn du so willst. Ein Adliger, der kommunistische Ideen verfolgt, der muss es ernst meinen«, sagte er, und seiner zitternden Stimme war anzuhören, dass ihn die Erinnerung daran noch immer bewegte.

»Das geht so einfach?«, fragte sie erstaunt.

»Damals herrschte Chaos.« Er zuckte mit den Schultern. »Das war ein Kinderspiel.«

»Und deine Eltern, wissen die davon?«

»Wir haben schon seit Jahren keinen Kontakt mehr. Dass aus ihrem Sohn ein Kommunist geworden ist, konnten sie nicht verkraften.«

»Denkst du manchmal an sie?«

»Ich weiß nicht. Manchmal vielleicht.« Er lächelte jetzt wieder. »Man muss eben Abstriche machen, wenn man für eine Sache brennt.«

Charlotte schaute ihn nachdenklich an. »Aber trotzdem verstehe ich noch immer nicht, warum partout keiner wissen darf, dass du in Wahrheit Aaron Birnbaum heißt und nicht Theo von Baumberg?«

Theo zögerte. »Weil ich die Freiheit, die ich mir mit dem neuen Namen erworben habe, nicht mehr einbüßen möchte«, sagte er schließlich, was bei weitem nicht der ganzen Wahrheit entsprach, aber auch nicht gelogen war.

»Du möchtest einfach nicht mehr der Jude sein, ist das der Grund?«

Er nickte.

Wieder schaute sie ihn nachdenklich an. Eine warme Welle des Mitgefühls durchflutete sie.

Nach einem Moment des Schweigens räusperte er sich. »Und?«, fragte er. »Wen siehst du jetzt?«

Charlotte stützte ihren Kopf auf die Knie. »Einen Menschen«, sagte sie, und Tränen stiegen ihr in die Augen, gerührt davon, endlich wieder Menschliches wahrnehmen zu können und nicht nur Bilder, vergiftet von ihrem Hass und ihrer Wut und ihrer Trauer.

»Ich kann mich doch auf dich verlassen? Ich bin und bleibe Theo.«

»Natürlich.«

Seinem Gesicht haftete noch immer das Geheimnisvolle an, aber sie sah nun auch die Angst hinter seinem Lächeln.

»Ich danke dir«, sagte sie nach einem Moment des Schweigens und versuchte, sich die Tränen aus den Augen zu wischen, doch die ließen sich nicht so leicht unterdrücken. Dafür war sie viel zu bewegt, viel zu aufgeregt. Sie spürte, wie sich etwas in ihr löste, wie sie freier wurde, zu fühlen, zu denken.

Am gegenüberliegenden Fenster glaubte sie Albert im Dämmerlicht winken zu sehen. Er lachte. Mach es gut, dachte sie, warf ihm in Gedanken eine Kusshand zu, winkte jetzt auch.

Als sie sich wieder zu Theo drehte, war ihr Gesicht ein Tränenmeer. »Danke«, sagte sie leise.

Theo stand auf und legte einen Arm um ihre Schulter.

»Entschuldige. Ich habe nur an Albert …«

Doch da drückte er bereits ihren Kopf sanft an seine Brust. »Schon gut«, flüsterte er. Sein Herz raste.

20

»Für Freiheit und Einheit, für Demokratie und Großdeutschland«. In großen Buchstaben prangte der Wahlspruch der Sozialdemokraten über dem Eingangsportal des Sportpalasts. Wimpel und Fahnen wurden geschwenkt. Träger der schwarzrotgoldenen Flagge standen in der Eingangshalle Spalier. Ohrenbetäubendes Gekreische drang von rechts heran. Mindestens hundert Jugendliche hatten sich zum Chor aufgestellt und gaben ein Arbeiterlied zum Besten.

Gustav verstand kein Wort, er erkannte auch keine Melodie, und wäre es nach ihm gegangen, würde er sich jetzt auch nicht von diesen Kindern seinen Gehörgang malträtieren lassen, sondern säße am Tresen des Vereinslokals von »Glaube, Liebe, Hoffnung« nur wenige Hundert Meter von hier entfernt. Stattdessen musste er sich durch die Masse quetschen, musste sich von Rotzlöffeln sagen lassen, dass er gefälligst zu warten habe, bis man die zweite Pforte öffnete, musste ein Parteiabzeichen vorzeigen, das nicht ihm gehörte, musste so tun, als brenne er für den Kandidaten, dessen Namen er nur kannte, weil Gamaschen-Schorsch ihm den schon seit Tagen eingebläut hatte.

»Geh nach vorne. Dicht ans Rednerpult. Warte, bis Otto Braun an der Reihe ist. Der Kandidat für den Posten des Reichspräsidenten. Merk dir, Otto Braun! Wenn du es schaffst, ihm während seiner Rede unbemerkt das Portemonnaie aus der Gesäßtasche zu ziehen, dann bist du einer von uns. Dann nehmen wir dich nächste Woche mit. Da winkt fette Beute. Also, streng dich an.«

Die feixenden Gesichter der anderen Ringvereinsmitglieder waren ihm nicht entgangen. Aber er wartete jetzt schon so lange auf diese eine Chance, dass er sie einfach ergreifen musste, auch wenn sie ihm noch so absurd zu sein schien. Kinnhaken-Kalle, der Boss des Ganovenvereins, ließ ihn seit Monaten Schuhe putzen, Jacken ausklopfen, Knöpfe annähen, ließ ihn Kisten schleppen, Bierfässer ab- und aufladen, Böden wischen, machte ihm Hoffnung, bald Mitglied werden zu können, und hatte ihm bislang doch nur den Radioempfänger geschenkt. Für seinen Schatz. Er habe doch einen?

Jeden Tag einen neuen, hätte er fast gesagt. Aber das kam bei den Mitgliedern von »Glaube, Liebe, Hoffnung« nicht gut an. Also hatte er sich eine Viktoria erfunden mit großen Brüsten, die zu Hause auf dem Kanapee auf ihn wartete. Und mit einem Arsch wie zwei Bomben. Das wiederum hatte ihnen gefallen. Er kannte die Vorlieben der harten Jungs, auch wenn er selbst mehr auf schmale Hüften stand – oder auf Anita Berber. Aber mit der war ja auch kein Staat mehr zu machen, seitdem sie noch nicht einmal mehr auftrat.

Von links drängte jetzt eine andere Gesangstruppe an sein Ohr. Männliche Bassstimmen. Hätte er doch nur zum Sechstagerennen gekonnt oder zu einem der vielen Boxkämpfe. Ein Fahrrad hätte er unbemerkt aus dem Sportpalast getragen oder zumindest einen Boxhandschuh von wem auch immer. Sogar einen von Franz Diener, dem großen Schwergewichtler. Aber sie hatten auf diese Kundgebung bestanden. Ausgerechnet auf eine der SPD. Wenn es wenigstens die Kommunisten gewesen wären. Theo hätte ihm bestimmt dabei geholfen, Thälmanns Mütze zu klauen. Dass er den nicht ausstehen konnte, hatte er ihm oft genug gesagt. Und was wäre das für eine Trophäe gewesen? Die Prinz-Heinrich-Mütze des großen Arbeiterführers. Da nahm sich doch das

Portemonnaie eines Langweilers von Sozialdemokrat geradezu bescheiden dagegen aus. Wenn er erst Mitglied war, würde er Kalle beibringen müssen, was es hieß, groß zu denken. Dieses Klein-Klein brachte den Verein auf Dauer keinen Schritt weiter.

Die Halle war riesig und randvoll gefüllt mit begeisterten Wählern. »Sechzehntausend Menschen fasst der Berliner Sportpalast, zwanzigtausend mögen in ihm zusammengedrängt gewesen sein«, war am nächsten Tag, am 26. März 1925, im *Vorwärts* zu lesen.

Gustav hatte das Gefühl, gegen Millionen zu kämpfen. Wenigstens kam ihm nun seine schmächtige Statur zugute. Flink huschte er von Lücke zu Lücke, von Spalt zu Spalt, schlüpfte wie ein Wiesel an Beinen vorbei, bis er endlich in der Nähe des Rednerpults war.

Hätte ihn der Lange gesehen, es hätte nichts am Verlauf des Abends geändert. Er stand im zweiten Rang, direkt an der Balustrade, neben Kamerad Dieter und acht weiteren Mitgliedern von Olympia, und fragte sich ebenso wie Gustav, was es zu bedeuten hatte, dass er ausgerechnet hierher hatte kommen sollen. Das Wort Sozialdemokrat sprachen sie sonst stets mit Abscheu aus.

In den vergangenen Tagen hatte es nur geheißen, dass er jetzt endlich einmal beweisen müsse, was in ihm stecke, wobei er nicht wusste, ob sich diese Aufforderung auf den heutigen Abend bezog oder eher allgemeiner Natur gewesen war. Man wisse seine akribische Torpflege durchaus zu schätzen, hatte Erich Außländer, der Vereinsboss, der sonst nie mit ihm sprach, mit ernstem Gesicht gesagt. Auch seine Eigenschaften als Torwart wären überragend, so manchen Sieg hätten sie nur seinetwegen davongetragen. »Aber Fußball allein schafft uns diese elende Republik nicht vom Hals. Kamerad Langer. Haben wir uns verstanden?«

Das war vor gut zwei Wochen gewesen. Einen Monat nachdem er bei seinem Gruppenführer einen Antrag auf einen Kredit von dreihundert Mark eingereicht hatte. Das war doppelt so viel wie der Monatslohn eines Arbeiters und mehr Geld, als er jemals verdient hatte. Aber Dieter hatte ihm versichert, dass man in Notfällen immer auf die Hilfe der Kameraden bauen könne. Und eine kaputte Kamera war ein Notfall. Der größte, den er sich vorstellen konnte, zumindest, wenn es sich dabei um die kaputte Kamera von Charlotte handelte.

Um sich nach Preisen zu erkundigen, war er extra in einem Fotogeschäft am Kurfürstendamm gewesen. Der abschätzige Blick des Verkäufers, sein überheblicher Ton hatten seinen Ehrgeiz nur noch mehr angestachelt. Für zweihundertneunzig Mark bekäme er den letzten Schrei, eine Leica, ganz neu auf dem Markt. »Aber ich glaube kaum, dass Sie sich so ein Schmuckstück leisten können.« Umgedreht hatte er sich, einfach umgedreht und so getan, als hätte er Wichtiges zu erledigen, dabei war er der einzige Kunde im Geschäft gewesen. Dem würde er es schon noch zeigen.

Dieter stieß ihn in die Seite. »Bist du bereit?«

»Sicher«, sagte er, auch wenn er nicht wusste, wofür er bereit zu sein hatte. Fragen waren bei Olympia nicht gerne gesehen. Deswegen hatte er es bislang auch nicht gewagt, sich bei seinem Gruppenführer zu erkundigen, was aus seinem Antrag geworden war. Allzu lange wollte er damit aber nicht mehr warten. Charlotte musste endlich wieder fotografieren können. Vielleicht machte sie dann auch ein Foto von ihm und Alice, und vielleicht hingen die Bilder dann im Flur wie die anderen Fotos auch. Immerhin hatte sie neulich das Foto von Alices Geburtstag dort aufgehängt. Dass sie dafür eines ihrer, wie er fand, wunderschönen Wannsee-Idyllen abgenommen hatte, bedauerte er allerdings. Er hätte lieber auf ein Foto von Albert verzichtet.

Stimmen schwirrten, von allen Seiten hörte man Jubelrufe, plötzlich brandete Beifall auf, der wie eine Welle durch die Halle schwappte, sich von den Rängen in den großen Innenraum ergoss. Auf der Leinwand hinter dem Rednerpult wurde in dicken Lettern der Beginn der Veranstaltung angekündigt. Das Licht flackerte, ein Mann trat auf die Bühne, stellte sich ans Mikrofon und rief: »Ein Sieg auf die Demokratie. Ein Hoch auf unsere Republik.« Dann trug er ein Gedicht vor, das den Achtstundentag pries.

Aus dem Augenwinkel beobachtete der Lange seine Kameraden. Wie ganz gewöhnliche Besucher standen sie da. Die meisten im schwarzen Anzug, zwei in braunen Knickerbockern. Er trug eine graue Hose und seine schwarze Jacke. Etwas anderes besaß er nicht. Dafür hatte er seine Lacklederschuhe auf Hochglanz poliert, was gar nicht mehr so leicht war. Die Schuhspitzen blieben matt, der Lack war mit unzähligen Kratzern durchsetzt. Vorhin, als sie sich vor dem Sportpalast getroffen hatten, war ihm aufgefallen, dass einige seiner Kameraden, darunter auch Dieter, neue Schuhe anhatten. Schwere schwarze Schnürstiefel, mit denen man auch in den Krieg hätte ziehen können, wie er noch gedacht hatte – oder prächtig marschieren. Er hätte auch gerne solche Schuhe gehabt. Aber man fragte bei Olympia ja nicht.

Zum Leidwesen von Gustav stellte sich nun eine Hundertschaft von sangeswilligen Männern in Reih und Glied. »Brüder, zur Sonne, zur Freiheit. Brüder, zum Lichte empor«, schmetterten sie aus voller Kehle, und Gustav hätte sich am liebsten die Ohren zugehalten, so sehr ging ihm dieses Gejaule auf die Nerven. Denn nicht nur der Chor sang, auch die ganze Halle grölte mit. Der untersetzte Glatzkopf neben ihm riss seinen Mund so weit auf, dass er sein komplettes Gebiss sehen konnte, was kein schöner Anblick war. Angewidert drehte sich Gustav weg, aber links von ihm waren die Aussichten auch nicht besser. Ein Mütterchen mit Dutt und Stock stand neben einem pusteligen Pennäler, ein Mädchen, nicht weniger hässlich, schwenkte einen Wimpel. Die halbe Reihe bestand aus inbrünstigem Jungvolk und nicht weniger lauten Alten, wie er jetzt feststellte. Wenn dies seine Gegner waren, sollte es jedoch ein Leichtes sein, diesem Otto Braun das Portemonnaie zu entwenden.

Nach dem Chor wurde ein Reichstagsabgeordneter nach dem anderen ans Rednerpult gerufen. Republik, Republik, Republik. Gustav war, als gälte es, einen Wettbewerb in der Nennung des Wortes Republik zu gewinnen. Wer hat noch nicht, wer will noch mal? Anscheinend wollten alle. Vielleicht, so dachte er, bekamen sie ja Geld dafür. Dreimal Republik in einem Satz für zehn Pfennig, viermal fünfzig, siebenmal eine Mark. Das hätte er wenigstens noch verstanden.

Dann endlich: »Und nun ein donnernder Applaus für unseren zukünftigen Reichspräsidenten, unseren verehrten Ministerpräsidenten von Preußen, Otto Braun!«

Die Menge johlte, und Gustav beobachtete mit Entsetzen, dass sich links und rechts des Pultes Sicherheitspersonal postierte, auch dahinter marschierten sie jetzt auf. Es waren Männer wie Muskel-Maxe oder die Schläger aus dem Linienkeller, doppelt so breit wie er, und es schienen immer mehr zu werden. Bei fünfzehn hörte er auf zu zählen.

Und Otto Braun war auch nicht gerade von zierlicher Gestalt. Großer Schädel, breite Schultern, Wampe. Gustav schätzte ihn auf fast zwei Meter. Den Kopf gereckt, trat er ans Mikrofon. Man müsse, sagte er, ein demokratisches Bollwerk gegen die Zersetzer von links und rechts errichten.

Unmöglich, irgendwo durchzuschlüpfen. Noch während Gustav überlegte, wie er sich am besten aus der Affäre ziehen konnte, war die Halle plötzlich von einem kreischenden Piepton erfüllt. Otto Braun klopfte gegen das Mikrofon. Der Ton wurde immer lauter, immer schriller, immer unerträglicher.

Noch hielt der Lange das Megaphon unter seiner Jacke verborgen. Vor wenigen Minuten erst hatte Dieter es ihm zugesteckt. Man konnte es falten und es war daher niemandem aufgefallen. Sein Körper bebte. Vor Aufregung, vor Stolz, vor Freude. Denn bald schon würde er in Charlottes glückliches Gesicht schauen können.

»Beweis uns, dass du es wert bist, dass wir dir helfen«, hatte Dieter gesagt. Man habe Männer an der Technik platziert. Sobald der Ton verstumme, könne er zeigen, dass er einer von ihnen sei.

Wie einen Schutzschild stellten sich seine Kameraden um ihn. Sein Atem ging immer schneller.

Er sah die Kamera vor sich, chromverziert. Er sah Charlotte lachen, sah sie mit weit aufgerissenen Augen staunen, über ihn, der ihr dieses große, nicht zu überbietende, alles je Dagewesene in den Schatten stellende Geschenk machte, der ihr bewies, dass er Wort hielt, dass sie immer auf ihn zählen konnte, dass er der Einzige war, der ihre geheimsten Wünsche kannte, sie erfüllte, sie zu seinen eigenen machte. Spätestens dann würde sie begreifen, dass er Alberts legitimer Nachfolger war und im Gegensatz zu ihm kein Schlappschwanz und Versager.

Die Menge wogte gefährlich nach allen Seiten. Erste Schlägereien waren bereits im Gange. Und noch immer kreischte dieser endlos scheinende Ton durch die Halle. Vielleicht war das ja seine Chance, dachte Gustav. Brauns Bewacher waren sichtlich unruhig, drehten sich nach links, nach rechts, nach hinten, zuckten mit den Schultern. Niemand schien zu wissen, was hier los war.

Auch Otto Braun war ratlos. Immer wieder strich er sich nervös über seinen gestutzten Bart, klopfte gegen das Mikrofon, richtete die Blätter seines Redemanuskripts.

Wenn er von rechts hinten kommen würde, dachte Gustav

noch, doch da war es schlagartig still. Fast totenstill. In einer Halle mit zwanzigtausend.

Die Stille währte keine Sekunde.

»Nieder mit der Judenrepublik!«, gellte es durch den Sportpalast. »Nieder mit den Sklavenhaltern des Deutschen Reichs!«

Zwar reckte Gustav seinen Kopf wie alle anderen auch, aber er war viel zu klein, um etwas sehen zu können. Pfiffe schwirrten durch die Luft, Fäuste ebenfalls. Man schrie durcheinander, gegeneinander, gegen den Aufwiegler, gegen den Nachbarn. Es wurde gestoßen, getreten, geschoben. Gustav hatte zu kämpfen, dass er überhaupt genügend Luft bekam. Er war umzingelt von Beinen und Rücken und Bäuchen.

Und Gesäßtaschen.

Und Portemonnaies.

Er traute seinen Augen kaum. Er musste nur zugreifen. Dafür brauchte es noch nicht einmal Fingerspitzengefühl. In Windeseile hatte er drei Brieftaschen geklaut. Vier. Fünf. Es war ein Kinderspiel. Was scherte ihn da das Portemonnaie eines Otto Braun. Er stopfte seine Beute in die Innentaschen seiner Jacke, bis sie ganz verbeult aussah.

»Nieder mit der Judenrepublik! Nieder mit den Sklavenhaltern des Deutschen Reichs!«, brüllte der Lange noch immer. Er durfte erst aufhören, wenn Dieter ihm Zeichen gab. So war es vereinbart. Doch der prügelte sich gerade mit mindestens fünf Mann. So genau sah er das nicht. Er konzentrierte sich auf seine Aufgabe und hoffte inständig, dass ihn die anderen vor dieser wild gewordenen Meute beschützen würden. Vier seiner Kameraden standen dicht neben und hinter ihm und schirmten ihn ab, und dennoch traf ihn immer wieder eine Hand im Gesicht oder auf dem Arm oder schlug gegen das Megaphon. Nicht auszudenken, wenn er es verlieren würde.

Es kam ihm vor, als brüllte er schon seit Stunden. Langsam versagte ihm die Stimme. Manchmal war nur noch ein Kratzen zu hören. Er schielte nach hinten. Dieter prügelte sich noch immer. Wann hörte das endlich auf? Er konnte das Megaphon kaum noch halten. Unter ihm wogte es wie auf hoher See, als stünde er an der Reling eines Dampfers, mitten im Sturm. Ganz schwindelig konnte einem davon werden. Er versuchte, seinen Blick nach vorne zu richten, auf die leere Leinwand.

Ein Ellbogen traf ihn am Kinn, ließ ihn taumeln, aber er brüllte weiter seine Losungen in den Sportpalast hinaus. Die Glaubenssätze von Olympia. Er krächzte nur noch.

Und dann entglitt es ihm. Ohne Grund. Bestürzt sah der Lange dem Megaphon hinterher, wie es zu Boden fiel. Es kreiste, drehte Pirouetten, man konnte meinen, es schwebte in den Innenraum der großen Halle, tanzte über den Köpfen, landete sanft wie eine Feder. Es war viel zu laut, um den Aufprall zu hören.

Hände packten ihn von hinten, zerrten ihn weg, schoben ihn zur Treppe, die Stufen hinunter, durch die Vorhalle, das Eingangsportal, den Vorgarten, durch die aufgebrachte Menge. Die neuen Schuhe seiner Kameraden erwiesen sich als Gold wert. Sie traten nach allen Richtungen und machten ihm den Weg frei.

»Lauf«, rief jemand.

Er drehte sich um, unsicher, ob er wirklich abhauen sollte, ob er alles richtig machte, ob sie nicht doch wütend auf ihn waren, weil er das Megaphon hatte fallen lassen.

»Lauf!«

Und er lief, so schnell er konnte. Die Potsdamer hoch zur Bülowstraße, die Bülowstraße nach links Richtung Nollendorfplatz. Als er merkte, dass ihn niemand aufhielt, dass man ihm noch nicht einmal hinterhersah, dass ihn offensichtlich niemand erkannte, verlangsamte er seinen Schritt. Noch aber traute er diesem Frieden nicht. Immer wieder sah er sich um, zog seine Schultern hoch, als wollte er sich in seinem Kragen verstecken.

Viele standen in Gruppen zusammen und diskutierten lautstark. Ob man denn wisse, wer dahinterstecke? Hinter diesem »schamlosen Angriff auf unsere Werte«? – »Was meinen Sie, hat dieser geplatzte Auftritt Auswirkungen auf die Wahlen?« Nicht dass Hindenburg, dieser »kaisertreue Kriegsgeneral«, am Ende noch von dieser »rechten Schlägertruppe«, diesem »Abschaum« profitiere.

Man sprach über ihn und sah ihn doch nicht. Man schimpfte auf ihn und nickte ihm gleichzeitig zu, als wäre er einer der ihren.

An der Ecke saß der Beinlose, den er flüchtig grüßte.

Dass Gustav zur gleichen Zeit nur wenige Meter von ihm entfernt im Klub Neuberlin am Tresen stand und den Ringvereinsbrüdern eine seiner gestohlenen Geldbörsen als das Braun'sche Portemonnaie verkaufen wollte, ahnte er nicht. Er wusste ja noch nicht einmal, dass Gustav auch im Sportpalast gewesen war. Aber selbst wenn er es auch nur geahnt hätte, geschämt hätte er sich für seine Tat nicht. Im Gegenteil. Langsam fühlte er so etwas wie Stolz aufsteigen.

Er marschierte jetzt wieder. Mit erhobenem Kopf.

21

Er glaubte an Geld, er liebte Mädchen, er hoffte auf mehr von beidem. So viel zu Glaube, Liebe, Hoffnung, dachte Gustav. Die Jungs konnten ihn mal. Gelacht hatten sie, sich auf die Schenkel geklopft, ihn einen Trottel geschimpft, wenn er allen Ernstes gedacht habe, sie würden einen wie ihn, einen »Hänfling«, der noch nicht einmal im Zuchthaus eingesessen habe, bei sich aufnehmen. Kinnhaken-Kalle tippte sich an die Stirn. »So blöd wie du kann man doch gar nicht sein.«

»Das werden wir ja noch sehen, wer hier schlauer ist«, sagte Gustav und stolzierte aus dem Kellerlokal, in der Gewissheit, im Sportpalast immerhin fünfundvierzig Mark erbeutet zu haben.

Dreißig Mark schob er Charlotte unter der Tür hindurch. »Meine Anzahlung«, notierte er auf einem Schmierzettel. Den Rest gab er aus für ein Mädchen mit flachen Brüsten und schmalen Hüften, mit Federschmuck im Haar und mit einem dünnen, ärmellosen, hautfarbenen Nichts bekleidet, das ihre blassen Knie freigab. Er hatte sie am Bülowbogen aufgelesen, und obwohl er ahnte, dass ihr Zuhälter nicht weit war, hatte er ihr seinen Arm gereicht, und sie waren davonspaziert wie ein gewöhnliches Paar.

Als Charlotte das Geld entdeckte, zögerte sie, entschied dann aber relativ zügig, nicht nachfragen zu wollen. Gustav schuldete ihr ein Vielfaches davon, und sie musste dringend die Stromrechnung und die letzte Kohlenlieferung bezahlen. Ganz abgesehen von dem Ärger, der ihr von der Finanzbehörde drohte. Jemand musste geplaudert haben, anders konnte sie sich den Brief nicht erklären, in dem man von ihr einhundertzwölf Mark und vierundachtzig Pfennig forderte. Steuern, die sich rückwirkend aus ihren Mieteinnahmen aus dem, wie es hieß, »nicht angezeigten Wohnmietverhältnis« ergeben würden. Dabei konnte es sich nur um Theo handeln. Alle anderen hatte sie Anfang des Jahres offiziell angemeldet, nachdem die Wohnungsbehörde »aufgrund des gravierenden Wohnungsmangels« mit Zwangseinquartierung und Beschlagnahmung gedroht hatte.

Wie erwartet blieb die Behörde stur, sah sich noch nicht einmal veranlasst, ihr zu erklären, wie man gerade auf diese Summe gekommen war. Immerhin nahm sie aber die Anzeige wegen Steuerbetrugs zurück, nachdem Charlotte eine gefälschte Meldebestätigung von Theo vorgelegt hatte, die auf das vergangene Jahr datierte.

Theo war beunruhigt, ließ sich aber nichts anmerken und sprach Charlotte gegenüber von einem internen Richtungsstreit bei den Kommunisten, der ihm viele Feinde eingebracht habe, was noch nicht einmal gelogen war. Man wolle ihn wohl in die Schranken weisen, sie müsse sich aber keine Sorgen machen. »Das ist nur ein Kräftemessen, mehr nicht.«

Sie glaubte ihm, wollte ihm jedenfalls glauben, denn seit jener Nacht auf der Fensterbank fühlte sie sich ihm stärker verbunden denn je. Nicht allein, dass er ihr sein Vertrauen geschenkt hatte, auch dass er sie in den Arm genommen hatte, um sie zu trösten, machte ihn für sie zu mehr als nur einem gewöhnlichen Mieter. Zum ersten Mal seit Alberts Tod ertappte sie sich dabei, wie ihre Gedanken nicht mehr nur um ihn, sondern um einen anderen Mann kreisten, um Theo. Wenn er sie sah, lächelte er jetzt anders als früher, offener, ehrlicher, und sie spürte ihr Herz schneller schlagen. Doch dann gingen sie rasch wieder auseinander, jeder seinen eigenen Weg.

Noch war Charlottes Leben von Unsicherheiten geprägt, und Theo hatte seines dem kommunistischen Kampf verschrieben. Da gab es keinen Platz für große Gefühle, wie sie jedenfalls glaubte oder vielmehr hoffte, denn sosehr sie seine Gegenwart genoss, so sehr fürchtete sie jede weitere Verunsicherung. Sie hatte mit Alice, mit dem ständigen Kampf ums Geld, mit der Sorge um die Zukunft schon genügend um die Ohren.

Anfang April fand Charlotte zwanzig Mark auf ihrem Kopfkissen, einen Tag später zehn, die Woche darauf wieder zwanzig. Mitte des Monats hatte Gustav ihr sechzig Mark zugesteckt. Sie sagte niemandem etwas davon und beglich einen Teil ihrer Schulden. Ende des Monats waren ihre Schulden um weitere dreißig Mark geschrumpft. Ihr schlechtes Gewissen aber war gewachsen.

»Was auch immer du tust«, sagte sie, »hör auf damit.«

Doch Gustav sagte sichtlich stolz: »Ich helfe aber gern.«

Mitte Mai war sie ihre Schulden beim Finanzamt los.

Wann immer sie Gustav sah, bat sie ihn, nichts zu tun, was er später bereuen würde, und er sagte stets, er bereue nichts, »im Gegenteil«. Sie beobachtete den Langen, fragte sich, ob er mit ihm vielleicht unter einer Decke steckte, aber er war unverändert. Hilfsbereit und besorgt und immer zur Stelle, wenn sie abends mal in Ruhe Zeitung lesen wollte und Alice quengelte.

Ende Mai zog sie Claire ins Vertrauen. Es war später Nachmittag, die Sonne stand tief, und wie immer um diese Uhrzeit war Claire gerade erst aufgestanden. Ihr Zimmer war in ein warmes Licht getaucht, sie thronte auf ihrem Bett, von Kissen umgeben, und schminkte sich. Während Charlotte auf der Fensterbank saß und von ihrem Verdacht und ihrer Sorge erzählte, zog sie ihre Augenbrauen nach, betupfte ihr Gesicht mit

Puder, trug kanariengelben Lidschatten auf, Wimperntusche, orangefarbenes Rouge und ihren obligatorischen knallroten Lippenstift. Als Charlotte sagte, dass sie, wenn sie sich korrekt verhalten wollte, ihm das Geld eigentlich vor die Füße werfen müsste, statt es zu nehmen, stöhnte Claire laut auf. »Männer«, sagte sie und verdrehte die Augen. »Es ist immer das Gleiche mit denen. Man kann sie einfach nicht alleine lassen. Nur Blödsinn im Kopf. Eigentlich müsste man sie an die Hand nehmen wie kleine Kinder und ihnen sagen, was sie dürfen und was nicht. Das würde uns jedenfalls viel Ärger ersparen.«

Charlotte lachte. »Ganz so schlimm sind sie dann ja vielleicht doch nicht … Gustav meint es bestimmt gut, es ist nur … ich kenne ihn einfach«

»Schätzchen, sie meinen es immer gut. Meistens jedenfalls. Und dann bringen sie nicht nur sich in die Bredouille, sondern uns gleich mit. Dass du das Geld nimmst, ist doch selbstverständlich. Wer würde das nicht. Bei den Schulden. Aber kann der sich keine anständige Arbeit suchen?«

»Vielleicht hat er das ja doch, wer weiß«, sagte Charlotte, aber ihrer Stimme war deutlich anzuhören, dass sie das nicht wirklich glaubte.

»Gustav? Lotte, ich bitte dich. Dein Bruder weiß doch gar nicht, was es heißt, die Ärmel hochzukrempeln. Wenn du den eine Woche lang Nacht für Nacht zu mir hinter die Bar stellen würdest, der würde nur so japsen.«

»Ich weiß. Du hast recht.«

»Dass Männer immer glauben zu wissen, was gut für uns ist. Dass sie immer über unsere Köpfe hinweg entscheiden müssen. Und ich spreche jetzt nicht von Moral oder so was. Moral kann mich mal. Respekt ist es, woran es mangelt. Respekt vor uns und unserem Leben und unserem Recht auf Selbstbestimmung.«

Charlotte rieb sich nachdenklich die Stirn. »Ich hätte das Geld nicht nehmen dürfen. Ich hätte ihn zur Rede stellen müssen, ich hätte es mir nicht so leicht machen dürfen. Aber …«, sie stockte, »ich bin diese ständigen Geldsorgen einfach leid. Verstehst du das?«

»Das sieht dir ähnlich, dass du dir jetzt auch noch Vorwürfe machst. Hör auf damit, Lotte, das bringt nichts.«

»Aber es stimmt doch, ich mach mich mitschuldig, und das Schlimme ist, dass ich das weiß und dennoch nichts daran ändere. Als würde ich sehenden Auges ins Verderben rennen. Meine Güte, ich habe ein Kind, ich trage Verantwortung …«

»Jetzt hör schon auf. Stell dir einfach mal vor, du hättest das Geld nicht genommen. Glaubst du, dein schlechtes Gewissen wäre deswegen geringer?«

»Ich denke schon.«

»Ich nicht. Denn ich glaube, dass du dich dann ständig fragen würdest, ob es richtig war, die Schulden immer weiter anwachsen zu lassen, ob es richtig war, deiner Tochter vielleicht nicht die gute Milch kaufen zu können, ihr statt Gemüse nur trockenes Brot vorzusetzen. Vermutlich würdest du sogar denken, eine schlechte Mutter zu sein, so wie ich dich kenne. Wie du es auch drehst und wendest, du sitzt in der Falle. Und Gustav ist derjenige, der sie ausgelegt hat. Wie es Männer ja immer so gerne machen. Entschuldige, wenn ich mich so aufrege, aber mein lieber Chef hat sich diese Woche ein Ding geleistet, das passt nur zu gut zu dem, was du gerade erzählt hast.«

Charlotte schaute besorgt. »Er hat dich doch nicht etwa gefeuert?«, fragte sie voller Mitgefühl, denn sie wusste, wie wichtig für Claire der Kontakt zu den Menschen war, auch wenn sie fast täglich über ihre Arbeit stöhnte.

»Gott bewahre, nein. Ohne mich wäre der verloren.«

Charlotte atmete erleichtert auf.

»Viel schlimmer«, sagte Claire, aber Charlotte schmunzelte, als sie sah, wie Claire versuchte, sich auf dem Bett aufrechter hinzusetzen, wie sie mit den Kissen kämpfte, die in ihrem Rücken immer wieder verrutschten.

»Ich hab dir doch neulich erzählt, dass ich an dem Produzenten von der Waldoff dran bin, wegen der beiden Liedtexte, die ich geschrieben habe«, sagte sie schließlich, nachdem sie eines der größten Kissen, ein roséfarbenes mit giftgrünen Quadraten, verärgert auf den Boden geworfen hatte.

»Klar erinnere ich mich. ›Solang nicht die Hose am Kronleuchter hängt. Da schmeckt uns kein Sekt und kein Kuss‹«, sagte sie. »Herrlich.«

»Genau.« Claire nickte. »Und das war gar nicht so leicht, an den ranzukommen. Ich meine, die Waldoff geht bei uns zwar ein und aus, aber wenn's ums Geschäft geht, versteht die keinen Spaß. Die weiß ganz genau, was sie will, und sie hasst es, wenn man ihre Privatsphäre stört, wofür ich größtes Verständnis habe. Und bei uns im Toppkeller ist sie nun einmal als Privatperson zu Gast und nicht als Bühnenstar. Aber Erwin, dieser Vollidiot, denkt natürlich, für ihn würden andere Gesetze gelten, und was macht er? Er nimmt sie beiseite, und ehe ich merke, was da vor sich geht, hat er ihr schon meine beiden Liedtexte in die Hand gedrückt und auf mich gezeigt. Und dann hat er auch noch stolz gelächelt. Als hätte er mir etwas Gutes getan. ›Claire, du wirst sehen, ich mache dich zum Star.‹ Allein diese Säuselstimme. Grauenvoll. In der Luft hätte ich ihn zerreißen können, diesen …« Sie atmete tief durch. »Mir fällt gar kein Wort ein, das meine ganze Verachtung für ihn angemessen zum Ausdruck bringen könnte.«

»Und was hat die Waldoff gesagt? Sie muss doch begeistert gewesen sein von deinen Texten. Die sind ihr wie auf den Leib geschneidert.«

»Lotte! Begreifst du's nicht? Der Kerl hat alles versaut. Am nächsten Tag bekam ich die Texte zurück mit dem Vermerk, mich doch bitte schön, wie jeder andere auch, an das übliche Procedere halten zu wollen. Übersetzt heißt das: ›komm mir bloß nicht noch einmal mit deinen dämlichen Liedern.‹«

»Ach komm.« Charlotte warf ihr einen aufmunternden Blick zu. »Du solltest auf jeden Fall noch einmal mit dem Produzenten sprechen. Es wäre doch jammerschade um die wunderbaren Texte.«

»Allerdings. Und um meine Zeit und meine Hoffnung obendrein«, sagte Claire und schlug mit der flachen Hand auf eines ihrer Kissen. »Aber glaub mir, Schätzchen, da muss ich mich erst einmal nicht mehr blicken lassen. Dafür darf ich mir weiterhin schön die Nächte um die Ohren schlagen. Meine Güte, ich werde auch nicht jünger. Hast du mal meine Knie gesehen, wenn ich da morgens rauskomme? Die sehen aus, als hätte man sie aufgeblasen. Lange halte ich das nicht mehr aus. Acht Stunden am Stück auf den Beinen und keine Pause. Ich war wirklich so kurz davor.« Sie presste Daumen und Zeigefinger aufeinander. »So kurz. Ich dachte wirklich, es würde sich mir eine neue Tür öffnen. Und wer schlägt sie zu? Einer von diesen Besserwissern, die es nur gut mit einem meinen. Nur gut, wenn ich das schon höre.« Sie verdrehte die Augen. »Da könnte man doch die Wände hoch, oder etwa nicht?«

»Aber vielleicht ist ja alles halb so schlimm. Natürlich hast du recht, das war mehr als dumm von deinem Chef. Das würde mich auch wahnsinnig ärgern, aber deswegen wirfst du doch die Flinte nicht ins Korn. Du doch nicht. Du bist die Sonne, schon vergessen?«

»Ich bin Pest und Cholera«, sagte Claire, aber auf ihrem Gesicht waren schon die ersten Anzeichen eines Lächelns zu erkennen, auch wenn sie sich noch Mühe gab, die Wütende zu sein. »Und dann wundern die sich auch noch, wenn man ihnen vor Dankbarkeit nicht um den Hals fällt und sowieso nichts von ihnen will. Also wirklich. Das ist doch ohne Worte.«

Charlotte lachte.

»Ist doch wahr. Gustav denkt bestimmt auch, er wäre der große Retter, der Gönner, der was weiß ich. Jedenfalls der größte aller Superhechte. Weil er seiner armen, verwitweten und verzweifelten Schwester so selbstlos unter die Arme greift. Genau so ist es, da wette ich mit dir.«

»Kann schon sein. Aber zu seiner Ehrenrettung muss ich wenigstens sagen, dass er mir im Gegensatz zu deinem Chef tatsächlich geholfen hat.« Sie hob die Hand. »Ich weiß, ich weiß, sag nichts, die Umstände hätten bessere sein können, aber er hätte mir von dem Geld auch nichts abgeben brauchen.«

»O ja, nimm ihn nur in Schutz. Den armen kleinen Bruder.«

»Nein, tu ich nicht. Aber ich will ihn jetzt auch nicht verteufeln.«

»Von Verteufeln kann keine Rede sein, Lotte. Mein Herz ist groß und weit und breit, da ist genügend Platz für einen Hallodri wie Gustav, was aber nicht heißt, dass ich immer Nachsicht walten lassen muss. Bei allem Verständnis natürlich, weil verstehen kann ich ihn natürlich schon. Männer«, sagte sie und grinste. »Man hat nur Ärger mit ihnen. Ich meine, sieh dich doch mal um. Allein Theo, sosehr ich ihn auch mag, aber glaub mir, da kommt noch was nach. Es gab doch nicht einen vernünftigen Grund, uns, oder zumindest dir, anfangs zu verschweigen, dass er ein kommunistischer Eiferer ist. Kommunisten gibt's wie Sand am Meer. Was ist daran so schlimm? Vor jedem Werkstor stehen sie und demonstrieren. Und im Lustgarten halten sie regelmäßig ihr Fähnlein hoch. Also, warum sich verstecken? Ich sag dir, warum. Weil ich keinen Einzigen kenne, der wie ein Fabrikdirektor daherkommt und gleichzeitig von einer Welt träumt, in der alle gleich sind. Keinen Einzigen, und ich kenne viele. Im Toppkeller wimmelt es nur so von diesen Phantasten.«

Charlotte zögerte. »Weil es …«, sagte sie, »ich darf dir das vermutlich gar nicht sagen, aber es ist besser, wenn er sich und uns schützt.«

»Und das entscheidet er dann auch einfach mal so über unsere Köpfe hinweg. Merkst du was? Sie sind alle gleich.«

»Ach komm, Claire. Theo kannst du nun wirklich nicht in einen Topf mit Gustav und deinem Chef werfen. Er ist …« Sie zuckte mit den Schultern. Ja, was war er eigentlich? »Er ist anders«, sagte sie und lächelte verlegen.

»Anders? Er ist ein Mann! Ich will ja nicht so weit gehen und behaupten, Frauen wären die besseren Menschen, aber ganz ehrlich, ich kann mir nicht vorstellen, dass du etwas tust, was auch mich betrifft, ohne mit mir vorher darüber zu sprechen. Umgekehrt gilt das natürlich auch. Und ich kenne leider keinen Mann, von dem ich das Gleiche behaupten könnte. Na ja, vielleicht den Langen«, sagte sie. »Der macht auf mich immerhin den Eindruck, als würde er mitdenken.«

»Ja, das stimmt.«

»Und er hat einen knackigen Hintern bekommen, seitdem er regelmäßig Fußball spielt«, sagte sie.

Charlotte grinste. »Ich wusste gar nicht, dass du für so was einen Blick hast.«

»Na, hör mal. Nur weil ich 'ne komische dicke alte Lesbe bin, heißt das noch lange nicht, dass ich keine Augen im Kopf habe.«

»Ich dachte, die sehen nur Frau Grün?«

»Isolde, wenn schon.«

»Entschuldige, natürlich.«

»Isolde Theodora Grün. Ist das nicht schön? Ich könnte mich in diesem Namen suhlen. Wie Schweine im Matsch. Isolde Theodora Grün.« Sie schloss die Augen und leckte sich genießerisch die Lippen. »Wenn sie nur nicht so sehr verheiratet wäre. Aber wir kommen vom Thema ab«, sagte sie und schüttelte sich wie nach einem Traum. »Männer. Also. Was ist mit dir? Hältst du wieder Ausschau?«

»Claire, bitte! Ich habe momentan wirklich Besseres zu tun.«

»Ich habe ja nicht vom Heiraten gesprochen.«

»Das würde mir auch gerade noch fehlen … Aber was soll das eigentlich? Erst erklärst du mir in aller Ausführlichkeit, wie unmöglich Männer deiner Meinung nach sind, und jetzt willst du mir einen unterjubeln?«

»Lotte, Schätzchen, wie kommst du denn auf so eine Schnapsidee? Als ob ich dir einen Mann …« Sie schüttelte sich und lachte. »Das wäre wirklich der beste Witz seit langem. Nein, ganz und gar nicht, ich möchte lediglich, dass du wieder etwas mehr Spaß hast. Das Leben ist kurz und gemein, da sollte man, na ja, du weißt schon, die Freuden nicht vergessen«, sagte sie und klimperte mit den Augen. »Aber natürlich braucht's dafür keinen von diesen seltsamen Männern. Also, wenn du möchtest, du bist herzlich eingeladen, dich im Toppkeller umzuschauen. Ich sag dem Türsteher Bescheid, er soll dich jederzeit reinlassen.«

Charlotte, die zwischen Belustigung und Fassungslosigkeit schwankte, sah sie kopfschüttelnd an. »Sag mal, was für ein merkwürdiges Gespräch führen wir hier eigentlich?«

Claire machte ein unschuldiges Gesicht. »Eins über das Leben vielleicht?« Sie grinste. »Hätten wir längst mal tun sollen, findest du nicht? Ich meine, wir zwei Frauen, wir müssen doch zusammenhalten, nach allem, was wir schon mit diesen Männern erlebt haben. Wenn ich nur an meinen Exgatten denke, der glaubte, ich würde im Wäschewaschen und Klappehalten die Erfüllung finden, wird mir heute noch übel. Und …«, sie zögerte kurz, »entschuldige bitte, wenn ich das jetzt mal so deutlich sage, aber nach allem, was ich von deinem Albert weiß, war der auch nicht gerade ein Vorreiter in Sachen Frauenemanzipation. Du traust dich ja noch nicht einmal, seine Kamera zu benutzen, obwohl deine eigene kaputt ist.«

»O nein.« Da verstand Charlotte keinen Spaß. »Das ist jetzt nicht gerecht. Albert hat mich immer ermuntert zu fotografieren. Er hat mir nie etwas verboten oder Vorschriften gemacht. Nie.«

»Aber seine Kamera durftest du nicht benutzen.«

»Ich hatte meine eigene.«

»Und seine Sammlung durftest du auch nicht verkaufen, als es auf jeden zusätzlichen Pfennig ankam. Tust du jetzt ja immer noch nicht. Stattdessen nimmst du lieber Gustavs Geld.«

Charlotte schüttelte den Kopf. »Nein, Claire, so einfach ist das nicht. Hast du nicht vorhin selber Respekt eingefordert? Hast du nicht gesagt, dass du es schrecklich findest, wenn Männer über deinen Kopf hinweg Entscheidungen treffen?«

»Allerdings.«

»Was für Männer gilt, muss dann aber im Umkehrschluss auch für uns Frauen gelten. Und nichts anderes mache ich, als Albert Respekt zu zollen, indem ich auf seine Wünsche Rücksicht nehme, auch über seinen Tod hinaus, und auch wenn's schwerfällt, wie ich zugebe. Immer schwerer, je mehr Zeit vergeht.«

Claire schaute Charlotte nachdenklich an, bis sich schließlich ein Lächeln auf ihre Lippen schob. »Entschuldige, du hast recht. Das war nicht fair von mir … Und dennoch«, fuhr sie fort, während sie nach den Halsketten angelte, die auf dem Nachttisch lagen, »ärgert es mich maßlos, mit ansehen zu müssen, wie du um diese Kamera herumschleichst und immer wieder davor zurückzuckst. Glaubst du, das sehe ich nicht? Dich kitzelt es doch in den Fingern. Du bist doch mehr als nur Vermieterin und Mutter und … Hausmütterchen.«

»Was weiß ich, wer ich bin«, sagte Charlotte hörbar verärgert und ließ sich von der Fensterbank gleiten. Ihr rechtes

Bein kribbelte, ihr Rücken schmerzte. Es dauerte eine Weile, bis sie gerade stehen konnte. »Aber eins weiß ich genau. Es fehlt hinten und vorne am Geld. Kamera hin oder her.« Claire hatte sie an ihrem wunden Punkt erwischt, und sie wusste, dass Claire es wusste, was die Sache nicht besser machte. Natürlich stimmte es, dass sie seit Wochen schon um Alberts Kamera herumschlich, dass sie vor Ideen fast explodierte, dass sie sich fragte, wie es denn weitergehen sollte, jenseits des Alltäglichen. ABER. Sie bekam dieses große Aber einfach nicht aus ihrem Kopf. Es war ein vielfältiges Gemisch aus Versprechen, Verantwortung und Ängsten, das sie zwar nicht mehr in jene Bewegungsstarre versetzte wie noch vor der Entdeckung von Alberts Vermächtnis, dem verstörenden Foto, das sie aber noch immer zögern ließ.

»Lotte, Liebes.« Claire streckte ihr beide Arme entgegen. »Tut mir leid, wenn ich dir zu nahe getreten bin, ich weiß ja, dass es nicht so einfach ist, wie ich das jetzt hier mal so auf die Schnelle behaupte, aber ärgern darf ich mich trotzdem, oder?« Sie wedelte mit den Füßen, die nur knapp über die Bettkante ragten. »Komm, hilf mir mal auf.«

»Du bist die unmöglichste Person, die mir je untergekommen ist«, sagte Charlotte und ließ Claire noch eine Weile zappeln, bevor sie sie schließlich hochzog. »Die allerunmöglichste.«

Mühsam richtete sich Claire auf. Als sie stand, grinste sie. »Ich weiß«, sagte sie und drückte Charlotte an sich. »Du aber auch.«

22

Dass sie eine Entscheidung treffen musste, wusste Charlotte nicht erst seit dem Gespräch mit Claire. Alle ihre Überlegungen, auch bezüglich der Wohnung, kreisten letztendlich immer nur um die eine Frage, wie es für sie und Alice weitergehen sollte. Je näher Alberts zweiter Todestag rückte und je mehr sie spürte, dass sie an ihn denken konnte, ohne sofort von einer unbändigen Wut ergriffen oder von einer lähmenden Sehnsucht überrollt zu werden, desto mehr spürte sie auch, wie Kräfte in ihr wach wurden, die sie ermutigten, ihr Leben jenseits von Zwang und Verpflichtung zu gestalten.

Dazu gehörte auch, dass sie endlich mit Gustav sprach. Dass sie ihn endlich zur Rede stellte, vor allem aber, dass sie kein Geld mehr von ihm nahm.

Das letzte Mal hatte sie dies Anfang Juni getan. Von den zwanzig Mark hatte sie bei Herrn Richter Fotoplatten für Alberts Kamera gekauft. Es war ein spontaner Entschluss gewesen, den sie nur deshalb nicht bereute, weil er ihr endgültig vor Augen geführt hatte, wie abhängig sie war – von Gustavs Geld, Alberts Wohlwollen, seiner Kamera –, und dass ihr diese Abhängigkeit nichts als Schuldgefühle bescherte.

Nur eine Woche später fand sie erneut einen Umschlag mit Geld unter ihrer Tür. Da hatte sie Gustav schon seit Tagen nicht mehr gesehen. Er verschwand und kam wieder, wie es ihm passte, und bislang hatte immer ein Mädchen dahintergesteckt, in das er sich für einige Tage unsterblich verliebt zu haben glaubte. Charlotte kannte diese Geschichten zur Genüge. Sie barsten vor falscher Ekstase, nötigten ihr aber immer auch einen Hauch Bewunderung ab für seine unerschöpflich scheinende Begeisterungsfähigkeit. Meist hielten diese Beziehungen nie länger als drei, vier Tage, mittlerweile aber hatte er sich schon seit über einer Woche nicht mehr in der Winterfeldtstraße sehen lassen. Langsam machte sich Charlotte Sorgen.

Als Mitte Juni das Telefon klingelte, ahnte sie nichts Gutes. Die Stimme am anderen Ende der Leitung klang sachlich. Charlottes Hände aber waren schweißnass, als sie den Hörer auflegte.

Sie überlegte nicht lange, schnappte Alice, klingelte bei Frau Sommerfeld Sturm, schob ihre Tochter an deren verdutztem Gesicht vorbei in die Wohnung, bedankte sich für die Hilfe. Zwei Stufen auf einmal nehmend, rannte sie nach unten. Im Hausflur wäre sie beinahe mit dem Langen zusammengestoßen, der gerade nach Hause kam.

»Alice ist bei Frau Sommerfeld«, rief sie ihm noch zu.

»Warte!«

Aber da war sie schon um die Ecke.

Sie hätte es wissen müssen, dachte Charlotte, als sie zur Straßenbahnhaltestelle lief. Nein, sie hatte es gewusst und hatte dennoch nichts getan, was noch schwerer wog. So war es schon immer gewesen. Das Boot lief voll, und sie ruderte weiter, statt über Bord zu springen, an Land zu schwimmen und Hilfe zu holen. War Alberts Tod denn nicht genug? Lernte sie nie dazu?

Die Straßenbahn fuhr ruckartig an, und Charlotte klammerte sich an den Haltegriff wie an einen Rettungsring, während sie glaubte, Gustav lachen und feixen zu sehen, hoch oben im Baum, auf einem Ast sitzend mit baumelnden Beinen, als Kind.

Sie hörte ihn rufen: »Charly. Hol mich doch, Charly. Hier bin ich, Charly. Fang mich doch, Charly. Bist du von hier oben aber klein, Charly. Ich hab gar keine Angst.«

Die Elektrische klapperte im Schneckentempo voran, quietschte in den Kurven, klingelte bei jedem Halt und fuhr jedes Mal aufs Neue ruckartig an.

»Gustav, Vögelchen, fliegst du wieder?« Die Stimme der Mutter. »Wenn du die Arme schön breit machst, dann trägt es dich bis Afrika. Wirst sehen. Dort ist es herrlich warm.«

Und er breitete seine Arme aus und flog. Und brach sich das Bein.

»Gustav, Engelchen. Am Himmel brennt Feuer.«

Und er stürzte vor Schreck und brach sich den Arm.

»Gustav, Teufelchen. Siehst du die Räuber? Siehst du, wie sie durchs Gras schleichen? Sie holen dich. Pass auf.«

Drei Tage lang kam er nicht mehr vom Baum.

Am Potsdamer Platz ging nichts mehr voran. Trotz neuer Verkehrsampel standen die Autos kreuz und quer. Es sah aus, als hätte sie dort ein Maler mit leichter Hand hingeworfen und beschlossen, das Bild so stehen zu lassen. Aus allen Ecken hupte es, Autofahrer schimpften mit Busfahrern, Straßenbahnchauffeure mit Autofahrern, Fußgänger mit Fahrradfahrern und die Straßenbahnfahrgäste untereinander.

»Woher hast du die Murmel?«, hörte Charlotte sich fragen.

»Von Erich.«

»Und den Ball?«

»Von Karl.«

»Und das Messer?«

»Von Emil.«

»Und das Fahrrad?«

»Von Hans.«

»Gib es zurück.«

»Nein, Charly. Ich kann fliegen. Frag Mutter.«

Nur langsam ging es weiter. Allerdings kamen sie nur bis

zum Brandenburger Tor. Dort stand einer von diesen großen offenen Wagen, mit denen sie neuerdings Touristen durch Berlin fuhren, mitten auf den Schienen. Alles Bimmeln nutzte nichts. Die Damen der Gesellschaft ließen sich gerade in ihren neuesten Hüten fotografieren, und ihr Chauffeur dachte nicht daran, sie dabei zu stören. Rot, gelb, grün, beige, rosé. Von hinten gesehen bildeten sie ein kleines Tupfenmeer.

»Ich will nicht sterben wie Vater«, rief Gustav plötzlich. »Ich zieh diese Uniform nicht an. Ich bin keiner von den Idioten, die sich totschießen lassen für ihr Land.«

Als sie die Spree überquerten, flehte er: »Hilf mir, Charly.«

Die Flure der Charité waren lang und schmal, und durch alle waberte der Geruch von Lysol. Station IIa lag im zweiten Stock im rechten Flügel und bestand aus einem großen Saal, in dem die Betten dicht an dicht standen.

»Ich suche Gustav Rebenich. Wo finde ich ihn?«, fragte Charlotte eine der Schwestern, die gerade aus einem Schrank Verbandsmaterial nahm.

»Wer will das wissen?«

»Ich bin seine Schwester.«

»Wann eingeliefert?«

»Heute. Man hat mich vorhin angerufen.«

»Rebenich«, sagte sie. »Der Name kommt mir bekannt vor. Ist das nicht der, der verlegt wurde? Ingeborg?«, rief sie. »Rebenich, Gustav. Wo hat man den noch mal hingebracht?«

Als man ihr sagte, dass sie ihn in einem Nebengebäude finden würde, rechnete sie mit dem Schlimmsten. Auf dem Weg dorthin kam ihr ein junger Arzt mit federnden, fröhlichen Schritten entgegen und grüßte höflich, was ihre Sorge nicht minderte. Krankenschwestern wuselten durch die Flure, aus manchen Zimmern drangen Schreie. Frauen und Männer und Kinder saßen auf den Gängen und hielten sich an den

Händen. Eine alte Frau weinte. Sie hätte den Langen bitten sollen mitzukommen, dachte sie jetzt.

Gustav lag hinter einer Glasscheibe in einem abgedunkelten Raum. Eine Krankenschwester versuchte ihm gerade Blut abzunehmen und klopfte verzweifelt gegen seine Adern, als Charlotte dazukam. Die Schwester schien zu fluchen, sie gestikulierte jedenfalls, eine andere nahm ihr die Spritze ab und zögerte nicht lange.

Nein, sagte eine dritte Schwester, sie dürfe da jetzt nicht rein.

Sein Arm, in dem die Nadel steckte, sah aus wie immer. Charlotte erkannte das Muttermal in der Armbeuge, was sie für einen Moment beruhigte, denn sonst erkannte sie wenig. Sein Gesicht glich einem Ballon mit zwei blauroten Pfirsichen, wo normalerweise Augen waren, und sein Mund war so groß wie der eines Clowns. Ihr lief es kalt über den Rücken.

Charlotte klopfte gegen die Scheibe. Eine der Schwestern gab ihr Zeichen, still zu sein. Aber sie klopfte noch einmal. Sie wollte, dass er sah, dass sie da war. Er war so ungewöhnlich still, so reglos. Noch nicht einmal gezuckt hatte er, als die Schwester ihm die Nadel in den Arm gestochen hatte.

Die dritte Krankenschwester führte Charlotte von der Scheibe weg und zeigte auf einen Stuhl, der vor einer kahlen Wand stand. Sie setzte sich mit zittrigen Knien.

Nein, er wisse auch nicht, was passiert sei, sagte der Arzt wenig später, ein großgewachsener Glatzkopf, der sie gelangweilt ansah. »Wenn Sie mich fragen, sieht es aber nach einer Schlägerei unter Brüdern aus. Das Übliche eben. Und wenn Sie meine Meinung hören wollen, schade ist es um keinen von denen. Was ich sagen will, das Beste ist, Sie rechnen mit dem Schlimmsten.«

Charlotte glaubte erneut Gustavs Flehen zu hören.

»Hilf mir, Charly.«

Sie glaubte ihn wieder auf dem Baum sitzen zu sehen mit baumelnden Beinen. Sie hörte sein übermütiges Lachen. Er flog wieder, und dieses Mal flog sie mit. Nicht nach Afrika wie die Mutter. Sie kreisten über den Dächern der Winterfeldtstraße, schauten von oben in die Hinterhöfe, amüsierten sich über die viel zu großen Unterhosen, die dort auf einer Leine hingen, über die Dame, die in der warmen Frühsommerluft in ihrem schwarzen Pelzmantel den Hund spazieren führte, über das junge Liebespaar, das sich auf dem Viktoria-Luise-Platz verschämt an den Händen hielt. Frau Sommerfeld schaute aus dem Fenster und schimpfte, Alice lachte neben ihr. Oben schwenkte Herr Steinberg seinen Stock. Unten trat Claire mit Frau Grün aus dem Haus. Sie hatte sich bei ihr untergehakt, und sie sahen sehr vertraut miteinander aus. Der Lange stieg aus der Straßenbahn, einen Luftballon in der Hand, und eilte nach Hause. Nur wenige Schritte hinter ihm ging Theo, der vor einem Weinlokal stehen blieb und sich dort mit zwei Männern unterhielt. Gustav wollte weiterfliegen, Richtung Kurfürstendamm. Aber sie fing ihn ein, brachte ihn zurück, und er sah sie dankbar an.

Auf Charlottes Gesicht zeigte sich ein Lächeln.

»Haben Sie verstanden, was ich eben gesagt habe?«, fragte der Arzt ungeduldig.

»Ich soll mit dem Schlimmsten rechnen. Aber ich denke gar nicht daran«, sagte sie. »Ich werde nur mit dem Besten rechnen, und ich erwarte von Ihnen, dass Sie Ihre Pflicht tun und mich nicht enttäuschen. Mein Bruder ist keiner von diesen Brüdern, wie sie behaupten. Er ist es wert, dass man um sein Leben kämpft. Ich liebe ihn sehr.«

Ob es an Charlottes klaren Worten gelegen hatte, die den Arzt sichtlich irritiert hatten, denn er hatte erst den Kopf geschüttelt, etwas von »wie Sie meinen« gemurmelt, ihr aber ganz gegen seine Gewohnheit zum Abschied die Hand gegeben, oder an Gustavs Kampfgeist oder daran, dass Charlotte ihn täglich besuchte, dass sie ihm schwor, einen Weg für sie alle zu finden, der ihn stolz machen würde, oder an Claire, die ihm die Leviten las, während sie ihm stundenlang die Hand hielt, oder an dem Langen, der ihm von Olympia erzählte, der ihm sagte, er könne jetzt alles erreichen, er wisse, wie man es mache, und er werde es ihm zeigen, wenn er nur endlich aufwache, konnte am Ende niemand sagen. Nach einer Woche jedenfalls war Gustav außer Lebensgefahr.

Als er zum ersten Mal die Augen aufschlug, saß Alice auf seiner Bettkante und streckte ihm die Zunge raus. Nach zwei Wochen wagte er die ersten Gehversuche. Nach drei begann er sich zu erinnern.

Fäuste prasselten auf ihn nieder, Füße trafen ihn im Rücken und im Bauch. Reifen quietschten. Er spürte etwas Schweres auf seinen Beinen. Der Lauf einer Pistole zielte direkt auf ihn. Aus seinem Mund rann warmes Blut, und er sah in hasserfüllte Gesichter.

Sie schrien: »Wir bestimmen, wer hier Beute macht. Keiner arbeitet in unserem Revier ohne unsere Zustimmung. Wir lassen uns doch unser Geschäft nicht von einem wie dir kaputtmachen.«

Tritte trafen ihn im Nacken, in den Rippen, am Kopf. Es wurde schwarz.

Vor der Achterbahn drängten sich die Massen, und es war ein Leichtes, den Familienvätern die Geldbörsen aus den Taschen zu ziehen. Der Lunapark war ein Eldorado mit all seinen Attraktionen. Überall wurde man abgelenkt. Von Feuerwerfern, Schlangenbeschwörern, Karussellen, Wasserrutschen, Schaukeln, Zuckerwatteverkäufern. Man brauchte nur zuzugreifen. Woher hatte er denn wissen sollen, dass die Brüder von »Immertreu« dort schon zugange waren?

»Und die kleine Nutte behalten wir als Entschädigung.

Und wehe, du lässt dich hier noch einmal blicken. Ein Schuss und aus. Kapiert?«

Lilly war keine Nutte. Sie hatte Beine wie Birkenzweige und ein Gesicht wie ein Vögelchen.

»Vögelchen.« Er hörte die Stimme seiner Mutter.

Eineinhalb Wochen war er bei ihr gewesen, länger als bei jeder anderen. Ihre Haut war weich wie Moos. Einmal hatte sie Kartoffelbrei und Spiegelei für ihn gekocht, und es war ihm vorgekommen, als würde er im besten Restaurant der Stadt essen, bei Horcher in der Lutherstraße, wo die Stars an weiß gedeckten Tischen saßen.

Er musste sie finden. Er konnte sie nicht bei Muskel-Adolf und seiner Bande lassen, allein deren Atemhauch warf sie schon um.

Doch jeder Schritt fiel ihm schwer, zum Anziehen benötigte er Hilfe, das Rasieren dauerte dreimal so lang wie früher. Der Arzt sagte, dass er vermutlich nie wieder ohne Stock würde gehen können.

Wie einer von diesen Kriegskrüppeln, dachte Gustav entsetzt.

23

Die gelb-weiß gestreifte Markise reichte weit über die kleine Terrasse, und der Lange saß dicht an der Hauswand, an einem kleinen Tisch, vor neugierigen Blicken geschützt.

Er hatte den Hauscocktail bestellt, einen »Regensburger«, und war überrascht, als man ihm eine grüne Flüssigkeit servierte, in der eine knallrote Kirsche wie Treibgut schwamm. Mit Daumen und Zeigefinger fischte er nach ihr und begutachtete sie von allen Seiten. Als er sie gegen das Licht hielt, glaubte er die Streifen der Markise durch sie hindurchschimmern zu sehen. Vorsichtig biss er hinein. Sie war süß und klebrig und schmeckte nach Gin und Waldmeisterlikör. Er ließ den Rest rasch unter dem Tisch verschwinden.

Es war früher Nachmittag, und mit ihm saß nur ein weiterer Gast auf der Terrasse. Ein älterer Herr mit grauem Bart, der Zeitung las. Offensichtlich war es ihm warm geworden, denn er hatte seine Anzugjacke neben sich auf den Stuhl gelegt und war nur mit Hemd und Weste bekleidet. Eine Zigarre lag ungeraucht auf seinem Tisch, daneben stand ein Cognacglas, nach dem er jetzt griff, während der Lange versuchte, die Schlagzeilen der *Vossischen* zu entziffern.

»Botschafter in Sorge: Deutsche Entwaffnung ungenügend«, las er. Daneben stand: »Reichspräsident von Hindenburg verspricht Kriegswitwen höhere Renten«. Darunter: »Außenminister Stresemann zu Verhandlungen in Frankreich«.

»Immer dieses Gequatsche«, hatte Dieter erst neulich zu ihm gesagt und ihm dabei mit dem Zeigefinger eine Kugel in den Kopf gejagt. »Dieses Gequatsche, Kamerad Langer, das führt zu nichts. Der Mensch versteht nur eine Sprache, und das ist die Sprache der Taten.«

Fünfzehnmal musste er in den vergangenen Wochen noch beweisen, dass er es verdient hatte, unterstützt zu werden, und er hatte seine Kameraden nicht enttäuscht. Weder beim Pferderennen in Hoppegarten noch vor dem Reichstag, wo er beide Male ihre Losung hatte hinausschreien müssen. Auch nicht im Scheunenviertel, wo sie in der Grenadierstraße drei Geschäfte geplündert hatten; einen Feinkosthändler, einen Bäcker, einen Schneider. Und bei den diversen Prügeleien, meist angezettelt im Anschluss an Gewerkschaftskundgebungen, hatte er gezeigt, dass er auch zuschlagen konnte. Von Mal zu Mal wurden Angst und Skrupel weniger. Unangenehm war ihm lediglich der Moment gewesen, als er vor einem Werkstor im Wedding auf Theo getroffen war. Er vermutete allerdings, dass er ihn nicht gesehen hatte, denn Theo war da bereits in eine Auseinandersetzung verwickelt gewesen, bei der er schließlich seine Pistole gezogen hatte. Geschossen hatte dann niemand, was er, wenn er ehrlich war, noch immer ein wenig bedauerte.

Gestern, endlich, hatte ihm der Kassenwart vierhundert Mark überreicht, einhundert mehr, als er beantragt hatte. Natürlich müsse er auch die zurückzahlen, aber es sei ihnen eine große Ehre, einem so verdienten Kameraden wie ihm helfen zu dürfen.

Noch nie hatte jemand so etwas zu ihm gesagt, und er war mit hocherhobenem Haupt vom Alexanderplatz ganz bis zum Kurfürstendamm marschiert. Vorbei am Schloss, die Linden entlang, durch das Brandenburger Tor, weiter zum Großen Stern, durch den Tiergarten bis zur Gedächtniskirche. Etwas über zwei Stunden hatte er dafür gebraucht, aber wenn es nach ihm gegangen wäre, hätte dieser Marsch noch viel länger gedauert. Voller Bewunderung hatte man ihm hinterhergesehen, er hatte die Blicke in seinem Rücken deutlich gespürt. Kinder hatten auf ihn gezeigt, ihre Mütter nach »diesem Mann da« gefragt und seinen Gang imitiert. Die lockenden Gesten einiger Mädchen sah er noch immer deutlich vor sich, ebenso den Eisverkäufer, der mit seinem Eiswagen einige Meter neben ihm hergelaufen war wie neben einer Attraktion.

Der Mann im Fotogeschäft hatte ihn sofort erkannt. Sein Kopfschütteln hatte ihn verraten. Aber er war ganz ruhig und höflich geblieben und hatte das Geld auf den Tisch gelegt. Dreihundertundzwei Mark. Für eine Leica mit Chromverzierung, die nun gut verpackt neben ihm auf dem Stuhl lag.

Zufrieden lehnte er sich zurück und nippte an seinem Cocktail. Langsam gewöhnte er sich an den Geschmack. Diese Terrasse, direkt am Viktoria-Luise-Platz gelegen, an der er schon unzählige Male vorbeigegangen war, war für ihn bislang immer unerreichbar gewesen. Ein Bier kostete hier so viel wie zehn bei Aschinger, der »Regensburger« das Zwanzigfache. Aber er hätte sich an einem Festtag wie diesem auf keinen Fall von Erika aushalten lassen wollen. Und er hatte ja noch fast einhundert Mark übrig.

Wie der Graubärtige krempelte auch er jetzt die Ärmel seines Hemdes auf und zog an seiner Zigarette. Der Rauch schlängelte sich die Markise entlang und verschwand im Vorgarten des Nachbarhauses. In der Ferne war Kindergeschrei zu hören, das sich unter das Plätschern des Springbrunnens mischte. Ab und an bimmelte die Straßenbahn vorüber. Dicht an seinem Ohr summte eine Biene. Er konnte sich nicht daran erinnern, jemals an einem friedlicheren Ort gesessen zu haben.

Noch zwei Stunden, dann käme Charlotte von ihrem

Krankenhausbesuch bei Gustav zurück und er würde endlich in ihr überwältigtes Gesicht schauen können.

Plötzlich füllte aufgeregtes Stimmengewirr den Platz. Aus dem benachbarten Haus, in dem der Lette-Verein untergebracht war, eine Schule, in der man Hauswirtschaft, aber auch Zeichnen oder Fotografieren lernen konnte, quoll aus dem prächtigen Portal ein nicht enden wollender Strom fröhlicher junger Frauen und Männer. Manche hatten Zeichenmappen unter den Arm geklemmt, andere Stoffbeutel geschultert, bei einigen hing eine Kamera um den Hals. Im Vergleich zur Ruhe von vor wenigen Augenblicken war es mit einem Mal so laut, dass nun auch der Graubärtige aufsah. Der Anblick zahlreicher nackter Damenbeine schien ihn für die Störung zu entschädigen. Er legte seine Zeitung beiseite und winkte zwei junge Frauen zu sich an den Tisch.

Das hätte sich der Lange nie getraut, aber er wagte jetzt sowieso kaum noch zu atmen. Charlotte stand dort, nur wenige Meter von ihm entfernt, ihre große grüne Tasche am Arm, und unterhielt sich mit einem Mann, den er noch nie gesehen hatte. Er war eher klein und untersetzt, was ihn für einen Moment beruhigte, als der Mann aber in seine Richtung zeigte, schlug sein Herz schneller, als es das jemals nach einem Fußballspiel getan hatte.

Charlotte und er nahmen gleich den ersten Tisch, der dicht am Bürgersteig stand. Der Fremde hielt ihr den Stuhl hin, und sie setzte sich mit dem Rücken zu ihm, ohne ihn gesehen zu haben.

Dafür sah der Lange jetzt, wie der Mann seinen blau-gelben Schal abnahm, dann sein Jackett auszog und darunter orangefarbene Hosenträger zum Vorschein kamen. Auch wie er aus seiner Hosentasche eine Dose Schnupftabak zog und eine kräftige Prise nahm. Charlotte legte in der Zwischenzeit einen Stapel Fotos vor ihn auf den Tisch.

Der Mann sah sich jetzt Bild für Bild genau an. Immer

wieder hielt er eines der Fotos dicht an sein rechtes Auge, schien es wie mit einer Lupe zu studieren, sagte etwas, nahm das nächste Foto. So ging das eine halbe Stunde, nur unterbrochen von dem Kellner, der zwei Cognac und zwei Kaffee servierte.

Als sich der Lange gerade zurücklehnen wollte, als er gerade beschlossen hatte, diesem Fremden keine weitere Beachtung mehr zu schenken, legte der seinen Arm um Charlotte, zog sie näher zu sich heran und flüsterte ihr etwas ins Ohr. Sein Puls beschleunigte auf hundertachtzig. Er hörte Charlotte lachen, und er hörte deutlich, dass ihrem Lachen nichts Unnatürliches anhaftete. Ihm war, als wäre sie nur noch wenige Sekunden von dem ersten Kuss entfernt, und er war schon kurz davor, aufzuspringen und dazwischenzugehen, als der Mann seinen Arm wieder wegnahm und mit ernstem Gesicht zu ihr sprach.

Wenig später zuckte Charlotte mit den Schultern, als wäre sie enttäuscht, was den Langen in diesem Moment kaum weniger schmerzte. Dann legte der Mann Geld auf den Tisch, verabschiedete sich mit einem Handkuss, und Charlotte stürzte den bislang unangetasteten Cognac in einem Zug hinunter.

Er beobachtete, wie sie die Fotos zurück in ihre Tasche legte, wie sie das rechte über das linke Bein schlug, dann das linke über das rechte, wie sie ihr kurzes roséfarbenes Kleid zurechtzupfte, wie sie aus ihrer Tasche einen Spiegel nahm und ihre Lippen nachzog. Sie hob ihre Hand und rief dem Kellner zu: »Noch einen Cognac, bitte.«

Der Lange tastete nach der Leica und atmete tief durch. Einmal, zweimal, dreimal. Sein Puls raste, als er zu Charlotte an den Tisch trat.

Das Gehäuse der Kamera funkelte in der Abendsonne. Stolz blickte der Lange zu Charlotte, die mal ihn, dann wieder die

Leica ansah. In der Zwischenzeit hatte sie ihren dritten Cognac bestellt, und sie hatte das Gefühl, mitten in einen Film geraten zu sein, dessen Regisseur sie nicht kannte.

Da hatte man ihr gerade gesagt, dass sie zu alt für ein Stipendium sei, dass man ihr deswegen auch keine Kamera zur Verfügung stellen könne, auch wenn sie zweifellos Talent besitze. Und jetzt machte der Lange ihr dieses Geschenk. Ausgerechnet der Lange, der seine Arbeitsstellen im Tagesrhythmus wechselte.

Einmal mehr nahm sie den Fotoapparat in die Hand, der filigraner war als alle Fotoapparate, die sie bislang gesehen hatte. Zudem war er mit Details versehen, die sie staunen ließen. Allein das Objektiv mit seinen Markierungen war eine kleine Sensation, auch der Verschlusszeitenknopf war vollkommen neu. Statt auf Platten fotografierte man auf Film. Diese Kamera hatte mit ihrem alten Fotoapparat so viel gemeinsam wie der Barockschrank von Frau Sommerfeld mit ihrer Glasvitrine, dachte Charlotte und legte die Kamera behutsam zurück auf den Tisch.

Währenddessen hatte der Lange zwei »Regensburger« bestellt, die der Kellner jetzt brachte. Langsam füllte sich das Lokal. Die Stimmen um sie herum rückten näher.

Charlotte aber wusste nicht, was sie sagen sollte, abgesehen von der immer gleichen Frage, die sie in Varianten stellte. »Du hast dir also das Geld bei Freunden geliehen?«, fragte sie nun einmal mehr.

»Glaubst du mir etwa nicht? Hast du Angst, ich könnte wie Gustav ...«

Aber sie winkte ab. Sie wollte auf keinen Fall den gleichen Fehler zweimal begehen.

Der Lange nahm einen großen Schluck von seinem Cocktail. Mittlerweile schmeckte er ihm sogar, und er nahm gleich einen zweiten Schluck hinterher. Ein Gefühl großer Leichtigkeit durchströmte ihn, und er lachte, als er die Kirsche nicht gleich beim ersten Mal erwischte. »Gefällt dir die Kamera?«, fragte er nicht zum ersten Mal, in der Hand noch die Kirsche, die er nach kurzem Zögern in den Mund schob.

Sie nickte, auch sie nicht zum ersten Mal.

»Ist es nicht fabelhaft, dass du endlich wieder fotografieren kannst? Mit deinem eigenen Fotoapparat?«, fragte er.

Und als sie nicht antwortete, sagte er: »Ich möchte so sehr, dass du glücklich bist.«

Und als sie noch immer nichts sagte, fügte er hinzu: »Ich weiß, dass du die schönsten und besten Fotos von ganz Berlin machen wirst. Und ... vielleicht machst du ja auch mal eines von mir.« Er legte jetzt den Arm um sie, wie es der Fremde vorhin auch getan hatte.

Charlotte spürte seine warme Hand auf ihrem Arm. Sie spürte, wie er zaghaft versuchte, sie näher an sich heranzuziehen. Das Lachen der anderen Gäste, ihre Stimmen, das Gespräch über die neueste *Räuber*-Inszenierung von Jessner am Gendarmenmarkt, die viele »sehenswert«, manche aber auch »abstoßend« fanden, »wie alles von diesem Juden«, waren plötzlich weit weg. Sie sah die Kamera in der untergehenden Sonne blitzen. Sie fühlte den Sommerwind auf ihren nackten Beinen. Für einen Moment schloss sie die Augen, doch alles drehte sich. Rasch öffnete sie sie wieder, atmete tief durch, und weil sie noch immer nicht wusste, was sie sagen sollte, vor allem aber, wie sie es sagen sollte, legte sie ihren Kopf auf seine Schulter, um für einen Moment durchzuatmen.

Ihm war, als ginge ein Traum in Erfüllung. Sein Atem wurde schneller, und er hoffte, wenigstens einer der zahlreichen Passanten, die jetzt in den Abend hinausströmten, würde ihn so sehen, mit Charlotte im Arm. »Ich mache alles nur für dich«, flüsterte er und gab ihr einen Kuss auf die Wange. Der Alkohol hatte ihn mutig gemacht. »Nur für dich.«

Als sie versuchte, sich aufzurichten, nahm er ihren Kopf und drückte ihn zurück auf seine Schulter, als sie versuchte, seinen Arm über ihren Kopf zu ziehen, presste er sie fest an sich.

»Es ist doch schön so«, sagte er.

»Wir müssen reden«, sagte sie.

»Ich möchte doch nur, dass wir hier noch eine Weile so sitzen. Du und ich.«

Auch wenn er sich noch immer sträubte, ließ er es jetzt doch geschehen, dass sie sich aus seiner Umarmung befreite. Charlotte nahm seine Hand, legte sie auf den Tisch und umfasste sie mit beiden Händen. Sie sah ihn an. Sah in dieses hoffnungsfrohe, junge Gesicht, in diese Mischung aus Unschuld und Draufgängertum, die sie außer bei ihm noch bei keinem anderen gesehen hatte. Sie atmete tief durch. »Ich weiß gar nicht, wie ich dir jemals danken kann. Und damit meine ich alles, was du für mich tust. Allein wie du dich um Alice kümmerst, ist alles andere als selbstverständlich. Denk nur nicht, dass ich das nicht wüsste. Aber dieses Geschenk … diese unglaubliche Kamera … das kann ich nicht annehmen.«

»Aber …«

»Nein. Hör zu. Denk nur einmal an die horrenden Schulden, die du jetzt meinetwegen hast. Glaubst du, ich könnte noch eine einzige Nacht ruhig schlafen, wenn ich wüsste, dass du die in den nächsten Jahren zurückzahlen musst? Das geht einfach nicht.«

»Aber du brauchst eine Kamera. Ohne Kamera bist du doch ein halber Mensch. Und die von deinem … von Albert … also, mit der … Na, du weißt schon. Du hattest immer eine eigene«, sagte er.

In der Tat war Alberts Kamera keine Option. Da konnte Claire sie noch so sehr ermuntern, endlich eine ihrer Fotoplatten einzulegen, und da konnte sie sich auch noch so sehr einreden, dass es nur eine Kamera war und dass sie alles Recht der Welt hatte, sie zu benutzen. Sie blieb Alberts Heiligtum, und, was noch viel schwerer wog, mit ihr hatte er dieses eine letzte Foto gemacht, den Beweis seiner Verzweiflung. Charlotte drückte die Hand des Langen ganz fest. »Irgendwann«, sagte sie, »werde ich bestimmt wieder eine eigene Kamera besitzen. Ganz bestimmt sogar. Aber ich werde sie von meinem eigenen Geld bezahlen. Erst dann wird sie auch wirklich mir gehören. Denn wenn ich ehrlich bin, meine alte Kamera gehörte ja auch nie richtig mir. Sie war ein Geschenk meines Vaters, sein Erbe sozusagen, und jedes Erbe ist auch immer mit einem Auftrag verbunden, auch wenn der Auftraggeber vielleicht gar nichts davon weiß.«

»Aber du kannst mit der Kamera doch machen, was du willst. Ich habe mir nur gewünscht, dass du … dass du auch mal ein Foto von mir machst, mehr nicht«, sagte er.

»Bring sie zurück und gib deinen Freunden ihr Geld. Alles andere wäre unverantwortlich. Und ich verspreche dir, du wirst der Erste sein, den ich porträtiere, sobald ich eine eigene Kamera besitze. Ja?«

»Aber das ist eine Leica«, sagte er, als wäre das Argument genug.

»Das ist ohne Frage die schönste Kamera, die ich je gesehen habe. Ein wirklich edles Stück«, sagte sie. »Und dass du ausgerechnet die für mich ausgesucht hast, werde ich dir nie vergessen. Nie. Hörst du?« Sie lächelte ihm aufmunternd zu, aber seinem Gesicht war deutlich anzusehen, dass ihm das nicht genügte.

Sollte denn alles umsonst gewesen sein? Die vielen Prügel, die er ausgeteilt und eingesteckt hatte? Der Aufruhr im Sportpalast? Er beschwor sie, sich wegen des Geldes keine Sorgen zu machen, er versicherte ihr, dass an diesem Geschenk keine Bedingung hafte, er sagte, dass er immer alles für sie tun werde. »Alles, Charlotte.«

Und sein Herz raste, als sie seine Hand losließ, als sie ihm die Kamera zurückgab, als sie den Kellner um die Rechnung bat.

24

In den Tagen danach versuchte Charlotte, jede seiner Regungen wie ein Seismograph zu erspüren. Schon am Klang seiner Schritte glaubte sie den Grad seiner Gemütsverfassung zu erkennen, glaubte sie zu wissen, wann er Zuspruch brauchte, wann sie ihn besser in Ruhe ließ. Immer wieder versicherte sie ihm, wie überwältigt und gerührt sie noch immer wäre, wie sehr sie seine Hilfe zu schätzen wisse, dass sie ihm seine Großzügigkeit nie vergessen werde. Seine Enttäuschung aber blieb groß.

An ihrer Entscheidung war jedoch nicht zu rütteln. Nicht allein, dass sie ein Geschenk dieser Größenordnung von niemandem hätte ohne schlechtes Gewissen annehmen können, seinen Wunsch, ihr nahe zu sein, konnte sie nicht erfüllen.

Und dennoch hallte dieser Nachmittag stärker in ihr nach, als sie erwartet hatte. Der Stolz des Langen, sein Mut, seine Bereitschaft zum Risiko beeindruckten sie.

Charlotte zog die unterste Schublade der Kommode auf und kramte Alberts letztes Foto hervor. Noch immer durchfuhr sie ein kalter Schauer, wenn sie es in die Hand nahm. Noch immer hätte sie es am liebsten sofort zur Seite gelegt. Aber sie spürte, dass das ein Fehler war. Alberts trauriges Vermächtnis sollte ihr Warnung und Ansporn sein, es besser zu machen. Das Foto direkt vor sich, setzte sie sich im Schneidersitz auf das Sofa.

Es war ein schreckliches Bild, ohne Frage, aber es hatte Türen geöffnet. Erst die zu Albert, auch wenn sie die im ersten Moment lieber verschlossen gelassen hätte. Dann die zu Theo, der sich ihr ohne dieses Foto vermutlich niemals offenbart hätte. Sein Geheimnis verband sie seitdem. Mittlerweile aber richtete sich ihr Blick vor allem auf sie. Wer war sie? Was wollte sie aus ihrem Leben machen, jetzt, da sich die Lage einigermaßen normalisierte?

Aus dem Flur drang Alices fröhliches Jauchzen an ihr Ohr. Claire musste ihr etwas Lustiges erzählt haben, denn Charlotte hörte jetzt auch deren Stimme. Wenig später kullerte eine Murmel durch den Flur. Dann noch eine. Und noch eine. Um Charlottes Mund spielte ein zärtliches Lächeln. Gleich würden die beiden nach ihr rufen und sie zu einer Partie Murmelspiel überreden wollen. Das kannte sie schon.

»Mama!«

Die nächste Murmel polterte über den Holzfußboden.

»Du musst lauter schreien«, hörte sie Claire sagen.

»Mama! Murmel!« Alice rief aus Leibeskräften.

Charlotte, die in der Zwischenzeit aufgestanden war, lugte mit einem Auge aus ihrem Zimmer hervor. Noch hatte Alice sie nicht entdeckt, so dass ihr noch Zeit blieb, ihr beim Spielen zuzuschauen. Das machte sie ohnehin am liebsten. Die anderen beobachten. Und mit welchem Eifer Alice die kleine rötlich schimmernde Kugel nahm, wie ihre Augen dabei strahlten, ihr Gesicht lachte, das hätte sie gerne fotografiert. Charlotte spürte das Kribbeln in ihren Händen. Was hätte sie darum gegeben, jetzt auf den Auslöserknopf drücken zu können.

Claire zeigte auf Charlotte, wollte Alice schon auf ihre Mutter aufmerksam machen, doch die legte den Zeigefinger auf den Mund, und Claire verstand. Sie ahnte, was in Charlotte vorging. Alberts Kamera, formte sie mit den Lippen.

Charlotte schüttelte den Kopf. Niemals, antwortete sie lautlos.

Alice ließ jetzt zwei Kugeln gleichzeitig den Flur entlangrollen. Eine milchig blaue und eine gelbe. Sie feuerte beide an. Charlotte trat in den Flur, ging in die Hocke und ließ sie in ihre Hände kullern. Alice strahlte übers ganze Gesicht. »Noch mal«, rief sie und schickte eine weiße und eine grünliche Murmel auf die Reise. Charlotte fing auch die auf und rollte sie gleich zurück. Rasant gingen die Kugeln zwischen Mutter und Tochter hin und her. Alice jauchzte in den höchsten Tönen.

»Wobei haben wir dich gerade gestört?«, fragte Claire, die neben Alice am anderen Ende des Flurs auf dem Boden saß und half, die Murmeln aufzufangen.

»Beim Nachdenken.«

»Sag nicht, du hast dir wieder dieses grässliche Foto angesehen.«

Charlotte, die sich mittlerweile ebenfalls auf den Boden gesetzt hatte, zuckte mit den Schultern, während sie eine gelbliche Glaskugel in Alices Richtung rollen ließ.

»Wie lange gedenkst du dieses Ritual noch zu vollführen?«

»Bis ich mir sicher bin.«

»Womit?«

»Ich weiß nicht. Es ist nur so eine Idee.«

»Eine Idee?«

»Ich hab dir doch von der Leica erzählt.«

»Ein Verrückter, der Lange.« Claire lachte und drückte Alice einen Kuss auf die Wange, die von den bunten Kugeln gar nicht genug bekommen konnte und sie mit beiden Händchen packte und von sich warf und dabei fröhlich gluckste.

»Nicht werfen, rollen«, ermahnte Charlotte ihre Tochter. Sie lächelte und machte es ihr vor. Dann schaute sie wieder zu Claire. »Ja, das kann man wohl sagen. Das war ziemlich verrückt. Aber was der Lange getan hat, lässt mich trotzdem nicht los.«

»Bereust du etwa, sein Geschenk nicht angenommen zu haben?«

»Nein, natürlich nicht.«

»Was dann?«

»Er hat mich beeindruckt«, sagte sie. »Ich meine, das muss man sich mal vorstellen, da ist einer, der hat nichts und ist dennoch bereit, sich hoch zu verschulden. Verstehst du?«

»Ganz ehrlich? Nein.«

»Der Lange hat sich etwas getraut. Auch wenn das in seinem Fall natürlich Wahnsinn war. Aber ich frage mich, ob ich nicht seinem Beispiel folgen sollte.«

»Inwiefern?«

»Mutig zu sein, etwas zu wagen«, sagte Charlotte und lächelte verlegen

Claires Gesicht erhellte sich schlagartig. »Dass ich das noch erleben darf. Und ich dachte schon, du wirst nie vernünftig. Also, mach schon. Hol sie endlich.«

»Wen?« Jetzt war es Charlotte, die nicht verstand.

»Na, Alberts Kamera. Hast du das nicht gerade gemeint, als du gesagt hast, du willst mutig sein?«

»Nein.« Charlotte schüttelte den Kopf. »Alberts Kamera bleibt Alberts Kamera. Punkt. Aus. Schluss. Ich dachte an etwas anderes.«

»Jetzt machst du mich aber neugierig.«

Charlotte zögerte. Schließlich hatte sie noch niemandem davon erzählt. Aber bei Claire war jede Verrücktheit in guten Händen. Wenn sie also von jemandem Zustimmung statt Kopfschütteln erwarten konnte, dann von ihr. »Seit einiger Zeit denke ich darüber nach, wie es für mich weitergehen soll«, sagte sie. »Das Zimmervermieten ist ja schön und gut, aber bis in alle Ewigkeit will ich das nicht machen. Nicht dass du mich falsch verstehst, ich liebe es, euch um mich zu haben, aber irgendwann wird der Erste ausziehen, und soll ich mir dann neue Mieter suchen? Das kann ich mir beim besten Willen nicht vorstellen. Und da kam ich eben auf den Gedanken, ob ich nicht eine Fotografin sein könnte.«

»Wie könnte? Du bist doch eine.«

»Keine Hobbyfotografin, Claire. Eine richtige. Mit professioneller Ausstattung und eigenem Studio. Eine Porträtfotografin, die mit ihren Fotos Geld verdient.«

Claires Augen weiteten sich. »Du willst ein Fotostudio eröffnen?«

»Ich denke darüber nach. Mehr nicht.«

»Oh, mein Gott. Das ist großartig, Lotte. Mach das. Sofort. Meinen Segen hast du.«

Charlotte lachte. »Immer mit der Ruhe. Das ist nur so ein Gedanke.«

»Nur so ein Gedanke? Spinnst du?« Claires Worte rasten wie Donnerhall durch den Flur. Sie rappelte sich mühsam auf. Alle Knochen schmerzten sie. Aber das spielte jetzt keine Rolle. Die Hände ins Kreuz gestützt, stand sie wie eine Statue im Flur und lachte. »Lotte, Liebes, das ist die beste Idee, die du vermutlich jemals hattest.«

»Ehrlich gesagt finde ich sie ziemlich gewagt. Ich besitze noch nicht einmal eine geeignete Kamera. Ganz zu schweigen von dem fehlenden Raum für ein Studio. Und ich müsste mir alles Geld von der Bank leihen. Ich würde enorme Schulden machen.«

»Ach was.« Claire winkte ab. »Da mach dir mal keine Sorgen. Außerdem, kein Erfolg ohne Risiko. Trau dich. Ich bin mir sicher, du wirst es nicht bereuen. Du bist eine Fotografin, Lotte. Mach was daraus. Oder willst du zu Hause versauern?«

»Und was ist, wenn es nicht funktioniert?«

»Dann bist du um eine Erfahrung reicher.« Sie zuckte mit den Schultern.

»Sehr komisch. Ich muss auch an Alice denken.«

»Eben.«

Charlotte schaute sie verständnislos an.

»Du wirst ihr ein glühendes Vorbild an Willenskraft und Wagemut sein. Davon hat sie mehr als von einer Mutter, die sich nichts zutraut.«

Auf Charlottes Gesicht zeigte sich ein Lächeln. Ihr Blick ging zu Alice, die in sich versunken die Murmeln zu einer langen Kette vor sich aufreihte. Claire hatte recht. Sie sollte einmal stolz auf ihre Mutter sein.

In den darauffolgenden Tagen machte sich Charlotte daran, Kosten zu errechnen, sich Großbildkameras anzuschauen, nach Räumen Ausschau zu halten. Noch war nichts entschieden, aber je genauer sie sich informierte, desto leichter ließe sich vielleicht das Risiko abwägen. Wenn sie streng kalkulierte, kam sie unterm Strich auf einen Betrag von knapp zehntausend Mark, die sie für den Anfang benötigen würde. Das war mehr, als sie erwartet hatte. Allein eine gute Kamera kostete ein kleines Vermögen, und Räume waren knapp, entsprechend hoch war die Miete.

Wie ein Hindernis stand die Summe vor ihrem großen Traum, der, seitdem sie Claire davon erzählt hatte, immer konkreter wurde. War vorher alles noch ein Gedankenspiel gewesen, das sie wieder hatte verwerfen können, verging nun kaum eine Stunde, in der sie nicht an das Fotostudio dachte. In Gedanken fotografierte sie bereits die ganze Nachbarschaft, holte die Gäste der angrenzenden Lokale vor ihre Kamera, brachte Aushänge an, schaltete Werbeanzeigen, sah ein Schild mit ihrem Namen an einer Hauswand prangen. »Charlotte Berglas – Porträtfotografie«.

Aber dafür brauchte sie einen Kredit von der Bank.

»Kein Erfolg ohne Risiko«, hatte Claire gesagt.

Da hatte sie recht.

Allerdings war sie sich nicht sicher, ob sie tatsächlich ein

»glühendes Vorbild an Wagemut und Willenskraft« sein konnte. Der Wille war zwar da, die Angst aber auch.

Schnell befand sie sich in einer Art Pattsituation, ähnlich der, als sie nicht gewusst hatte, ob sie die Wohnung verkaufen oder behalten sollte. Auf Claires Anregung hin erstellte sie eine Pro-und-Kontra-Liste. Für das Studio sprach vor allem, dass es ihr eine Perspektive bot. Sie notierte außerdem: Unabhängigkeit, Verdienstmöglichkeit, Freude, Kontakt zu Menschen, Kreativität. Dagegen sprachen das hohe finanzielle Risiko – »Schulden bis in alle Ewigkeit«, schrieb sie mit Ausrufezeichen dazu – sowie mangelnde Erfahrung.

Wenn sie die Argumente auf der linken Seite addierte und gegen die auf der rechten stellte, stand es sechs zu zwei für das Studio. Das war eindeutig. Auf dem Papier. In Charlottes Kopf aber spukten die Geister, die sie eine Wahnsinnige schimpften, eine, die sich überschätzte, eine Dilettantin und so weiter. Da stand es rasch tausend zu null gegen den Plan.

»Mach es«, sagte Claire täglich. »Du kannst das.«

Aber so einfach war das nicht. Charlotte, die Claire das Versprechen abgenommen hatte, Stillschweigen zu bewahren, hätte nun gern mit Theo gesprochen, seinen Rat eingeholt. Ihm traute sie ein nüchternes Urteil zu. Er wäre sicherlich weniger euphorisch als Claire, aber auch weniger ängstlich als sie. Aber er war nicht da. Seit drei Tagen hatte sie ihn nicht mehr gesehen. Niemand wusste, wo er sein könnte. Weder Gustav, der seit einiger Zeit wieder zu Hause war, noch der Lange. Sogar Frau Sommerfeld fragte sie nach ihm.

Langsam machte sie sich Sorgen. Andererseits war er schon öfter für ein paar Tage verschwunden gewesen. Da hatte sie allerdings sein Geheimnis noch nicht gekannt.

»Hast du Theo zufälligerweise gesehen?«, fragte sie Claire, als diese am Morgen von der Arbeit kam. Schwungvoller als sonst hatte sie die Wohnungstür geöffnet und war sofort in die Küche gestürmt, wo sie Charlotte zu Recht vermutete.

»Schätzchen. Der verirrt sich doch nicht in den Toppkeller. Mach dir um den mal keine Sorgen. Der taucht schon wieder auf. Aber ich habe gute Nachrichten für dich. Sensationell gute«, sagte sie und ließ sich auf einen Stuhl fallen. »Hast du Kaffee gekocht?«

Charlotte zeigte auf die Kanne. »Ganz frisch.«

Claire strahlte. »Wie gut, dass du weißt, was alte Damen nach getaner Arbeit brauchen«, sagte sie und fächelte sich den Kaffeeduft in die Nase. »Herrlich. Echte Bohnen.« Dann nahm sie einen Schluck. »Und wie gut, dass alte Damen ihre Kontakte haben.«

»Nun mach's nicht so spannend.«

»Ich hab einen Raum für dich«, sagte sie und grinste. »Wie ich heute erfahren habe, besitzt mein lieber Herr Chef ein Ladenlokal in der Bülowstraße, das leer steht und das er so schnell wie möglich vermieten will. Und wenn du möchtest, wirst du die Mieterin sein. Das ist alles schon geklärt. Na? Ist das nicht großartig?«

Charlotte schluckte. Das ging ihr alles zu schnell. Sie hatte sich doch noch gar nicht entschieden. »Aber ich weiß gar nicht, ob ich überhaupt …«

Claire schüttelte den Kopf. »Nichts aber, meine Liebe. Zieh dich an. Wir gucken uns das jetzt an.«

»Ich weiß nicht. Ich würde lieber vorher mit Theo sprechen. Ich …« Sie zuckte mit den Schultern.

»Was soll der dir schon sagen, was ich dir nicht auch sage? Trau dich, Lotte. Trau dich. Das ist deine Chance. Komm.« Sie lächelte ihr aufmunternd zu. »Wir schauen einfach nur. Nur von außen. Ohne Verpflichtung, ohne alles. Nur wir beide.«

Charlotte seufzte. »Ich hab wohl keine Wahl, oder?«

»Nein. Keine.« Claire lachte.

Wenig später, Charlotte hatte den Langen und Gustav gebeten, auf Alice aufzupassen, machten sie sich auf den Weg.

Von der Wohnung bis zum Laden benötigten sie gut zwanzig Minuten. Claire humpelte. Wie immer nach einer langen Nacht hinter dem Tresen schmerzten ihre Knie, aber ihre gute Laune war ungetrübt. Lachend hakte sie sich bei Charlotte unter, die sich rasch von ihrem Optimismus anstecken ließ.

Das Haus war grau und schmutzig und hätte wie die Häuser daneben auch etwas Farbe vertragen können. Ein Kellerlokal reihte sich an das nächste. Aus manchen torkelten die letzten Gäste in den Morgen. Charlottes Blick streifte die verblasste Schrift über dem Eingang. »Feinkost, Südfrüchte, Delikatessen«, las sie. Sie blinzelte durch eine der verdreckten Scheiben. »Ziemlich groß«, sagte sie erstaunt, als sie die beiden Räume sah. »So viel Platz brauche ich nicht.«

»Lieber zu groß als zu klein, oder etwa nicht?«

»Kommt ganz auf den Preis an. Was will dein Chef denn dafür?«

»Vierhundert. Aber den handle ich noch runter, keine Sorge. Der weiß, was ich wert bin.« Claire grinste.

Der Mietpreis war interessant. Bislang hatte sie nur Räume gesehen, die fünfhundert Mark oder mehr im Monat kosten sollten, und die waren wesentlich kleiner gewesen. Erneut warf Charlotte einen Blick durchs Fenster. »Renovieren muss man aber. Siehst du den Boden? Da fehlen überall Dielen. Und aus den Wänden kommt Stroh.«

»Ja und? Wir haben doch Hände.« Claire lachte noch immer, rieb sich jetzt aber die Knie, und es war ihr deutlich anzusehen, dass sie starke Schmerzen hatte.

»Schlimm?«, fragte Charlotte besorgt.

»Nicht schlimmer als sonst«, sagte Claire. »Ich bin eben nicht mehr die Jüngste.«

Charlotte schaute sie nachdenklich an, dann warf sie wieder einen Blick in den Laden, besah sich alles ganz genau, so gut sie das eben von außen konnte. In ihrem Kopf ratterte es jetzt. Groß genug wären die Räume ja. »Was hältst du davon«, fragte sie schließlich zögerlich, »wenn wir das Abenteuer gemeinsam angehen würden?«

»Wie meinst du das? Ich kann nicht fotografieren.«

»Aber du kannst verkaufen.«

»Und?«

»Ich finde, wir sollten auch an deine Zukunft denken, Claire. Nicht nur an meine. Wie lange, glaubst du, stehst du die Arbeit im Toppkeller noch durch? Die durchwachten Nächte, das ewige Stehen hinterm Tresen?«

Sie zuckte mit den Schultern. »Ewig nicht.«

»Das sehe ich auch so. Wie wäre es also, wenn du statt Cocktails Kameras verkaufst?«

»Wie?«

»Der Laden ist groß. Da ist Platz für uns beide. Ich könnte ein Studio betreiben und du das dazu passende Fotogeschäft. Du hättest normale Arbeitszeiten, könntest dich zwischendurch setzen, dich ausruhen, du hättest alle Freiheiten.« Charlotte war jetzt ganz aufgeregt. Das war die beste Idee von allen. Mit Claire an ihrer Seite würde sie allen Ängsten trotzen, alle Hindernisse überwinden. Mit ihr war alles möglich. Gleich morgen würde sie zur Bank gehen und Nägel mit Köpfen machen. »Na, was sagst du dazu?«

In Claires Augen standen Tränen der Rührung. Noch nie hatte sich jemand um ihr Wohlergehen gesorgt. Ihre Lippen bebten. Sie war unfähig, etwas zu sagen.

Charlotte, die Claire zum ersten Mal weinen sah, nahm sie in den Arm. »Liebes, was ist mit dir?«

»Ich …« Ihre Stimme brach. »Ich bin nur überwältigt. Dass du an mich denkst, dass du dir Sorgen …« Sie wischte sich die Tränen aus dem Gesicht.

»Das heißt ja? Wir wagen den Schritt gemeinsam?« Vor Aufregung zitterte Charlotte am ganzen Körper. Alle Zweifel waren wie weggeweht. Zu zweit würden sie stark sein.

»Ja«, rief Claire in den Morgen, so laut, dass es durch die ganze Straße hallte. »Ja, ja, ja.«

Passanten schüttelten die Köpfe. Der Kioskbesitzer von gegenüber tippte sich an die Stirn. Betrunkene Nachtschwärmer gafften mit offenen Mündern.

Doch weder Claire noch Charlotte bekamen davon etwas mit. Sie umarmten sich innig. Als sie sich wieder losließen, wischte sich auch Charlotte Tränen aus dem Gesicht.

25

Rote Fahnen so weit sein Auge reichte. Früher hätte ihm das gefallen. Junge Menschen schwenkten sie mit Stolz, und vermutlich hatten sie ähnliche Träume, wie er sie einmal gehabt hatte, dachte Theo und schlenderte weiter, an Autos und Omnibussen vorbei, die auf dem Potsdamer Platz im Minutentakt Genossen abluden.

Er kannte viele von ihnen, aber er grüßte sie nicht. Auch dann nicht, wenn sie ihm zunickten, was selten vorkam. Weit häufiger steckten sie die Köpfe zusammen, zeigten verstohlen in seine Richtung, tuschelten, drehten sich weg, wenn er in ihre Nähe kam.

Dabei war ihm, als wäre es erst gestern gewesen, dass er noch daran geglaubt hatte, allein sein Wille zählte und die Welt würde sich zu einer gerechteren verändern.

»Auf die Barrikaden«, schrie es noch immer in seinem Kopf. »An die Waffen, Revolutionäre!«

Aber man tat jetzt das, was Moskau sagte, und Moskau sagte, dass man erst einmal für die Rechte der Arbeiter zu kämpfen habe, auf dass auch schon bald alle in »schönen Kurfürstendamm-Wohnungen« leben durften und »die Herrschaften von heute« stattdessen in Obdachlosenquartieren. Und wehe, einer sagte etwas dagegen. Wehe, einer gab zu bedenken, dass der Fisch vom Kopf her stinke und dass man Bedingungen in einem unter falschen Bedingungen geführten Land nicht ändern könne, und dass es nicht darum ginge,

Reiche gegen Arme auszutauschen, sondern um eine neue Art zu denken, »füreinander, miteinander«, wie Theo sagte. Aber da hatte man schnell mal den Lauf einer Pistole am Kopf und wurde abgeführt wie ein Verbrecher. So wie er neulich im Wedding.

»Setzen. Aufstehen. Setzen.«

Er war sich vorgekommen wie im Gefängnis. Unzählige Male musste er seinen Namen vor dem Parteifunktionär wiederholen. Als einer der wenigen wusste er, wer er war.

»Aaron Birnbaum … geboren am 12. Februar 1890 in Frankfurt.«

Kommunist der ersten Stunde, waffenerprobt, zuchthausgestählt, Meister der Verstellung, hätte er am liebsten hinzugefügt, aber daran war er nicht interessiert. Er wollte nur seinen Namen und seine Geburtsdaten, und das über Stunden. Bis Theo alles zur Erfindung wurde. Sein Alter, seine Herkunft, seine Träume. Selbst sein Körper war ihm fremd geworden, und seine Stimme hatte so verzerrt geklungen, als käme sie aus dem Radio.

Jemand tippte ihm von hinten auf die Schulter. Theo drehte sich nicht um. Entweder er spürte gleich zupackende Hände, oder jemand erlaubte sich einen Scherz. Wäre nicht das erste Mal. Er konnte ihr Getuschel jetzt deutlich hören.

»Hast du ihn neulich gehört? In der Zentrale? Wie er sich mit Thälmann angelegt hat? Hat ihn einen Opportunisten reinsten Wassers geschimpft, der sich in Moskau anbiedern und an Größenwahnsinn leiden würde.«

»Wahrscheinlich würde der auch nicht davor zurückschrecken, mit den Sozis gemeinsame Sache zu machen.«

Theo tat so, als hörte er sie nicht, als sähe er sie nicht, als berührte ihn ihr Geschwätz nicht. Dabei traf es ihn sehr wohl. Er war und blieb Kommunist durch und durch.

Im Schlenderschritt ging er weiter, lächelte wie gewohnt.

»Dreckiger Jude«, raunte ihm Karl Szenick zu, sein Widersacher aus alten Zeiten, als sie alle noch an die Revolution geglaubt hatten.

Wieder spürte er einen Finger auf seiner Schulter. Jetzt dreht er sich doch um und blickte in das steinerne Gesicht eines Schutzpolizisten, der seinen Ausweis kontrollieren wollte. »Selbstverständlich. Aber immer doch. Allzeit bereit.« Er verzog keine Miene. Seine Papiere waren tadellos, seitdem er sie vor einem Jahr bei einem Meister seines Fachs hatte erneuern lassen. Vermutlich waren sie zurzeit das einzig Tadellose an ihm, wie er dachte, während der Polizist sie gewissenhaft studierte.

Als er weitergehen durfte, hörte er erneut, wie sie hinter seinem Rücken tuschelten. Der hätte ihn mal lieber gleich verhaften sollen, ohnehin sei es unverständlich, dass man ihn noch nicht aus der Partei ausgeschlossen habe und so weiter, und so weiter. Es waren dieselben Stimmen, die ihn vor zwei Jahren noch angefleht hatten, in seiner Hundertschaft mitmachen zu dürfen, obwohl sie unfähig gewesen waren, selbst den dicksten Baumstamm zu treffen.

Lächelnd drehte er sich um und fragte: »Ist das Gewehr denn auch ordentlich geputzt?«

Wie Schulkinder senkten sie die Köpfe.

Vor dem Eingang zum Preußischen Abgeordnetenhaus, in dem der zehnte KPD-Parteitag stattfinden sollte, herrschte dichtes Gedränge. Theo verschwand unter einem Meer aus roten Fahnen, schlängelte sich durch die Menge bis zum verabredeten Treffpunkt. Sie waren zu fünft. Fünf Genossen, die wie er mit der aktuellen Parteiführung und dem Gehorsam gegenüber Russland nicht einverstanden waren. Flüchtig nickten sie sich zu und passierten gemeinsam mit einer Siemens-Betriebsgruppe den Eingang. In der Vorhalle trennten sie sich wieder. Von weitem konnte Theo schon das Rednerpult sehen. Auch das war mit roten Fahnen geschmückt, so wie der ganze Saal.

»Schon gehört«, flüsterte er einem Jungen wie beiläufig ins Ohr, »die umliegenden Polizeireviere sind gut gerüstet. Man will wohl den Parteitag stürmen.«

Wenig später sagte er zu einem anderen: »Angeblich will die Polizei heute ein Zeichen setzen, vielleicht sollte man Teddy in Sicherheit bringen.« Damit war Thälmann gemeint.

Das Gerücht verbreitete sich wie ein Lauffeuer, wanderte von Ohr zu Ohr, wurde von einer Vermutung zur Gewissheit, von einem gewöhnlichen Polizeieinsatz zu einem Aufgebot bewaffneter rechter Kampftruppen. Während sich der Saal streng nach Plan füllte – Frauen mit roten Kopftüchern in die Mitte, Fahnendeputationen an den Rand, alle anderen nach Betriebs- und Bezirkszugehörigkeit sortiert –, herrschte auf den Fluren hektische Betriebsamkeit. Die einen wollten sofort räumen lassen, andere abwarten, weitere dachten über eine Bewaffnung nach. Dazwischen stand der russische Abgesandte und wirkte sichtlich irritiert. Niemand sagte ihm, was los war, und Theo genoss es, mit anzusehen, wie er immer wütender wurde, wie er nach einem Verantwortlichen rief, wie er eine Genossin anherrschte, endlich für Ordnung zu sorgen.

»Genosse Stalin wird nicht erfreut sein zu hören, wie unorganisiert man in Deutschland ist«, brüllte er in perfektem Deutsch.

Und Theo rieb sich die Hände, als er sah, wie die Genossin rot wurde, wie sie nach Worten rang, wie sie sich hektisch umblickte. Doch da ertönte plötzlich Thälmanns Stimme aus dem Saal. Laut und polternd und mit Hamburger Zungenschlag, und das Gesicht des Russen hellte sich auf, während sich seines verdunkelte.

Der Parteitag verlief ohne weitere Zwischenfälle. Alle sprachen wie geplant, sangen wie geplant, applaudierten wie geplant. Theo mischte sich unter die Menge, tat so, als wäre nichts geschehen, grüßte sogar alte Genossen, aber er spürte die durchdringenden Blicke, er hörte sie tuscheln, und sie sprachen jetzt anders über ihn. Als er die Veranstaltung verließ, fürchtete er, dass man ihm folgen würde. Er ging langsam, fast so, als wartete er nur darauf, dass sie sich ihn greifen würden und das Namensspiel von vorne begann. Er glaubte, Schritte zu hören, verdächtige Gesichter zu sehen, aber es fehlte die Hand auf seiner Schulter.

Dennoch fuhr er an diesem Abend nicht nach Hause, sondern nahm die Bahn in die andere Richtung. In der Nähe des Oranienburger Tors mietete er sich ein Zimmer. Auch in den nächsten Tagen blieb er dort, obwohl nichts Ungewöhnliches passierte. Auch von seinen Mitstreitern hörte er nichts. Aber er wollte auf keinen Fall riskieren, Charlotte und Alice und auch die anderen in Gefahr zu bringen. Niemand wusste, wo er wohnte. Niemand außer dem Druckerlehrling, den er damals beauftragt hatte, Erkundigungen über Gustav und Charlotte einzuholen. Den hatte er allerdings seit über einem Jahr nicht mehr gesehen, was er, nachdem seine Suche nach ihm erfolglos geblieben war, als gutes Zeichen zu deuten versuchte.

Als nach einer Woche noch immer nichts passierte, er aber von einem Teestubenbesitzer zur Bar-Mizwa seines Sohnes eingeladen wurde, wusste er, dass dieses Exil vom Exil, das ihn ganz gegen seine Absicht in die Vergangenheit führte, nicht die beste seiner Ideen gewesen war. Er sah den Jungen mit der Kippa auf dem Kopf und glaubte sich in dessen ängstlicher Neugier zu erkennen. Er sah den Stolz in den Augen der Mutter, der sich in nichts vom Stolz seines Vaters damals unterschied. Er sah den strengen Blick des Vaters, der dem seiner Mutter glich. Es verunsicherte ihn, dass er sich ausgerechnet jetzt, da sich sein Leben auf unbestimmten Bahnen bewegte, zum ersten Mal seit langem an früher erinnerte.

Und Verunsicherung war das Letzte, was er in einer Situation wie dieser gebrauchen konnte.

Was, wenn sie ihn dadurch bestrafen wollten, dass sie seine Identität auffliegen ließen? Was, wenn sie längst in der Winterfeldtstraße auf ihn warteten, um ihn abzuführen? Was, wenn sie Charlotte und Alice in ihrer Gewalt hatten, um ihn zur Räson zu rufen? Es gab nichts, was er ihnen nicht zutraute, denn auch sich traute er alles zu, wenn es nur dem großen Ziel diente, wie er nun dachte, da man ihm Gebäck und Tee reichte. Das Hefestück klebte an seinen Zähnen.

»Du musst den Zucker mit der Zunge kitzeln«, hatte Charlotte zu ihm gesagt, als sie ihm kurz vor Weihnachten eine ihrer gerade frisch gebackenen Marzipanmakronen zum Kosten angeboten hatte. »Gut, oder?«

»Himmlisch«, hatte er geantwortet und die klebrige Masse auf der Zunge schmelzen lassen.

»Wenn du die Makrone gegen den Gaumen drückst, hast du noch mehr davon«, hatte sie gesagt und es ihm vorgemacht. Ihre Augen hatten dabei geleuchtet, und er hatte gesehen, wie sehr sie den Moment genoss.

Daran erinnerte er sich, während er das süße Gebäck mit heißem Tee hinunterspülte.

Noch am Abend kündigte er das Zimmer, stieg in die S-Bahn und fuhr zum Nollendorfplatz. Es herrschte ausgelassene Stimmung im gut gefüllten Waggon. Ein Großteil der Fahrgäste war offenbar auf dem Weg, die Nacht zum Ereignis zu machen. Drei junge Frauen in Kleidern, die kaum bis zum Knie reichten, und mit Federschmuck im Haar schäkerten mit einer Gruppe junger Männer. Es wurde gelacht, man erzählte Witze, einer der Männer fasste einer der Damen ungeniert an den Hintern, was der sichtlich gefiel. Theo versuchte, nicht hinzusehen, er hatte nun wahrlich andere Sorgen, aber eine der Frauen hatte ihn bereits entdeckt und ließ ihn nicht mehr aus den Augen. Sie zwinkerte ihm zu, und als er nicht reagierte, blies sie den Rauch ihrer Zigarette in seine Richtung. Er lächelte jetzt doch, und sie zog ihr schwarzes Kleid etwas nach oben, nicht viel, aber weit genug, dass er eine Ahnung von ihren porzellanfarbenen Schenkeln bekommen konnte. Sie war hübsch. Höchstens Anfang zwanzig. Ein Kind im Vergleich zu ihm. Mit ihrer Zunge fuhr sie sich nun langsam über die rotgeschminkten Lippen, lächelte verführerisch, sah weg, sah wieder zu ihm, und mit einem Mal fühlte er sich so hungrig, dass er kaum wusste, wie ihm geschah. Als sie an der übernächsten Station ausstieg und ihm zum Abschied eine Kusshand zuwarf, musste er sich beherrschen, nicht hinter ihr herzuspringen und ihre Lippen auf der Stelle zu verschlingen.

Den Rest der Fahrt versuchte er, sich wieder auf die Partei zu konzentrieren, versuchte, sich darüber klarzuwerden, wie seine nächsten Schritte aussehen sollten und was er tun würde, sollten sie doch zu Hause auf ihn warten. Aber er war zu keinem vernünftigen Gedanken fähig.

Dabei war er doch darin geübt, in den ausweglosesten Situationen den Überblick zu behalten. Im Zuchthaus hatte er gelernt, sich gegen Prügel immun zu machen, bei falschen Beschuldigungen ruhig und sachlich zu bleiben, nie Schwäche zu zeigen. Und jetzt war so ein Moment, in dem genau diese Fähigkeiten gefordert waren, und er spürte nur diesen unbändigen Hunger, der ihn von innen aufzufressen drohte, der ihm sagte, dass es noch ein anderes Leben gab, das ihm bislang immer als Abweg von seinem eigentlichen Ziel erschienen war.

Als er die Wohnungstür zur Winterfeldtstraße aufschloss und ihm schon am Eingang ein aufgeregtes Stimmengewirr entgegenschlug, war er sich immerhin sicher, dass ihm niemand gefolgt war.

»Also, was hat dieser Kerl jetzt genau gesagt?«, fragte Gustav, als Theo in die Küche trat und dort alle versammelt sah: Charlotte, Claire, den Langen sowie das Ehepaar Grün. Und das um zehn Uhr am Abend. Zumindest Claire war sonst um diese Zeit bei der Arbeit. Dass etwas nicht stimmte, erkannte er auch an den roten Flecken auf Charlottes Hals, der normalerweise makellos elfenbeinfarben war.

Charlotte warf ihm einen erleichterten Blick zu. Sie hatte Sorge gehabt, er würde nie wiederkommen. Mit einem Lächeln zeigte sie auf den noch freien Stuhl. »Schön, dass du wieder da bist«, sagte sie. In Anwesenheit aller wollte sie nicht fragen, wo er gewesen war.

»Ist etwas passiert?«, fragte er nervös.

»Das kann man wohl sagen.«

»Hat sich jemand nach mir …?«

Doch da legte Claire ihm den Arm auf die Schulter. »Lass Charlotte mal erzählen, die anderen sind schon ganz gespannt.« Sie kannte die Geschichte bereits.

Verunsichert blickte er sich um. Aber niemand schien ihn zu beachten. Alle schauten auf Charlotte. Vielleicht ging es doch nicht um ihn.

»Was hat dieser Bankmensch nun gesagt?«, fragte Gustav ungeduldig, der wie die anderen auch vor zwei Tagen von Charlottes und Claires Vorhaben erfahren hatte.

Charlottes Blick streifte Theos müdes Gesicht. Was wohl passiert war? Aber erst einmal war sie froh, dass er wieder zu Hause war, dass auch er von ihren Plänen erfuhr, auch wenn sie sich nicht sicher war, ob die sich jemals verwirklichen ließen. Ihr Gespräch bei der Bank wegen eines Kredits war jedenfalls unerwartet ernüchternd verlaufen.

Sie atmete tief durch und setzte sich kerzengerade hin. »Sinngemäß hat er gesagt, dass er einer wie mir, einer Frau, die über keinerlei nennenswerte Ausbildung verfüge und die noch nie richtig gearbeitet habe, unmöglich einen Kredit für ein eigenes Geschäft geben könne«, sagte sie kopfschüttelnd. »Ich hätte doch bestimmt keine Ahnung von Buchhaltung, ich hätte doch bestimmt noch nie Bilanzen gesehen, ich würde mich nur unglücklich machen mit so einem Klotz am Bein. Wenn er mir einen Rat geben dürfe, dann würde er mir empfehlen, nach einem geeigneten Mann Ausschau zu halten. Da seien ich und das Kind besser versorgt, und fotografieren könne ich dann ja trotzdem noch. Zu meinem Privatvergnügen. Und ganz abgesehen davon sei es eine Schnapsidee, ein Geschäft ausgerechnet in einer so zwielichtigen Gegend eröffnen zu wollen, wo es doch nur vor komischen Gestalten wimmeln würde, da könnte ich meine Kasse gleich auf die Straße stellen, weil mit Überfällen sei da ja wohl täglich zu rechnen.« Charlotte holte tief Luft. »So ungefähr hat er das gesagt, und ihr könnt mir glauben, er hat nicht einmal mit der Wimper gezuckt. Es war für ihn das Selbstverständlichste auf der Welt, mir zu sagen, ich hätte noch nie richtig gearbeitet. Und als ich ihn dann fragte, was das denn sei, was ich hier seit Jahren mache, dass das doch auch nichts anderes sei, als ein Geschäft am Laufen zu halten, schließlich hätte ich ständig mit Einnahmen und Ausgaben zu tun und verstünde etwas von Zahlen, da fällt dem nichts Besseres ein, als mir eine Hochzeit nahezulegen, als ob das die Lösung wäre. Entschuldigung«, sagte sie mit Blick auf die Grüns, »nichts gegen die Ehe, aber bei meiner Geschichte ist es vielleicht verständlich, dass ich momentan nicht ans Heiraten denke.«

Frau Grün lächelte verschmitzt, den Langen aber durchfuhr ein kalter Schauer.

»Fehlt ja nur«, sagte Claire, »dass er sich nicht gleich selber angeboten hat.«

Theo versuchte zu lächeln, ihr aufmunternd zuzunicken, wenn er glaubte, dass dafür der richtige Zeitpunkt gekommen war, aber in Wahrheit drangen nur Bruchstücke zu ihm vor. Seine Erregung, von der er gehofft hatte, sie wäre nur ein perfides Ablenkungsmanöver, ein böser Streich, den man ihm kurz gespielt hatte, war in dem Moment zurückgekehrt, als Charlotte begonnen hatte zu erzählen und ihm klargeworden war, dass es hier nicht um ihn ging. Der Klang ihrer Stimme, der schriller war als sonst, lauter, durchdringender, erschütterte ihn mindestens ebenso sehr wie die roten Lippen des Mädchens, die er in Gegenwart von Charlotte rasch vergessen hatte.

Auf Gustavs Wunsch wiederholte Charlotte jetzt noch einmal den Ablauf des Gesprächs. Seitdem er aus dem Krankenhaus entlassen worden war – sein Bein war tatsächlich kaum besser geworden –, schien er geradezu besessen von jeder Kleinigkeit. Er fragte nach der Farbe des Anzugs, der Schuhe, seiner Haare, er wollte wissen, wie der Bankangestellte die Hände gehalten habe, ob sein Kopf zur Seite geneigt gewesen sei. Jedes Detail schien ihm Anlass für Rückschlüsse auf das Verhalten des Mannes zu geben, als würde dadurch die Welt vorhersehbarer werden.

Charlotte kannte das schon, und normalerweise versuchte sie, jede seiner Fragen so gewissenhaft wie möglich zu beantworten, als er sie aber auch noch bat zu erzählen, wo auf dem Schreibtisch der Füller gelegen habe, war sie mit ihrer Geduld am Ende. »Gustav, bitte, das bringt uns doch jetzt auch nicht weiter.«

»Vielleicht sollten Sie es bei einer anderen Bank versuchen«, sagte Herr Grün jetzt.

»Glauben Sie, dass man dort weniger verbohrt sein wird?«

»Einen Versuch wäre es jedenfalls wert«, sagte Frau Grün, und Claire pflichtete ihr bei.

»Du willst doch nicht gleich beim ersten Hindernis aufgeben, oder Lotte? Denk auch an mich«, sagte sie und lachte, als machte sie einen Scherz, aber eigentlich war es ihr bitterernst.

»Wo denkst du hin? Wäre doch gelacht, wenn wir zwei nicht zu unserem Recht kommen würden«, sagte Charlotte und gab sich Mühe, zuversichtlich zu klingen.

»Das meine ich aber auch. Und dann machen wir dem Drogisten Richter ordentlich Konkurrenz. Ich wette mit dir, dass ich schon nach einem Monat doppelt so viele Fotoplatten und Filme und Entwickler und was weiß ich was alles verkaufen werde als dieser olle Knauserkopf in einem ganzen Jahr. Und dir werden sie die Bude einrennen, verlass dich drauf. Von wegen zwielichtige Gegend.« Sie zwinkerte Charlotte verschwörerisch zu.

Der Lange, der bis dahin kaum etwas gesagt hatte, räusperte sich. »Ich könnte ja auch mal meine Freunde fragen. Die vergeben öfter mal Kredite.«

Claire lachte laut auf. »Machst du Witze? Wir brauchen mindestens zehntausend Mark. Ich glaube kaum, dass du Freunde hast, die so viel übrig haben.«

»Vielleicht doch.«

»Kenne ich die? Mit wem treiben die sich herum? In welchen Lokalen verkehren die? Womit machen die Geschäfte? Wie viele sind es?« Gustav feuerte eine Kanonade an Fragen ab, bis Charlotte ihn unterbrach.

»Er meint es doch nur gut«, sagte sie und warf Claire einen vielsagenden Blick zu, die nun die Augen verdrehte.

»Nur gut« – wenn sie das schon hörte.

»Und der Zinssatz liegt dann bei zwanzig Prozent?« Herr Grün schmunzelte.

»Natürlich nicht. Das ist ganz seriös.« Der Lange ballte die Fäuste. Dass immer jemand dazwischengrätschen musste, wenn er Charlotte helfen wollte, ärgerte ihn. Und was wusste Claire denn schon über seine Freunde. Auf die war Verlass, da gab es keinen Zweifel. Und Gustav mit seiner elenden Fragerei ging ihm sowieso auf die Nerven. »Ich mach das wirklich gern. Gleich morgen, wenn du möchtest«, sagte er und sah Charlotte hoffnungsfroh an, doch die legte nur ihre Hand auf seinen Arm und schüttelte den Kopf.

Er wusste, was das zu bedeuten hatte. Und auch wenn ihn ihre Wärme ein wenig besänftigen konnte, so verstand er nicht, warum sie ihn schon zum zweiten Mal abblitzen ließ.

Er wollte doch helfen, er würde alles tun, damit sie sich ihren Traum erfüllen konnte, und wer außer ihm war dazu schon in der Lage? Der Pistolenmann, der nichts weiter tat, als dämlich zu lächeln, sicherlich nicht.

Tatsächlich hatte Theo bis dahin nichts gesagt. Hatte mit verschränkten Armen dagesessen, Charlottes Stimme gelauscht, nach und nach begriffen, worum es ging, und, wenn sie einmal nicht geredet hatte, die Linien ihres Gesichtes studiert, während gleichzeitig seine Genossen, rote Fahnen schwenkend, durch seinen Kopf marschiert waren, immer hinter ihm her, immer bereit, ihn sich gleich zu schnappen, ihn mit den immer gleichen Fragen nach seiner Herkunft zu quälen. Als er nun aber sah, wie Charlotte ihre Hand auf den Arm des Langen legte, wie sie ihn zu streicheln schien, war er mit einem Schlag hellwach. »Da kannst du ihr ja gleich vorschlagen, eine Bank zu überfallen«, sagte er zum Langen und zeigte ihm sein schönstes Lächeln.

Und der hätte am liebsten sofort zugeschlagen, auch weil Charlotte jetzt ihre Hand von seinem Arm nahm und lachte. Und Herr Grün lachte und Claire sowieso. Sie lachten über ihn.

»Du musst gerade das Maul aufreißen«, sagte er und warf Theo einen herausfordernden Blick zu. »Wer fuchtelt denn ständig mit seiner Pistole in der Gegend herum?«

»Wenn du glaubst, ich hätte dich nicht gesehen, dann täuschst du dich.«

»Was willst du denn gesehen haben?«

»Dich und deine Freunde. Ganz schön harte Jungs, wenn du mich fragst.«

»Und ich … ich habe gesehen, wie du einem die Pistole an den Kopf gehalten hast«, erwiderte der Lange aufgeregt.

»So etwas nennt man Auseinandersetzung unter Freunden.« Theo sah in Charlottes sichtlich irritiertes Gesicht. »Aber das ist kein Grund zur Sorge. Für euch besteht keine

Gefahr. Außerdem ist die Sache längst aus der Welt«, sagte er, während sie in seinem Kopf gerade besonders laut trampelten und »Verräter« schrien.

»Und für dich?«, fragte Charlotte.

»Wie, für mich?«

»Besteht Gefahr für dich?«

»Aber nein. Das sind doch meine Genossen.« Vielleicht hätte er besser sagen sollen, »das waren meine Genossen«, aber er wollte Charlotte jetzt nicht noch mehr verunsichern. Es reichte ja schon, wenn der Lange diese Aufgabe übernahm und ihn nun einen Lügner schimpfte, der keine Ahnung von seinen Freunden habe. Dieser Idiot. Sollte mal lieber aufpassen, dass er nicht selber unter die Räder kam. Theo warf ihm einen vernichtenden Blick zu, sagte aber: »Ist ja gut, beruhig dich, du hast recht, ich weiß wirklich nicht, wer deine Freunde sind. Also, entschuldige bitte.« Zeit, darauf zu reagieren, ließ er ihm allerdings nicht, er wandte sich sofort an Charlotte. »Ich finde«, sagte er und lächelte jetzt wieder, »dass das mit dem Studio und dem Fotogeschäft eine wirklich gute Idee ist. Du weißt ja: Wer das Talent zum Sehen besitzt, trägt Schätze in sich, die es zu bergen gilt.«

Charlotte hatte seine Zeilen nicht vergessen, und sie jetzt aus seinem Mund zu hören war, als legte sich mit einem Mal eine unsichtbare Hülle um sie beide, die für einen Moment alles andere ausblendete. Jedenfalls hörte sie nicht, wie der Lange lauthals auflachte, hörte nicht, wie Claire zu Frau Grün eine bissige Bemerkung über »unseren Poeten« machte, bekam nicht mit, wie Gustav Herrn Grün etwas zuflüsterte und wie der ihn daraufhin nachdenklich ansah. »Ich hoffe, du behältst recht«, sagte sie.

»Du wirst sie alle überzeugen. Ganz bestimmt«, erwiderte Theo, der im Gegensatz zu Charlotte zwar die anderen hörte, dafür aber für den Moment nicht die Schimpfkanonaden in seinem Kopf.

26

Erschöpft ließ sich Charlotte auf eine Parkbank am Viktoria-Luise-Platz fallen und nahm, kaum dass sie saß, ihren roséfarbenen Hut ab, den sie schon seit dem frühen Morgen trug. Das Haar klebte ihr im Nacken, und sie hätte sich jetzt gerne geschüttelt, wie Hunde es taten, wären nicht die Blicke zahlreicher älterer Damen auf sie gerichtet gewesen. Die meisten kannte sie vom Sehen. Sie nickte ihnen zu, und sie grüßten freundlich zurück, Charlotte aber war, als könnte sie in ihren Gesichtern ganz anderes lesen.

Hat einfach kein Glück, das arme Ding, schienen sie zu sagen.

Was will die auch unbedingt fotografieren.

Nur weil sie mal ein paar hübsche Fotos gemacht hat, heißt das doch noch lange nicht, dass sie auch eine Fotografin ist.

Sollte sich mal lieber 'ne anständige Arbeit suchen, statt diesem Hirngespinst hinterherzujagen.

Ich an ihrer Stelle hätte ja die Wohnung schon längst verkauft. Da hätte sie wenigstens dem Kind mal was Gutes getan. Ich hab ja fünf großgezogen, und was macht die? Lässt ihr einziges bei einem, dem ich noch nicht einmal meinen Sittich anvertrauen würde.

Vom Springbrunnen wehte ein angenehm kühler Lufthauch zu ihr herüber, streichelte ihre Beine und ihren Nacken, ihre Gedanken aber konnte er nicht besänftigen.

Wie abgekämpft sie aussieht. Ganz verschwitzt.

Das kommt davon, wenn man glaubt, etwas Besseres verdient zu haben. Wir haben uns doch auch mit dem begnügt, was wir hatten. Und so schlecht war das nicht.

Wenn ich heute jung wäre, ich würde ja tanzen gehen, statt meine Zeit mit unnützen Träumen zu vergeuden.

So jung ist die aber auch nicht mehr. In dem Alter sollte man mal lieber aufpassen, dass man überhaupt noch einen abbekommt.

Die Damen, denen Charlotte ihre eigenen Ängste und Vorwürfe unterstellte, schauten da schon lange nicht mehr zu ihr hin. Ihr Interesse galt längst einer Handvoll Spatzen, die sie mit Brotkrumen fütterten.

Acht Bankhäuser hatte Charlotte mittlerweile abgeklappert. Achtmal ihre fein säuberlich ausgearbeiteten Kalkulationen vorgelegt, Fotos gezeigt, von ihrem Plan erzählt, und achtmal hatte sie zum Abschied ein Kopfschütteln erhalten. Das Netteste, das einer zu ihr gesagt hatte, war, dass er einen kennen würde, der einen Fotografen kannte, bei dem sie vielleicht assistieren könnte. »Erst einmal unentgeltlich. Natürlich.« Ansonsten hatte sie noch zwei Essenseinladungen erhalten und etliche abfällige Kommentare über »diese Frauen heutzutage«, die wohl nicht wüssten, wo ihr Platz sei.

»Als ob Männer das immer so genau wüssten«, hatte sie zu dem Letzten gesagt. Da hatte sie für Freundlichkeiten keine Kraft mehr gehabt. »Ich kenne einige, die suchen noch immer, und wenn ich mir Sie so anschaue, denke ich, dass das allemal besser ist, als sein Tun nie zu hinterfragen. Sie handeln doch aus purer Gewohnheit. Aber wenn ich Sie daran erinnern darf, Frauen dürfen mittlerweile wählen und studieren, und ich finde, es ist an der Zeit, sie auch in finanziellen Angelegenheiten gleich zu behandeln. Glauben Sie denn, man würde Berlin in aller Welt als moderne Großstadt feiern, wenn alle so denken würden wie Sie?«

Mit hocherhobenem Kopf und einem vor Erregung glühend heißen Gesicht hatte sie die Bank verlassen.

Das Gespräch lag jetzt eine gute Stunde zurück, und nachdem sie sich danach erst elend gefühlt hatte, keimte nun auch so etwas wie Stolz in ihr auf. Richtig gut fühlte es sich jetzt sogar an, einem von diesen Männern, die glaubten, noch zu Kaisers Zeiten zu leben, die Meinung gesagt zu haben, auch wenn es an ihrer Situation nichts änderte. Aber mit Lächeln und akribisch ausgearbeiteten Plänen kam sie ja auch nicht weiter.

Charlotte schüttelte ihr Haar nun doch, und während sie sich noch einmal die vor Empörung geweiteten Augen des Bankangestellten ins Gedächtnis rief, noch einmal ihren Zorn spürte, sich noch einmal sagte, wie gut es war, nicht geschwiegen zu haben, drängten weitere, bislang ungedachte Wahrheiten in ihr Bewusstsein.

Es war jetzt fast zwei Wochen her, dass Claire am Nachmittag den Mietvertrag von ihrem Chef mitgebracht hatte.

»Da kommt das Schätzchen«, rief sie schon von der Wohnungstür aus.

Und Charlotte, die in der Küche bei einer Tasse Tee saß und eines von Alices Kleidern flickte, wusste sofort, was sie meinte. Ihr Herz schlug schnell.

Claire legte ihr freudestrahlend den grauen Umschlag vor die Nase. »Da drin ist sie. Unsere Freiheit«, sagte sie. »Na komm, mach schon auf.«

Aber Charlotte zögerte. Sie hatte schon vier unerfreuliche Bankbesuche hinter sich. Was, wenn sie keinen Kredit bekommen würde? Vorsichtig tastete sie nach dem Kuvert. Es fühlte sich rau an.

»Worauf wartest du noch?« Claire rieb sich vor Aufregung die Hände.

Mit zittrigen Fingern zog Charlotte ein gelbstichiges Blatt

Papier hervor. Der ganze Vertrag bestand aus nur wenigen Zeilen. Sie überflog sie rasch, las ihren Namen, den des Vermieters, die Adresse des Geschäfts. Bülowstraße 29. Sie musste nur unterschreiben, dann konnte sie mit dem Laden machen, was sie wollte. Und es mangelte ihr nicht an Vorstellungen.

Erst neulich hatte sie durch das Schaufenster einer Boutique sanft geschwungene Regale aus waldhonigfarbenem Holz gesehen, die sich wie ein flüchtiger Atemhauch in den Raum geschmiegt hatten. Damit würde sie am liebsten Claires Reich zur Hälfte auskleiden und an die freie Wand ein paar Fotos hängen. Dazu zwei einfache schwarze Ledersessel stellen, ein schlichtes Tischchen, ebenfalls aus waldhonigfarbenem Holz, und ein Eisenpult für die Kasse. Der größere Raum, der ihr Studio sein sollte, blieb weitestgehend leer. Nichts sollte dort vom Wesentlichen ablenken. Wichtig, so dachte sie, würde vor allem das Licht sein, und dafür brauchte sie mindestens drei Lampen, was ihre Kosten weiter in die Höhe trieb.

»Dreihundertfünfzig Mark im Monat«, sagte Charlotte nachdenklich. »Dagegen ist eigentlich nichts einzuwenden.«

»Und mein Chef gibt dir obendrein noch einen Monat Zeit zum Unterschreiben«, erwiderte Claire. »Der hängt nämlich an mir. Ich habe ihm gedroht, zur Konkurrenz zu wechseln, sollte er den Laden vorher anderweitig vermieten. Dass ich sowieso aufhöre, muss er ja nicht wissen. Mehr war allerdings nicht drin. Der Kerl ist gierig wie alle anderen. Aber ein Monat, das dürfte doch reichen.«

»Wenn ich dich nicht hätte …«

Claire lachte. »Jeder muss ja für etwas gut sein«, sagte sie.

Charlotte warf einen letzten Blick auf den Mietvertrag, bevor sie ihn zurück in den Umschlag steckte. Nur eine Unterschrift war sie von ihrem Traum entfernt. Am liebsten hätte sie den Vertrag auf der Stelle unterzeichnet. Aber das wäre gegen alle Vernunft gewesen. »Vier Wochen«, sagte sie, »können verdammt schnell vorbei sein.«

Claire spielte mit ihren Halsketten, was für Charlotte ein untrügliches Zeichen dafür war, dass sie ebenso zwischen Hoffnung und Zweifel schwankte wie sie. Aber sie gab sich optimistisch. »Ach was«, sagte sie, »Mitte September ist noch weit weg.«

Doch auch Charlottes nächster Banktermin zwei Tage später verlief erfolglos. Nachdem sie am Abend Alice ins Bett gebracht hatte, nahm sie sich vor, noch einmal ihre Unterlagen durchzusehen. Kaum hatte sie sich jedoch an den Küchentisch gesetzt, streckte Gustav seinen Kopf in den Raum.

»Hast du kurz Zeit?«, fragte er.

An seinem Gesicht konnte Charlotte schon erkennen, dass er etwas im Schilde führte, aber sie zeigte dennoch auf den Stuhl ihr gegenüber. Es hatte ohnehin keinen Sinn, die Unterlagen zum hundertstenmal zu prüfen. Mit denen war alles in Ordnung.

Gustav kam sofort zum Punkt. »Ich habe darüber nachgedacht, wie ich dir helfen kann«, sagte er. »Du hast mir schließlich auch schon so oft geholfen. Und da ist mir eine Idee gekommen.«

Und Charlotte dachte: Bitte nicht. Nicht das auch noch.

»Wie wäre es eigentlich«, fragte er, »wenn Theo für dich den Kredit aufnehmen würde?«

Charlotte lachte laut auf, aber Gustav ließ sich nicht beirren.

»Bei seiner Erscheinung und mit dem Namen bekommt er doch jedes Geld der Welt. Der muss wahrscheinlich noch nicht einmal eine Geschichte erfinden, und wenn, dann könnte er immer noch irgendetwas behaupten, zum Beispiel, dass er in ein Geschäftsgebäude investieren möchte. Das wird ihm jeder abnehmen. Karl, also Herr Grün, ist auch der Meinung, dass das gar keine so schlechte Idee ist. Er würde sich sogar dazu bereit erklären, als Unabhängiger den Vertrag zwischen Theo und dir zu bezeugen, wie ein Notar sozusagen. Denn du wärst dann natürlich die Kreditnehmerin von Theo und nicht die der Bank, aber das käme im Endeffekt ja aufs Gleiche heraus. Es wäre also ein ganz normales Geschäft, mit entsprechender Laufzeit und Zins«, sagte er und holte jetzt zum ersten Mal Luft. »Na, was sagst du?«

»Aber er ist doch gar nicht Theo von Baumberg«, sagte sie spontan, und sie hätte sich im selben Moment am liebsten geohrfeigt, weil sie ihm doch ihr Versprechen gegeben hatte.

Gustav zog beide Augenbrauen nach oben. »Denkst du, das wüsste ich nicht? Ich hab den Abend von damals nicht vergessen. Aber ganz ehrlich, mir ist egal, wer er ist und wie er heißt, wichtig ist doch nur, wer er offiziell ist. Und offiziell ist er Theo von Baumberg und sieht verdammt nach einem Adligen mit gutem Leumund aus.«

»Er ist Kommunist.«

»Ein Grund mehr, für dich in die Bresche zu springen. Da kann er gleich mal zeigen, wie ernst es ihm mit seinen Idealen ist. Wenn ich ihn und seine Genossen richtig verstehe, dann wollen die doch, dass jeder etwas vom großen Kuchen abbekommt. Also, wenn du mich fragst, könnte die Gelegenheit nicht günstiger sein, einmal Taten sprechen zu lassen, statt immer nur große Reden zu schwingen.«

»Aber ich denke nicht, dass er ein Leben lang dafür kämpft, dass jeder einen Bankkredit bekommt.«

»Warum nicht? Kommunisten leben schließlich auch nicht nur von Brot und Wasser.«

»Für einen Kommunisten wäre ich mit einem eigenen Geschäft aber ein rotes Tuch, eine richtige Kapitalistin. Ein echter Kommunist müsste mich bekämpfen … Na ja, Theo vielleicht nicht, sonst hätte er schon längst versucht, mir die ganze Sache auszureden. Aber so oder so, das wäre Betrug. Vorspiegelung falscher Tatsachen. Wenn das auffliegt, bin ich mit dran. Und dann geht's nicht mehr nur um ein bisschen Geld.«

»Warum soll das auffliegen? Es weiß doch keiner davon. Und Theos Papiere sind eins a. Sagt er selbst.«

»Aber wir sind nicht die Einzigen, die wissen, dass er nicht Theo von Baumberg ist. Ich hab keine Ahnung, wie viele es sind, aber einige Genossen werden es schon sein.«

»Denen muss man ja nicht gerade auf die Nase binden, dass er einen Kredit beantragt hat. Also, ich mache das nicht, und du vermutlich auch nicht. Und Theo schätze ich so ein, dass er schlau genug ist zu wissen, wann es besser ist, die Klappe zu halten. Und Karl, also Herrn Grün, sagen wir natürlich nichts … Nein, ich sehe da kein Problem.«

»Und was ist mit dem Langen?«

»Was soll mit dem sein?

»Traust du ihm?«

»Warum denn nicht?«

»Findest du nicht, dass er sich verändert hat?«

»Und ob. Richtig breit ist er geworden, und wie der mit Alice umgeht, alle Achtung.«

»Und was ist mit seinen Freunden? Wenn ich daran denke, was Theo gesagt hat, dann sind das nicht gerade die vertrauenswürdigsten Menschen.«

»Also, mir hat er hoch und heilig versichert, dass das Kameraden aus seinem Sportverein sind. Und als Sportler hat man nun mal ein breites Kreuz. Aber davon mal abgesehen. Der Lange würde nie etwas tun, das dir schaden könnte. Dafür lege ich meine Hand ins Feuer.«

»Ja, das glaube ich auch.«

»Also, was ist, wie findest du meine Idee? Gar nicht mal so übel, was?«

»Ein Kredit bei der Bank wäre mir lieber.«

»Es geht nur leider nicht immer darum, was einem lieber wäre. Aber wem sag ich das … Die Frage ist doch vielmehr, was sind dir das Studio und das Fotogeschäft wert? Wie weit bist du bereit, dafür zu kämpfen? Oder anders gefragt: Was ist dir dein Leben wert?«

»Mein kleiner Bruder, der Philosoph.«

»Wenn man so lange im Krankenhaus liegt wie ich, kommt man eben schon mal ins Grübeln. Ich setze mein Leben jedenfalls nicht mehr so leichtfertig aufs Spiel, das kannst du mir glauben. Und dein Traum würde dich kaum mehr als eine kleine Lüge kosten. Ach was, noch nicht einmal das. Wenn, dann würde es Theo eine Lüge kosten, aber der ist schon so sehr ans Lügen gewöhnt, dass ihm diese gar nicht mehr auffallen würde. Also, wenn du mich fragst, ist alles sonnenklar«, sagte Gustav und stand auf. Beinahe wäre er über die Katze gestolpert, die es sich neben seinem Stuhl gemütlich gemacht hatte. »Blödes Katzenvieh«, schimpfte er und streichelte ihr gleichzeitig zärtlich über das glänzende Fell. »Du armes, armes Tier, hat man dir noch immer keinen Namen gegönnt. Dein Herrchen kann sich wohl nicht entscheiden. Trotzki? Lenin? Stalin? Liebknecht? Oder doch eher Rosa? Aber dafür müsste man ja erst einmal wissen, ob du ein Weib oder ein Kerl bist.«

»Sie ist ein Er, und er heißt Katze, weil darauf hört er. Das haben Theo und ich so beschlossen«, sagte Charlotte mit einem Lächeln.

»Na bitte, da habt ihr doch schon eine Gemeinsamkeit. Ich hol ihn mal schnell, dann können wir alles besprechen.«

»Untersteh dich.« Gustavs Vorschlag schien Charlotte eher das Gedankenspiel eines kleinen Ganoven zu sein als eine ernstzunehmende Alternative zu einem Bankkredit, auch wenn Herr Grün das anders sehen sollte.

Je mehr Abfuhren sie sich bei den Banken allerdings einhandelte, desto öfter dachte sie über dieses Gespräch nach. Schließlich sprach sie mit Claire darüber. Wie Charlotte schon vermutet hatte, war Claire Feuer und Flamme. Da habe

Gustav ja mal »einen Geistesblitz« gehabt, sagte sie, und ihr Körper wogte auf Charlottes Sofa wie auf hoher See.

Und dennoch fiel es Charlotte nicht leicht, Theo von Gustavs Idee zu erzählen. Seit seiner Rückkehr wirkte er seltsam abwesend, sprach nur das Nötigste, so dass sie es bislang noch nicht einmal gewagt hatte zu fragen, wo er gewesen war.

»Theo.« Charlotte klopfte zaghaft an seine Tür. Sie wusste, dass er da war, aber er antwortete nicht. Erneut klopfte sie. Und erneut blieb er stumm. Aber sie musste das jetzt tun, sie hatte keine Wahl, wenn sie ihren Traum nicht aufgeben wollte. »Theo.« Sie sprach jetzt lauter und öffnete die Tür. Sein Zimmer war noch immer so leer, wie sie es ihm übergeben hatte. Die Arme hinter seinem Kopf verschränkt, lag er auf dem Bett und starrte an die Decke. »Hast du mich nicht klopfen gehört?«, fragte sie.

Sichtlich überrascht, sie an der Tür stehen zu sehen, richtete er sich ruckartig auf. »Nein, entschuldige.« Er lächelte. »Ich war wohl in Gedanken.«

»Darf ich reinkommen?«

»Natürlich.« Er zupfte seine Anzugweste zurecht.

»Was ist los mit dir?«, fragte sie. Ihre Stimme klang sanft. »Ich habe dich noch nie tagsüber auf dem Bett liegen sehen.«

»Ich war nur müde.« Er zuckte mit den Schultern.

»Du weißt, dass du immer mit mir reden kannst. Bei mir sind deine Geheimnisse sicher.«

Für einen kurzen Moment lächelte er wie in jener Nacht auf der Fensterbank, und Charlotte durchströmte eine warme Erinnerung, aber das Lächeln verschwand rasch wieder aus seinem Gesicht. Er hatte beschlossen, sie nicht zu beunruhigen. Es reichte, wenn er sich sorgte und jederzeit damit rechnete, dass seine Genossen ihn schnappen könnten oder, was schlimmer war, dass sie hier auftauchten. »Es ist nichts«, sagte er und gab sich Mühe, überzeugend zu klingen.

Charlotte glaubte ihm kein Wort, dennoch fragte sie nicht nach. Sie spürte, dass er ihr dieses Mal nichts erzählen würde. »Ich muss mir also keine Sorgen machen?«, fragte sie.

Er lächelte jetzt wieder. »Nein, keine Sorgen.«

Auch sie lächelte. Dann holte sie tief Luft. »Mein Bruder hatte eine Idee«, sagte sie, »über die würde ich gerne mit dir sprechen.« Und dann erzählte sie ihm von Gustavs Plan, von ihrer eigenen Skepsis, aber auch von ihrer wachsenden Verzweiflung, weil man ihr partout keinen Kredit geben wollte.

Theo schaute sie nachdenklich an. Leise schüttelte er den Kopf. »Es tut mir leid, aber der Zeitpunkt ist denkbar ungünstig. Glaub mir, ich würde dir sofort helfen, wenn ich könnte, aber mir sind die Hände gebunden.«

»Gut.« Charlotte nickte. »Aber sag mir bitte, was los ist. Ich seh doch, dass etwas nicht stimmt.«

»Das geht nicht.«

»Warum? Vertraust du mir nicht?«

»Mach es mir nicht so schwer, Charlotte, bitte.«

»Es ist kein Problem, wenn du mir nicht helfen möchtest, ich …«

»Ich möchte ja, ich kann nur nicht«, unterbrach er sie.

»Dann erklär's mir wenigstens. Lass es mich verstehen. Was ist plötzlich falsch an mir, dass du mir nicht mehr vertraust? Du hast mir noch nicht einmal gesagt, wo du gewesen bist. Eine Woche warst du von der Bildfläche verschwunden. Denkst du, ich mache mir keine Sorgen?«

»Ich weiß. Es tut mir leid.« Er versuchte zu lächeln, aber es gelang ihm nicht. Er konnte Charlotte doch nicht sagen, dass er sich in Gefahr wähnte. Und dass der Kredit eines Toten ihr wenig nutzte.

»Bitte, Theo. Ich bin es doch, Charlotte«, sagte sie fast flehentlich.

Doch er schüttelte nur den Kopf.

An dieses Gespräch, das erst drei Tage zurücklag, musste Charlotte denken, während ihr Blick auf einem jungen Paar haften blieb, das vor wenigen Minuten auf der Bank neben ihr Platz genommen hatte.

Er hatte seine Hand auf ihren Schenkel gelegt, sie ihren Kopf an seine Schulter gelehnt. Die ganze Zeit über hatten sie noch kein Wort gesprochen. Noch nicht einmal eines geflüstert. Schweigt nicht zu lange, hätte Charlotte ihnen am liebsten zugerufen. Ein unausgesprochenes Wort zu viel, und Gift strömt durch eure Adern, selbst dann, wenn ihr euch dem Himmel näher wähnt als allem anderen. Erst recht dann, dachte sie, Alberts letztes Foto vor Augen.

Welches Recht nahm sie sich eigentlich heraus, sich über Theo zu ärgern? Er war ihr Untermieter. Mehr, als dass er pünktlich zahlte, konnte sie nicht erwarten. Und da war er verlässlich. Dass sie nie wusste, wann er verschwinden und wiederauftauchen würde, dass sie nie wusste, wo er sich aufhielt, wenn er nicht in der Winterfeldt schlief, musste sie eben hinnehmen. Nichts, Charlotte! Bloß weil er ihr einmal ein Geheimnis anvertraut hatte, machte sie das noch lange nicht zu seiner Vertrauten.

Aber sie ärgerte sich doch. Sie ärgerte sich darüber, dass er sich so wichtig nahm, dass er stets den Eindruck erweckte, etwas Besonderes zu sein, dass er sich wie ein König verhielt, der seine Gaben nach Lust und Laune verteilte oder eben auch nicht. Am meisten aber ärgerte sie sich darüber, dass sie tatsächlich gedacht hatte, er wäre anders. Dabei war er keinen Deut besser. Redete einfach nicht, wenn es darauf ankam.

Aber warum interessierte sie das überhaupt? Theo, Aaron, wer auch immer er gerade war, er konnte machen, was er wollte. So wie sie auch. Sie wollte das Studio, den Laden, sie wollte fotografieren, und sie hatte schon sehr konkrete Vorstellungen davon, wie ihre Fotos einmal aussehen sollten. Sie sollte ihre Kraft lieber darauf verwenden, sich zu überlegen, wie sie ihre Taktik beim nächsten Banktermin ändern konnte, statt sich diese unnützen Gedanken zu machen, die sie ihrem Ziel keinen Schritt näher brachten. Vielleicht wäre es doch gut, wenn Claire das nächste Mal mitkäme, obwohl sie sich beide eigentlich einig gewesen waren, dass ihre »massive Präsenz«, wie Claire selbst gesagt hatte, vermutlich keinen seriösen Eindruck hinterlassen würde.

Charlotte sah wieder zu den Frischverliebten. Engumschlungen küssten sie sich jetzt, dann flüsterte sie ihm etwas ins Ohr. Es musste etwas Verheißungsvolles gewesen sein, denn sein ohnehin strahlendes Gesicht strahlte noch heller, als sie Arm in Arm davongingen, mit schnellen Schritten, als hätten sie keine Zeit zu verlieren. Über Charlottes Gesicht huschte ein wehmütiges Lächeln.

Das war aber auch ein aberwitziger Plan, den Gustav da ausgeheckt hatte, typisch für ihn. Dass sie überhaupt darüber nachgedacht hatte, nahm sie sich schon übel. Theo aber davon erzählt zu haben war das Dümmste, das sie hatte tun können. Lächerlich war das geradezu. Da wäre es ja schlauer gewesen, vom Langen die Leica zu nehmen. Sie schüttelte kaum merklich den Kopf, halb belustigt, halb verärgert, und als sie schließlich aufstand, war ihr noch immer deutlich anzusehen, dass sie nicht wusste, ob sie eher über sich lachen oder weinen sollte.

Charlotte war gerade am Springbrunnen vorbei, hatte sich gerade wieder so weit gefasst, um für Alice und den Langen bereit zu sein, denen sie zu Hause gleich gegenübertreten und erneut verkünden würde, dass sie wieder einen Reinfall erlitten hatte, als jemand ihren Namen rief. Sie kannte die Stimme nicht. Verblüfft drehte sie sich um.

»Sie sind doch Frau Berglas?«, fragte eine der älteren Damen, denen sie vorher nur das Schlechteste unterstellt hatte. »Wir haben uns gerade über Sie unterhalten.«

Also doch, dachte Charlotte.

»Wir haben uns nämlich gefragt, wann Sie wohl endlich Ihr Studio eröffnen.«

»Mein Studio?«

»Das Fotostudio«, sagte die Dame verwundert. »Oder hat uns da die gute Sommerfeld mal wieder einen Bären aufgebunden? Ähnlich würde es ihr ja sehen, der alten Meckerliese.«

»Frau Sommerfeld hat Ihnen etwas von meinem Fotostudio erzählt?«, fragte Charlotte nicht weniger verwundert.

»Vergessen Sie's.« Die Dame winkte ab. »War offensichtlich nur dummes Zeug.«

»Nein, bitte, erzählen Sie. Was hat Frau Sommerfeld Ihnen denn gesagt?«

»Na, sie hat behauptet, Sie würden bald ein Fotostudio eröffnen und dass Sie eine ganz außerordentliche Fotografin seien, von der wir uns unbedingt porträtieren lassen müssten. Und da demnächst eine enge Freundin von uns ihren fünfundsiebzigsten Geburtstag feiert, dachten wir, es wäre eine schöne Idee, wenn wir ihr ein Foto von uns vieren schenken könnten. Aber wie mir scheint …«

»Nein, nein. Das ist so weit schon alles richtig, Frau Sommerfeld war vielleicht nur etwas … voreilig.« Charlotte war sichtlich verblüfft. Dass ihre Nachbarin sich so für sie einsetzte, damit hätte sie niemals gerechnet. Dass sie überhaupt davon wusste, war schon eine Überraschung. Und jetzt rührte sie die Werbetrommel, obwohl gar nicht sicher war, ob sie das Geld zusammenbekommen würde. »Ziemlich voreilig«, fügte sie hinzu.

»Dann entschuldigen Sie bitte, wir wollten Sie nicht belästigen.«

»Das tun Sie nicht. Es ist nur … ich bin etwas überrascht.« Sie sah die Damen nachdenklich an. Eine faltiger als die andere, alle mit leuchtenden Augen. Sie waren Kleinode, verborgene Schönheiten. Sie wäre verrückt, wenn sie diese vier nicht porträtieren würde. Sie überlegte kurz, zögerte, dachte erneut nach und nahm schließlich ihren ganzen Mut zusammen. »Wann hat Ihre Freundin denn Geburtstag?«

»Am 12. September.«

»In knapp drei Wochen also.« Charlotte atmete tief durch. Sie durfte jetzt nicht zurückziehen. Das war die Gelegenheit, und vielleicht wäre es bei ihren Gesprächen mit der Bank auch von Vorteil, bereits einen Auftrag in der Tasche zu haben. »Dann schlage ich vor, Sie kommen am 8. September in die Bülowstraße 29. Passt Ihnen elf Uhr? Bis dahin habe ich mein Fotostudio eröffnet.«

Nachdem sie Namen und Adressen ausgetauscht hatten, ging Charlotte mit zittrigen Knien weiter. Die Welt schien mit einem Mal verändert. Die Luft klarer, das Vogelgezwitscher heller, das Straßenbahngebimmel ein frohlockendes Läuten.

Da hatte die alte Beißzange Sommerfeld doch tatsächlich die Chuzpe besessen, hinter ihrem Rücken Tatsachen zu schaffen. Tränen der Rührung stiegen ihr in die Augen. Jetzt gab es kein Zurück mehr.

27

Das Küchenfenster stand offen, und vom Hinterhof drang der Klang einer emsigen Teppichklopferin in den zweiten Stock. Aus einigen Fenstern hörte man Töpfe und Pfannen klappern. Es roch nach Bratkartoffeln, Speck und Bohnenkraut, nach heißem Fett und gebratenem Fleisch. Angelockt von dem Duft, landete eine Amsel auf dem Fenstersims, schaute kurz, schien nicht zufrieden und flog wieder davon.

Theo saß am Küchentisch, direkt in dem schmalen Lichtstrahl, der von rechts oben in die Küche fiel, und schaute Charlotte dabei zu, wie sie Eier in eine Schüssel schlug, dazu etwas Milch gab, mit Salz würzte und die Masse mit einer Gabel verrührte. An ihrem Bein hing Alice und bettelte darum, hochgehoben zu werden. Charlotte beugte sich zu ihr nach unten, gab ihr einen Kuss auf die Nase, flüsterte ihr zu, dass sie gleich fliegen würden, und schnitt im Anschluss daran eine Scheibe Speck in kleine Würfel. Auf dem Herd kochten Kartoffeln.

Nicht ein Wort hatte sie bislang mit ihm gesprochen. Lediglich zugenickt hatte sie ihm, wie einem Fremden.

Vor Theo lag *Die Rote Fahne*, die Zeitung der Kommunisten. Die Meldung, die ihn betraf, hatte er erst nach der dritten Durchsicht gefunden. Sie stand auf Seite sieben, rechts unten. Sechs Zeilen war der Redaktion sein Schicksal wert.

»Nach Zeugenbefragungen und einer ausführlichen Anhörung der Beschuldigten ist die Parteiführung am 25. August 1925 einstimmig übereingekommen, die Genossen Birnbaum, Lohmüller, G. Maier, Zabel und Zirkowski aus der Partei auszuschließen. Ein entsprechendes Schreiben wurde an die Ortsvereine versandt. Etwaige Ansprüche entfallen.«

Kein Kommentar, keine Erläuterung, keine Anklagepunkte. Kein Hinweis darauf, wer welche Funktion in der Partei innegehabt hatte, auf wessen Konto welche Verdienste gingen. Sein Dasein als Mitglied der Kommunistischen Partei und das seiner vier Mitstreiter hatte ein für ihn bis dahin undenkbar nüchternes Ende gefunden.

Charlotte goss die Kartoffeln in ein Sieb. Heißer Dampf stieg aus der Spüle, ihr direkt ins Gesicht. Mit dem Handrücken wischte sie sich den feuchten Film von der Stirn. Zu einem anderen Zeitpunkt hätte sie jetzt geflucht, aber sie verzog keine Miene.

Ob sie ihm heute noch ein Lächeln schenkte? Nur eines? Zum Trost?

»Man hat mich aus der Partei ausgeschlossen«, sagte er, und es war nicht klar, ob er zu sich sprach oder zu Charlotte, so gedankenversunken klang seine Stimme.

Charlotte jedenfalls sagte nichts, sondern stach mit einer Gabel in eine Kartoffel, die augenblicklich zerfiel. Auch die zweite Kartoffel brach auseinander, die dritte ebenfalls. Sie hatte sie zu lange gekocht. »Verdammt aber auch. Wie soll ich die blöden Dinger denn jetzt schälen?«

»Die denken, ich wäre ein Verräter«, sagte er.

»Dann gibt's eben nur Rührei mit Speck. Was meinst du, Alice?«, sagte sie und strich ihrer Tochter über den blonden Haarschopf.

Theo schwieg jetzt wieder, während Charlotte den Speck in die Pfanne gab. Sofort legte sich ein salziger Duft über den Raum. »Willst du mitessen?«, fragte sie, ohne ihn anzusehen.

»Wenn du genügend …«

»Sonst würde ich nicht fragen.«

Die ersten Minuten aßen sie schweigend. Und hätte Alice nicht hörbar Vergnügen daran gehabt, sich den Speck aus dem Rührei zu picken und ihn sich einzeln in den Mund zu schieben, es hätte eine bedrückende Stille über der Küche gelegen, nur untermalt von den dumpfen Schlägen eines Teppichklopfers.

Charlotte beobachtete Theo aus dem Augenwinkel. Sein Lächeln war verschwunden, und er sah müde aus, noch müder als vor einer Woche. Aber sie hatte jetzt wirklich andere Sorgen. Ein weiteres Bankhaus hatte ihren Kreditantrag abgelehnt, und in acht Tagen hatte sie den Termin mit den alten Damen.

»Vorgestern war die Anhörung«, sagte er schließlich. Und dann erzählte er ihr, was in den vergangenen Wochen und Monaten alles vorgefallen war. Von dem Parteitag, von seiner Auseinandersetzung mit dem Parteivorsitzenden, davon, dass er der Meinung war, dass sie bei den letzten Reichspräsidentenwahlen besser gemeinsame Sache mit den Sozialdemokraten gemacht hätten. »Dann hätten wir jetzt jedenfalls nicht diesen Kriegstreiber und Rückwärtsdenker Hindenburg am Hals. Mit dem geht's doch geradewegs in Richtung Monarchie zurück … Manchmal frage ich mich wirklich, ob denn niemand etwas dazugelernt hat in den vergangenen Jahren.«

Ich, hätte Charlotte am liebsten gesagt, ich habe gelernt, an mich und meine Träume zu glauben. Sie sagte aber: »Das tut mir leid, dass sie dich rausgeworfen haben«, und schob sich die letzte Gabel mit Rührei in den Mund.

»Mir auch. Glaub mir, mir auch.«

Dann herrschte wieder Schweigen zwischen ihnen, das Alice mit ihrem Quengeln füllte. Erst als Charlotte sie auf den Schoß nahm, war sie zufrieden.

»Weißt du, was das Schlimmste ist?«, fragte Theo nach einer Weile. »Das Schlimmste ist mein Gefühl, dass alles umsonst gewesen ist. Einfach alles. Es kommt mir vor, als hätte sich mein ganzes Leben in Luft aufgelöst.«

Charlotte sah ihn nachdenklich an. Sie kannte das Gefühl nur zu gut, wenn man glaubte, es bliebe einem nichts mehr, wenn der einzige Wunsch nur noch der war, dass alles wieder so sein sollte, wie es einmal gewesen war, einschließlich aller Illusionen, die sich ja erst später als solche entpuppen würden.

»Ich war Mitglied der ersten Stunde. Ich habe an die Revolution geglaubt, ich habe für sie gekämpft, ich hätte mein letztes Hemd gegeben, wenn diese Feiglinge nicht …« Er schüttelte den Kopf. »Aber was rede ich da. Wahrscheinlich sollte ich froh sein, dass ich überhaupt noch lebe. Weißt du, was die mit unliebsamen Genossen machen, seitdem Stalin das Ruder in der Hand hält? Die quälen einen wochenlang, und wenn man Pech hat, knallen die einen danach einfach ab. Einfach so. Da war die ganze Quälerei dann auch umsonst … Wenn ich es also recht bedenke, muss ich wohl dankbar sein, dass sie sich das bei mir nicht getraut haben. Ich bin eben doch nicht irgendwer, sondern Theo von Baumberg, der vorderste Mann an der Front.« Er schlug mit der Faust auf den Tisch, dass das Besteck auf den leeren Tellern nur so klapperte. »Entschuldige.«

Aber er war nicht der vorderste Mann an der Front, das wusste er nur zu gut, und er wusste auch, dass sie ihn nur deswegen hatten davonkommen lassen, weil sie ihn nach wie vor in der Hand hatten. Ein falscher Schritt von ihm, und sie würden seine Identität lüften und ihn den Aasgeiern zum Fraß vorwerfen. »Ich bin ein Nichts, Charlotte. Ein großes weites Nichts, auf das sich noch nicht einmal Staub legen kann.«

Noch vor ein paar Wochen hätte sie nicht gezögert, ihm Mut zuzusprechen, ihn zu trösten, sie hätte vielleicht auch seine Hand genommen, auf jeden Fall hätte sie ihm das Gefühl gegeben, dass er in ihren Augen kein Nichts war, aber jetzt wusste sie nicht, was sie sagen sollte. Etwa, dass er immerhin ihr Untermieter war? Außerdem hatte sie in zwei Stunden einen Banktermin, und bis dahin brauchte sie noch etwas Ruhe, musste sich frisch machen, sich umziehen, und für den Weg zum Kurfürstendamm sollte sie auch zwanzig Minuten einplanen. Als sie gerade nach den passenden Worten suchte, um ihm wenigstens nicht den Eindruck zu vermitteln, sie wäre gänzlich ohne Mitgefühl, legte er seine Hand auf ihren Arm. Ein Schauer lief ihr über den Rücken. Aber da hüpfte Alice schon wieder auf ihrem Schoß herum, so dass sie dem Gefühl kaum nachspüren konnte.

Er lächelte jetzt, aber nicht wie üblicherweise, sondern so wie in der Nacht auf der Fensterbank.

Sein Lächeln irritierte sie, es war das Lächeln, das sie immer an ihm gemocht hatte, aber im Gegensatz zu sonst musste sie jetzt daran denken, dass sie ihn erst neulich einen König geschimpft hatte, der seine Gaben nach Lust und Laune verteilte. »Ich muss demnächst los«, sagte sie und versuchte, dennoch sanft zu klingen.

Er nickte nur, sagte nichts, aber er ließ weder ihren Arm los, noch wandte er seinen Blick von ihr ab. Sie sah aus wie die Charlotte, die er kannte, und doch ganz anders. Kühler, härter. Er vermisste sie. Das spürte er jetzt zum ersten Mal. Ihr Lachen, ihre Vertrautheit. »Kann ich dich begleiten?«, fragte er. Und als sie nicht antwortete, sagte er: »Es besteht sonst Gefahr für Leib und Leben.«

»Machst du Witze?«

»Sagen wir mal so, wenn du mich hier allein zurücklässt, dann laufe ich Gefahr, mich weiterhin in Selbstmitleid zu ergehen. Und ich finde, das steht mir überhaupt nicht.«

»Da muss ich dir ausnahmsweise mal recht geben.«

»Was heißt hier ausnahmsweise?«

»Nicht so wichtig.« Sie winkte ab.

»Nein, sag schon. Was stört dich?«

Was sie störte? Nichts? Alles? Es störte sie, dass sie schon so lange mit ihm hier in der Küche saß, dass seine Hand noch immer auf ihrem Arm lag, dass sie nichts dagegen tat, dass sie seine Wärme spürte und dass sie diese Wärme gerne spürte, dass sie ihr guttat. Das störte sie. »Ich hab jetzt wirklich keine Zeit«, sagte sie.

»Schade.«

»Ich habe gleich einen Termin bei der Bank … Und ich glaube kaum, dass du mich dorthin begleiten möchtest.«

»Daher weht also der Wind.«

»Daher weht überhaupt kein Wind.«

»Du bist wütend, weil ich nicht …«

»Nein, bin ich nicht.«

»Und wie du das bist.«

»Bin ich nicht. Ich hätte diesen Vorschlag überhaupt nie an dich herantragen sollen. Das war eine ganz und gar dämliche Idee. Entschuldige also bitte.«

»War es nicht, ich hatte nur ganz andere Sorgen.«

»Du musst dich nicht rechtfertigen. Am besten, du vergisst einfach, worüber wir gesprochen haben.«

Er sah sie nachdenklich an. »Nach meiner kleinen Sabotageaktion dachte ich einfach, dass man mich kaltstellen wollte. Gefangen nehmen, verhören, vielleicht nach Russland schicken. Oder mich eben um die Ecke bringen. Das wäre nicht das erste Mal gewesen, dass sie so etwas mit unliebsamen Genossen machen.«

»Das sagst du erst jetzt? Ich wäre doch nie auf den Gedanken gekommen, dich in so einer Situation mit meinen kümmerlichen Problemen zu belästigen, wenn ich gewusst hätte, dass du gerade um dein Leben bangst.« Sie sah ihn fassungslos an. »Was glaubst du eigentlich, wer ich bin? Eine, die man schonen muss? Die man lieber belügt oder im Unklaren lässt, nur um … um was eigentlich?«

»Wäre es dir also lieber gewesen, ich hätte dir Angst eingejagt?«

»Wieso Angst eingejagt? Glaubst du etwa, ich hätte mich um dich gesorgt?«

Er lachte. »Ja, das glaube ich.«

»Ganz schön eingebildet, der Herr.«

»Und wenn du dir schon keine Sorgen um mich gemacht hättest, dann aber um Alice. Oder hättest du etwa nicht gedacht, dass meine Häscher auch hierherkommen könnten? In die Winterfeldtstraße? Zu dir in die Wohnung?«

»Sind sie aber nicht.«

»Konnten sie ja auch nicht. Es gab ja keine.«

»Zum Glück«, sagte sie leise.

Er lächelte, und für einen Moment sahen sie sich nur schweigend an, dann sagte er: »So, und jetzt lass uns besprechen, wie wir das mit dem Kredit machen wollen.«

»Wieso wir?«

»Weil ich kein Dasein als Nichts fristen möchte? Weil mein Leben zu etwas nütze sein soll? Weil ich dir helfen möchte? Weil wenigstens einer von uns beiden seinen Traum verwirklichen soll? Weil du eine gute Fotografin bist? Weil ... weil mich beeindruckt, wie du kämpfst? Weil kein Leben an ein bisschen Geld scheitern soll? Weil du es bist? Es gibt tausend Gründe, warum wir das tun sollten.«

Charlotte nahm jetzt Alice von ihrem Schoß und lehnte sich mit verschränkten Armen auf ihrem Stuhl zurück. »Und es gibt tausend, die dagegen sprechen.« Und sie listete ihm alle Einwände auf, die sie auch schon Gustav gegenüber geäußert hatte, aber er ließ keinen davon gelten. »Außerdem wären wir, angenommen, es funktioniert, für lange Zeit aneinandergekettet, rein geschäftlich natürlich«, sagte sie zum Schluss.

Aber auch da zuckte er nur mit den Schultern. »Und? Wäre das so schlimm?«

28

An den Kaffeehaustischen drängten sich die Gäste dicht an dicht. Manche saßen zu acht an einem kleinen runden Tisch, manche nur zu zweit. Niemand saß hier allein. Die Dame mit der langen Zigarettenspitze und in dem eleganten Kleid ebenso wenig wie die, die in Anzug und Krawatte gekommen war und jetzt lautstark nach einem Kellner rief.

Rauch waberte über den Köpfen, und man hatte den Eindruck, er fungierte als Mittler von Gespräch zu Gespräch. Manche Diskussionen wurden über drei Tische hinweg geführt, und in neunundneunzig Prozent der Fälle waren die jüngsten Schlagzeilen Grund für rege Auseinandersetzungen. »Arbeitslosigkeit erstmals rückläufig« war die Nachricht, die die meisten Kontroversen provozierte. Es gab nicht wenige, die glaubten, die Zahlen wären manipuliert, um der noch jungen Republik einen »sonnigen Anstrich« zu verleihen, was andere wiederum als durchaus legitimes Mittel empfanden, wenn es dazu beitragen würde, das Land »endlich in stabile Fahrwasser« zu geleiten.

Die hohen Wände waren mit Zeichnungen und Plakaten und Fotos gepflastert. Neben Politikerkarikaturen stachen vor allem nackte, lasziv übereinandergeschlagene Frauenbeine ins Auge. Charlotte jedenfalls konnte sich ein Schmunzeln nicht verkneifen, als sie das Kaffeehaus gegenüber der Gedächtniskirche betrat und ihr Blick auf pralle Schenkel fiel, die drei Viertel des Bildes einnahmen. Daneben verblasste das ernste Gesicht einer jungen Schauspielerin, deren Name ihr partout nicht einfallen wollte.

Sie folgte Theo, und wie er schlängelte sie sich nun durch die eng gestellten Tische zum Tresen. Manche Gesichter kamen ihr bekannt vor. Gesichter von Revuestars oder von Schauspielern. Aber sie war schon so lange nicht mehr aus gewesen, dass sie sich genauso gut auch täuschen konnte. In der Ecke saß ein älterer Herr, der eifrig Notizen machte, daneben zeichnete jemand mit flinker Hand auf eine Serviette. Eine Dame mit Monokel und krausem halblangem Haar saß ihm Modell.

Wie ein weicher Teppich lag das Stimmengewirr über dem Lokal, und Charlotte hätte am liebsten mit eingestimmt in das große Rauschen, denn sie hatte selbst so viel zu erzählen.

Von dem beleibten Bankangestellten, der sie keines Blickes gewürdigt hatte und der dennoch sie meinte, als er die Unterlagen als »vorbildlich« lobte. Der geglaubt hatte, mit einem gewissen Theo von Baumberg, Spross einer ostelbischen Gutsbesitzerfamilie, zu sprechen. Der keine halbe Stunde gebraucht hatte, um ihm den Kredit zu bewilligen, und der sich vor Freundlichkeit schier überschlagen hatte.

Zehnmal hatte sie zuvor ganz anderes erlebt und danach alle Bedenken über Bord geworfen.

»Sie können stolz sein auf diesen tüchtigen Mann«, wiederholte Theo jetzt die Worte des Bankangestellten in dessen tiefem Bass, bevor er beim Barmann zwei Gläser Champagner bestellte.

»Und mit dieser schönen Frau an Ihrer Seite schmeckt jeder Erfolg bestimmt zweimal so süß, nicht wahr, Herr von Baumberg?« Charlotte grinste.

Es war so einfach gewesen, dass Charlotte noch immer kaum glauben konnte, dass sie jetzt tatsächlich fünfzehntausend Mark zur Verfügung haben sollte. Noch heute konnte sie den Mietvertrag unterschreiben. Am 4. September 1925.

Sie würde sich den Tag rot anstreichen. Als Glückstag. Als endgültigen Start in ein neues Leben. Sie hätte schreien mögen, aber sie lächelte nur still in sich hinein. Es war richtig, sagte sie sich, es war richtig, über den eigenen Schatten gesprungen zu sein.

Theo hob sein Glas. »Auf dich, Charlotte. Auf deinen Erfolg. Möge schon bald alle Welt deine Fotos bestaunen.«

Das Herz schlug ihr bis zum Hals. Jetzt musste sie beweisen, dass sie diese Chance auch verdient hatte. Mit zittriger Hand stieß sie mit ihm an.

Nach dem dritten Schluck wich ihre Aufregung langsam einer gespannten Vorfreude. All diese Menschen hier, alle diese Gesichter hatten Tausende Geschichten zu erzählen, und sie würde schon bald einige davon auf Fotopapier bannen. Sie konnte es kaum erwarten. In Gedanken setzte sie bereits das Licht, ließ mal Zigarettenrauch über der rechten Gesichtshälfte stehen, mal bat sie einen älteren Herrn, seine Brille in die Hand zu nehmen. Sie hätte sofort mit der Arbeit beginnen können. Charlottes Augen leuchteten wie ein von der Sonne beschienenes Meer, was auch dem Barmann nicht entging, der ihr nun ungefragt nachschenkte.

»Für die schönsten Augen im ganzen Lokal«, sagte er und zwinkerte Theo verschwörerisch zu, der kaum weniger verschwörerisch lächelte.

»Ich danke dir«, flüsterte er ihr ins Ohr.

Und sie sah ihn erstaunt an. »Ich bin es, die zu danken hat.«

Aber er legte ihr den Zeigefinger auf den Mund. »Das war meine erste sinnvolle Tat seit langem«, sagte er. Die erste jedenfalls, mit der er wirklich jemanden hatte glücklich machen können. Wenn er es sich recht überlegte, war ihm das bislang noch nie gelungen. Glück war immer ein ferner Traum gewesen, eine fiktive Größe, die sich an gesellschaftlichen Dingen wie der gerechten Umverteilung der Güter bemessen hatte, nicht aber an privaten Ereignissen. Dass er jetzt selbst so etwas wie Glück in sich spürte, schien ihm fast ein Wunder zu sein. Er konnte sich gar nicht daran erinnern, jemals auf diese Art glücklich gewesen zu sein. Er packte ihren Kopf mit beiden Händen und gab ihr einen Kuss auf den Mund. »Ich danke dir«, sagte er erneut und lachte. »Und jetzt lass uns feiern. Bei Schwannecke gibt es das beste Kalbssteak der Stadt, und hinterher gehen wir tanzen.«

Charlotte, noch ganz perplex von dem Überrumpelungskuss, sah ihn mit großen Augen an.

»Oder hast du etwas Besseres vor?«

Besseres? An einem Tag wie diesem? Dem besten seit einer Ewigkeit? Ihr Mund verzog sich zu einem breiten Lachen.

Und er nahm erneut ihren Kopf in die Hände und gab ihr einen schnellen Kuss auf den Mund. Und noch einen. Und noch einen, bis der Barmann sagte, entweder küsse er sie jetzt endlich richtig oder er übernehme das. Aber Theo lachte nur. So war es genau richtig. Für den Moment jedenfalls. So und nicht anders, und er spürte, dass Charlotte das genauso sah, denn ihr Lachen klang nun ebenso befreit wie seines.

Wie lange es her war, dass sie zuletzt an einem weiß gedeckten Tisch in einem Restaurant gegessen hatte, vermochte Charlotte kaum zu sagen. Viel zu lange, wie ihr schien, denn sie genoss jeden Bissen wie eine kleine Köstlichkeit, sog die angeregte Stimmung in dem kleinen Lokal wie süßen Nektar auf, erfreute sich an jedem Wort, das sie von den Nachbartischen aufschnappte, als wäre es eine kleine Bestätigung dafür, dass sie wieder dazugehörte, dass sie wieder Teil eines Lebens war, das sie schmerzlich vermisst hatte, wie sie nun spürte.

Bis auf Politik, denn Charlotte hörte nicht einmal die Namen Hindenburg oder Stresemann fallen, schien es kein Thema zu geben, über das hier nicht gesprochen wurde. Wie man die Kupplung beim Benz richtig betätigen müsse, wie die Ampel am Potsdamer Platz zu benutzen sei, wie man die letzte Premiere im Deutschen Theater gefunden habe oder die Robe von der oder jener, alles schien von gleich großer Bedeutung zu sein. In einer der Nischen weiter hinten saß ein älterer Herr und hielt seiner jungen Begleiterin einen langen Vortrag über Fotografie. Hätte Charlotte gehört, wie er alle Fotografen in Bausch und Bogen verdammte, da sie nichts weiter als Illusionisten seien, sie hätte mit Theo vielleicht weniger unbeschwert über dessen Wandlung vom Kommunisten zum Kapitalisten gefrotzelt.

So aber machten sie sich über seine neue Rolle als Ausbeuter lustig, stellten sich die fassungslosen Gesichter seiner alten Genossen vor, verdrehten jede seiner alten Kampfparolen ins Gegenteil. »Herren aller Länder, vereinigt euch.« »Auf zum Kampf, Kapitalisten.« »Herrschende, hört die Signale.«

Die falschen Parolen noch auf den Lippen, wechselten sie wenig später ein paar Straßen weiter in eine kleine Tanzdiele, aus der die Musik am lautesten nach draußen drang. Charleston, Foxtrott, wieder Charleston. Die kleine Kapelle ließ die Beine der Tanzenden fliegen, die Körper wirbeln. Die Luft war getränkt von Schweiß und Alkohol und einem nicht enden wollenden Lachen.

Nach anfänglichem Zögern, es war, als müssten sie sich trotz allem erst vorsichtig betasten, gaben sich auch Charlotte und Theo dem gemeinsamen Rausch auf der Tanzfläche hin. Er stieß sie fort und zog sie zu sich heran, und wenn sie Charleston tanzten, ließen sie sich nicht aus den Augen. Charlottes Gesicht glühte, Theo war die Anstrengung weniger deutlich anzusehen, aber er war mindestens so erschöpft wie sie, als sie nach draußen traten, um für einen Moment frische Luft zu schnappen.

In dieser Spätsommernacht wimmelte es auf dem Bürgersteig nur so vor kurzen Kleidchen, Federschmuck, Bubiköpfen, hellen und dunklen Anzügen und Knickerbockern. Charlotte saß mit dem Rücken zur Hauswand und streifte ihre spitzen schwarzen Lacklederschuhe von den Füßen. Ihre Sohlen brannten, aber nichts hätte sie glücklicher machen können als ebenjene schmerzenden Füße, die der Beweis dafür waren, dass sie lebte. »Ich werde ein Fotostudio eröffnen!«, rief sie in die Nacht, und einige Passanten bedachten sie mit einem mitleidigen Lächeln. Doch Charlotte beachtete sie nicht. Stattdessen sah sie nun zu Theo, der sich neben sie gesetzt hatte. »Ist es wirklich wahr? Ich werde ein Fotostudio eröffnen? Ich werde Fotografin sein?«

»So der Ausbeuter will«, sagte er und grinste und legte wie selbstverständlich einen Arm um ihre Schultern.

Seine heiße Hand brachte ihre ohnehin feuchtwarme Haut nur noch mehr zum Glühen. Ein weiterer Beweis dafür, dass sie wieder unter den Lebenden war. Das Lächeln auf ihrem Gesicht wollte gar nicht mehr verschwinden, auch dann nicht, als sie sah, wie sich Theos Lippen ihren langsam näherten.

Alles schien möglich an einem Tag wie diesem. Auch dass sie sich küssten, so wie es der Barmann schon am frühen Abend gefordert hatte.

Denn sie würde das Leben küssen, sie würde es wie einen Liebhaber umarmen und streicheln. Es würde nach Salz schmecken und feuchter Wärme, und es würde sie zärtlich und kraftvoll umfangen.

In dieser Nacht liefen sie wie Verliebte nach Hause. Hand in Hand und Charlotte mit nackten Füßen. Sie rannten, hielten an, küssten sich, rannten weiter, sie vorneweg und er hinterher. Sie entwischte ihm, er lief schneller und fing sie wieder ein, und sie entwischte ihm erneut.

Charlottes Lachen hallte durch die nächtlichen Straßen, verfing sich in den Gaslaternen, in den Verzierungen der Häuserfassaden, drang in offene Fenster, in fremde Wohnungen und Schlafzimmer. Und Theo war, als machte ihr Lachen alle seine Sorgen vergessen, als wäre er ebenso hoffnungsfroh wie sie.

III

»Das gibt's nur einmal, das kommt nicht wieder,
das ist zu schön, um wahr zu sein!
Nur für ein Weilchen fällt auf uns nieder
vom Paradies ein gold'ner Schein.«

(aus dem Lied »Das gibt's nur einmal«; Text: Robert Gilbert)

29

Hektisch durchschritt Charlotte ihr Studio, überprüfte nun schon zum zehnten Mal das Licht, fragte sich zum hundertsten Mal, ob der Stuhl dort in der Ecke auch richtig stand, besah sich zum tausendsten Mal die Requisiten, die sie extra für diesen Fototermin besorgt hatte. Zigarre, Monokel, Zigarettenspitze, lange Handschuhe in Schwarz und Weiß, eine rote Federboa, eine Krawatte und zwei Fliegen, eine klassisch in Schwarz, eine schwarzweiß gestreift. Die große Kamera war bereits auf das Stativ montiert, die kleinere, für Schnappschüsse und Probeaufnahmen, lag auf einem langen Tisch, auf dem sie auch einige ihrer Fotos ausgelegt hatte. Nur für den Fall der Fälle. Falls doch Zweifel an ihrem Können aufkommen sollten.

Nach zwei Jahren im eigenen Studio war sie so nervös wie beim ersten Mal.

Überpünktlich waren damals die vier Damen erschienen. »Vor meiner Ruine«, wie sie manchmal mit Wehmut sagte, wenn sie an die Anfangszeit in der Bülowstraße zurückdachte. Aus den Wänden war noch Stroh gequollen, an manchen Stellen war das Fachwerk deutlich zu sehen gewesen, und der Boden hatte einem steinernen Garten geglichen.

Jetzt war die Wand weiß verputzt, der Fußboden glatt und grau gestrichen, kein Staubkorn störte die klare Linie.

Damals aber war alles Improvisation gewesen. Und die vier Damen so etwas wie Versuchskaninchen, die sich bis zum

Abend hatten gedulden müssen, denn erst da war Charlotte zufrieden gewesen. Das Foto von damals hing längst vorne bei Claire im Geschäftsraum hinter der Kasse. »Vier zerknitterte Gesichter vor zerknitterter Wand«, sagte sie manchmal im Scherz dazu, aber eigentlich waren es vier stolze Frauen. Eine war im vergangenen Jahr verstorben, eine zweite vor gut sechs Monaten. Die beiden anderen aber kamen noch immer regelmäßig auf einen Plausch vorbei und sparten auch nicht mit Kritik, wenn ihnen mal ein Foto nicht gefiel.

Und das waren nicht wenige. Viele waren ihnen zu streng, zu klar, zu hart, zu kalt. Aber Charlotte ließ sich davon nicht beirren. Sie hatte gelernt, das Licht so zu setzen, dass es das Gesicht in zwei Hälften teilte, in eine helle und eine dunkle, und sie hatte Spaß an diesem doppeldeutigen Blick. Nach anfänglichem Zögern gefielen sich auch die meisten der so Porträtierten.

Der Türsteher, der in einem schwarzen Paillettenkleid gekommen war und sich mit einem Hündchen auf dem Arm hatte fotografieren lassen, war sogar so begeistert gewesen, dass er daraufhin etliche seiner Transvestitenfreunde aus dem Eldorado zu ihr geschickt hatte. Sein Foto lag nun neben dem einer Tänzerin aus der Scala und denen, die sie von Gästen aus den umliegenden Lokalen gemacht hatte. Frauen in Herrenanzügen mit Monokel im Auge waren ebenso darunter wie in Abendrobe gekleidete Damen. Herren im Smoking waren zu sehen und bullige Glatzköpfe. Das ganze Spektrum einer bunten Nachbarschaft, die aus einschlägigen Bars wie dem Dorian Gray bestand. Orte, an denen man den Kitzel fremder und eigener Abgründe genoss.

Die Schaufensterpuppe stand in der hintersten Ecke, gleich neben der Tür, die in die Dunkelkammer führte. Charlotte hatte sie mit dem Gesicht zur Wand gedreht. Es war wie ein Fluch gewesen oder aber wie ein feines Zeichen, Charlotte war noch unschlüssig, zu welcher Seite sie tendierte, jedenfalls war die Puppe schon vor ihr da gewesen. Ein Überbleibsel des Vormieters. Ein Gruß von Albert, wie sie manchmal dachte, nichts als Hohn und Spott, wie sie in anderen Momenten glaubte. Aber wegwerfen mochte sie sie trotzdem nicht.

Ungeduldig öffnete Charlotte die Tür zum Geschäftsraum. Dort saß Claire auf einem der beiden Sessel, die Füße auf einem Schemel, und blätterte in einer Zeitschrift. Wie immer stand etwas Gebäck auf dem kleinen Tisch, und Claire biss gerade zufrieden in eine Makrone, als Charlotte zum unzähligen Mal an diesem Tag fragte, ob sie denn schon »irgendetwas« gehört habe.

»Du machst mich noch ganz verrückt, Lotte. Jetzt setz dich endlich und iss etwas. Bäcker Weiß hat sich mal wieder selbst übertroffen.«

Dankend lehnte sie ab und ließ ihren Zeigefinger über die dunklen Regalböden gleiten. Sie begutachtete ihren Finger mit strengem Blick, hielt ihn gegen das Licht und fragte, während sie auf ihrer Fingerkuppe vergeblich nach Staub suchte, ob der Drucker am Morgen eigentlich die Werbezettel vorbeigebracht habe.

Claire schmunzelte. »Gustav hat sie sogar schon abgeholt«, sagte sie, bevor sie sich die nächste Makrone nahm. »Alles läuft wie immer, Lotte. Der Drucker war da, Gustav, ein paar Kunden, zwei Bettler, ein Mädchen vom Bülowbogen, Isolde hat Gebäck gebracht. Ich soll dich übrigens herzlich grüßen, sie drückt alle Daumen. Es gibt also keinen Grund, sich Sorgen zu machen. Du kannst dich beruhigt zu mir setzen.«

»Meinst du, es war ein Fehler?«, fragte Charlotte, während ihr Blick über die zum Verkauf stehenden Kameras glitt. Noch immer hatte sie sich nicht daran gewöhnt, dass sie über eine so große Auswahl verfügten. Platten- und Rollfilmkameras, größere, kleinere, auch eine Leica war darunter, ähnlich der, die der Lange ihr hatte schenken wollen, allerdings ohne Chromverzierung. Charlotte mochte diesen Schnickschnack nicht und hatte sich entschieden, nur die mit schwarzem Gehäuse zu verkaufen. Nachdenklich strich sie über den Auslöser. »Ist nicht alles gut so, wie es ist?«

Nach anfänglichen Schwierigkeiten liefen Laden und Studio nicht schlecht. Gut genug jedenfalls, dass sie ihre Kreditrate bei Theo ohne größere Schwierigkeiten begleichen konnte, dass Claire ihr Gehalt bekam, Alice und sie davon ganz gut leben und sie zudem auf Gustavs Miete verzichten konnte. Mit ihm hatte sie seit einiger Zeit vereinbart, dass er, statt Miete zu bezahlen, für sie Werbung machen sollte. Seitdem wurde er nicht müde, seine Werbezettel auf den Straßen und in Bars und Restaurants zu verteilen und Charlotte als »die beste Fotografin von janz Berlin« zu preisen, was immerhin auch schon einige Touristen auf sie aufmerksam gemacht hatte.

»Ach, Lotte.« Claire stöhnte leise. Seit Tagen schon lag Charlotte ihr mit diesen Fragen in den Ohren. Ob sie schon genügend Erfahrung habe? Ob sie nicht besser hätte absagen sollen? Ob sie nicht ihre Existenz als Fotografin aufs Spiel setzte, sollte sie jetzt versagen? Und Claire stellte sich schon darauf ein, dass Charlotte gleich einmal mehr eine ganze Armada von Selbstzweifeln auf sie abfeuern würde, als endlich das Auto vorfuhr. Ein herrschaftlicher schwarzer Wagen, der direkt vor ihrem Schaufenster parkte.

Charlotte strich sich nervös durchs Haar. Wie ihr stockte auch Claire nun der Atem, als sie den Chauffeur um den Wagen gehen sah, als sie sah, wie dessen weiß behandschuhte Hand die Wagentür öffnete, und als schlanke, in feine schwarze Strümpfe gehüllte Beine zum Vorschein kamen.

In der Zwischenzeit war auch Theo aus dem Wagen gestiegen, trat nun von der anderen Seite an die Tür und reichte Mizzi Haller, dem Operettenstar, seinen Arm. Ein energisch dreinblickendes Gesicht kam zum Vorschein, ganz so, wie

Charlotte es schon auf unzähligen Plakaten gesehen hatte, umhüllt von einem dunklen kurzen Lockenschopf. Theo flüsterte der Sängerin etwas zu. Es musste etwas Komisches gewesen sein, jedenfalls lachte sie herzhaft, und mit einem Mal sah ihr Gesicht ganz weich aus, fast so, als wollte es nach allen Seiten hin zerfließen.

»Sind sie nicht ein schönes Paar?«, fragte Claire noch leise, doch da öffnete Charlotte ihnen bereits die Ladentür.

Die Begrüßung fiel herzlicher aus als gedacht. Auch Claire kam in den Genuss eines kräftigen Handschlags sowie eines breiten Lächelns, nachdem Theo sie als »eine der besten Liedtexterinnen« vorgestellt hatte und als eine, die ohnehin »die Beste unter den Besten« sei, was Claire beinahe die Röte ins Gesicht getrieben hätte. Und das mit ihren neunundfünfzig Jahren. Später würde sie ihn deswegen einen Lügner und Aufschneider schimpfen, auch wenn sie es jetzt genoss, sich mit der großen Haller einen kleinen Schlagabtausch zu liefern. Kaum hatte Theo sie nämlich als Liedtexterin gepriesen, hatte die Haller ihr auch schon einen Schlagertitel an den Kopf geworfen, als wollte sie ihre Kennerschaft prüfen. Und Claire war geistesgegenwärtig genug gewesen, mit einem anderen Titel zu antworten.

»Ein Flip – ein Gin – ein Mädel«, sagte die Haller.

»Die schöne Adrienne hat eine Hochantenne«, sagte Claire.

»Ausgerechnet Bananen.«

»Ich hab das Fräulein Helen baden sehn.«

Während es zwischen den beiden munter hin und her ging, warfen sich Charlotte und Theo einen langen Blick zu, in dem alle Hoffnungen und Enttäuschungen der vergangenen zwei Jahre zu liegen schienen. Sie lächelte jetzt, und er lächelte auch. Als sie aber das Gefühl hatte, er wollte sie gar nicht mehr aus den Augen lassen, wandte sie sich von ihm ab. Dieser Blick passte nicht zu ihrer Abmachung.

Wenige Tage nach Bewilligung des Kredits waren sie übereingekommen, eine rein geschäftliche Beziehung zu pflegen. Vor allem Charlotte hatte dieses Gespräch vorangetrieben. Für sie kam es nicht in Frage, finanzielle und andere Abhängigkeiten zu vermischen. Was in der Theorie plausibel klang, war in der Praxis weit weniger eindeutig. Eine kurze Berührung hier, ein flüchtiger Blick da, ein gemeinsames Essen dann und wann, und ihre so schön geordnete Welt geriet ins Wanken.

Aus einem Blick wurde ein Kuss, eine Umarmung, eine schlaflose Nacht. Und am nächsten Morgen waren sie wieder Geschäftspartner.

Bislang waren sie sich immer einig gewesen, dass sie ihre ganze Kraft und Konzentration auf das verwenden wollten, was Charlotte »die Ordnung der Träume« nannte. Für sie bedeutete dies, dass sie sich um ihr neues Studio kümmerte, für Theo, dass er den Scherbenhaufen zusammenkehrte, den der Rauswurf aus der KPD nicht nur in seinem Innersten hinterlassen hatte.

Als Charlotte ihn nun aber dabei beobachtete, wie er der Haller seinen Arm reichte, um sie in ihr Fotostudio zu geleiten, durchzuckte sie genau jener Schauer, den sie eigentlich nicht hatte spüren wollen. Und als sie wenig später hörte, wie er mit ihr scherzte, während sie noch einmal die Position der Kamera prüfte, als sie hörte, in welch vertrautem Ton sie sich über einen Kostümball unterhielten, auf dem sie beide gewesen waren, versetzte ihr das einen unerwarteten Stich.

Nie hatte sie sich bislang Gedanken über seine Arbeit gemacht, und ausgerechnet jetzt, da sie das wichtigste Foto ihrer noch kurzen Karriere machen sollte, fragte sie sich, was er wohl sonst noch so mit den Damen machte, denen er ganz offensichtlich mehr als nur ein Tanzpartner war.

»Eintänzer? Du?« Am Anfang hatte sie schallend gelacht, als er ihr gesagt hatte, womit er jetzt sein Geld verdiente.

»Eintänzer im Adlon«, hatte er sie korrigiert und sich ebenfalls ein Grinsen nicht verkneifen können. »Ist das nicht eine bemerkenswerte Karriere? Vom KPD-Funktionär zum Eintänzer, vom Kommunisten zum Geldverleiher, vom Frankfurter Juden zum Spross einer ostelbischen Adelsfamilie? Wobei Letzteres vielleicht noch am dichtesten beieinanderliegt.«

Damals hatten sie sich köstlich amüsiert. Über Tanzpartnerinnen, die aus dem Mund rochen, die mit Schminke zugekleistert waren, die in ihm den verlorenen Sohn sehen würden oder, schlimmer, den so sehnsüchtig vermissten Mann. Keine drei Monate hatte er sich selbst gegeben.

Das war jetzt fast zwei Jahre her, und Charlotte erkannte zwar noch immer den Spötter in ihm, auch den Idealisten, der in einem kleinen geheimen Zirkel gemeinsam mit ehemaligen KPD-Mitgliedern seinen kommunistischen Ideen nachhing, sie sah aber auch einen Mann, der ihr ganz und gar fremd war. Einen, der anderen Frauen die Türen aufhielt, der ihnen aus dem Mantel half, der mit ihnen Konversation betrieb, der zu Bällen und Diners eingeladen wurde, auf denen Berühmtheiten wie die Haller verkehrten.

Eigentlich hatte er sich nicht verändert, dachte sie jetzt, während sie Mizzi Haller, ganz gegen ihre ursprüngliche Absicht, sie mit allerlei Accessoires auszustatten, nun bat, Federboa, Handschuhe und alles Überflüssige abzulegen. Er war und blieb der Meister der Verstellung. Vielleicht war dies ja der Grund dafür, weshalb sie ihn als Einzigen ihrer Winterfeldt-Gemeinschaft bislang noch nicht porträtiert hatte.

Von allen anderen hingen Fotos in ihrem Studio. Zuallererst von Alice, von der sie schon so viele gemacht hatte, dass sie sie gar nicht mehr zählte. Auf dem jüngsten, aufgenommen an Alberts viertem Todestag, schmuste sie zu Hause auf dem Sofa liegend mit der Katze. Es war ein Bild voll unschuldiger, zärtlicher Liebe, das ihr in sentimentalen Momenten die Tränen in die Augen treiben konnte.

Gustavs Foto ließ sie höchstens milde lächeln. In seinen Knickerbockern und mit der Schiebermütze sah er aus, als wollte er sich als Mitglied einer Gangsterbande empfehlen, was er jedoch weit von sich wies. Er habe diesem Leben abgeschworen, beteuerte er immer wieder. Dass er Lilly nicht vergessen konnte, sagte er lieber nicht. Sie war zu so etwas wie einem Phantom geworden, das er zwar ab und an in Begleitung eines Mitglieds von »Immertreu« auf der Straße erspähte, dem er sich aber nicht nähern konnte. An manchen Tagen machte es ihn ganz krank, sein »Vögelchen« mit diesen breiten Kerlen zu sehen, und auch wenn er so gut wie nicht mehr hinkte und man eigentlich gar nicht mehr sah, dass er bis vor einem Jahr noch am Stock gegangen war, war er noch immer allein, und die anderen waren nicht zimperlich. Er hätte die Freunde vom Langen um Hilfe bitten können, aber das wollte er nicht. Allein deren ständige Singerei ging ihm schon auf die Nerven, und diese soldatische Art, miteinander zu sprechen, hatte ihm auch nicht gefallen. Ganz abgesehen davon, dass er Fußball noch nie hatte leiden können. Im Krieg hatte er schon genügend kämpfende und schwitzende und schreiende Männer gesehen, das reichte ihm für den Rest seines Lebens.

An der Wand zur Dunkelkammer hingen die Fotos wie in einer Ahnengalerie aufgereiht. Erst Alice, dann Gustav, dann der Lange, dann Claire.

Dass der Lange nicht neben Alice hing, für die er fast schon so etwas wie ein Vater geworden war, fiel ihm schwer zu akzeptieren. Dafür gefiel ihm sein Bild umso besser. Es war Charlottes Idee gewesen, ihn im Torwartdress und mit dem Fußball unter dem Arm zu fotografieren. Aufrecht stand er da, den Kopf leicht nach vorne gereckt. »Mein kleiner großer Held«, hatte sie zu ihm gesagt. Und seitdem hallten ihre Worte wie ein großes, schönes Echo in ihm nach.

Das Foto von Claire gehörte zu einem von Charlottes

liebsten. Ohne Ketten und Armreife hatte sie Claire in aufrechter Pose fotografiert. Nur sie in einem ihrer langen Gewänder, den Kopf mit den raspelkurzen Haaren gerade in die Kamera gerichtet. »Eine stolze, schöne Kämpferin«, hatte Charlotte gesagt, und Claire hatte sie nur verwundert angesehen, als wäre ihr Blick auf sich immer ein anderer gewesen. Doch schon kurz nach der Aufnahme trug sie immer weniger Schmuck. Mittlerweile verzichtete sie ganz darauf, und jeder, den man fragte, bestätigte, dass sie schöner aussah denn je.

Charlotte, die mittlerweile jede Nervosität abgelegt hatte, dirigierte Mizzi Haller nun von einer Position in die nächste. Aber beide schienen sie nicht zufrieden zu sein. Die Haller nicht, weil sie sich nackt fühlte ohne Federschmuck und Handschuhe und Zigarettenspitze, die sie nur unter Protest und nach Theos gutem Zureden abgelegt hatte. Charlotte nicht, weil sie spürte, dass es Mizzi Haller im Gegensatz zu Claire an Ausstrahlung fehlte, um ohne schmückendes Beiwerk vor ihrer Kamera bestehen zu können.

Die Idee mit der Schaufensterpuppe kam ihr plötzlich und gefiel ihr eigentlich ebenso wenig wie die Vorstellung, der Haller gegenüber einen Fehler einräumen zu müssen. Deren Gemecker aber gab ihr unmissverständlich zu verstehen, dass ihr die Zeit davonlief. Auch Theos angespanntes Gesicht sprach Bände. Als sie die Puppe holte, griff sich Mizzi Haller entsetzt an die Stirn, wie ein Stummfilmstar, der sein Schicksal kaum fassen konnte. Dass sie zu allem Überfluss nun auch noch neben »dieser Leblosen« posieren sollte, »diesem Nichts«, übertraf alles, was sie je an Unverschämtheiten erlebt zu haben schien. Jedenfalls zeterte sie, als ginge es um ihr Leben, und nur Theos Engelszunge war es zu verdanken, dass sie sich nach endlos scheinendem Hin und Her endlich wieder beruhigte.

Wenig später stellte sie sich mit ernstem Gesicht rechts vor die Schaufensterpuppe, die nun ihre Handschuhe trug, ihre Halsketten, ihre Armreife, ihre Ringe, ihren Federschmuck, ihre Stola. Sie hingegen hatte nur ihr schwarzes knielanges Hängerkleid an. »Eine Minute«, sagte sie, »nicht mehr.«

Aber Charlotte spürte sofort, dass dies genau das Foto war, das sie immer hatte machen wollen. Sie brauchte keine dreißig Sekunden dafür.

Zum Abschied ließ die Haller eine Flut an Verwünschungen auf sie nieder, die Charlotte zu ihrem eigenen Erstaunen kaum berührten. Selbst als sie sagte, sie werde höchstpersönlich dafür sorgen, dass kein vernünftiger Mensch in dieser großen Stadt jemals einen Fuß in dieses Dilettantenstudio setzen werde, dachte Charlotte nur an dieses Foto, das sie gleich entwickeln würde.

Sie kam ganz langsam zum Vorschein. Als schwebte sie aus weiter Ferne in ihre Welt hinein, als wollte sie sie mit ihrem Anblick nicht überfordern. Charlotte hielt das Fotopapier mit einer Pinzette und schwenkte es vorsichtig im Entwicklerbad. Sie erkannte die Hände mit den Haller'schen Klunkern, die steifen Arme behängt mit Schmuck, die perfekten kleinen Brüste, das Scharnier unterhalb des Kopfes, an dem man ihr den Hals hätte umdrehen können.

Nach und nach schob sich die Haller in den Vordergrund. Ihre Augen funkelten. Die Wut, dachte Charlotte, und ein Lächeln zeigte sich auf ihrem Gesicht. Die funkelnden Augen standen ihr gut. Sie ließen sie leuchten. Daneben wirkte jeder Glitzerschmuck matt.

Charlottes Herz pochte. Das Schlimmste stand ihr noch bevor, und für einen Moment fragte sie sich, ob es wirklich eine gute Idee gewesen war, diese Puppe mit aufs Bild zu nehmen, und ob die Haller nicht doch recht gehabt hatte, in ihr eine Dilettantin zu sehen, die nicht wusste, was sie tat.

Allmählich gewannen auch die Augen der Schaufensterpuppe an Konturen. Die aufgemalten Wimpern waren viel zu groß, die Iris zu klein, die ganzen Proportionen stimmten nicht, aber es waren Augen und keine dunklen Krater.

Mit zittriger Hand hängte Charlotte das Foto zum Trocknen an die Leine.

Als sie es abnahm, hatte sie bereits Alberts letztes Foto hervorgeholt. Sie hatte es sich lange nicht mehr angesehen. Und auch jetzt kroch ihr wieder dieser kalte Schauer bis in die Zehenspitzen, von dem sie gehofft hatte, ihn nie wieder spüren zu müssen. Sie fröstelte, obwohl es in ihrem Studio mindestens fünfundzwanzig Grad warm war.

Rasch legte sie ihr eigenes Puppenfoto daneben, und im Gegensatz zu Alberts Foto schien es vor Kraft nur so zu strotzen. Vor Wut, vor Leben, vor dem unbedingten Willen, sich zu zeigen. Neben dem trotzigen »Hier bin ich« der Haller verlor die Puppe alles Bedrohliche. Sie war das, was sie war. Eine Schaufensterpuppe, behängt mit schönem Schein.

Ganz langsam wurde Charlotte wärmer.

30

Der Zeitungsverkäufer vom Bülowbogen winkte ihr schon von weitem zu. Seit fast zwei Jahren kaufte Charlotte bei ihm täglich die *Vossische Zeitung*, die *B.Z. am Mittag* und jeden Mittwoch das Modemagazin *Die Dame*. Sein Stand war der größte in der ganzen Umgebung, und er quoll vor Titeln nur so über. Dicht an dicht hingen hier Tageszeitungen neben Rennsportmagazinen, neben Klatschblättern, neben Frauenzeitschriften, neben Anspruchsvollem wie der *Weltbühne*.

Wie jeden Tag um die Mittagszeit begrüßte er sie auch heute mit der gleichen Frage: »Ham wer heute wieder ein Motiv erlegt, die Dame?«

Und wie üblich lachte Charlotte und sagte ihm, dass sie doch keine Jägerin sei, dass sie kein Foto »schieße«, sondern »komponiere«, und dass er das längst wissen würde, wenn er endlich einmal bei ihr vorbeigekommen wäre wie versprochen. Er müsse doch nur über die Straße gehen.

Ihr Laden befand sich direkt gegenüber, nur durch die Straßenbahnlinie und den Autoverkehr getrennt.

»Morgen, die Dame, morgen janz bestimmt«, sagte er wie immer, und sie wussten beide, dass es nie dazu kommen würde, und lachten, während er ihr unaufgefordert ihre Zeitungen reichte.

»Heute nehme ich ausnahmsweise auch noch die *Berliner Illustrirte*.«

Er sah sie verwundert an. »Die *Illustrirte*? So 'n Klatschheftchen, det passt doch jar nicht zu Ihnen, Verehrteste.« Aber natürlich verkaufte er ihr auch das.

Noch am Stand blätterte Charlotte die Zeitschrift durch, fand aber nicht, was sie suchte, und verschwand mit einem kurzen Gruß hinter der Straßenbahn, die gerade vorbeifuhr.

Claire stand hinter der Kasse und zählte die Einnahmen vom Vormittag, als Charlotte ihr die *Illustrirte* hinlegte. »Da hat mich jemand gewaltig auf den Arm genommen«, sagte sie. Und mit »jemand« war Theo gemeint, was sie beide wussten.

»Glaub ich nicht«, sagte Claire und blätterte sich durch eine nicht enden wollende Modestrecke. »Dafür gibt es doch gar keinen Grund. Oder gibt es da etwas, was ich wissen sollte?« Sie grinste jetzt, wie sie immer grinste, wenn sie diese Frage stellte und keine Antwort erwartete.

»Weiß ich, was in seinem Kopf vor sich geht? Vielleicht drehen sich da Thälmann und die Haller im Walzerschritt.«

Claire lachte.

»Wäre doch möglich?«

»Wäre möglich, aber …« Ein Lächeln machte sich auf ihrem Gesicht breit. »Ich glaube eher, dass sich gerade eine gewisse Charlotte Berglas im Laufschritt Richtung große Karriere bewegt. Hier.« Sie hielt ihr die letzte Seite hin. »Ganz unten. Die Ankündigung.«

»Im nächsten Heft: Mizzi Haller. So haben Sie den Star noch nie gesehen. Fotografiert von Charlotte Berglas. Am 14. September 1927 am Kiosk«, las Charlotte laut. Ihr Herz schlug mit hundertachtzig.

»Er hat nicht zu viel versprochen, unser guter Theo. Guter Theo, bester Theo.« Claire kicherte jetzt leise vor sich hin. »Dieser elende Schlawiner wickelt sie doch alle um den Finger, selbst die Haller. Diese alte Zimtzicke. Da hätte ich ja liebend gern Mäuschen gespielt. Was meinst du? Ob er ihr wohl einen heißen Flirt mit einem heißen Kommunisten versprochen hat?«

»Erspar mir bloß deine schmutzige Phantasie.«

»Oder glaubst du etwa, er hat ihr angeboten, sie einmal zu seinen schicken Kommunistenfreunden mitzunehmen und sie in die Geheimnisse des Klassenkampfes einzuweihen?« Claire lachte. Sie liebte es, Charlotte zu necken. Denn natürlich war ihr nicht entgangen, wie Theo und sie sich schon seit einer kleinen Ewigkeit umkreisten.

»Versuch es erst gar nicht, meine Liebe.«

»Mann, Lotte, dir ist aber auch nie etwas zu entlocken. Das ist nicht gerecht. Ich erzähl dir doch auch immer von meinen neuesten Eroberungen. Erst gestern wieder, im Eldorado, du wirst es kaum glauben, aber da habe ich vielleicht ein hübsches Ding gesehen …«

Und Charlotte wusste schon, dass nun die übliche Geschichte von dem jungen Mädchen und der alten Schachtel folgen würde, die stets damit endete, dass Claire ihr einen Drink ausgeben und gute Ratschläge erteilen würde. Denn eigentlich war sie gar nicht gemacht für kleine Abenteuer. Im Herzen war sie Frau Grün treu, »meiner Isolde«, die zu Claires Leidwesen ihrem Mann treu war.

»Bei so viel Aufregung gestern«, sagte Charlotte jetzt, »könntest du doch heute mal zu Hause bleiben und Alice nehmen. Der Lange bringt sie so gegen vier. Er hat wohl noch irgendein Treffen oder Training in seinem Verein. Du hättest also auch noch den halben Nachmittag mit dem kleinen Biest.«

»Was hast du vor, Schätzchen?«, fragte Claire mit strengem Ton und kniff die Augen zusammen.

»Erzähl ich dir morgen.«

»Falsche Versprechungen machen, das hab ich gern.« Claire verschränkte die Arme und tat beleidigt, aber sie wussten beide, dass sie Alice nur zu gerne nahm. Wenn es nach ihr gegangen wäre, hätte sie viel öfter auf sie aufgepasst, im Laden hätte sie nicht gestört, aber der Lange verteidigte seine Nachmittage mit der Kleinen wie sein Leben.

Seit eineinhalb Jahren, seitdem er nachts als Ausrufer arbeitete, bestand zwischen Charlotte und ihm die unausgesprochene Vereinbarung, dass er sich nachmittags um Alice kümmerte. Manchmal plagte Charlotte deswegen ein schlechtes Gewissen, manchmal fragte sie sich auch, ob die Bindung zwischen ihrer Tochter und dem Langen nicht schon viel zu eng geworden war, um sie je wieder lösen zu können, aber eigentlich war er ihr die beste Hilfe, die sie sich nur vorstellen konnte. Im Gegensatz zu Claire wollte sie nämlich nicht, dass Alice den ganzen Tag im Laden und im Studio herumtobte.

Als Charlotte am späten Nachmittag die Haupthalle des Hotels Adlon betrat, wurde sie von einem bunten Stimmengewirr unterschiedlichster Sprachen empfangen. An einem Tisch schimpften vier Russen über die Bolschewisten in Moskau, gleich daneben verhandelten zwei Amerikaner über einen neuen Filmvertrag. Etwas weiter hinten rief jemand auf Französisch den Kellner herbei, und rechts, in der Nähe der Rezeption, plauderte eine deutsche Damengesellschaft beim Fünfuhrtee über ihre jüngsten Einkäufe im Kaufhaus Wertheim. Dazwischen liefen Pagen in ihren himmelblauen Jacken hin und her, riefen Namen, trugen Koffer. Kellner balancierten Silbertabletts von Tisch zu Tisch.

Charlotte, die früher schon ein paarmal hier gewesen war, um mit Albert und seinen Babelsberg-Kollegen das glückliche Ende so mancher Dreharbeiten zu feiern, durchquerte zielstrebig die Halle. Der kleine Tanzsaal befand sich am Ende eines kurzen breiten Flurs, der rechts von der Rezeption abging. Nach wenigen Schritten hörte sie bereits die Musik. Es wurde Foxtrott gespielt, dazu klapperten die Absätze auf dem Parkett. Und dann konnte sie auch schon einen Blick auf die gut gefüllte Tanzfläche erhaschen, bevor sich ihr ein Angestellter in rot-schwarzer Uniform in den Weg stellte und nach ihrer Karte verlangte.

»Ich bin die Fotografin«, sagte Charlotte, die sich wohlweislich ihre kleine Kamera um den Hals gehängt hatte. »Hat man Ihnen nicht gesagt, dass ich heute komme? Ich bin auf vier bestellt, also, wenn Sie mich bitte …« Sie zeigte auf die Uhr, die auf Viertel nach vier stand. »Ich bin ein bisschen spät.«

Der Angestellte, dem deutlich anzusehen war, dass er ihr kein Wort glaubte, musterte sie skeptisch. »Sind Sie von der Presse?«

»Gott bewahre, nein. Ich bin die seriöseste Porträtfotografin, die Ihnen je untergekommen ist. Warten Sie, ich hab da was für Sie.« Sie drückte ihm einen von Gustavs Werbezetteln in die Hand. »Charlotte Berglas, das bin ich. Aber Sie wissen ja, die Leute heutzutage haben einfach keine Zeit mehr. Und wenn der Prophet nicht zum Berg kommt, kommt der Berg eben zum Propheten … Eine meiner Kundinnen wollte sich ihren Tanz einfach nicht nehmen lassen, sie schwärmt ja so von einem Ihrer Tänzer. Also, wenn Sie mich fragen, spekuliert die nur darauf, dass ich sie hier heute mit ihm gemeinsam fotografiere«, sagte Charlotte und zwinkerte ihm verschwörerisch zu.

Der Angestellte verzog keine Miene, beugte sich jetzt aber direkt an ihr Ohr. »Weil Sie mir heute das schönste Lügenmärchen aufgetischt haben«, flüsterte er, »will ich mal ein Auge zudrücken. Aber wehe, ich erwische Sie dabei, wie Sie auch nur ein Foto schießen. Dann werfe ich Sie raus.«

»Ich schieße nie«, flüsterte Charlotte zurück. »Und tausend Dank.«

Auf jedem zweiten Damenkopf tanzte schwarzer Federschmuck zur Musik. Auch auf dem Kopf jener Dame, die Theo gerade übers Parkett führte. Bei ihr hatte man allerdings eher den Eindruck, sie trüge eine Verkleidung. Ihr schwarzes Nichts spannte um die Hüften, ihre Beine quollen wie Presswürste aus den viel zu engen spitzen Schuhen. Theo hatte reichlich Mühe, ihren fülligen Körper überhaupt aufrecht zu halten. Aber er ließ sich seine Anstrengung nicht anmerken. Sein Lächeln saß perfekt, und auch als er Charlotte entdeckte, verriet nichts in seinem Gesicht, wie überrascht er war, sie hier zu sehen.

Charlotte, die kaum dass sie den Raum betreten hatte, auch schon aufgefordert wurde, tanzte mit einem älteren hageren Herrn, der sich als Russe mit großem Mitteilungsdrang und spärlichen Deutschkenntnissen entpuppte. Er redete ohne Punkt und Komma, und Charlotte lachte und nickte, während sie versuchte, ihre Füße vor seinen zu retten, und außer »Adlon« und »Kaviar« kein Wort verstand. Nach dem Foxtrott entschuldigte sie sich rasch, sie müsse sich die Nase pudern, aber so wie sie ihn kaum verstanden hatte, so hatte auch er sie nicht verstanden und stand keine fünf Sekunden später wieder vor ihr und reichte ihr seinen Arm.

Theo schob jetzt eine zweite Matrone übers Parkett. Offenbar die Freundin der anderen. Die beiden Damen tauschten immer wieder Blicke aus, als stritten sie gerade darüber, wem dieser schöne Tänzer für den Rest des Tages gehören sollte.

»Bolschewiki«, sagte der Russe, und Charlotte lachte, und weil es das einzige Wort war, auf das sie seiner Meinung nach angemessen reagierte, wiederholte er es den Rest des Tanzes noch mehr als zwanzigmal.

Charlotte betete, man möge sie nach diesem Charleston von dem Russen erlösen, aber der war anhänglich geworden und folgte ihr auf Schritt und Tritt. Erst als sie auf die Kamera zeigte, die sie sich schräg über die Schulter gehängt hatte, als sie eine Geste machte, als würde sie ihn fotografieren wollen, schüttelte er energisch den Kopf, wedelte mit beiden Armen, brummte etwas, was sie natürlich nicht verstand, und drehte sich endlich um. Charlotte atmete erleichtert auf. Schließlich hatte sie sich den Eintritt nicht seinetwegen erschlichen.

Ihr Blick schweifte über die Tanzfläche, und als sie nun sah, dass Theo wieder die Dicke mit dem Federschmuck zum Tanz aufgefordert hatte, traf sie das ähnlich unerwartet wie neulich, als sie die Haller an Theos Arm gesehen hatte. Insgeheim hatte sie wohl gehofft, sie würde zur Tür hereinkommen und er würde ihr sofort seinen Arm reichen. Aber er beachtete sie noch nicht einmal. Dabei wollte sie sich doch bei ihm bedanken, wollte mit ihm auf ihren ersten großen Erfolg anstoßen, wollte ihm mindestens um den Hals fallen.

Charlottes nächster Tanzpartner war ein schmächtiger Engländer, dem folgten ein stolzer Franzose, ein schüchterner Deutscher und zwei Amerikaner, von denen einer Muskeln wie Berge besaß und der andere einen unangenehmen Atem. Letzterer war ihr dennoch am sympathischsten, und sie ließ sich von ihm bereitwillig an die Bar entführen, wo er ihr einen Cocktail spendierte, irgendetwas mit Gin und Zitrone.

Vom vielen Tanzen war sie ganz außer Atem, und sie fragte sich, wie Theo das machte. Kein Schweißtropfen stand ihm auf der Stirn, er lächelte gleichbleibend freundlich, und er tanzte noch immer im Wechsel mit den beiden Damen. Mittlerweile war sie zu dem Schluss gekommen, dass er so etwas wie einen Vertrag mit den beiden haben musste, oder vielmehr das Hotel mit den Damen. Wenn sie jemals gedacht hatte, Eintänzer zu sein bedeutete, die schönsten Frauen um sich zu haben und jeden Tag eine andere nach Hause zu begleiten, leistete sie nun inständig Abbitte.

»Wunderbar, Berlin!«, sagte der Amerikaner mit dem typisch rollenden r. »So verrückt.« Er sei gestern Abend in der Kakadu-Bar gewesen, da würden Vögel in Käfigen über den Tischen hängen und »plopp, plopp« ins Essen machen. »Unglaublich.« Er konnte es noch immer kaum fassen, dass er tatsächlich Papageiendreck auf seinem Schnitzel gehabt haben sollte. »Und die Beine von diesen Berliner Frauen …« Sein Blick glitt unwillkürlich an ihren entlang, die auch nicht gerade kurz und plump waren, seien »hoch wie Häuser«, wie die Wolkenkratzer in New York. Ob sie schon einmal dort gewesen sei? Und ohne ihre Antwort abzuwarten, erzählte er ihr von Manhattan, wo Alkohol verboten war, was man sich in diesem verrückten Berlin kaum vorstellen könne, wo man ja alles bekomme, alles, sogar Absinth unter der Ladentheke … Aber da hörte Charlotte ihm schon nicht mehr richtig zu, was ihn jedoch nicht zu stören schien, denn er redete einfach weiter, wie der Russe vorhin, nur dass Charlotte den Amerikaner besser verstand.

Punkt sechs Uhr geleitete Theo seine Tanzpartnerin zu ihrer Freundin an deren Tisch, und auch jetzt war auf seinem Gesicht keinerlei Gefühlsregung zu erkennen. Charlotte aber glaubte zu erahnen, wie erleichtert er sein musste, diesen Arbeitstag hinter sich gebracht zu haben. Als er direkt auf sie zukam, war sein Gesicht noch immer regungslos. Er reichte ihr seinen Arm, entschuldigte sie bei dem Amerikaner und sagte kein Wort, bis er sie durch die Hotelhalle auf die Terrasse des Adlon geführt hatte und dort erst einmal erleichtert aufatmete.

»Was um alles in der Welt tust du hier?«, fragte er, während sie sich an einen der freien Tische setzten. Es war angenehm mild draußen, und Charlotte saß so, dass sie direkte Sicht auf das Brandenburger Tor hatte.

»Ich dachte eigentlich, ich könnte mit dir tanzen.«

»Tanzen? Hast du tanzen gesagt?« Er verdrehte die Augen und winkte dem Kellner, bei dem er zwei Bier bestellte. »Ich bin am Verdursten.«

Währenddessen hasteten zahlreiche Passanten am Adlon vorbei, andere wiederum blieben stehen, bestaunten das berühmte Hotel und gingen mit einem Anflug des Bedauerns weiter. Autos hupten Fahrradfahrer aus dem Weg, und mittendrin parkte wieder einer von diesen offenen Touristenbussen, dessen Fahrer sich an der Hektik ringsherum nicht zu stören schien.

»Danke«, sagte Charlotte.

Theo war kurz irritiert, verstand dann aber rasch. »Oh, du meinst das Foto. Damit habe ich nichts zu tun, das hast du dir selber zuzuschreiben.«

»Ich dachte, du hättest bei der Haller …«

»Nein, nein … Dein Foto war so überzeugend, da konnte die Haller noch so sehr zetern. Der Regisseur ihrer neuen Show wollte unbedingt, dass es erscheint. Er hat wohl Sorge, dass sie ihren Zenit schon überschritten haben könnte, und dein Foto soll etwas Salz in die Suppe streuen, wenn du verstehst … Ich fürchte, der armen Mizzi gefällt das ganz und gar nicht. Mich wünscht sie jetzt jedenfalls auch zum Teufel. Und jedem, der es wagen sollte, mich für einen seiner Bälle zu engagieren, droht sie mit Liebesentzug.« Theo nahm einen großen Schluck von seinem Bier. »Ist das nicht der pure Irrsinn? Manchmal denke ich wirklich, bei der KPD ging es im Vergleich dazu richtig gesittet zu.«

»Du meinst, mein Foto soll einen Skandal provozieren?«, fragte Charlotte, die nicht wusste, ob sie sich darüber freuen oder ärgern sollte oder ob dies ein Grund war, sich Sorgen zu machen, oder ob gar ihr Foto, das sie von Alberts Fluch befreit hatte, dadurch mit einem neuen Fluch belegt werden würde. An die Möglichkeit eines Skandals jedenfalls hatte sie bislang noch gar nicht gedacht. Wenn man nämlich genau hinschaute, dann sah man auf dem Foto eine starke Mizzi Haller, auch wenn sie bei weitem nicht so stark wirkte wie Claire, aber das wusste ja keiner.

»Ganz ehrlich, Charlotte«, sagte Theo jetzt, der sichtlich erschöpft schien von seinem Tanznachmittag mit den beiden Damen, »ich habe keine Ahnung. Dieses ganze Showgeschäft ist eine einzige große Farce. Und dein Foto ist das ehrlichste, was je von dieser komischen Aufführung gemacht wurde. Dass das nicht allen gefällt, ist ja klar.«

Vielleicht war es doch ein Fehler, es zu veröffentlichen, dachte sie, aber als Theo dann sagte, dass er zwar nicht viel von dem ganzen Zirkus verstehe, dafür aber umso mehr von Schein und Sein, dass dieses Foto in gewisser Weise auch ein Spiegelbild vieler Leben sei, denn niemand sei ja nur das, was er vorgebe zu sein, begriff sie erst langsam, dass ihr Foto, das in erster Linie ein sehr persönliches war, weit über ihre private Befindlichkeit hinausreichte. Dieses Foto hatte mit dem trotzigen Nebelfoto von damals nicht mehr viel gemein, und zum ersten Mal hatte sie das Gefühl, zu einer echten Fotografin gereift zu sein.

»Dein Foto«, sagte Theo, und er lächelte jetzt leise in sich hinein, »scheint mir irgendwie auch ein Abbild meines eigenen Kampfes zu sein.« Und wie im Schnelldurchlauf tauchten vor seinem inneren Auge noch einmal die wichtigsten Stationen seines Lebens auf: die Barrikadenkämpfe 1918, die Toten auf beiden Seiten, seine Zeit im Zuchthaus, die vorzeitige Entlassung unter falschem Namen.

Er sah jetzt in Charlottes nachdenkliches Gesicht und hoffte, dass er in ihrer Gegenwart keine Maskerade mehr benötigen würde, dass sie in ihm viel mehr sah als all das, was er nach außen hin war: ein Kämpfer, ein Kommunist, ein Kreditgeber, ein Eintänzer. Lächelnd legte er seine Hand auf ihre.

Und während Charlotte bis gerade eben noch an Albert und die Schaufensterpuppe und an Mizzi Haller und ihr Foto gedacht hatte, ahnte sie jetzt, als Theos Hand ihre sanft streichelte, dass dies ein besonderer Moment sein würde. Anders als all die Momente der Nähe, die es auch vorher schon zwischen ihnen gegeben hatte. Um sie herum toste das Leben, Gespräche schwebten in der Luft, erhoben sich, verstummten wieder, zwischen ihnen aber herrschte eine beredte Stille.

Dass zum selben Zeitpunkt der Lange gemeinsam mit Dieter und weiteren Kameraden vom Reichstag kommend Richtung Brandenburger Tor marschierte, dass er am Adlon vorbeikommen und sie und Theo dort sitzen sehen würde, dass er vor Schreck stehen bleiben und Dieter ihn nötigen würde weiterzugehen, dass er, während er über die Linden marschierte, wie in Trance einen Fuß vor den nächsten setzte, ahnte sie nicht.

31

Die Küche war ein einziges Blumenmeer aus Rosen und Dahlien, aus Nelken und Lilien und Astern und einer Orchidee, und Charlotte, die gerade von einem Boten einen Strauß lilafarbener Gladiolen entgegengenommen hatte, bekam zum ersten Mal eine Ahnung davon, wie es sich anfühlen musste, ein Star zu sein.

Ihr Foto, ihr Schaufensterpuppenfoto mit Mizzi Haller, ihr Schicksalsversöhnungsbild, war in Berlin nicht unbemerkt geblieben. Mittlerweile hatte man es in zwölf Zeitschriften und Zeitungen abgedruckt. Sogar in der *Vossischen*, der seriösesten unter den Tageszeitungen, war eine kleine Meldung erschienen.

»Ungeschminkt in den Olymp: Mizzi Haller beweist wahre Größe«, war als Bildunterschrift zu lesen.

»Mizzi Haller, ein echter Star«, hieß es in *Die Dame*.

Man lobte den Mut der Haller, sich »nackt« zu zeigen, man beglückwünschte sie zu diesem »selbstbewussten Schritt«. Man feierte sie als den größten lebenden Bühnenstar, den Berlin je gesehen hatte, und ihre Bewunderer überschwemmten sie mit Blumenglückwünschen, von denen sie die weniger opulenten, die weniger schönen, die weniger bedeutenden an Charlotte weitergab. »Mit tiefem Dank. Ihre Mizzi Haller«, wie sie stets dazu auf einer Autogrammkarte notierte.

Das war mehr, als Charlotte je hatte erwarten können, auch dass ihr Telefon seit der Veröffentlichung nicht mehr stillstehen würde, war nicht abzusehen gewesen. Die Manager anderer Revuestars meldeten sich, Filmschauspielerinnen ließen ihre Agenten anrufen, ihr Auftragsbuch platzte bereits kurz nach der Veröffentlichung des Haller-Fotos aus allen Nähten. Wenn es so weiterging, dachte Charlotte, noch immer ungläubig staunend ob dieses unerwarteten Erfolgs, hätte sie ihren Kredit bei Theo vielleicht schon Ende des Jahres abbezahlt, und dann wäre sie endgültig frei. Dann wäre sie auch frei für ihn, dann würde sie nicht mehr zögern, dann müsste sie ihre Gefühle nicht mehr an die Leine legen, so wie sie es jetzt noch aus Sorge vor zu viel Abhängigkeit tat, trotz des Nachmittags im Adlon.

Sie öffnete das Küchenfenster und nahm einen tiefen Atemzug milder Berliner Frühabendluft, getränkt vom süßlichen Duft unzähliger Lindenblüten. Wie Schneeflocken rieselten sie in den Hinterhof, während sich über den blassblauen Himmel helle Wolken schoben. Für einen Moment lag eine fast unwirkliche Stille über allem, der Wohnung, der ganzen Straße. Doch da dröhnte auch schon das Scheppern der Straßenbahn an ihr Ohr, das Quietschen von Reifen, und das Klappern hektischer Schritte erinnerte sie daran, dass gleich Alice und der Lange nach Hause kommen würden und dass Theo, wenn er nicht wieder zu einem seiner kommunistischen Treffen ging, auch bald Feierabend hätte.

Charlotte stellte das Radio an, und während Mizzi Haller über das Knie des lieben Hans sang, das ihr beim Tanz zu nahe kam, verteilte sie die Blumen auf alle Zimmer. Die Gladiolen und die Orchidee stellte sie bei Claire auf den Fenstersims, die orangefarbenen Astern beim Langen auf seinen kleinen Tisch. Er bewohnte mittlerweile das Zimmer, in dem früher die Dunkelkammer gewesen war, die nun ihren Platz im Studio gefunden hatte. Für Gustav gab's Nelken, die er sich ins Knopfloch stecken konnte, wie er das gerne tat. Und Theo, der als Einziger seine Tür abschloss, stellte sie einen großen Strauß roter Rosen vors Zimmer. Die Lilien nahm sie mit zu sich und platzierte sie auf der Glasvitrine, in der sie noch immer Alberts Sammelsurium und auch seine Kamera aufbewahrte. Für Alice, zur Erinnerung an einen Vater, den sie nur aus ihren Erzählungen kannte, aber auch für sie, zur Erinnerung an die schönen Zeiten, von denen sie mittlerweile sicher war, dass es die auch für ihn gegeben hatte.

Wenn Alice nach Hause kam, hörte man sie schon von weitem. »Fang mich doch, fang mich doch«, schallte es durchs Treppenhaus, und Charlotte hörte Frau Sommerfelds Tür aufgehen, hörte, wie sie Alices Namen rief, und wusste, dass sie ihre Tochter gleich in die Arme nehmen und ihr einen dicken Kuss auf die Wange geben würde, auch wenn sich Alice noch so sehr dagegen sträubte. Und das alles würde unter den stummen Blicken des Langen geschehen, der wie ein Wachhund auf Alice aufpasste.

Einundzwanzig, zweiundzwanzig, dreiundzwanzig. Charlotte zählte die Sekunden und atmete erleichtert auf, als sie Herrn Steinbergs Klopfen hörte, das sich in Alices Rufe nach ihrer Mutter mischte. Mit einem Lutscher im Mund stürmte sie auf Charlotte zu, warf sich in deren Arme, die sie hochrissen und herumwirbelten und rasch wieder absetzten.

Unterdessen gefror dem Langen sein Lächeln im Gesicht. Die Rosen vor Theos Tür, rote Rosen, sagten alles, was er nicht wahrhaben wollte. Er hatte das Gefühl, dass ihm gleich schwarz vor Augen werden würde, und er stützte sich an der Wand ab und versuchte, ruhig zu atmen.

»Ist dir nicht gut?«, fragte Charlotte besorgt, die sah, wie blass er geworden war.

»Geht gleich wieder.«

»Komm, ich mach dir was von der Kartoffelsuppe warm,

das wird dir guttun«, sagte sie, packte ihn unter der Schulter und führte ihn in die Küche, während er unentwegt auf die Blumen starrte. Rote Rosen, die alles sagten.

Heini, dache er, Heini aus dem Wedding. Sein Magen krampfte sich zusammen. Er verstand einfach nicht, was sie an diesem Lügner fand. Diesem Eintänzer, diesem Pistolenmann. Einem Kerl, der immer vorgab, jemand zu sein, der er in Wirklichkeit nicht war.

»Ich hab dir Astern ins Zimmer gestellt«, sagte Charlotte, während sie den Herd heizte, »aber wenn sie dir nicht gefallen, kannst du sie gerne gegen andere tauschen. So wie es aussieht, werden wir vermutlich auch in den nächsten Tagen noch mit Blumen überschwemmt werden. An Auswahl wird es also nicht mangeln. Ich wollte nur etwas Platz schaffen, man konnte sich hier ja kaum noch bewegen.«

Astern gegen Rosen, dachte der Lange. Er wusste noch nicht einmal, wie Astern aussahen. »Welche Farbe haben die Blumen?«, fragte er, als würde das einen Unterschied machen, und Charlotte lachte und sagte, dass sie gar nicht gewusst habe, dass er eine Lieblingsfarbe habe.

»Ich glaube, sie sind orange, musst du nachschauen, ich weiß es wirklich nicht mehr.«

Orangefarbene Astern gegen rote Rosen. »Kann ich dann stattdessen die Rosen haben?«

»Natürlich. Alles, was du magst. Such dir die schönsten aus.« Sie drehte sich zu ihm um und lächelte, und ihr Lächeln wärmte ihn, wie es ihn immer wärmte, und für einen Moment war es ihm unvorstellbar, dass sie auch andere mit diesem Lächeln bedachte.

»Die gelben hier sind doch ganz hübsch«, sagte sie und zeigte auf einen kleinen Strauß, der auf dem Fenstersims stand.

Er wollte keine gelben, er wollte die roten. Die roten, die vor Theos Tür standen. War er es denn nicht wert, dass man ihm rote Rosen schenkte? Ihm, der für Alice zum Vater geworden war? »Charlotte?«

»Ja?«

Darf ich dich berühren? Darf ich dich küssen? Darf ich deinen Körper spüren? Die Sehnsucht brannte ihm auf der Zunge, aber er wagte es nicht, sie auszusprechen.

»Was ist?«

»Du wirst mir das doch nie vergessen, das mit der Leica, oder?«

Sie sah ihn irritiert an. »Natürlich nicht, wieso fragst du?«

»Nie?«

»Nie, ganz bestimmt. Warum sollte ich auch? Das alles hier habe ich doch auch dir zu verdanken. Das ist auch dein Erfolg. Hättest du nicht den ersten Schritt gemacht, ich weiß nicht, ob ich den Mut gehabt hätte«, sagte sie und schenkte ihm wieder ihr wärmstes Lächeln, das ihn für einen Moment beruhigte. »Vermutlich sollte ich dir das öfter sagen.«

Ihre Worte waren reinster Honig. Stundenlang hätte er ihr zuhören können, wenn sie so über ihn sprach, aber er sagte: »Nein, das musst du nicht, das weiß ich doch auch so. Ich dachte nur, dass ich dir jetzt, wo du so viel zu tun hast, dass ich dir da ein bisschen helfen könnte. Also Termine machen und Negative sortieren und so.« Seitdem er Theo und sie vor dem Adlon gesehen hatte, schwirrte ihm dieser Gedanke durch den Kopf, und er dachte, wenn er häufiger in ihrer Nähe wäre, wenn er ihr zeigte, wie gut er arbeitete, würde er ihr beweisen können, dass er auch der richtige Mann an ihrer Seite wäre und nicht nur für Alice ein Ersatzvater.

Aber Charlotte verstand gar nicht, was er meinte. »Du hilfst mir doch so schon mehr als genug, indem du an den Nachmittagen immer Alice nimmst.«

»Ich dachte ja auch eher, dass ich richtig für dich arbeiten könnte«, sagte er zwar noch, hörte aber schon, wie sich die Wohnungstür öffnete.

Sekunden später stand Theo in der Küchentür und lächelte verschmitzt, woran Charlotte erkannte, dass er die roten Rosen bereits gesehen hatte.

Danke, sagte er lautlos und warf Charlotte eine flüchtige Kusshand zu, die diese mit einem Lächeln erwiderte.

Der Lange war sich nicht sicher, ob er richtig gesehen hatte, aber als Alice jetzt auch noch auf Theo zugesprungen kam, als sie sich ihm in die Arme warf und sich von ihm küssen ließ, hätte er am liebsten laut aufgeschrien, dass er das nicht mit sich machen lasse, nicht er, dass er Freunde habe, die wüssten, was mit Pack wie ihm zu tun sei. »Alice«, flötete er, »komm mal her.« Und er breitete seine Arme aus, in der Hoffnung, sie würde wie sonst auch auf ihn zugestürmt kommen, aber sie drehte sich nur um und ging zurück zu ihren Puppen. Aus seinem Gesicht war jede Farbe verschwunden.

»Ist dir nicht gut?«, fragte Theo.

Der Lange antwortete nicht, denn die Frage, die Charlotte ihm vorhin auch schon gestellt hatte, hörte sich nun für ihn so an, als wollte Theo sich über ihn lustig machen, als wüsste er ganz genau, worum es hier ging, und als wollte er ihm zeigen, wer hier Sieger war. Er hätte am liebsten zugeschlagen.

»Er war vorhin schon so blass«, sagte Charlotte und schöpfte ihm heiße Suppe auf einen Teller. »Damit wird's bestimmt gleich besser.«

Bestimmt nicht, dachte der Lange, war aber dennoch dankbar, etwas Warmes zu essen zu bekommen. Fertigmachen, hatte Dieter gesagt, diesen Schnösel würde er an seiner Stelle einfach fertigmachen. Er würde doch jetzt wissen, wie das ginge. Ein gezielter Schlag würde bei dem genügen und er wäre für immer außer Gefecht gesetzt. Und wenn er zehn bräuchte, dachte der Lange jetzt, während er seine Suppe löffelte und Theo aus dem Augenwinkel studierte. Hauptsache, dieser Kerl würde für immer aus seinem und Charlottes und Alices Leben verschwinden. Allein, wie er schon dasaß, mit übereinandergeschlagenen Beinen, den rechten Arm lässig über die Stuhllehne gehängt, typisch überhebliches Gesindel, dachte er, während er sich an Dieters Worte erinnerte. Diesem gierigen Pack, hatte er gesagt, dürfe man niemals den kleinen Finger reichen, weil sie einem gleich den ganzen Arm ausreißen würden. Das Herz, korrigierte ihn der Lange jetzt im Stillen.

Und Charlotte hing an seinen Lippen, lachte, wenn er lachte, lächelte, wenn er lächelte. Es würde ihr das Herz brechen, dachte er.

Vielleicht musste er doch erst noch einmal mit Dieter darüber sprechen. Außerdem, was war mit dem Kredit? Charlotte brauchte Theo noch. Vielleicht war sie ja auch nur deshalb so freundlich zu ihm. Und diese ganze überschwängliche Art war bestimmt ihrem unerwarteten Erfolg geschuldet. Da tat man schon einmal Dinge, die man unter anderen Umständen nicht tun würde. Langsam entspannte er sich. Vielleicht würde sich sein Problem auch von ganz allein lösen, vielleicht musste er sich einfach nur noch etwas gedulden.

»Alice?«, rief er in den Flur. »Möchtest du auch etwas Suppe?«

Alice kam aus ihrem Zimmer gehüpft, ihre Puppe im Arm, und setzte sich bei ihm auf den Schoß. Ohne Theo eines Blickes gewürdigt zu haben, wie er zufrieden dachte, bevor er ihr seinen Löffel gab und sie dann mit von seinem Teller aß.

Währenddessen rückte Theo immer dichter an Charlotte heran. Millimeter um Millimeter. Die Rosen waren ein Zeichen. Noch nie hatte ihm jemand rote Rosen geschenkt. Ihre Knie berührten sich fast.

Charlottes Herz schlug schnell. Sie sprachen über Mizzi Haller, als wäre alles wie immer, aber sie sah in Theos Augen das Verlangen, das ihrem glich. Er hatte ihr eine Kusshand zugeworfen. Ganz zärtlich. Das hatte er noch nie getan. Sie streckte ihr Bein leicht nach vorne und strich ihm mit dem Schienbein über die Wade. Ein Schauer durchströmte sie. Mitten im Satz hörte sie auf zu sprechen.

Für einen Moment war auch er ganz still.

Charlotte schielte zum Langen. Er hatte nichts bemerkt. Alice alberte auf seinem Schoß herum, was ihm sichtlich gefiel.

Theo rieb jetzt sein Knie an ihrem. Für den Bruchteil einer Sekunde schloss sie die Augen. Jetzt oder nie, dachte sie. Jetzt, schrie es in ihrem Kopf. Sie überlegte kurz, schaute zu Theo, der mit seinem Blick in sie hineinzukriechen schien, dessen Hand nun ihr Knie berührte. »Ich muss«, sagte sie und zwinkerte ihm zu, »noch mal in die Waschküche.«

Er verstand sofort, murmelte etwas von Termin und Treffen und dass er gleich losmüsse und stand auf.

Charlottes Atem ging schnell. Sie konnte es kaum abwarten, ihn zu berühren, ihn zu spüren, aber sie drehte sich noch einmal zum Langen. »Ich kann dich kurz mit Alice allein lassen?«

Warum fragte sie? Das tat sie doch oft. Der Lange beäugte Charlotte misstrauisch. Aber ihr Lächeln war warm und versöhnte ihn.

Noch bevor sie die Wohnungstür erreicht hatten, umfasste Theo Charlotte schon an den Hüften. Im Treppenhaus packte er sie und drückte sie gegen die Wand und sich gegen sie, und Charlotte hatte Mühe, sich zu beherrschen, nicht laut zu stöhnen, nicht sein Hemd aus der Hose zu reißen. »Wir müssen hier weg«, flüsterte sie. Aber er rieb seinen Oberkörper an ihrer Brust, nahm ihren Kopf mit beiden Händen, versank in ihrem Mund.

Sie stöhnte leise, schloss die Augen. Mit einem Mal war es ihr egal, ob sie jemand sah. Sie hatte nichts zu verbergen.

Unten ging die Tür auf. Schritte hallten im Hausflur. Sie

schauten sich kurz an, dann liefen sie so schnell sie konnten in die Waschküche, an Frau Sommerfeld vorbei, die sie atemlos grüßten und die ihnen verständnislos hinterhersah.

Wieder packte Theo Charlotte an den Hüften. Und dieses Mal mussten sie sich nicht beherrschen. Hier unten konnte sie niemand hören.

Außer Atem ließen sie sich wenig später zu Boden gleiten. In Charlottes Gesicht stand das Glück. Sie streichelte seine Wange, schaute ihm in die Augen. Sie küssten sich zärtlich.

»Danke für die Rosen«, flüsterte er.

»Danke für alles«, sagte sie leise.

Dann schwiegen sie, eng aneinandergeschmiegt. Charlottes Gedanken gingen zu Albert. Sie horchte genau in sich hinein. Aber sie war nicht traurig, sie war einfach nur glücklich. Und da wusste sie, dass Theo und sie zusammengehörten, endgültig, dass sie bereit war für eine neue Liebe, trotz ihrer finanziellen Abhängigkeit von ihm.

In der Nacht schlich sie in sein Zimmer, zog ihr Nachthemd aus und legte sich neben ihn. Seine Wärme ließ ihr Herz fliegen, gab ihr das Gefühl, am richtigen Ort zu sein. Als sie am Morgen aufwachte, den Kopf auf seiner Brust, war sie kurz irritiert. Es war über vier Jahre her, dass sie neben einem Mann geschlafen hatte. Jahre der Trauer, der Veränderung, des Neuanfangs. Sie hatte diese Jahre gebraucht. Ein Lächeln spielte um ihren Mund. Aber jetzt hätte sie ewig neben Theo liegen können.

Beim Frühstück, am Küchentisch, legte sie die Hand auf sein Bein. Immer wieder küssten sie sich. Alice schaute sie mit großen Augen an, wusste nicht, was geschah. Und Charlotte lachte und sagte: »Wir sind verliebt. Dann macht man das so.«

Gustav grinste übers ganze Gesicht, als er sie sah.

Dem Langen aber wurde es eiskalt. Innerlich ballte er die Fäuste, fluchte, nach außen zeigte er jedoch keine Regung. Er setzte sich zu ihnen, als wäre nichts geschehen.

32

»Diese Woche geht es auf keinen Fall, nächste auch nicht, vielleicht Ende April wieder. Am besten, Sie hinterlassen mir Ihre Telefonnummer, wir rufen Sie morgen zurück. Frau Berglas ist heute den ganzen Tag für einen Fototermin außer Haus, und ich müsste das erst mit ihr besprechen«, sagte Gustav, ließ sich die Nummer geben und legte auf.

Er hatte nicht mitgezählt, aber geschätzt war das der zehnte Anrufer, den er heute schon vertröstet hatte, und es war gerade einmal halb zwölf am Vormittag. Dieser Tag unterschied sich allerdings kaum von den anderen Tagen, die er seit Anfang des Jahres in Charlottes Studio erlebt hatte, und wenn er ehrlich war, trauerte er den alten Zeiten etwas nach. Mit einem Packen Werbezettel unter dem Arm von Lokal zu Lokal zu ziehen, hier sich einen Wodka genehmigen, dort einen Flip, hier mit einem Barmädchen flirten, dort mit den Jungs am Tresen plaudern, das war etwas anderes, als mit Arbeitsvertrag in der Tasche von morgens bis abends die höfliche Telefonstimme zu geben. Dafür verdiente er jetzt vierhundert Mark im Monat, was mehr war als zu seinen Zeiten als Taschendieb, hatte sieben verschiedene Anzüge im Schrank hängen und jeden Tag eine Nelke im Knopfloch stecken, worauf er auch nicht verzichten wollte. Und ab und an einer von diesen schönen Schauspielerinnen zuzuzwinkern, die zu Charlotte ins Studio kamen, ihr den Arm zu reichen und sie zur Tür zu begleiten und höflich zu fragen, ob sie mit ihm ausgehen wolle, gefiel ihm natürlich auch, selbst wenn bislang noch keine seine Einladung angenommen hatte. Aber da war er ganz Optimist. Und außerdem schwirrte noch immer Lilly in seinem Kopf herum, die er neulich beinahe so weit gehabt hatte, mit ihm mitzugehen, wenn da nicht wieder einer von diesen »Immertreu«-Kerlen aufgetaucht wäre, der ihr Prügel angedroht hatte.

»Das war nicht zufälligerweise dieser Fatzke von Produzent, dieser Großmann?«, fragte Claire, die gerade die Glasvitrine reinigte.

»Nein, das war nicht zufälligerweise dieser Fatzke von Produzent«, sagte Gustav und lachte, wie er immer lachte, wenn sie ihm diese Frage stellte, was sie seit Tagen nach jedem Telefonat tat. Selbst wenn sie mitbekommen hatte, dass es der Agent von irgendeinem Filmsternchen gewesen war, fragte sie ihn, ob das Gespräch nicht vielleicht doch für sie hätte sein können.

»Der hat mich bestimmt vergessen, dieser eitle Pfau.«

»Dich kann man gar nicht vergessen.«

»Der kann das, glaub mir.«

»Keiner kann das«, sagte Gustav, und er meinte, was er sagte. Wer außer ihr trug schon bodenlange Gewänder und die Haare stoppelkurz und dazu noch das Herz auf der Zunge. »Aber wenn du willst, droh ich ihm Prügel an. Kein Problem.« Und er ballte die Fäuste und grinste.

»Prima Idee. Am besten, du gehst gleich los. Dann hat diese Warterei endlich ein Ende. Ich kann kaum noch schlafen, und dass ich mir im Eldorado immer die Nächte um die Ohren schlage, ist ja auch keine Lösung. Habe ich dir eigentlich schon von dem süßen Ding von gestern erzählt? Ganz schmal und blass war die Kleine, und 'ne Klappe hatte die, halleluja …«

Aber da klingelte schon wieder das Telefon, und kurz darauf betrat der nächste Kunde den Laden.

Bis zum Abend hatte Gustav siebzehn Telefonnummern

notiert und Claire etwas mehr als sechshundert Mark eingenommen, nur einen Anruf des Produzenten, dem sie auf Mizzi Hallers Vermittlung hin ihre Liedtexte geschickt hatte, hatte sie nicht erhalten.

Auch der Brief, den sie wenige Tage später, am 4. April 1928 unter ihrem Bett entdeckte, kam nicht von ihm. Als sie ihn hervorzog, ahnte sie sofort, was er zu bedeuten hatte, und jeder Gedanke an den Produzenten war erst einmal verflogen.

Wie immer hatte der Lange am Nachmittag die Post verteilt, doch dieses Mal hatte er es eilig gehabt, und so war der Umschlag, der eigentlich auf ihrem Bett hätte landen sollen, daruntergerutscht. Nur ein schmaler grauer Zipfel lugte hervor, den Claire erst am Abend bemerkte.

Der Lange saß da längst mit Dieter und anderen Kameraden beisammen, und auch Theo war bei seinen Freunden im Wedding. Wie so oft in letzter Zeit debattierten sie darüber, ob es denn noch genügte, Flugblätter und Schriften zu verteilen, wo man doch immer öfter rechte Schlägertrupps durch die Straßen marschieren sah. Allerdings war ihre Diskussionslust an diesem Abend deutlich geringer ausgeprägt als sonst, denn im Radio lief, wofür sich ganz Berlin und ganz Deutschland interessierte. Eine Direktübertragung aus dem Sportpalast vom Boxkampf zwischen dem jungen Max Schmeling und dem Altmeister Franz Diener, die um die deutsche Meisterschaft im Schwergewicht kämpften.

Seit Tagen gab es kein anderes Thema mehr. Die Zeitungen waren voll von Berichten über Diener und seinen Herausforderer. In den Tippstuben tendierte man Richtung Schmeling, die Astrologen sahen hingegen die Sterne für Diener günstig stehen. »K. o. für Diener in der fünften Runde«, orakelte ein Experte, ein anderer behauptete, der Junge würde den Alten schon in der dritten Runde niederstrecken. Allein dass man an diesem Abend im Sportpalast zu sein hatte, so wie Charlotte und Gustav, die noch Karten ergattert hatten, oder aber zumindest irgendwo vor einem Radioempfänger sitzen musste, so wie Theo und seine Freunde, und auch der Lange und seine Kameraden taten das, darin waren sich alle einig.

Der Regen schlug gegen die Scheibe, und Claire, die eigentlich vorgehabt hatte, bei einem Glas Rotwein noch einmal ihre Liedtexte durchzugehen, statt sich von der Hysterie um diesen Kampf anstecken zu lassen, stellte nun doch das Radio an. Der Brief in ihrer Hand war schwer wie Blei, und die Stille dazu war kaum zu ertragen.

»Schmeling zieht die Rechte, trifft Diener am Kopf. Diener taumelt gegen den Ring, Schmeling setzt nach …« Während der Reporter jeden Schlag, jedes Tänzeln, jeden Haken kommentierte, mal den einen vorne sah, dann wieder den anderen, mal schon Schmelings Ende beschrie, dann wieder dessen Kampfgeist lobte, hörte man im Hintergrund die Massen pfeifen und johlen. Jeder Treffer führte zur Ekstase, jedes Taumeln zum Rausch von fünfzehntausend. Die Halle wogte, die Spannung wuchs von Runde zu Runde, in vielen Wohnungen ballte man jetzt ebenfalls die Fäuste.

In Claires Ohren aber verschwamm alles zu einem monströsen Getöse, das sie nur noch nervöser machte. Nach kurzer Zeit stellte sie das Radio wieder aus, trank ihr Rotweinglas in einem Zug leer, schenkte sich nach und nahm einen erneuten Schluck. Schließlich atmete sie tief durch und riss den Briefumschlag auf.

Die Zeilen tanzten vor ihren Augen, erst hoch, dann runter, dann in Schlangenlinien. Im ersten Moment war es ihr unmöglich, sie zu fassen zu bekommen. Betreff Peter Ehrmann, las sie. Seit Jahren hatte sie den Namen ihres Sohnes nirgendwo mehr geschrieben gesehen, und dass ihn nun jemand Fremdes vor wenigen Tagen auf dieses graue Stück Papier getippt haben musste, ließ sie frösteln.

»Betreff Vermisstenliste 723: Peter Ehrmann, 2. Infanterieregiment, geb. 7. 7. 1899.« So hieß es richtig. »Wir bedauern, Ihnen mitteilen zu müssen …«

Claire las Wörter wie »Erkennungsmarke«, »Massengrab«, »Verdienst«, »Gedenken«, »Vaterland«, dann legte sie den Brief beiseite. Schweiß stand ihr auf der Stirn, wie nach einer großen Anstrengung. Elf Jahre waren vergangen, seitdem man ihren Sohn vermisst gemeldet hatte, elf Jahre der Ungewissheit, die nun ein Ende fanden.

Mit einem Mal war sie wieder Mutter, wieder Ehefrau, wieder Hilde Ehrmann, die einen Sohn gebar, die ihn wiegte, die ihn fütterte, ihm die Windeln wusch.

Sein Kindergeschrei klang ihr in den Ohren, seine weiche Stimme des Erwachsenen, die ihr selbst die Nachricht vom Fronteinsatz mit größter Sanftheit hatte überbringen können. Diese Stimme vermisste sie besonders. Diesen weichen, sanften, klaren Ton. Manchmal, wenn sie einen Radiosprecher hörte, dachte sie, dass dies auch ihr Sohn hätte sein können.

Von draußen hämmerte noch immer der Regen gegen die Fensterscheibe, und als Charlotte und Gustav gegen Mitternacht nach Hause kamen, hatte Claire das Gefühl, sich schon seit Stunden inmitten eines Kugelhagels zu befinden. Je länger sie dem Regen zugehört hatte, desto lauter, trommelnder, unerbittlicher war er im Ton geworden.

»Der Maxe ist 'ne Wucht. Hast du seine Rechte gesehen?«, fragte Gustav, als er in die Küche trat, noch ganz aufgeregt von dem Kampf, der nach der fünfzehnten Runde zu Gunsten des jungen Schmeling entschieden worden war.

Doch da hatte Charlotte bereits bemerkt, dass mit Claire etwas nicht stimmte. Kein Wort der Begrüßung, keine Regung, sie saß einfach nur da, mit leerem Blick. Diesen Blick hatte Charlotte noch nie an ihr gesehen. Sie legte ihr die Hand auf die Schulter, und noch ehe sie etwas fragen konnte, liefen Claire schon die Tränen über die Wangen. Die ersten an diesem Abend.

Das Mikrofon knackte, Claire schlug mit ihrem Zeigefinger dagegen, wieder knackte es, während das Stimmengewirr im Eldorado langsam leiser wurde. Sie stand auf der Bühne, hinter ihr die Mitglieder einer vierköpfigen Band, berühmt dafür, noch das lahmste Bein in Schwung zu bringen. Wie die Gäste in dem übervollen, rauchgeschwängerten kleinen Lokal warteten auch sie nun gespannt darauf, was gleich geschehen würde.

Man sah Hermelin und Frack, Lodenanzug und elegante Seidenkleider, Zigarettenspitzen hoben sich in die Höhe, daneben Federschmuck in schrillen Farben. Eine Dame in einem lilafarbenen knöchellangen Kleid flirtete ungehemmt mit einem Bankangestellten, der dachte, eine Frau für die Nacht gefunden zu haben, dabei hatte er einen Mann erobert.

Auf einem Plakat am Eingang war zu lesen: »Jeden Samstag Prämierung des schönsten Kostüms. Erster Preis: ein Affe. Zweiter Preis: ein Papagei.«

Heute war Mittwoch und dennoch ein ganz besonderer Tag. Charlotte und Theo standen direkt vor der Bühne, Gustav hatte sich an den Tresen gelehnt, Isolde sich eine Ecke gesucht, von der aus sie gut sehen konnte. Sie hatte ihre Tochter mitgebracht, mittlerweile auch schon fast erwachsen. Mann und Sohn, beide seit einiger Zeit bei der SPD aktiv, waren auf einer Ausschusssitzung. Auch der Lange war nicht da. Er musste arbeiten, was ihm nur recht war. Dafür waren viele von Claires Kollegen aus dem Toppkeller gekommen, darunter auch ihr ehemaliger Chef, drei Stammkunden aus der Bülowstraße, und die vielen jungen Mädchen, die ihr in langen Nächten im Eldorado ans Herz gewachsen waren, waren ohnehin da, die meisten von ihnen waren Stammkundinnen.

»Liebe Freunde, liebe Unbekannte, ihr lieben Verrückten vom Eldorado, ich danke euch, dass ich heute Abend hier stehen darf.« Claires Stimme zitterte, ihr knallrotes Kleid aber strahlte im Scheinwerferlicht, auch ihre roten Lippen glänzten. »Für alle, die nicht wissen, wer ich bin, keine Sorge, ich werde euch nicht mit einer langen Rede quälen ... Ich möchte mich nur in Anwesenheit der mir liebsten Menschen von einem besonders geliebten Menschen mit einem Lied verabschieden. Für Peter«, sagte sie und atmete tief durch.

Charlotte standen bereits jetzt die Tränen in den Augen, und Theo, der sah, wie sie mit sich kämpfte, legte seinen Arm um ihre Schultern und zog sie dicht zu sich heran.

Claire räusperte sich, suchte noch einmal Charlottes Blick, danach den von Isolde, die ihr aufmunternd zunickte, dann erhob sich ihre warme, klare Stimme über dem Raum.

»Reich mir zum Abschied noch einmal die Hände. Gut Nacht, gut Nacht, gut Nacht. Schön war das Märchen, nun ist es zu Ende. Gut Nacht, gut Nacht, gut Nacht. Still kommt der Abend, wir fühlen es kaum, Liebe und Glück sind nur ein Traum. Reich mir zum Abschied noch einmal die Hände. Gut Nacht, gut Nacht, gut Nacht.«

Charlotte war nicht die Einzige, die ihre Gefühle nicht unterdrücken konnte. Ringsherum wurden Taschentücher gezückt, manche schnieften ungehemmt. Niemand kannte Peter, aber jeder wusste, wie es sich anfühlte, Abschied nehmen zu müssen von jemandem, den man liebte. Auch Charlotte wurde mit Wucht an ihre Trauer um Albert erinnert, aber sie lag jetzt in den Armen von Theo, und in die Erinnerung mischte sich tiefe Dankbarkeit darüber, dass sie gleichzeitig an Albert denken und Theos Liebe fühlen konnte, dass sie traurig war und überglücklich, vor allem aber, dass sie wieder in der Lage war, diese Aufgeregtheit der Frischverliebten zu spüren, und dass sie sich sehnen konnte, ohne in Verzweiflung zu geraten.

»Einmal, da wirst du an mich denken«, sang Claire jetzt, »jedoch dein Mund wird schweigen und nicht fragen. Einmal, da wirst den Blick du senken, wenn die Geigen leise klagen: Reich mir zum Abschied noch einmal die Hände. Gut Nacht, gut Nacht, gut Nacht. Schön war das Märchen, nun ist es zu Ende. Gut Nacht, gut Nacht, gut Nacht.«

Als der letzte Ton verklungen war, war nicht nur Claires Gesicht tränennass. Für einen Moment, den längsten, den es je im Eldorado gegeben hatte, herrschte eine tiefe Stille im Saal. Selbst der ansonsten immer zu beißendem Spott aufgelegte Journalist, der neben Gustav am Tresen stand, sagte nichts. Alles andere wäre ihm auch schlecht bekommen. Denn Gustav, der seit Tagen wieder von Erinnerungen an den von ihm so verhassten Krieg gequält wurde, hätte ihm, ohne zu zögern, jeden Kommentar auf unmissverständliche Art verboten.

Erst leise, dann immer lauter brandete jetzt Beifall auf. Es gab niemandem, der Claire nicht applaudiert hätte, und sie blickte überrascht in die Menge, als hätte sie während des Singens ganz vergessen, dass sie vor Publikum stand. Rasch wischte sie sich die Tränen aus dem Gesicht und verbeugte sich.

»Danke«, sagte sie, und ein Lächeln zeigte sich auf ihren Lippen. »Das hat mir viel bedeutet … So, und nun lasst uns auf all die Verstorbenen trinken. Wir werden sie nie vergessen. Ich danke euch!« Und während sie noch auf der Bühne war, spielte die Band schon die ersten Charleston-Takte.

Claire war das Gesprächsthema der Nacht. Fremde drückten sie an ihre Brust, küssten sie, gaben ihr einen Schnaps aus, wollten mit ihr auf ihre eigenen Toten trinken. Eine so »schöne Trauerfeier«, riefen sie ihr zu, hätten sie noch nie erlebt, während um sie herum wieder der normale Eldorado-Wahnsinn tobte, mit lauter Musik und einem schier undurchdringlichen Stimmengewirr.

Charlotte und Theo, die eng aneinandergeschmiegt tanzten, bekamen von alldem kaum etwas mit. Dass sie nach einer so langen und entbehrungsreichen Zeit endlich zueinandergefunden hatten, dass endlich nichts und niemand mehr zwischen ihnen stand, wie sie dachten, konnten sie noch immer kaum glauben. Jeder Blick war ein Feuerwerk, jede Berührung eine Explosion.

Unterdessen trank Gustav einen Wodka nach dem anderen und dozierte über die Sinnlosigkeit des Krieges, was jedoch kaum jemand hören wollte. Der Krieg war seit fast zehn Jahren beendet, da gab es wichtigere Themen, wie man fand. Die Reichstagswahlen im Mai zum Beispiel, denen viele mit Spannung entgegenfieberten. Nach dem wirtschaftlichen Aufschwung der vergangenen Jahre schien es erneut bergab zu gehen. Man sah wieder Arbeitslose auf den Straßen, und es gab nicht wenige, die sich wünschten, man würde sich endlich von dieser »Scheinwirtschaft«, die auf »viel zu hohen Krediten« errichtet worden sei, verabschieden. Die SPD, hieß es daher bei vielen, dürfe mit Stimmenzuwachs rechnen, viele glaubten auch an gute Chancen für die KPD, niemand allerdings daran, dass sie gemeinsam eine Regierung bilden könnten.

»Des Kommunisten liebster Feind ist noch immer der Sozialdemokrat«, sagte der Journalist und rieb sich die Hände in heller Vorfreude auf all die bissigen Kommentare, die er bald schreiben würde. Auf »diese NSDAP« und »diesen Hitler«, der in Preußen mit einem Redeverbot belegt war, zählte ebenfalls niemand. Nur einer warnte, dass man sich »vor dem« noch in Acht nehmen müsse. Aber da winkten die anderen nur ab und sprachen lieber über den jüngsten Auftritt der Waldoff im Linden-Kabarett, was eine Dame mit Zigarettenspitze in der Hand dazu veranlasste, aus einem ihrer Lieder zu zitieren. »Raus mit den Männern aus dem Reichstag«, sagte sie und lächelte süffisant und beendete damit ganz gegen ihren Willen alle weiteren Gespräche über Politik für den Rest der Nacht.

»Ich wusste ja gar nicht, dass du so schön singen kannst«, sagte Isolde zu Claire, als diese sich endlich bis zu ihr vorgekämpft hatte. Sie streichelte ihr liebevoll über die Wange. »Das war sehr bewegend.«

Claire lächelte dankbar. »Wollen wir gehen?«

»Wohin?«

»Raus. An die Luft. Irgendwohin. Nur wir zwei ... Bitte.« Claire griff nach ihrer Hand. »Nur heute. Nur dieses eine Mal.«

»Aber Ruth ist doch noch hier ... Und Karl und Jakob ...«

»Bitte.« Claire sah sie fast flehentlich an. »Tu es für mich.«

Als Isolde schließlich nickte, hatte sich Claire bereits so dicht an sie herangeschoben, dass sie gar nicht mehr anders konnte, als deren großen, schweren Körper zu spüren. Ihr Herz schlug schneller denn je.

Bevor sie allerdings das Lokal in der Lutherstraße verlassen konnten, musste Claire noch zahlreiche Hände schütteln, Küsse entgegennehmen, sich umarmen lassen. Endlich am Ausgang angekommen, tippte ihr jemand von hinten auf die Schulter. Und Claire wollte schon weitergehen, wollte schon so tun, als hätte sie nichts bemerkt, als sie diese quäkende Stimme hörte. Sie erkannte sie sofort. Die Stimme gehörte zu einem kleingewachsenen Mann mit ovalem Gesicht, der einer der Größten in der Welt der Kabaretts und Varietés war, zehnmal so groß wie der Produzent, der sich nicht bei ihr gemeldet hatte. Er gab ihr seine Karte. »Rufen Sie mich an«, sagte er und verschwand in der Menge. Und Claire suchte Isoldes Hand und drückte sie ganz fest, freudig, erregt, traurig, alles zusammen.

33

Er marschierte. Er schlenkerte die Arme wie früher. Er setzte Schritt für Schritt, fest, unmissverständlich, wie ein Bekenntnis. Seit Monaten schon marschierte der Lange durch Berlin. Abends zur Arbeit, von Schöneberg zum Alexanderplatz, am Morgen zurück, und an den freien Tagen, wenn er nicht Fußball spielte, marschierte er mit seinen Kameraden durch den Wedding oder über die Linden. Nur am Nachmittag, wenn er auf Alice aufpasste, marschierte er nicht. Da spielte er Murmel oder Kreisel oder schaute ihr beim Spielen am Springbrunnen auf dem Viktoria-Luise-Platz zu und spazierte mit ihr an der Hand durch die Winterfeldt.

An diesem frühen Morgen des 14. Juli 1928 marschierte er wieder. Vom Alex über den Schlossplatz durch kleinere und größere Straßen, deren Namen er zum Teil kannte, zum Teil aber auch nicht. Wo er entlangmarschierte, interessierte ihn nicht. Er schaute schon lange nicht mehr nach links und rechts, spekulierte schon lange nicht mehr auf die anerkennenden Blicke von Fremden. Er marschierte, um nicht zu denken, in der Hoffnung, wieder jenes Gefühl der Freiheit zu erlangen, das ihm früher am Marschieren so gefallen hatte und das ihm schon seit längerem abhandengekommen war.

Er sei viel zu zurückhaltend, hatte Dieter gesagt. Da dürfe er sich nicht wundern. »Weiß deine Angebetete denn, was für 'ne ausgezeichnete Schlagkraft du hast? Weiß sie, dass du zu den Siegern gehörst, dass du dir nichts gefallen lässt?« Und er könne doch nicht im Ernst noch immer daran glauben, dass ihn dieses »Lieber-Onkel-Spiel« auch nur einen Schritt weiterbringen würde.

Der Lange marschierte und dachte an Charlotte, die Theo seit einigen Monaten immer so verliebt ansah, die Theo vor seinen Augen umarmte, die Theo … Er mochte sich gar nicht vorstellen, was sie sonst noch so mit ihm machte. Einmal hatte er sie beide in Theos Zimmer verschwinden sehen. Seitdem bekam er die Bilder nicht mehr aus dem Kopf. Wie sie sich vor ihm auszog, wie sie ihm ihren nackten Körper schenkte, den er sich makellos und elfenbeinfarben vorstellte.

Der Lange beschleunigte seinen Schritt, trat noch fester auf, schaute noch sturer geradeaus. Er wollte nicht denken. »Nimm sie dir«, hatte Dieter gesagt. »Nimm sie dir einfach. Du wirst sehen, das wird ihr gefallen. Frauen mögen das, wenn man sie richtig anpackt.«

Er musste ja keine Rücksicht mehr nehmen, sie brauchte Theos Geld jetzt nicht mehr. Der Kredit war abbezahlt, das Studio ein Erfolg. Worauf wartete er noch?

»Du hast das Recht dazu«, hatte Dieter noch gesagt.

Und er fand das auch. Nach allem, was er getan hatte. Noch nicht einmal eingestellt hatte sie ihn, sondern diesen Gecken mit Nelke im Knopfloch. Dass sie einmal Freunde gewesen waren, konnte er sich kaum noch vorstellen. Von einem wie Gustav würde er sich heute jedenfalls nichts mehr sagen lassen, so viel war sicher.

Eins, zwei, eins, zwei. Statt nachzudenken, zählte er jetzt lieber seine Schritte. So machten es die neuen Kameraden von der Partei auch. Mit der kompletten Olympia-Mannschaft waren sie vor wenigen Wochen in die NSDAP eingetreten. Und weil die anderen so begeistert gewesen waren, hatte er nicht lange gezögert. Er war schließlich einer von ihnen, auch wenn er sich noch immer nicht daran gewöhnt hatte, dass man nach wie vor von ihm erwartete, dass er nicht zimperlich war, wenn es darum ging, anderen »die Meinung« zu sagen. Dabei war er sich manchmal gar nicht im Klaren darüber, welche Meinung er nun eigentlich vertrat, außer natürlich, dass er gegen »diese Judenrepublik« war. Wäre es nach ihm gegangen, hätten sie ohnehin nur Fußball gespielt und wären in der Gruppe marschiert. Wenn er ihnen das allerdings sagte, lachten sie nur, und mittlerweile hielt er lieber den Mund.

In der Winterfeldtstraße angekommen, zählte er noch immer seine Schritte. Er war jetzt wie im Rausch. Eins, zwei, eins, zwei, hämmerte es in seinem Kopf, als er die Tür aufschloss und Alice ihm mit ausgestreckten Armen entgegenlief. Er schien sie nicht zu sehen, marschierte einfach an ihr vorbei, den langen Flur entlang. Alice rannte hinter ihm her, zerrte an seiner Jacke, an seinem Hosenbein, protestierte, bis er abrupt stehen blieb und sich zu ihr umdrehte. Der Blick, den er auf das Kind zu seinen Füßen richtete, war der Blick eines Fremden. Und sie jammerte weiter, zerrte weiter an ihm, und nur langsam schien er zu begreifen, dass dies sein Kind war, seine Alice, sein Engel. Sein Blick wurde wärmer, sein Gesicht heller, das Stakkato in seinem Kopf verschwand. »Alice, mein Engel.« Er hob sie hoch und gab ihr einen Kuss auf die Wange. »Hast du gut geschlafen?«

Und sie plapperte drauflos, als wäre nichts geschehen, und auch er schien für einen Moment vergessen zu haben, wie entschlossen er bis gerade eben noch gewesen war.

Während Alice noch immer auf ihn einredete, drang aus der Küche ein fröhliches Summen an sein Ohr. Es war Charlottes Summen. Er hätte ihre Stimme unter Tausenden erkannt. Sie hörte sich glücklich an. Eins, zwei, eins, zwei. In Gedanken marschierte er wieder. Worauf wartete er noch? Rasch setzte er Alice ab und gab ihr einen Klaps auf den Hintern. Wenn sie jetzt schön brav sei und in ihrem Zimmer spiele, werde er sie später in den Lunapark mitnehmen, sagte er und sah ihr kurz hinterher, wie sie fröhlich hüpfend in ihr Zimmer verschwand.

»Du hast das Recht dazu«, hatte Dieter gesagt.

Charlotte lächelte, als sie ihn in die Küche kommen sah. »Wie war deine Nacht?«, fragte sie ihn wie jeden Morgen, wenn er nach Hause kam.

Doch statt zu antworten, fragte er nur, wo die anderen seien, die, wie er nun erleichtert erfuhr, bereits außer Haus waren.

Er hatte jetzt wieder diesen durchdringenden Blick, den Charlotte schon an ihm kannte. Aber wenn sie früher noch gedacht hatte, er wollte sie gleich mit Haut und Haaren verschlingen, störte sie sich heute nicht mehr daran. Sie drehte sich um, nahm die Kaffeekanne und stellte sie ihm auf den Tisch. »Wir haben dir noch etwas übrig gelassen«, sagte sie, noch immer mit einem Lächeln auf den Lippen.

Wir, dachte er, und er spürte, wie sich seine Muskeln anspannten. Vielleicht hätte er ihr etwas mitbringen sollen? Pralinen? Blumen? Aber davon bekam sie von ihren Kunden schon genug, und außerdem konnte sie sich jetzt alles leisten. Sogar ein Auto wollte sie sich demnächst kaufen, wie sie ihm neulich erzählt hatte.

»Na, komm schon. Wie war's heute?«

»Wie immer«, sagte er. Was wusste sie denn schon davon, wie es war, Nacht für Nacht auf der Straße zu stehen und billige Shows in billigen Kaschemmen anzupreisen und sich dabei von jedem, dem es gerade einfiel, anpöbeln zu lassen. Nichts wusste sie, aber er sagte es ihr auch nicht. Denn wichtig war nur, dass sie zu Hause auf ihn wartete, sie und Alice, wie eine richtige Familie.

Sie lächelte jetzt, und er zählte wieder Schritte. Er durfte das nicht. Denn selbst wenn er das Gefühl hatte, sie würde über ihn lachen, und dieses Gefühl hatte er jetzt, wurde es ihm in ihrer Gegenwart wärmer.

Charlotte aber lachte nicht über ihn, sie wunderte sich noch nicht einmal, sie amüsierte sich lediglich über seine Wortkargheit, wie sie sich auch über Claires Faible für Isolde amüsierte oder über Theos flammende Reden für eine gerechtere Welt oder über ihr eigenes unerwartetes Glück, das sie manchmal kaum fassen konnte. »Gut, dann pass auf. Ich hab gleich einen Termin und bringe vorher Alice zu Frau Sommerfeld. Wenn du ausgeschlafen hast, kannst du sie ja später dort abholen, wenn nicht, ist's auch recht. Frau Sommerfeld könnte Alice den ganzen Tag nehmen. Falls du mal etwas Erholung brauchst ... Ist ja schließlich kein Zuckerschlecken, unsere kleine Diva die ganze Zeit bei Laune zu halten. Denk bloß nicht, ich wüsste das nicht«, sagte sie und stellte ihm noch eine Tasse zu der Kaffeekanne auf den Tisch. »Oder möchtest du heute keinen Kaffee?«

Noch immer stand er wie angewurzelt im Türrahmen, und langsam konnte auch Charlotte nicht mehr darüber hinwegsehen, dass heute etwas anders war als sonst. Besonders gesprächig war er zwar selten, kaffeedurstig aber immer, wenn er morgens nach Hause kam.

Er hatte ein Recht dazu, hatte Dieter gesagt. Er hatte ein Recht auf diese meerblauen Augen, auf diese Wangenknochen, auf diese vollen Lippen. Sie zogen ihn jetzt magisch an. Er sah nur noch diese ungeschminkten Lippen, ihren zartrosa Schimmer. Es war, als würden sie zu ihm sprechen, als würden sie seinen Namen flüstern, als lüden sie ihn ein. »Charlotte«, hauchte er und stürzte auf sie zu wie auf die einzig rettende Planke auf weiter hoher See.

Mit aller Kraft drückte er seine Lippen auf ihre, presste seinen erregten Körper gegen ihre Brüste, drückte sie an sich, drückte noch stärker, drückte und küsste sie, dass sie kaum Luft bekam. Und Charlotte versuchte, ihren Kopf zur Seite zu drehen, versuchte, ihre Hände gegen seinen Brustkorb zu pressen, versuchte, sich aus seiner Umklammerung zu winden, und er packte jetzt ihren Kopf mit beiden Händen, stieß seine Zunge in ihren zusammengepressten Mund.

Sie trat ihn, schlug auf ihn ein, sie bekam kaum noch Luft. Schließlich fand ihr Knie die richtige Stelle. Augenblicklich schrie er auf, dann sackte er in sich zusammen.

»Raus«, schrie sie. »Raus hier. Verschwinde.« Ihr Gesicht glühte, ihre Haare klebten auf ihrer schweißnassen Stirn. Sie rührte sich nicht von der Stelle.

Vor ihr krümmte sich ein Fremder.

Der Lange winselte wie ein Hund, ließ sich auf den Boden fallen, ihr zu Füßen. »Entschuldige«, flehte er mit tränenerstickter Stimme und versteckte den Kopf unter den Armen, als rechnete er jederzeit mit Prügeln. »Entschuldige. Ich wollte das nicht. Ich liebe dich doch. Ich liebe dich, Charlotte. Ich liebe dich über alles. Mehr als alles. Mehr als mein Leben. Ich möchte nur bei dir sein dürfen. Bei dir und Alice.«

»Verschwinde.« Aus ihrer Stimme war jegliches Mitgefühl für ihn verschwunden. »Verschwinde. Ich will dich hier nie wieder sehen.«

Er presste seinen Kopf gegen ihre Beine, er umklammerte sie, wie man jemanden umklammert, von dem man weiß, dass er einen gleich verlassen wird. Er schluchzte wie ein Kind. »Bitte. Ich mach alles wieder gut … Bitte, Charlotte, ich wollte das nicht. Ich liebe dich … Ich liebe dich so sehr.«

Mit steinernem Blick schaute sie auf ihn herunter. Auf diesen winselnden, sich krümmenden, weinenden Langen, von dem sie bis vor wenigen Augenblicken noch geglaubt hatte, er könnte ihr kein Haar krümmen. Den sie erst neulich noch gegen Theo verteidigt hatte, als der behauptet hatte, der Lange sei ein wandelndes Pulverfass, einer, der sich mit seltsamen Kerlen umgebe, der ihn, wenn er könnte, am liebsten töten würde. »Geh jetzt.«

Der kühle Ton in ihrer Stimme traf ihn wie ein Peitschenhieb. Er zuckte zusammen, schrie auf, als hätte sie ihn tatsächlich geschlagen. »Verzeih mir.«

»Geh.«

»Ich will doch nur bei dir sein. Bei dir und Alice. Mehr will ich nicht. Das musst du mir glauben … Ich liebe euch. Ich liebe euch. Euch beide. Ich …« Seine Stimme ertrank in seinen Tränen.

Charlotte versuchte, ihre Beine aus seiner Umklammerung zu befreien. Sie nahm keine Rücksicht darauf, ob sie ihm weh tun würde, während er unentwegt schluchzte und um Vergebung flehte und sich an sie presste, nach wie vor nicht gewillt, sie loszulassen.

Erst als Alice in die Küche kam, als er sie mit unschuldigem Ton in der Stimme fragen hörte, was »der Onkel Langer« da auf dem Boden mache, als Charlotte sagte, dass sie in ihr Zimmer gehen solle, »sofort und ohne Widerrede«, als er Alice mit beleidigten Schritten davonstapfen hörte und Charlotte ihm in scharfem Ton sagte, er solle sie »auf der Stelle« loslassen, lockerte er langsam seine Umklammerung. Zusammengekrümmt blieb er auf dem Boden liegen, das Gesicht hinter den Händen verborgen.

Wie in Trance richtete Charlotte ihr Kleid, fuhr sich durchs Haar, ging in ihr Zimmer, nahm Alice an die Hand und brachte sie wie vereinbart zu Frau Sommerfeld. Sie konnte kaum sprechen. Jedes Wort klang, als käme es aus weiter Ferne, als spräche nicht sie, sondern eine Fremde. Zurück in der Wohnung, wusch sie als Erstes ihr Gesicht. Aber die Spuren des Langen ließen sich nicht so leicht abwaschen. Ihr war, als hinge er noch immer an ihren Beinen, als klebten seine Lippen noch immer auf ihren, als spürte sie noch immer seine Zunge … Sie hatte das Gefühl, würgen zu müssen.

Währenddessen saß der Lange zitternd auf dem Küchenboden und wartete darauf, dass sie zurückkäme. Er achtete auf jedes Geräusch, hörte, wenn sie das Wasser laufen ließ, hörte, als sie aus dem Bad kam, hoffte, sie würde sich zu ihm setzen, mit ihm reden, ihm verzeihen, seinetwegen ihn auch beschimpfen, Hauptsache, sie sprach mit ihm, beachtete ihn und gab ihm nicht das Gefühl, der schlechteste aller Menschen zu sein.

Charlotte ging in ihr Zimmer und schloss die Tür hinter sich. Warum nur hatte sie alle Warnsignale ignoriert? Sie hatte doch von seinen Gefühlen gewusst, sie hatte sie von Anfang an gespürt, sie waren kein großes Geheimnis gewesen. Spätestens an dem Tag, als er ihr die Leica hatte schenken wollen, hätte sie ihm reinen Wein einschenken müssen. Stattdessen hatte sie auch noch ihren Kopf an seine Schulter gelegt. Sie hatte geahnt, dass dies keine gute Idee gewesen war, aber sie hatte getrunken, war überfordert gewesen, außerdem war niemand ohne Fehler. Das gab ihm aber noch lange nicht das Recht, derart rücksichtslos über sie herzufallen. Und selbst wenn er das Gefühl haben sollte, sie hätte ihn all die Jahre über nur ausgenutzt, hätte ihn als Ersatzvater für Alice missbraucht, besaß er kein Recht, so brutal in sie einzudringen. Erneut hatte Charlotte das Gefühl, gleich würgen zu müssen.

»Charlotte?« Er klopfte sachte an ihre Tür. Als sie nicht antwortete, klopfte er etwas lauter. »Es tut mir leid, es …« Aber da überrollten ihn schon wieder seine Gefühle, und es schüttelte ihn, als tobte in ihm ein schweres Gewitter. War es denn so schlimm, dass er sie liebte? »Ich möchte doch nur bei euch sein, ihr seid doch meine Familie«, flüsterte er durch die geschlossene Tür, aber er ahnte schon, dass sie ihm nicht verzeihen würde, und dennoch wartete er noch eine gute Viertelstunde, ob sie nicht doch die Tür öffnete, ob sie nicht doch mit ihm sprechen würde, bevor er davonschlich.

Er schlich in sein Zimmer, holte seinen Rucksack aus dem Schrank, packte Wäsche und Hemden und Hosen ein, sein Foto und dazu eines von Alice, das Charlotte ihm geschenkt hatte. Er besaß keines von ihr. Auch keines, auf dem sie zu dritt zu sehen gewesen wären. Als hätte es sie nie gegeben. Als wäre alles nur eine große Illusion gewesen. Seine kleine Familie.

Als er die Tür leise ins Schloss zog, zitterte er am ganzen Körper. »Verschwinde, ich will dich hier nie wieder sehen«, hatte Charlotte gesagt. Aber wo sollte er denn hin? Er war doch nichts ohne sie und Alice. Er konnte doch seinen Engel nicht zurücklassen? Tränen liefen ihm übers Gesicht. Alles Schöne, das er je hatte erfahren dürfen, hatte sie ihm geschenkt. Ihre ersten Schritte, ihre ersten Worte, ihr Lachen, wenn sie sich auf ihn warf, wenn sie mit ihm durch die Wohnung tobte, wenn sie gemeinsam durch den langen Flur schlitterten. Sie nicht mehr seinen Namen rufen zu hören, sie nicht mehr verschmitzt lachen zu sehen war unvorstellbar.

Zitternd stand er vor Frau Sommerfelds verschlossener Wohnungstür, aber er wagte es nicht zu klingeln. Er konnte sich nicht von Alice verabschieden. Er würde immer ihr Onkel Langer sein.

Unten auf der Straße blieb er noch einmal stehen und schaute nach oben. Und für einen Moment, in dem er glaubte, Charlottes Gesicht am Fenster zu sehen, keimte so etwas wie Hoffnung in ihm auf. Er stellte sich vor, wie sie gleich das Fenster aufreißen und ihm zurufen würde, dass sie ihm verzeihe, wie sie ihm ihre Liebe gestehen würde, in aller Öffentlichkeit, wie sie ihm sagte, dass sie zusammengehörten, sie und er und Alice, dass sie eine Familie seien, dass er ihr mit seinem Geständnis die Augen geöffnet habe.

In Wirklichkeit öffnete sich kein Fenster, und er ahnte, dass er sich keine Hoffnungen machen musste, aber er wusste jetzt, wer schuld daran war. Dieser Drecksjude nämlich.

Eins, zwei, eins, zwei, hämmerte es jetzt wieder in seinem Kopf.

34

Tatsächlich hatte Charlotte am Fenster gestanden, hinter der Gardine versteckt, und seinen verzweifelten Blick gesehen. Und in jenem kurzen Moment, in dem der Lange gehofft hatte, sie würde ihm ihre Liebe gestehen, hatte sie sich gefragt, ob sie nicht doch zu hart gewesen war, ob sie nicht doch sein flehentliches Betteln um Verzeihung hätte erhören müssen. Und als sie ihn hatte davongehen sehen, mit diesem festen, ausladenden Schritt, den Kopf hoch erhoben, durchwehte sie sogar so etwas wie Wehmut. Fünf Jahre machte man nicht im Handumdrehen ungeschehen, fünf Jahre, in denen sich für sie so viel verändert hatte.

Sie war jetzt nicht mehr die mittellose verzweifelte Witwe, sondern eine erfolgreiche Fotografin, stolze Mutter und Frischverliebte. Aber vielleicht war er ja dieser unbeholfene Junge geblieben, wie sie nun dachte, der sich nur äußerlich verändert hatte.

Sie hätte nicht vergessen dürfen, dass er zehn Jahre jünger war als sie, vor allem aber hätte sie ihm nie diese Verantwortung für Alice übertragen sollen, auch wenn er sich diese Aufgabe selbst gesucht hatte. Diese Nähe zu einem fremden Kind musste ja schon fast zwangsläufig Hoffnungen nähren, an deren Erfüllung sie nie gedacht hatte. Und doch: Nichts rechtfertigte sein Verhalten. Sobald sie sich daran erinnerte, wie brutal er gewesen war, war jegliches Mitgefühl verschwunden.

In den nächsten Wochen schwankte Charlotte zwischen Trauer und Wut, und an manchen Tagen wünschte sie sich, er würde wiederkommen, um vielleicht doch noch einmal mit ihm über alles sprechen zu können, um sich vielleicht auch für ihre Fehler zu entschuldigen, vor allem aber hoffte sie es für Alice. Denn es verging kein Tag, an dem sie nicht nach Onkel Langer fragte, an dem sie nicht tobte und schrie, weil sie ihn so sehr vermisste, dass sie gar nicht wusste, wie ihr geschah. An den weit häufigeren Tagen aber hoffte Charlotte ihn nie wiederzusehen. Denn langsam begriff sie, welch große Last seine Anwesenheit auch immer bedeutet hatte, wie viel Rücksicht sie immer auf ihn genommen hatte, auch wenn ihr dies selten bewusst gewesen war.

Immer häufiger ertappte sie sich jetzt dabei, wie sie Theo spontan umarmte, ihn vor anderen küsste, sich ihm in der Küche auf den Schoß setzte, mit ihm herumalberte, was sie vorher nur selten getan hatte. Sie merkte, dass sie sich nicht mehr darum scherte, ob ihre Liebe vielleicht jemanden stören könnte, ob sie vielleicht jemand beobachten würde, wenn sie Theo sehnsüchtige Blicke zuwarf. Und Theo genoss ihre Unbekümmertheit, ohne allerdings zu ahnen, was vorgefallen war.

Aus Sorge, er könnte vielleicht auf Rachegedanken kommen oder gar an ihrer Liebe zweifeln, hatte Charlotte nur Claire ins Vertrauen gezogen. Ihm und Gustav hatte sie erzählt, der Lange habe spontan die Möglichkeit bekommen, nach Amerika zu reisen, und dass er nun dort sein Glück versuchen wolle. Und da sowohl Gustav als auch Theo nicht wirklich traurig darüber waren, den Langen los zu sein, glaubten sie ihr schließlich diese Geschichte.

Es waren ausgelassene Wochen, die sie nach dem Auszug des Langen erlebten, vielleicht die sorglosesten, die sie je hatten und je haben würden, aber das wussten sie da noch nicht.

Plötzlich jedenfalls gab es keinen Grund mehr für spitze Bemerkungen beim Essen so wie früher, als der Lange mit

Vorliebe Alice von seinem Teller gefüttert hatte. Plötzlich warf sich niemand mehr scharfe Blicke zu, weil ein anderer Blick zuvor liebevoll geraten war. Plötzlich nannte niemand mehr Theo den »Eintänzer«, was Charlotte nie hatte leiden können. Plötzlich hatte sie das Gefühl, Teil eines ganz normalen Paares zu sein, das vielleicht nur in einer ungewöhnlichen Wohngemeinschaft lebte.

Theo und sie gingen gemeinsam ins Theater am Gendarmenmarkt, sahen sich revolutionäre Stücke an, diskutierten stundenlang über Charlottes immer erfolgreicher verlaufende Karriere, die doch eigentlich so gar nicht zu seinen kommunistischen Idealen von einer Welt ohne Reiche und Arme passte. Aber er liebte ihre Fotos mindestens ebenso wie seine Träume, und Charlotte ohnehin noch viel mehr, wie er längst wusste, so dass sie sich nach jeder Diskussion doch wieder in den Armen lagen, doch wieder küssten, doch wieder die Nacht zusammen in einem Bett verbrachten.

Dass sie Fotos von großer Natürlichkeit und Stärke machte, bewunderte er besonders, und er schlug ihr vor, doch auch Fotos von Arbeitern zu machen und diese in ihrem Stolz zu zeigen, und Charlotte zögerte nicht lange und schob zwischen ihre zahlreichen Termine immer wieder auch einen mit einem der Arbeiter, die Theo ihr ins Studio brachte.

Nach und nach entstand so eine ganze Serie, die sie auf Theos Vermittlung hin beim kommunistischen Verleger Münzenberg unter Pseudonym veröffentlichte, was wiederum zu langen Diskussionen zwischen Theo und ihr führte. Er warf ihr vor, feige zu sein, weil sie sich hinter falschem Namen versteckte, ausgerechnet er, wie Charlotte dachte, der vorgab, ein anderer zu sein. Sie konterte aber damit, dass sie keine Politikerin sei, dass sie keine Botschaft zu verkaufen habe so wie er, sondern eine Fotografin, die den Menschen hinter der Oberfläche zeigen wolle, »egal ob Arbeiter oder Millionär, ob Schauspieler oder Politiker. Ich lasse mich in keine politische Ecke drängen, auch nicht von dir«, sagte sie. Und wenn sie mit ihrem Namen … Aber da winkte er ab. Wer, wenn nicht er, wüsste am besten, was es hieß, gebrandmarkt zu sein. An diesem Tag küssten sie sich noch inniger als sonst, fühlten sie sich einander noch näher.

An diese Wochen zwischen Mitte Juli und Mitte Oktober würde sie sich später noch oft erinnern. Es war auch die Zeit, in die ihre erste Aufnahme von Theo fiel. Sie war spontan entstanden, an einem Sonntag, an dem sie beide ausnahmsweise mal keine Verpflichtungen hatten. Sie keine Fototermine, und er war weder als Eintänzer gebucht, noch traf er sich mit seinen Freunden oder schrieb eines seiner zahllosen Flugblätter, mit denen er für eine »vereinte Linke« warb.

Das Foto hatte sie am Wannsee gemacht, wie das erste von Albert, was ihr aber erst später aufgefallen war und auch nicht ihre Absicht gewesen war. Ursprünglich hatten sie beide nur dieser ewig lärmenden Stadt entfliehen wollen, hatten sich auf ein paar ruhige Momente am Wasser und in der Natur gefreut. Und dann war es dort so voll gewesen wie an einem Werktag auf dem Potsdamer Platz.

Dichtgedrängt lagen die Sonnenhungrigen, spielten Federball oder machten Gymnastik oder sonstige, wie Theo sagte, »seltsame Verrenkungen«. Es war, als läge hinter jedem Busch bereits ein Paar, als wäre jede Lichtung mindestens doppelt besetzt, als müsste man auf Bäume klettern, um überhaupt noch einen Platz zu finden.

Es war, wie sich später zeigen sollte, der heißeste Tag im Jahr. Und Charlotte tat das einzig Richtige, wie sie fand. Sie packte die Kamera aus, die sie immer bei sich trug, und nutzte die Menschenmenge als Kulisse für Theos »Einzigartigkeit«. Mit Anzug und Weste bekleidet, sollte er sich inmitten der halbnackten Sonnenbadenden stellen. Er, der einzig Aufrechte, wie er mit einem Augenzwinkern sagte.

Und am Abend legten sie sich wieder nebeneinander, umarmten sich, spürten die Zärtlichkeit des anderen, ihre Liebe, und auch an jenem Oktoberabend, an dem Claire aufgeregt nach Hause kam, sollte sich daran nichts ändern, und doch wurden von da an die unbeschwerten Tage weniger.

Nach langem Warten hatte Claire bei dem Produzenten, der sie im Eldorado angesprochen hatte, einen Termin erhalten, und der war besser verlaufen, als von ihr in ihren kühnsten Träumen erhofft. Ihre Stimme, hatte er gesagt, ihre Stimme in Kombination mit ihrer imposanten Erscheinung würde ihm »außerordentlich gut« gefallen. Ihre Texte, die sie ihm noch geschickt hatte, dagegen nicht. Aber das Lied, das sie im Eldorado gesungen habe, sei ja auch nicht von ihr gewesen, wie er im Nachhinein erfahren habe, und er habe genügend gute Lieder auf Lager, kurzum, er plane mit ihr für die nächste Saison im Wintergarten. »Vorausgesetzt natürlich, Sie sind einverstanden, Verehrteste.«

Und wie sie einverstanden war. Claire schwebte nach Hause, schwebte von Bar zu Bar, von Champagner zu Champagner und war entsprechend aufgekratzt, als sie mit Charlotte, Theo und Gustav auf ihren Erfolg mit noch mehr Champagner anstieß.

»Es ist doch nicht zu fassen«, sagte sie, und ihrer Stimme war der Alkohol bereits deutlich anzuhören. »Jetzt habe ich schon mal diesen unglaublichen Erfolg, darf im Wintergarten auftreten, nicht in so einer kleinen Kaschemme, sondern im großen Wintergarten und darf singen ... Ich meine, wenn ich's nicht mit eigenen Ohren gehört hätte, würde ich's nicht glauben, dass ich, die dicke alte Claire, neben all den jungen Dingern auftreten soll. Und dann. ...« Sie nahm einen erneuten Schluck. »Dann kann man noch nicht einmal mit jedem, der einem lieb und teuer geworden ist, darauf anstoßen.«

Theo und Gustav grinsten, weil sie dachten, sie würde mal wieder von ihrer Isolde sprechen, die ihren Abend lieber mit ihrer Familie verbrachte statt mit ihr, Charlotte aber ahnte, dass es ihr ausnahmsweise mal nicht um die große Liebe ging. Sie gab ihr mit den Augen Zeichen, schüttelte den Kopf, doch Claire war nicht mehr zu bremsen.

»Und das alles nur, weil dieser kleine Idiot sich nicht im Griff hatte«, sagte sie. »Ich meine, was hat der sich nur dabei gedacht … Es könnte alles so schön sein, endlich könnte alles so schön sein. Der Laden, das Studio, der Wintergarten, ihr zwei … Das Leben meint es doch wirklich gut mit uns … Und was macht unser Kleiner?«

»Lass gut sein, bitte!«, zischte Charlotte zwar noch, aber sie wusste, dass es da schon zu spät war.

»Grabscht einfach nach unserer Lotte, dieser Idiot.« Claire leerte ihr Glas in einem Zug. »Grabscht einfach nach unserer verehrten, lieben Lotte. Wenn ich den in die Finger kriege, dann aber gute Nacht … Was hat der sich bloß dabei gedacht?« Sie sah zu Charlotte, die nur noch leise seufzte.

Denn neben ihr hatte sich Theo bereits kerzengerade aufgesetzt, die Hände in die Hüften gestemmt, schwer atmend, und Gustav war die Fassungslosigkeit ebenfalls deutlich ins Gesicht geschrieben.

»Also nix Amerika? Nix von wegen schöne neue Welt und Neuanfang und besseres Leben? Du wurdest von diesem Vollidioten mit seinen widerwärtigen Fingern betatscht?« Gustav stand noch immer der Mund offen, als Theo mit der Faust auf den Tisch schlug.

»Ich hätte es wissen müssen«, sagte er. »Ich hätte es verdammt noch mal wissen müssen. Ich hab die Schläger doch gesehen, ich hab doch gesehen, mit was für üblen Burschen der sich umgibt. Das färbt ab … Ob man will oder nicht. Irgendwann ist man einer von denen.« Sein Atem ging schnell. »Du hättest etwas sagen müssen, Charlotte. Du hättest …« Er sah sie kopfschüttelnd an. »Warum hast du denn nichts gesagt?«

»Es ist ja nichts Schlimmes passiert«, sagte sie und versuchte dabei, so gelassen wie möglich zu klingen.

»Nichts Schlimmes? Er hat dich …« Eine unglaubliche Wut schüttelte ihn, und er hätte aufspringen können und losstürmen und den Langen suchen und so lange auf ihn einprügeln, bis der keinen Ton mehr von sich gegeben hätte. »Was hat dieser Kerl mit dir gemacht?« Theo strich ihr übers Haar. »Hat er das etwa auch getan? Hat er dich gestreichelt? Hat er …«

»Hör auf. Es ist vorbei.«

»Nichts ist vorbei. Dem Kerl werde ich …«

»Nein.« Sie griff nach seiner Hand. »Du wirst gar nichts. Siehst du, genau deswegen habe ich nichts gesagt. Ich wollte nämlich nicht, dass du einen Aufstand anzettelst. Glaub mir, es ist vorbei, und es war nicht so schlimm, wie es sich vielleicht für dich jetzt anhören mag. Der Lange hat seine Strafe bekommen. Ich habe ihn rausgeworfen, und wir sollten jetzt einfach Gras über die Sache wachsen lassen. Und außerdem weiß er auch so, dass es nicht recht war. Das musst du ihm nicht auch noch sagen.«

»Nicht recht? Der Kerl weiß doch noch nicht einmal, wie man recht schreibt.«

»Allerdings«, pflichtete Gustav ihm bei. »Dass er sich mit diesen Kerlen umgibt, ist doch Beweis genug. Ich hab sie auch gesehen. Es stimmt, was du sagst. Ich hab sie nur nicht ernst genommen mit ihrem ewigen Gesinge. Aber wenn ich jetzt darüber nachdenke … Jeder »Immertreu«-Bruder ist ein Lämmlein dagegen, ganz im Ernst.«

Charlotte atmete tief durch. »Er hat sich bei mir entschuldigt«, sagte sie und fügte nach kurzem Zögern hinzu, dass sie die Entschuldigung angenommen habe, was zwar nicht stimmte, aber sie war für sich zu dem Schluss gekommen, dass es zumindest fürs Erste gut so war, wie es jetzt war. Zumal der Lange widerstandslos gegangen war.

»Es gibt Dinge, für die kann man sich nicht entschuldigen«, sagte Gustav und verschränkte die Arme.

»Doch, man kann immer um Verzeihung bitten«, widersprach Claire, die mit einem Schlag nüchtern geworden war, nachdem sie begriffen hatte, was sie mit ihrem losen Mundwerk angerichtet hatte. »Und ich bitte dich, meine liebe Lotte, verzeih mir, dass ich meine Klappe nicht habe halten können.«

»Aber nur, weil es heute dein Tag ist«, sagte Charlotte streng, lächelte jedoch. »Und weil wir heute dich und deinen Erfolg feiern sollten, statt unsere Zeit mit dieser unerfreulichen Sache zu vergeuden.«

»Unerfreulich.« Theo schüttelte den Kopf. »Wie kannst du eine derartige Impertinenz unerfreulich nennen? Das ist …« Aber seine Phantasie fuhr jetzt mit ihm Achterbahn und redete ihm die tollsten Dinge ein, die der Lange mit Charlotte angestellt haben könnte. Am liebsten hätte er sie hier und sofort nach jedem Detail gefragt, wollte aber nicht so taktlos sein, dies vor ihrem Bruder zu tun, und so nahm er nur ihre Hand und drückte sie und überprüfte heimlich, ob sie sich anders anfühlte als zuvor, weniger weich, weniger zärtlich. Das Gegenteil war der Fall.

»Also, wenn du mich fragst, hat der 'ne ordentliche Abreibung verdient«, sagte Gustav, der sich bereits mit großem Vergnügen ausmalte, wie er seinen Freund, der schon lange kein Freund mehr war, der ihn in den vergangenen Monaten immer herablassender behandelt hatte, in die Schranken weisen würde. »Wenn du möchtest, können wir gleich morgen mal in seinem Verein vorbeischauen. Ich weiß, wo der ist, ich war einmal dort. Gleich hinterm Alex. Nicht weit von der Burg entfernt.« Womit er das Polizeipräsidium meinte, dessen Erwähnung ihm früher einen Heidenrespekt eingejagt hätte.

»Nein, Gustav, bitte, ich möchte das nicht. Lass den Langen in Ruhe. Das ist eine Sache zwischen ihm und mir.«

Und zu Charlottes großer Erleichterung winkte auch Theo jetzt ab und sagte, dass er sich auf dieses Niveau erst gar nicht begeben wolle. Nicht, dass er sich den Langen nicht gerne geschnappt hätte. Nichts hätte er lieber getan im Augenblick, lieber noch, als Charlottes zarte Haut zu streicheln, als ihre weichen Lippen zu spüren, aber er hatte die Schlägertypen gesehen, und gegen die hatten Gustav und er keine Chance.

»Aber wir können ihn doch nicht einfach so davonkommen lassen.«

»Doch, das könnt ihr. Er ist gestraft genug. Dass er Alice nicht mehr sehen kann, schmerzt ihn mehr als alle Schläge, die du ihm je verpassen kannst, glaub mir, ich weiß das«, sagte Charlotte, ohne allerdings zu ahnen, dass der Lange Alice heimlich beim Spielen auf dem Viktoria-Luise-Platz beobachtete, dass er manchmal Frau Sommerfeld und Alice folgte, dass er seinen neuen Kameraden gegenüber von »meiner kleinen Tochter« sprach und von »diesem Juden«, der ihm seine Familie genommen habe.

»Denkst du das auch?« Gustav sah jetzt zu Theo. »Denkst du auch, wir sollten so tun, als wäre nichts geschehen?«

Und Theo nickte, sagte, dass Charlotte recht habe, lächelte aber auf jene Weise, die schon immer unergründlich gewesen war.

35

Immer wieder versuchte Gustav in den darauffolgenden Wochen, bei Theo Gehör für seinen Vorschlag zu finden, dem Langen einen »Überraschungsbesuch« abzustatten. Und immer wieder stieß er bei ihm auf Ablehnung. Dabei hatte er Theos Lächeln doch gesehen. Dieses Lächeln, das er von früher zu gut kannte und das ihm schon damals im Hinterhof aufgefallen war, als er mit einer Pistole auf ihn gezielt hatte. Es war ein Lächeln, das ihm deutlich zu sagen schien, dass Theo etwas im Schilde führte, dass er nicht gewillt war, Gras über die Sache wachsen zu lassen, so wie Charlotte sich das wünschte.

Theo aber beteuerte stets, Charlottes Wunsch zu respektieren. Und tatsächlich hatte er ihr sein Versprechen gegeben, nichts gegen den Langen zu unternehmen.

Doch wie Gustav war sich auch Charlotte nicht sicher, ob sie ihm glauben konnte. Auch sie hatte sein Lächeln gesehen, und dieses Lächeln beunruhigte sie. »Du machst doch nichts, was du bereuen könntest?«, fragte sie ihn daher in regelmäßigen Abständen.

Und er lachte dann immer und sagte, dass er im Gegensatz zu diesem Idioten kein Idiot sei, was sie ja wohl hoffentlich wisse.

»Du weißt hoffentlich auch, dass ich dich nicht verlieren möchte«, entgegnete sie daraufhin.

Und er nahm sie in den Arm und küsste sie, und für einen

Moment schien ihr Leben wieder so federleicht zu sein wie in der Zeit, bevor Claire sich verplappert hatte.

Jeden Tag spukte der Lange nun in Theos Kopf herum. Wenn er Charlotte ansah, wenn er sie berührte, wenn er sie küsste, wenn er ihre Stimme hörte, war ihm, als wäre er immer mit dabei. Jeden Tag wünschte er, es wäre nie geschehen. Und jeden Tag sagte er sich aufs Neue, dass der Lange nichts weiter als ein armer Wicht sei und er nun wahrlich Besseres zu tun habe, als sich mit sinnlosen Rachegedanken zu quälen.

Seitdem bekannt geworden war, dass Hitler im November zum ersten Mal in Berlin eine öffentliche Rede halten würde, kam er aus dem Flugblattschreiben gar nicht mehr heraus. »Aufrechte, vereint euch«, schrieb er, »wehrt euch gegen diesen selbsternannten Führer, dessen Diktatur des reinen Blutes unser Land vergiften wird. Zeigt ihm die Stirn! Am 16. November, Sportpalast, 20 Uhr.« Die Blätter verteilte er gemeinsam mit seinen Mitstreitern in der ganzen Stadt, doch abgesehen von ein paar wenigen schien niemand seine Sorge ernsthaft zu teilen.

Vielleicht lag es an seiner eigenen Geschichte, dass er in Hitler eine Gefahr sah, wo andere nur eine »lachhafte Figur« oder einen »gescheiterten Putschisten« oder einen »Exsträfling mit großer Klappe« sehen wollten. Theo jedenfalls hatte das Gefühl, gar nicht anders zu können, als endlich an jener Front zu kämpfen, die er so lange gemieden hatte.

Er war es leid, immer wieder von Attacken auf »diese Judenrepublik« zu lesen, er war es leid, dass man im Kollektiv »die Juden« für jedes Versagen in der Politik oder in der Wirtschaft verantwortlich machte, er war es leid, wieder häufiger hören zu müssen, dass man den Krieg nie verloren hätte, wenn nicht »diese Judenbande« den Schwanz eingezogen hätte, dass man nicht unter horrenden Reparationszahlungen zu leiden hätte, wenn nicht »diese Judenbande« ... Manchmal war ihm, als griffen sie ihn ganz persönlich damit an, so wie es seine Gegner früher mit ihren antisemitischen Gehässigkeiten auch getan hatten. Die hatten ihn weder einen Revolutionär noch einen Kommunisten geschimpft, sie hatten ihn nur »diesen Juden« genannt. Aus ihrem Mund hatte sich das angehört, als wäre dies das größte aller Vergehen. Und er hatte sich weggeduckt, hatte die Gelegenheit beim Schopfe gepackt, sich den Namen eines Toten gegeben, um, wie er damals geglaubt hatte, an bedeutenderen Fronten zu kämpfen als an dieser »lächerlichen antisemitischen Kampflinie«.

»Linke, vereint euch!«, schrieb er jetzt, um an ebenjener Linie mit geschlossenen Kräften zu stehen. Aber »die Linke« dachte gar nicht daran, seinem Aufruf zu folgen. Weder wollte die KPD mit der SPD gemeinsame Sache machen noch umgekehrt. Die einen schimpften über »Sozialfaschisten«, die anderen über »kriminelle Bolschewisten«. Und so fand sich am 16. November rund um den Sportpalast nur ein Häuflein Versprengter ein. Darunter Theo und seine Mitstreiter, einige Mitglieder des Roten Frontkämpferbundes, die sich nie eine Schlacht entgehen ließen, sozialdemokratische Gewerkschafter, Passanten, Schaulustige. Von einem »Aufmarsch der Stärke«, wie sich ihn Theo gewünscht hatte, war nichts zu spüren. Zumal im Sportpalast gerade fünfzehntausend Goebbels und Hitler zujubelten.

Unter ihnen war auch der Lange, was Theo nicht wusste, wohl aber ahnte, denn er war doch heimlich zu Olympia gegangen, er hatte sich doch die Kerle etwas näher angesehen, mit denen der Lange verkehrte, hatte doch nach Möglichkeiten Ausschau gehalten, wie er ihm ein für alle Mal klarmachen könnte, dass er in der Winterfeldt und in Charlottes und Alices und seinem Leben nichts mehr zu suchen hatte.

Und diese Hitler-Rede, fand er, würde, neben allen anderen guten Gründen, die es gab, vor Ort zu sein, vielleicht eine gute Gelegenheit bieten, ihn als brutalen Schläger, vielleicht sogar als Verbrecher zu entlarven und ihn mit etwas Glück hinter Gitter zu bringen.

Mit hochrotem Kopf trat der Lange ins Freie. An seiner Seite Dieter und viele seiner neuen Kameraden, deren Namen er nur zum Teil kannte. Abgemacht war, dass sie sich auf dem Vorplatz vom Sportpalast versammeln sollten, wo sie sich nun nach und nach alle einfanden.

»Sieg dem deutschen Volk«, hatte er geschrien. Wieder und wieder, und anders als beim letzten Mal, als er seine Losung noch allein in den großen Saal hatte hinausrufen müssen, hatten sie dieses Mal aus vereinten Kehlen geschrien. »Sieg dem deutschen Volk.« Das Echo dieses Donnergeheuls klang ihm noch immer in den Ohren, und es war ihm, als machte es ihn stark und unverwundbar und als wäre die Entscheidung, heute zuzuschlagen, heute »diesem Juden« endlich zu zeigen, wer das Sagen hatte, genau die richtige.

Ein paar Schritte nur, dachte er, und er wäre zu Hause. Er müsste nur ein paar Meter die Potsdamer hoch und dann links, dann wäre er schon in der Winterfeldtstraße.

Erst am Morgen war er wieder dort gewesen in der Hoffnung, Alice zu sehen. Aber seitdem diese feuchtkalte Herbstluft über Berlin lag, ging Frau Sommerfeld kaum noch mit ihr vor die Tür. Es war jetzt exakt drei Wochen und vier Tage her, dass er sie zum letzten Mal am Springbrunnen hatte spielen sehen. Eine viel zu lange Ewigkeit, wie er fand. Wenn nicht bald etwas passierte, würde sie ihn noch vergessen, und diese Vorstellung war für ihn mindestens so schmerzhaft wie der Gedanke an Charlotte und Theo, der ihn täglich, ja stündlich, eigentlich sekündlich quälte. Kaum dass er sich die beiden in inniger Umarmung vorstellte, ballte er schon die Fäuste und schlug Theo mitten ins Gesicht, mitten auf den Brustkorb, bis er sich in seiner Phantasie vor Schmerzen krümmte und um Gnade winselte, und dann schlug er noch einmal zu, bis er Charlotte nie wieder würde küssen können.

Einer seiner Kameraden rief jetzt: »Wem stehen wir mit heißer Liebe gegenüber?«

Die Gruppe skandierte: »Dem deutschen, reinblütigen Volk.«

Und der Lange dachte: Charlotte und Alice, »meiner Familie«.

»Wen werden wir bekämpfen?«

»Alle, die nicht zu unserem Volk gehören.«

Und jeder hier wusste, wer gemeint war.

»Wann fangen wir damit an?«

»Heute«, schrien sie jetzt mit vereinten Kräften, und der Lange zitterte vor Aufregung, denn gleich würden sie losmarschieren, würden sie in den Wedding einfallen, in das Lokal, in dem sie Theo vermuteten. Dass der nur wenige Hundert Meter von ihnen entfernt war, ahnten sie nicht.

Als Theo das dumpfe Gebrüll aus einiger Entfernung hörte, sah er den Langen nicht. Er sah nur eine Handvoll Jünglinge durch die Potsdamer Straße marschieren, den rechten Arm nach vorne gereckt, die nun geradewegs auf ihn und seine Mitstreiter zukamen. Passanten lachten, einige schüttelten den Kopf über deren Gebaren, Theo, der hinter einer Absperrung stand, schrie: »Nieder mit den Volksverrätern! Nieder mit Hitler! Nieder mit allen Faschisten!« Und seine Freunde stimmten in seine Rufe mit ein.

Dass etliche Passanten auch sie daraufhin mit Kopfschütteln bedachten, sahen sie da schon nicht mehr. Die Jünglinge stürmten jetzt direkt auf sie zu, vorbei an den Polizisten, die rasch zur Seite sprangen. Eine Faust traf Theo am Kinn, ein Bein in der Kniekehle, er sackte zusammen, spürte die Tritte von schweren Stiefeln in seinem Rücken, dann marschierten die Angreifer weiter, als wäre nichts geschehen. Der Spuk hatte kaum mehr als eine halbe Minute gedauert, und hätte sich Theo nicht auf dem Boden wiedergefunden, hätte er keine blutende Lippe gehabt, er hätte glauben können, es wäre alles nur ein schlechter Traum gewesen. Die Polizisten mit ihren gleichgültigen Gesichtern machten jedenfalls den Eindruck, als hätten sie von alldem nichts bemerkt.

Rasch stand Theo wieder auf. Auch seine Mitstreiter, die es nicht weniger wüst getroffen hatte, rappelten sich nach und nach wieder hoch. Bevor sich allerdings der Letzte aufgerichtet hatte, stürmte schon die nächste Gruppe heran, und das Spiel begann von vorne. Dieses Mal waren sie jedoch besser gewappnet, und Theo ging nicht zu Boden, sondern war derjenige, der zuschlug, der trat, der gegen »diese elenden Faschisten« anbrüllte. Und es wurden immer mehr. Von allen Seiten kamen sie jetzt. Nazis und Gegner, Rote Frontkämpfer und solche, die braune Hemden trugen. An die hundert lieferten sich an diesem Novemberabend im Nieselregen einen hasserfüllten Kampf.

Theo sah nicht, wem er seine Faust ins Gesicht schlug, und er sah auch nicht, wer ihn traf. Er spürte auch keinen Schmerz, so wie der Lange auch nichts spürte, auch nichts sah, nur zuschlug und trat, wie schon unzählige Male zuvor in seinem Leben. Diese kleine Keilerei, hatte sein Anführer gesagt, würde sie in die richtige Stimmung bringen.

Mittlerweile hatte sich die Schlägerei von der Potsdamer Straße in die Winterfeldtstraße weiter Richtung Winterfeldtplatz verlagert. Immer mehr Schaulustige kamen hinzu, die pfiffen und anfeuerten, die schrien, wenn sich jemand aus dem Staub machen wollte, egal, auf welcher Seite er stand, was ohnehin kaum noch jemand so genau wusste.

Als der erste Schuss gefallen war, blieb es für den Bruchteil einer Sekunde totenstill.

Dann brach ein ohrenbetäubendes Geschrei los, und spätestens jetzt hingen alle Anwohner an ihren Fenstern oder standen auf ihren Balkonen und sahen doch nicht, was sich tatsächlich unten auf der Straße abspielte. Ein weiterer Schuss fiel, von oben aber konnte man nicht erkennen, wer geschossen hatte. Mit einem Mal schienen alle Waffen in den Händen zu halten.

Auch Theo hatte jetzt seine Pistole gezogen. Und in dem Moment, in dem er sich gerade in einen Hauseingang hatte retten wollen, sah er den Langen zum ersten Mal an diesem Abend. Nur wenige Meter von ihm entfernt trat er auf einen seiner Mitstreiter ein, mit wirrem, hasserfülltem Blick. Genau so hatte er ihn sich vorgestellt, und doch war er erschüttert zu sehen, mit welcher Brutalität er vorging. Theo versuchte, die Umstehenden zur Seite zu drängen, sich zu dem Langen und seinem Freund vorzukämpfen. Er wollte den Langen packen, er wollte ihn hier und jetzt zur Rede stellen, und er spürte, wie es in seinen Händen kribbelte, wie ihm das Adrenalin einen weiteren Schub versetzte, wie er bereit war, sich auf den Langen zu stürzen, auf »diesen Nazi«, diesen »widerwärtigen Kerl«, der Charlotte angefasst hatte.

Als er ihn fast erreicht hatte, als sie sich beinahe gegenübergestanden hätten, fiel wieder ein Schuss. Theo hörte das Zischen der Kugel an seinem Ohr. Blitzschnell versuchte er zu erfassen, woher der Schuss gekommen war, aber die Menge stob jetzt auseinander, viele verschwanden in Hauseingängen, in Seitenstraßen, es herrschte ein heilloses Durcheinander.

Auch der Lange war plötzlich nicht mehr zu sehen. Ob er ihn auch entdeckt hatte? Ob er eine ähnliche Wut spürte wie er? Ob er ebenfalls bereit war, bis zum Äußersten zu gehen?

Doch Theo blieb keine Zeit für Fragen, denn wieder verfehlte ihn eine Kugel nur knapp, und nun schoss er zurück, schoss noch einmal, bis sein Magazin leer war, während er zu einem der Hauseingänge lief.

Erst jetzt stürmten Polizisten auf den Winterfeldtplatz, schossen nun ihrerseits wahllos um sich, liefen in die Nebenstraßen, Flüchtenden hinterher, oder rissen die noch wenigen verbliebenen Schläger auseinander.

Aus der Sicherheit eines Hauseingangs suchte Theo die Straße und den Platz nach seinem Freund und dem Langen ab. Systematisch, so wie er es von seinem Ausbilder gelernt hatte, erfasste er Meter um Meter. Erst die Hauseingänge, dann die Straße, dann den großen Platz. In der Nähe der Kirche sah er ein regloses Knäuel liegen. Etwas weiter rechts, nicht weit von Richters Drogerie entfernt, lag ebenfalls jemand. Er war zu weit entfernt, als dass er die Personen hätte erkennen können, aber er war erfahren genug, um zu wissen, dass es Tote waren.

Langsam wurden die Schüsse weniger, bis sie schließlich ganz verebbten und man nur noch die Trillerpfeifen der Polizisten hörte sowie deren Gebrüll, das nun aus allen Ecken kam. Auch aus den Fenstern und von den Balkonen erhob sich lautes Stimmengewirr. Theo zögerte kurz, aber die, die mit ihm in dem Hauseingang standen, liefen nun ebenfalls los, rannten, so schnell sie konnten, in alle Richtungen davon. Er aber lief direkt auf das Knäuel zu, da er glaubte, die Jacke seines Freundes erkannt zu haben. Und tatsächlich, es war sein Freund, der dort lag, begraben unter dem leblosen Körper des Langen, in dessen Kopf eine blutende Wunde klaffte.

Man musste kein Arzt sein, um zu sehen, dass ihnen nicht mehr zu helfen war, und dennoch packte Theo den Langen jetzt an der Schulter, zog ihn vom Körper des anderen, beugte sich über seinen Freund, suchte nach seinem Atem, nach seinem Puls, und erst als er sich sicher war, nichts mehr für ihn tun zu können, suchte er auch beim Langen nach Lebenszeichen.

Dass es noch drei weitere Tote zu beklagen gab und zudem zahlreiche Verletzte, dass am nächsten Tag in der *B.Z. am Mittag* zu lesen sein würde: »Eine Gruppe Bewaffneter eröffnete Feuer auf Sportpalast-Besucher«, und in der *Vossi-*

schen stehen würde: »Teutonenjünglinge lieferten sich erbitterte Auseinandersetzung mit Kommunisten«, davon ahnte er noch nichts. Auch nicht davon, dass sich die Nachricht von den Toten auf dem Winterfeldtplatz wie ein Lauffeuer verbreiten und neben vielen anderen auch Charlotte, Claire und Gustav auf die Straße treiben würde.

Fassungslos schaute Theo auf seinen Freund, an dessen Seite er schon zu Zeiten der Novemberrevolution gekämpft hatte, der mit ihm im Gefängnis gewesen war, der wie er in die KPD eingetreten und schließlich aus der Partei ausgeschlossen worden war. In ihren gemeinsamen Jahren hatte es so viele Möglichkeiten gegeben, den Tod zu finden, und nun war er ausgerechnet hier, nur wenige Schritte von Theos Wohnung entfernt, gestorben. Im Kampf gegen Nationalsozialisten, die er, wie er ihm erst vor wenigen Stunden gestanden hatte, noch nicht einmal als Bedrohung angesehen hatte.

Mit einem Mal todmüde, war Theo für einen kurzen Moment versucht, sich einfach dazuzulegen, Arme und Beine weit von sich gestreckt, in der Hoffnung, alles möge nur ein böser Traum sein und er würde schon bald an einem schöneren Ort neben Charlotte wieder aufwachen.

Aber da hatte sich das Gesicht des Langen schon in seinen Kopf gebrannt. Dieser blutüberströmte Schädel, diese weit aufgerissenen Augen, dieser unnatürlich verzerrte Mund, der aus dem Gesicht eine Fratze machte. Und zu dieser Fratze gesellte sich nun die bohrende Frage, ob er das gewesen war. Ob eine seiner Kugeln den Langen und seinen Freund getroffen haben könnte. Ob aus seinen Rachephantasien womöglich Realität geworden war.

Sechs Schüsse hatte er abgegeben, und er wusste nicht, ob er jemanden getroffen hatte. Sechs Schüsse, die er wahllos in die Dunkelheit abgefeuert hatte, als wäre er einer von diesen Nazis, die blindlings um sich schlugen. Vorher hatte er auch schon sinnlos losgeprügelt. Er erkannte sich kaum wieder.

Hatte er nicht gelernt, stets konzentriert und aufmerksam zu bleiben, nie unüberlegt zu handeln? Und während er sich noch fragte, wie es hatte geschehen können, dass er sich zu einem derart rauschhaften Verhalten hatte hinreißen lassen, ob es vielleicht doch am Langen gelegen hatte, hörte er, wie jemand rief: »Der da, der hat geschossen.« Und er wusste sofort, dass nur er damit gemeint sein konnte.

Als man ihn wenig später abführte, wehrte er sich nicht.

Als er aber kurz darauf seinen Namen rufen hörte, als er Charlottes Stimme erkannte, drehte er sich ruckartig um. Er entdeckte sie hinter einer Mauer aus Schutzpolizisten, aber da wurde er auch schon weitergestoßen, durch eine aufgebrachte Menge, die ihn einen Mörder und ein Kommunistenschwein schimpfte.

Charlottes Schreie hallten noch lange in ihm nach. Und Theo glaubte in ihnen bereits jenes Entsetzen zu finden, von dem er annahm, dass es sie ergreifen würde, wenn sie erst die ganze Wahrheit über ihn erfahren sollte.

Hatte sie ihn denn nicht beschworen, nichts zu tun? Hatte sie ihm nicht unzählige Male gesagt, dass sie ihn nicht verlieren wollte, nicht ihn auch noch? Und jetzt sollte er der Mörder des Langen sein? Rastlos ging Charlotte in Theos Zimmer auf und ab. Die ganze Nacht über hatte sie kein Auge zugetan, hatte nicht einmal versucht, sich schlafen zu legen. Theos leeres Bett, in dem sie in den vergangenen Monaten jede Nacht gemeinsam verbracht hatten, wirkte wie eine Bedrohung auf sie.

»Unser Märtyrer«, hatten einige gerufen, als man den Langen weggetragen hatte. »Heute ist Heinrich Proske für unser heiliges Vaterland gestorben«, hatten sie mit eisigen Stimmen geschrien, den rechten Arm zum Gruß erhoben. Und Charlotte lief ein kalter Schauer über den Rücken, wenn sie jetzt daran dachte.

Gustav, der einige Freunde des Langen wiedererkannt hatte, hatte zurückgebrüllt: »Euren Mördern müsste man Kränze winden.« Und sie hatten auch ihn ein Kommunistenschwein geschimpft, ihn, der eine Nelke im Knopfloch trug.

Keine Träne, hatte er gesagt, müsste man dem Langen nachweinen. »Er hat es nicht besser verdient.«

Aber auch jetzt, Stunden später, im Morgengrauen, hatte Charlotte noch immer Tränen in den Augen, wenn sie an den Langen dachte. Er war noch so jung gewesen, gerade einmal sechsundzwanzig Jahre alt. Das ganze Leben hatte noch vor ihm gelegen, ausgebreitet wie ein warmer, weicher Teppich, über den er nur hätte gehen müssen, dann hätte auch er sein Glück gefunden, da war sie sich ganz sicher. Im Grunde seines Herzens war er doch gar keiner von diesen eiskalten Schlägern, sondern ein sanftmütiger Mensch, einer, der sich aufopferungsvoll um ein Kind hatte kümmern können. Um ihre Alice. Und jetzt war er tot. Erschossen auf dem Winterfeldtplatz, wo sie sonst ihre Einkäufe erledigte.

»Rache seinem Mörder«, hatten seine Freunde geschrien, und ihren Stimmen war anzuhören gewesen, dass sie es ernst meinten.

Bis weit nach Mitternacht hatte Charlotte mit Claire zusammengesessen, und sie hatten gemeinsam versucht zu verstehen, was so schwer zu verstehen war. Es sei denn, man hieß Gustav und erklärte Theo im Handumdrehen zu seinem Helden. Die halbe Nacht hatte er in den Bars rund um die Winterfeldt auf dessen »Heldentat« angestoßen.

»Mach dir keine Sorgen, Liebes … Es wird sich alles aufklären … Alles wird gut … Ganz bestimmt.« Immer wieder hatte Claire sie in den Arm genommen und versucht, ihr Trost und Zuversicht zu spenden, aber ihre Stimme, glaubte Charlotte, hatte eine andere Sprache gesprochen. Ihre Stimme schien die ganze Zeit gesagt zu haben: »Dein Glück ist ein Scherbenhaufen, Lotte, Liebes. Versuch erst gar nicht, ihn zusammenzukehren, du wirst dich nur daran verletzen.«

Jetzt, in Theos Zimmer, hörte sie wieder diese Stimme. Dabei hatte Claire ganz anderes zu ihr gesagt.

»Neben Theo wurden doch noch weitere Personen verhaftet. Ich meine, es hat Tote gegeben, Lotte, da kann man schon verstehen, dass die Polizei erst einmal hart durchgreifen muss und die in Gewahrsam nimmt, die ihr verdächtig vorkommen. Aber du wirst sehen, Theo kommt schon bald wieder frei. Unser Theo, dein Theo, Lotte, ist doch kein Mörder oder Totschläger oder gar Racheengel. Ich meine, ich habe durchaus eine rege Phantasie, aber das kann ich mir beim besten Willen nicht vorstellen.«

In Charlottes Kopf brüllten die Nationalsozialisten jetzt wieder: »Rache seinem Mörder.«

Während sie in Theos Zimmer auf und ab ging, zwischen Bett und Ofen und Fenster hin und her, versuchte sie, sich jedes Detail der vergangenen Wochen in Erinnerung zu rufen, um sich hinterher nicht wieder den Vorwurf machen zu müssen, blind gewesen zu sein. Wie damals, als sie nicht hatte sehen wollen, dass Albert sich umgebracht hatte, als sie in der Zeit davor nicht erkannt hatte, dass er Hilfe gebraucht hätte.

Noch immer sah sie es als ihr größtes Versagen an, dass sie ihn nicht richtig wahrgenommen hatte. Und noch immer fürchtete sie sich am meisten davor, nicht richtig hinzusehen. Vielleicht machte sie deswegen diese Porträts, diese fast nackten Aufnahmen, ohne »Blickversteller«, wie sie jedes Accessoire mittlerweile nannte. Auf diesen Gedanken war sie bislang noch nie gekommen, aber er schien ihr derart einleuchtend zu sein, dass er sie sogar für einen kurzen Moment von ihren eigentlichen Sorgen ablenkte.

In Gedanken ging Charlotte die Tage durch. Aber abgesehen von diesem Lächeln an jenem Abend und ihren flehentlichen Bitten, den Langen in Ruhe zu lassen, und Theos

Versprechen, ihren Wunsch zu respektieren, konnte sie sich an keine Auffälligkeiten erinnern. Sie waren einmal im Theater am Nollendorfplatz gewesen, dessen Ensemble sie erst neulich fotografiert hatte. Zweimal im Kino, wobei sie sich eher an Theos Hand auf ihrem Schenkel als an die Filme erinnerte. Und sie waren, wie so häufig in letzter Zeit, zum Essen eingeladen gewesen. Bei dem Regisseur der neuen Haller-Revue, bei einem Schauspieler der Volksbühne, beim Chefredakteur der *Berliner Illustrirten*, sogar bei Mizzi Haller, was die komischste Einladung von allen gewesen war. Denn ausgerechnet die Gastgeberin hatte keine Lust auf ihre eigene Feier gehabt und war gar nicht erst erschienen, worüber Theo und sie sich köstlich amüsiert hatten.

Mit ihm an ihrer Seite hatte das Leben etwas Selbstverständliches bekommen, es war leichter geworden. Und manchmal dachte sie, sie hätte ihn schon immer geliebt, auch dann schon, als sie ihn noch gar nicht gekannt hatte und noch mit Albert glücklich gewesen war.

Seine Finger, die sie streichelten, sein Bart, der sie kitzelte, seine Stimme, die sie wärmte, seine leidenschaftlichen Küsse, die sie in den Himmel katapultierten. Und für einen Moment lief Charlotte mit ihm wieder durch das nächtliche Berlin, lachte mit ihm, küsste ihn, als gäbe es keinen Grund zur Sorge, als wären sie so frei und glücklich wie sonst niemand auf der Welt, als könnten keine Grenzen und keine Vorschriften und keine Vorwürfe und keine Verdächtigungen sie aufhalten. Nur sie und Alice und er.

Zitternd saß Charlotte auf dem Fensterbrett. Draußen dämmerte es, während sich der Nieselregen wie ein klebriger Film auf die Fensterscheibe legte. Sie werden mich noch nicht einmal zu ihm lassen, dachte sie traurig.

36

Als sie die beiden Türme des Moabiter Kriminalgerichts erkannte, verlor Charlotte jeden Mut. Wie drohende Zeigefinger schienen sie in den grauen Januarhimmel zu ragen, während Gustav den Wagen über die Spree lenkte. Auf dem Rücksitz saßen Claire und Isolde. Die ganze Fahrt über hatten sie noch kein Wort gesprochen. Daran änderte sich auch nichts, als sie sich dem Gerichtsgebäude näherten. Die haushohen Fenster, das monumentale Eingangsportal, die lange steinerne Fassade wirkten auf alle einschüchternd. Auch auf Gustav, der längst begriffen hatte, dass Theo kein Held war, sondern ein Angeklagter, den man des Totschlags verdächtigte.

Vor dem Gebäude hatte sich bereits eine dunkle Menschentraube gebildet. Man sah Reporter, die sich Notizen machten, einige Fotografen, Damen in Pelzmänteln, Herren in feinen Anzügen, Männer mit Schiebermützen, ältere Frauen in unmodisch langen Röcken. Etwas abseits hatte sich eine Gruppe junger Männer versammelt, darunter einige mit Hakenkreuzbinden am Arm.

Seit Tagen schon schien es in Berlin kein wichtigeres Thema zu geben als diesen Prozess »gegen den gefährlichsten Kommunisten Berlins«, der »vom besten Anwalt der Stadt« verteidigt wurde, wie die *B.Z. am Mittag* schrieb. Die *Berliner Illustrirte* fragte: »Wird Frey die Freiheit bringen?« Und im *Berliner Tageblatt* war zu lesen, dass »auch einem Adligen kein Frey-Fahrschein helfen« werde.

Wie bei jedem Prozess, bei dem Dr. Dr. Frey die Verteidigung führte, fieberte die Öffentlichkeit dem Beginn der Verhandlung mit Spannung entgegen. Der kleine Mann mit dem sorgfältig gestutzten Oberlippenbart galt als der unbestrittene Star seiner Zunft. »Ein Artist auf dem Hochseil der Jurisprudenz«, wie ihn die *Vossische Zeitung* einmal genannt hatte.

Einer, an den Charlotte sofort gedacht hatte, nachdem klargeworden war, dass sich Claires Prophezeiung von Theos baldiger Entlassung nicht bewahrheiten würde. Denn bei ihm hatte man als Einzigem eine Schusswaffe gefunden. Und während alle anderen nach und nach auf freien Fuß gesetzt worden waren, erging die Klage gegen Theo ungewöhnlich rasch.

Dreihundert Mark Tageshonorar verlangte der Staranwalt für seine Dienste. Auch für eine erfolgreiche Fotografin, wie Charlotte es mittlerweile war, eine Summe, die sie sich kaum leisten konnte, die sie aber von Anfang an bereit gewesen war zu bezahlen. Umso erstaunter war sie gewesen, als der Anwalt dennoch gezögert hatte, das Mandat anzunehmen.

Dass Theo ein Kommunist war oder zumindest einer, der noch immer dem »Ideal von Gleichheit und Gerechtigkeit« nachhing, wie Charlotte sagte, »ein Träumer« also, nach Meinung des Anwalts, hatte ihn nachdenklich gestimmt. Das rücke einen, so hatte er gesagt, schnell in ein falsches Licht, und er habe keine Lust, als Anwalt der Roten in die Geschichte einzugehen. Erst als Charlotte ihm erzählt hatte, dass Theo seit Jahren unter falschem Namen lebte, war er hellhörig geworden, und in seinen Augen war jenes Leuchten zu erkennen gewesen, für das er ebenso berühmt wie berüchtigt war und an das sich Charlotte seitdem klammerte wie an einen Hoffnungsschimmer am fernen Horizont.

Vielleicht wären die acht Wochen und zwei Tage, in denen sie Theo jetzt schon nicht mehr gesehen hatte, anders auch gar nicht auszuhalten gewesen. Vielleicht wäre sie sonst in

Lethargie und Trauer verfallen, hätte sich an den Verlust von Albert erinnert, hätte nicht die Kraft gehabt, diszipliniert weiterzuarbeiten, um das Honorar des Anwalts bezahlen zu können. Sicherlich aber wäre es schwerer gewesen, Theo täglich zu schreiben, ihm Fotos zu schicken, von sich, von Alice, von der Winterfeldt, vom Viktoria-Luise-Platz, denn sie wusste nicht, ob er sie erhalten würde. Von ihm kam nie ein Brief zurück, was, wie sie vermutete, daran lag, dass man ihm verboten hatte zu schreiben. Dass es dafür auch noch andere Gründe geben konnte, darauf kam sie erst später. Noch dachte sie, dass dieses Schweigen der Justiz anzulasten sei. Besuche durfte er schließlich auch nicht empfangen. Zumindest nicht von ihr, da sie in keinem verwandtschaftlichen Verhältnis zueinander standen.

Gustav parkte den Wagen direkt vor dem Kriminalgericht, und Charlotte zitterten nun derart die Knie, dass sie sich nicht vorstellen konnte, jemals auszusteigen, den Vorplatz zu überqueren, in das Gerichtsgebäude zu gehen und zu hören, wie man den Mann, den sie liebte, von dessen Unschuld sie bis eben noch überzeugt gewesen war, bis zum Blick auf die erhobenen Zeigefingertürme, einen Totschläger nennen würde. »Und was, wenn wir gar keinen Grund haben zu hoffen?«, fragte sie zögerlich. »Was, wenn wir uns alle irren? Wenn alles stimmt?«

Claire, die kaum weniger aufgeregt war, beugte sich zu ihr nach vorne und legte ihr die Hand auf die Schulter. »Lotte, Liebes, wir dürfen jetzt den Mut nicht verlieren. Theo ist unschuldig, und je fester wir an seine Unschuld glauben, desto eher wird sich auch der Richter davon überzeugen lassen.«

»Wie kannst du dir da nur so sicher sein?«

»Du darfst jetzt nicht anfangen zu zweifeln. Nicht jetzt. Damit ist keinem geholfen.«

Charlotte standen die Tränen in den Augen. »Es ist nur so schwer. Seit acht Wochen habe ich nichts von ihm gehört, außer dass es ihm den Umständen entsprechend gut gehen soll, wie sein Anwalt sagt. Kein persönliches Zeichen, noch nicht einmal einen Gruß, den er an mich hat ausrichten lassen. Einfach nichts. Verstehst du? Nichts.«

»Ich weiß, Liebes.« Claire streichelte ihr über den Arm. »Aber er ist unschuldig, Lotte. Wir wissen das, Frey weiß es, die Presse wird es bald erfahren, und der Richter wird es auch begreifen.«

Charlotte atmete tief durch. »Du hast recht«, sagte sie leise. »Ich bin einfach nur schrecklich nervös.«

»Wir alle.«

»Allerdings«, sagten Gustav und Isolde fast zeitgleich.

»Siehst du. Es ist ganz normal, aufgeregt zu sein.«

Charlotte schloss für einen Moment die Augen. »Ich hätte nicht gedacht, dass es so schwer sein würde. Ich weiß doch, dass er unschuldig ist, ich weiß doch, dass er in diese Schießerei nur geraten ist, weil er gegen diese Nationalsozialisten hat demonstrieren wollen, ich kenne ihn doch mittlerweile gut genug, um zu wissen, dass er keiner von diesen Schlägern oder Großmäulern ist, die, statt zu denken, einfach mal losschlagen. Das weiß ich doch, aber …«

»Nichts aber, meine Liebe. Theo kommt frei, und damit Ende dieses sinnlosen Haderns.«

Erneut atmete Charlotte tief durch, sagte aber nichts mehr.

»So«, sagte Claire nach einer Weile, »langsam sollten wir aber gehen, nicht dass sie uns wegen Überfüllung gar nicht mehr in den Saal lassen.«

Zarte Schneeflocken tanzten vom Himmel, fielen auf die Frontscheibe des Wagens, schmolzen auf der noch immer warmen Motorhaube, und Charlotte zog sich die Kapuze ihres dunkelblauen Mantels über den Kopf, als wollte sie gleich aussteigen, doch sie zögerte noch immer. Es war schließlich Gustav, der den Vorschlag machte, gemeinsam mit Isolde schon einmal vorzugehen und Plätze zu reservieren, und als

Charlotte endlich die Wagentür öffnete, waren die beiden längst im Gebäude verschwunden.

Bei Claire untergehakt ging sie an den Reportern vorbei, von denen noch keiner wusste, wer sie war. Bis auf einen, der sie grüßte, den sie selbst aber nicht als einen Mitarbeiter von Münzenberg erkannte, dem linken Verleger. Aber auch so hatte sie das Gefühl, Tausende Augenpaare folgten ihr, wie sie durch das Eingangsportal in die große Halle trat, wie sie von der Machtfülle, die einem dort entgegenschlug, fast getaumelt wäre.

Meterhohe holzvertäfelte Wände, breite Treppen, pompöse Leuchter, von innen war das Kriminalgericht nicht weniger einschüchternd als von außen. Menschen wuselten von links nach rechts, von oben nach unten, über breite Galerien, mit wehenden schwarzen Roben. Manche gingen auch mit hängenden Köpfen, und es hätte nicht viel gefehlt und Charlotte hätte sich ihnen angeschlossen, hätte Claire nicht durch Zufall die richtigen Worte gefunden.

»Nur wer sich klein fühlt, wird auch klein bleiben«, flüsterte sie ihr ins Ohr, und Charlottes Gesicht erhellte sich schlagartig, denn dies waren Theos Worte gewesen. Mit diesen Worten hatte er sie überzeugen können, dass sie, die kleine Fotografin, die große Mizzi Haller fotografieren sollte. Damit hatte er den Grundstein ihres unerwarteten Erfolgs gelegt. Und die Tatsache, dass Claire nun die gleichen Worte benutzte, jetzt, da es um so vieles mehr ging als nur um eine kleine Karriere, schien Charlotte mehr als nur ein Zufall zu sein. Es war, als hätte man ihr damit einen Hinweis auf ein glückliches Ende gegeben.

Charlotte lachte jetzt fast, während sie sich noch fester bei Claire unterhakte. »Du hast ja so recht«, sagte sie. »So recht.« Und mit jedem Schritt, mit dem sie die Halle durchquerte und die Stufen nach oben nahm, ging sie aufrechter, wurde ihr Blick stolzer, ihre Zuversicht größer.

Als sie im ersten Stock ankamen, lächelte Charlotte noch immer, selbst dann noch, als sie das Gedränge vor dem Gerichtssaal sah, in dem Theos Prozess stattfinden sollte. Erst als sie die Freunde des Langen entdeckte, darunter Kamerad Dieter, die sich unter Gebrüll in Reih und Glied aufstellten, wurde ihr Gesicht ernster. Rache seinem Mörder, hatten sie damals auf dem Winterfeldtplatz geschrien. »Meinst du, man muss vor denen Angst haben?«, fragte sie Claire leise.

»Ich würde am liebsten ja immer laut lachen, wenn ich einen von denen auf der Straße sehe. Dieses kriegerische Gehabe ist doch lächerlich.«

»Ob sich der Lange wohl auch so selbstsicher gegeben hat, wenn er mit denen zusammen war?«

»Ich fürchte schon.«

»Irgendwie kann ich mir das kaum vorstellen.«

»Du musst dich doch nur daran erinnern, was er sich mit dir erlaubt hat ... Da wundert einen danach doch nichts mehr.«

»Ja, aber ich glaube, wenn er sich anders zu helfen gewusst hätte, wäre das nie passiert. Er war einfach schrecklich verzweifelt.«

»Und was ist mit denen da? Ist das nicht auch eine Form der Verzweiflung, wenn man Binden am Arm trägt und komische Gesten vollführt und so laut brüllt, als wäre der letzte Tag gekommen?«

Claire und Charlotte blickten der kleinen Gruppe nachdenklich hinterher, die nun im Gleichschritt im Gerichtssaal verschwand.

»Vielleicht wissen die sich auch nicht anders zu helfen ... Vielleicht ist man doch besser beraten, Angst vor ihnen zu haben.«

»Zumindest Respekt«, sagte Charlotte.

»Ja.« Claire nickte. »Zumindest Respekt.«

Als man Theo in den Saal führte, ging ein Raunen durch den Raum, und Charlotte war so nervös, dass sie sofort nach Claires Hand griff.

Sein Bart war länger geworden, seine Haare hatte man auf Millimeterlänge abrasiert, seine Wangen wirkten eingefallen, seine Gesichtszüge starr. Und Charlotte dachte, er sieht aus wie ein Toter, verbot sich aber sofort diesen Gedanken und gab sich Mühe, Optimismus auszustrahlen, denn sie rechnete damit, dass er sie gleich entdecken würde. Gustav und Isolde hatten Plätze in der ersten Reihe ergattert. Theos Blick aber war stur geradeaus gerichtet, und er machte nicht den Eindruck, als würde er den Saal nach ihr absuchen.

Charlotte drückte Claires Hand jetzt so fest, dass die vor Schmerz beinahe aufgejault hätte. »Alles wird gut«, flüsterte sie.

Dr. Dr. Frey saß an einem langen Holztisch, der schräg zur Richterbank stand. Vor ihm lag ein Berg an Papieren, was nach reichlich Chaos aussah, aber auch dafür war er berühmt. Hinter ihm befand sich die Anklagebank, ein offener länglicher Holzkasten mit Tür, die nun ein Saaldiener für Theo öffnete und auch wieder schloss, nachdem dieser Platz genommen hatte.

Theo, hier bin ich, hätte Charlotte ihm am liebsten zugerufen, lächle doch, gib mir ein Zeichen, dass du mich gesehen hast, ein Zeichen, das mir Mut macht. Aber er schien sich nur für seinen Anwalt zu interessieren, den er mit starrem Blick fixierte.

Dann ging eine große Tür auf, alle erhoben sich, der Richter trat in den Saal. Wieder raunte es durch die Zuschauermenge. Kamerad Dieter rief: »An den Galgen mit dem Mörder.«

»Ruhe!«, brüllte der Richter mit einer Stimme, die jedem im Saal gleich deutlich machte, wer hier das Sagen hatte.

Charlotte zitterte am ganzen Körper. Warum tat Theo so,

als wäre außer ihm und seinem Anwalt niemand im Raum? Warum suchte er denn nicht nach ihr? Hatte er sie nicht vermisst? Wollte er ihr denn nicht auch endlich in die Augen schauen? Hatte er denn gar keine Sehnsucht nach ihrem Lächeln, mit dem sie ihm zeigen wollte, dass sie an seine Unschuld glaubte, dass sie ihm treu zur Seite stehen würde?

Bis alle wieder Platz genommen hatten – Zeugen, Staatsanwalt, Beisitzer, Gerichtsschreiber, Zuschauer –, vergingen weitere Sekunden, in denen Charlotte vergeblich hoffte, dass Theo sich endlich nach ihr umschauen würde. Erst als sich Dr. Dr. Frey erhob, als er in seiner schwarzen Robe vor den Richtertisch trat und seine Flüsterstimme durch den Saal schwebte, wandte Theo den Blick nach links. Und in diesem Moment wusste Charlotte, dass er sie schon die ganze Zeit gesehen haben musste, denn sein Blick traf ihren sofort.

Er lächelte. Ganz zaghaft, so leise, wie nur er lächeln konnte. Es war das Lächeln, das sie an ihm mochte, und nicht jenes, das er gerne als Maske benutzte. Ein warmer Schauer kroch ihr bis in die Zehenspitzen. Sekunden, die ihr wie Minuten vorkamen, wie Stunden, wie eine Unendlichkeit, schauten sie sich in die Augen. Sie lächelte jetzt auch, fröhlicher als er, als wollte sie ihm mit diesem Lächeln ihre ganze Zuversicht und Liebe schenken, und dann, mit einem Mal, schaute er sie mit regloser Miene an. Seine Augen aber schienen weiter zu ihr zu sprechen, doch es war eine Sprache, die Charlotte nicht verstand.

Mal schienen sie sie aufmuntern zu wollen, dann wieder auf Abstand zu halten, mal herbeizurufen, dann wieder auf das Schlimmste vorzubereiten. Glaubte sie, so etwas wie Sehnsucht in seinen Augen erkannt zu haben, und antwortete sie darauf mit ebenfalls sehnsüchtigem Blick, senkte er seine Lider. Und es war, als wendete er sich von ihr ab, als sagte er ihr: Charlotte, Liebes, es hat keinen Sinn.

Wenn er doch nur wieder lächeln würde, aber er lächelte

nicht. Und in Charlottes Augen sammelten sich Tränen, die sie nicht wegzuwischen wagte, da sie um jede Sekunde fürchtete, die sie ihn nicht im Blick behalten könnte. Außerdem hoffte sie, dass er sie auf diese Entfernung ohnehin nicht weinen sehen würde. Ungefähr fünf Meter, so schätzte sie, lagen zwischen ihnen, zwischen Zuschauertribüne und Anklagebank, zu viel, um jede Gefühlsregung im Gesicht des anderen zu erkennen, auch wenn sie nun meinte, seine Unterlippe zittern zu sehen.

Fünf Meter. Umgerechnet bedeutete das vielleicht acht Schritte, die sie nur zu gehen brauchte, um ihn endlich wieder in die Arme zu schließen. Sie fühlten sich an wie Tausende unüberwindliche Kilometer, die sie über die höchsten Berge und die tiefsten Täler und die weitesten Meere führten.

Charlottes Atem ging schnell. Wusste er etwas, das sie nicht wusste? Würde er ihr etwas sagen, wenn es ihr gelänge, diese Berge und Täler und Meere zu überwinden? Würde er sie überhaupt zärtlich berühren wollen? Er schien mit einem Mal so hoffnungslos zu sein, dass sie allein schon deshalb voller Hoffnung sein musste. Oder waren ihre Zweifel von vorhin doch berechtigt gewesen? Täuschten sie sich alle in ihm?

Als er seinen Blick von ihr abwandte, hätte sie ihm am liebsten zugerufen, dass sie einen Theo kannte, der niemals aufgegeben hätte, dass der Theo, der da auf der Anklagebank saß, nicht der war, der jahrelang für eine bessere Welt gekämpft hatte, und dass er auch nicht der war, der es ihr ermöglicht hatte, ihren Traum zu leben. »Du darfst nicht aufgeben«, sagte sie leise und drückte dabei Claires Hand.

In den Zuschauerreihen wurde es langsam unruhig. Auch der Staatsanwalt sah immer wieder fragend zum Richter, auf den Dr. Dr. Frey nun schon seit Minuten einflüsterte. Wenn er doch wenigstens hätte verstehen können, was es so Wichtiges zu bereden gab, aber er wusste ebenso wenig, was hier vor sich ging, wie die zahlreichen Pressevertreter, die seit einiger Zeit auffällig laut mit ihren Blöcken raschelten.

Immer häufiger hallten nun auch die Zwischenrufe von Olympia durch den Saal.

»Rot gleich tot.«

»Kommunistenschwein, ab in den Stall.«

»An den Galgen mit dem Mörder.«

Ein paar KPDler und Rote Frontkämpfer, die Frey als Zeugen vorgeladen hatte, stimmten daraufhin die »Internationale« an, und es gab nicht wenige im Saal, die spontan mitsangen oder zumindest mitsummten, was wiederum den Zorn der Rechten provozierte. Man hatte das Gefühl, der Gerichtssaal stünde kurz vor einem Tumult, und der Staatsanwalt klopfte mit seinem Füller ungeduldig auf den Tisch, doch der Richter schien von alldem keine Kenntnis zu nehmen.

Statt für Ruhe zu sorgen, beugte er sich nur immer weiter über seinen Tisch, um sicherzugehen, dass er Dr. Dr. Frey auch richtig verstanden hatte. Anscheinend wollte er nicht glauben, was er hörte. Sein Gesicht jedenfalls war ein einziges Zeichen der Verärgerung, was selbst in der letzten Reihe noch zu erkennen war.

»Wenn Sie nicht einlenken, werde ich mich höchstpersönlich beim Justizminister über Ihren mangelnden Rechtssachverstand beschweren«, hörte der Staatsanwalt nun Dr. Dr. Frey zum Richter sagen, was seinen Puls augenblicklich beschleunigte. Noch nie hatte er es erlebt, dass ein Anwalt einem Richter drohte, und dass der Richter nicht aufsprang und Frey zurechtwies, sondern ihm zuhörte, schien ihm kein gutes Zeichen zu sein.

»Wie lange sollen wir denn noch warten?«, rief nun eine ältere Dame von ganz hinten. »Ich muss noch fünf Kilo Kartoffeln schälen, und die Wäsche macht sich och nich von alleene.«

»Meene Wäsche och nich«, rief eine andere Dame.

»Und die Druckmaschinen warten och nich«, rief ein Redakteur, und für einen Moment herrschte Gelächter im Saal, das der Richter nun aber mit einem lauten »Ruhe!« unerwartet beendete. In dem Trubel hatten nur die wenigsten mitbekommen, dass Dr. Dr. Frey wieder hinter seinem Tisch Platz genommen hatte und dass die Verhandlung anscheinend beginnen konnte.

Der Staatsanwalt jedenfalls rieb sich schon die Hände, doch schnell begriff er, dass hier gar nichts lief, wie es laufen sollte, denn der Richter erteilte nun dem Verteidiger das Wort. Dabei hätte er erst die Zeugen belehren, sie aus dem Saal schicken und ihn dann die Anklageschrift verlesen lassen müssen. So hatte noch jeder Gerichtsprozess begonnen, doch kaum mischte dieser Staranwalt mit, war nichts mehr, wie es sein sollte. Mit seinem Blick hätte er Dr. Dr. Frey am liebsten niedergestreckt, der jedoch zwirbelte versonnen seinen Oberlippenbart und lächelte zufrieden.

»Hohes Gericht, verehrte Staatsanwaltschaft«, sagte er und kostete wie immer diesen Überraschungseffekt aus, der eintrat, sobald man ihn zum ersten Mal sprechen hörte. Denn seine tiefe Stimme schien eher zu einem Riesen als zu einem wie ihm zu passen, der gerade einmal ein Meter siebzig maß. Sie sei so tief wie der Ozean, hatte einmal eine Verehrerin zu ihm gesagt, und seitdem musste er immer daran denken. Auch jetzt, während er geduldig darauf wartete, endlich jene Worte auszusprechen, die alles verändern würden. Seit Tagen schon, seitdem ihm sein Mandant endlich reinen Wein eingeschenkt hatte, freute er sich wie ein kleiner Junge auf diesen Augenblick. »Auf dieser Anklagebank«, sagte er, »sitzt ein Toter.«

Ein Raunen ging durch die Menge. Zahlreiche Besucher schüttelten den Kopf. Einige Zeugen protestierten. Der Staatsanwalt erhob Einspruch, der ihm nicht gewährt wurde. Charlotte, die ebenso wenig verstand wie alle anderen auch, ließ Theo nicht aus den Augen. Aber der schaute stur geradeaus auf den Rücken seines Anwalts.

»Dieser Mann, der hier auf dieser Bank sitzt und des fünffachen Totschlags beschuldigt wird, ist bereits am 13. März 1919 im Zuchthaus Friedrichsfelde ums Leben gekommen.«

»Witzbold«, rief einer dazwischen.

»Willst uns wohl verschaukeln, aber nicht mit uns, wir haben alles gesehen. Alles«, rief jetzt einer der Rechten, der es offenbar kaum erwarten konnte, Theo verurteilt zu sehen.

Wie immer wartete Dr. Dr. Frey geduldig, bis man sich im Saal beruhigt hatte. Dann fuhr er fort: »Dieser Mann, und schauen Sie ihn sich genau an, dieser Mann hier war Mitglied eines Arbeiterrates, der im Trubel des Revolutionsgeschehens 1918 mit Mitgliedern eines sogenannten Freikorps aneinandergeraten war. Manch einer von Ihnen mag sich sicherlich noch an diese sturmbewehrten Frontkämpfer erinnern, denen jedes Mittel recht gewesen war, zur alten Ordnung zurückzufinden. Was damals so viel hieß wie zurück zur Monarchie.« Theos Verteidiger zuckte mit den Schultern. »Die Verwirrungen und Verirrungen einer Zeit, der auch unser Toter zum Opfer gefallen sein muss, denn man hatte ihn wegen Waffendiebstahls angeklagt, obwohl man bei ihm nie eine Waffe gefunden hatte. Und falls Sie denken, die Zuchthäuser wären heute überfüllt, muss ich Ihnen sagen, damals sind sie aus allen Nähten geplatzt. Unser Toter jedenfalls musste sich seine Zelle mit neun anderen Zuchthäuslern teilen, Diebe wie er. Oder sollte ich sagen, vermeintliche Diebe? Der Justiz unliebsame Deutsche? Heute würde so etwas ja keiner mehr wagen, aber damals war es durchaus Usus, dass man nach politischer Farbe geurteilt hat und nicht nach Taten. Nicht wahr, Herr Vorsitzender?«

»Fahren Sie fort, Frey«, entgegnete der Richter mürrisch, der ohnehin Mühe hatte, ruhig zu bleiben. Noch nie zuvor hatte es ein Anwalt gewagt, ihm in seinem eigenen Gerichtssaal zu drohen, und jetzt machte er auch noch diese unverschämten Andeutungen. Das würde nicht ohne Konsequenzen bleiben. Aber erst einmal musste er den Vortrag über sich ergehen lassen, den er sich knapp und präzise gewünscht hatte und den der Frey mit Absicht bunt ausschmückte, nur um ihn zu ärgern. »Und machen Sie schnell. Die Leute müssen heute noch ihre Wäsche waschen.«

Der Saal lachte, und auch Dr. Dr. Frey lächelte, nur Charlotte lachte als eine der wenigen nicht. Sie ahnte bereits, dass sie hier gerade etwas hörte, was sie eigentlich längst aus Theos Mund hätte hören sollen, wenn er, wie er immer behauptet hatte, ihr die Wahrheit über sich erzählt hatte.

»Wie dem auch sei«, fuhr der Anwalt fort. »Ob links oder rechts, gerecht oder ungerecht, unser Toter jedenfalls litt schon seit Jahren an einem schweren Herzfehler, und weil damals Chaos herrschte und alles durcheinanderlief und die rechte Hand nicht wusste, was die linke tat, starb mein Mandant am 13. März, wie ich hinzufügen muss, tragischerweise einen Tag vor seiner Entlassung. Hohes Gericht, Herr Staatsanwalt, ich beantrage hiermit, das Verfahren gegen Theo von Baumberg einzustellen, da der Angeklagte nun seit fast schon zehn Jahren nicht mehr unter uns weilt.«

Für einen Moment war es totenstill in dem großen Gerichtssaal. Selbst den nie um Zwischenrufe verlegenen Nazis hatte es die Sprache verschlagen. Dann erhob sich ein Murmeln, das rasch immer lauter wurde.

In Charlottes Kopf flogen die Gedanken nur so durcheinander. Sie wusste ja, dass er nicht Theo von Baumberg war, aber dass es einmal einen echten Theo von Baumberg gegeben hatte, das hatte er ihr nie gesagt. Warum hatte er ihr das verschwiegen? All die Jahre hatte sie in dem Glauben gelebt, dass er sich den Namen ausgedacht hatte, weil er nicht auf sein Jüdischsein hatte reduziert werden wollen, weil er gewollt hatte, dass man ihn als linken Kämpfer respektierte. Nie hatte sie an seinen Worten gezweifelt. Und jetzt musste sie erfahren, dass der Name nicht seiner Phantasie entsprungen war, sondern dass er zu einem Toten gehörte?

Charlotte versuchte, einen Blick von Theo zu erhaschen, aber er schaute stur auf den Rücken seines Anwalts. Deswegen hatte er sich vorhin so plötzlich zurückgezogen. Deswegen war er so ernst geworden, als sie noch gelächelt hatte, als sie noch geglaubt hatte, sie seien sich trotz der Distanz ganz nah. Er hatte gewusst, dass ihn Dr. Dr. Frey gleich als Lügner entlarven würde, oder zumindest als einen, der ihr nicht die ganze Wahrheit über sich gesagt hatte.

Und da hatte sie immer geglaubt, Theo habe ihr in jener Nacht auf der Fensterbank sein Vertrauen geschenkt. Hatte gedacht, dass diese Nacht einen Wendepunkt markierte. Dass sie der Beginn ihrer Liebe war, auch wenn es noch Jahre hatte dauern sollen, bis sie schließlich zueinandergefunden hatten. Und jetzt musste sie erfahren, dass er sie die ganze Zeit über getäuscht hatte?

Er habe auf seine Freiheit nicht verzichten wollen, hatte er ihr damals geantwortet, als sie ihn gefragt hatte, warum niemand wissen dürfe, dass er in Wahrheit Aaron Birnbaum heiße. Plötzlich bekam das Wort Freiheit eine ganz neue Bedeutung. Charlotte lief es kalt über den Rücken. Wenn der andere ein toter Zuchthäusler war, wie war Theo dann an seinen Namen gekommen? Kannte er ihn? Immerhin wusste sie, dass er während der Revolutionswirren eingesessen hatte. Vielleicht war er mit dem echten von Baumberg inhaftiert gewesen, vielleicht hatte er noch Jahre abzusitzen und hatte dessen Tod willentlich in Kauf genommen, um sich seine Freiheit zu erschleichen? Oder schlimmer. Vielleicht hatte er ihn auf dem Gewissen?

Charlotte hätte schreien können, und ihre Schreie wären im Tumult, der um sie herum ausgebrochen war, kaum aufgefallen, aber sie fühlte sich wie gelähmt. Ihr Blick haftete auf Theo wie auf einem Fremden.

»Ruhe!«, brüllte der Richter jetzt, während noch immer alle wild durcheinanderriefen. Manche wollten wissen, wer denn nun auf dieser Anklagebank saß, wenn dies nicht Theo von Baumberg war. Andere wiederum forderten, dass man aufhörte, ihnen Lügenmärchen zu erzählen, dass man diesen Mörder nun endlich verurteilen sollte. Ein Reporter notierte bereits: »Frey, der Münchhausen von Moabit?«

Isolde, die nichts von Theos Doppelexistenz geahnt hatte, sagte immer wieder kopfschüttelnd: »Aber das ist doch Theo. Das ist doch unser Theo.« Und Claire legte ihr den Arm um die Schulter und sagte: »Das ist Theo, er heißt nur eigentlich anders.« Was sie kaum weniger verwirrte.

»Ruhe, Herrgott noch mal.« Das Gesicht des Richters war feuerrot. Nach und nach wurde weniger geflüstert, weniger dazwischengerufen, bis es schließlich so ruhig war, dass man nur noch das Kratzen des Bleistifts eines eifrigen Reporters hören konnte.

Charlotte sah noch immer zu Theo, nicht sicher allerdings, ob sie wirklich wollte, dass er ihr in die Augen schaute. Wenn er sie aber weiterhin ignorierte, machte das die Sache auch nicht besser. Vielleicht würde ja ein Lächeln … Aber nein, ein Lächeln half jetzt gar nichts. Auch nicht Claires Hand, nach der sie wieder hätte greifen können.

»Angeklagter!« Der Richter brüllte jetzt. »Aufstehen.«

»Sie bleiben schön sitzen, Herr Birnbaum«. Dr. Dr. Frey gab ihm Zeichen, sich auf keinen Fall zu bewegen. »Herr Vorsitzender, ich habe einen Antrag gestellt. Vielleicht sollten Sie sich erst dazu äußern, bevor Sie …«

»Sparen Sie sich Ihre Belehrungen, Frey. Wir sind hier ja nicht bei den Wilden. Wenn ich es richtig sehe, kommt zum Totschlag nun also auch noch der Verdacht auf Betrug hinzu, und ich glaube nicht, dass dies die letzte Überraschung sein wird, die unser Toter, der doch so hübsch lebendig ist, noch für uns bereithalten wird. Verehrter Dr. Dr. Frey, Ihrem Antrag wird selbstverständlich stattgegeben! Herr Staatsanwalt. Bitte. Sie haben das Wort.«

»Ich beantrage, den hier Anwesenden wegen des Verdachts auf Mord, auf Totschlag, auf Betrug, auf Freiheitserschleichung, Urkundenfälschung et cetera, et cetera in Untersuchungshaft zu nehmen.«

»Stattgegeben.« Der Richter konnte sich ein Grinsen nicht verkneifen.

Dr. Dr. Frey schien davon wenig überrascht und gab seinem Mandanten Zeichen, sich zu erheben.

Wenig später wusste jeder im Saal, dass dies der Jude Aaron Birnbaum war, Sohn einer Frankfurter Bankiersfamilie, der seit knapp zehn Jahren unter falschem Namen lebte und der, wie es der Staatsanwalt formulierte, »sich die Identität eines Toten zu eigen« gemacht hatte und »zu Unrecht« aus dem Zuchthaus entlassen worden war. Ein Kommunist der ersten Stunde, aber kein KPD-Mitglied mehr, »kein Träumer«, wie Theo selbst sagte, »sondern ein knallharter Realist«, der über »die Missstände in diesem Land nicht hinwegsehen kann«.

Es war eine Mischung aus Erstaunen und Entsetzen, aus Bewunderung und Misstrauen, die sich breitmachte. Aus »typisch Jude«-Rufen und »Kopf hoch, Kämpfer«.

Als Charlotte seine Stimme nach so langer Zeit zum ersten Mal hörte, atmete sie erleichtert auf. Noch immer klang sie so voll und kräftig wie in ihrer Erinnerung. Überhaupt schien er nach dieser Enthüllung verändert oder vielmehr wieder der Alte zu sein. Man sah nun den Stolz auf seinem Gesicht, in seiner Haltung, hörte ihn in seiner Stimme, und er zeigte auch wieder sein so typisches Lächeln. Während Charlotte ihm zuhörte, wie er über sich Auskunft gab, fragte sie sich, warum er ihr das nicht alles schon viel früher erzählt hatte. Hatte er etwa befürchtet, sie würde ihn verraten? Hatte er so wenig Vertrauen zu ihr? War er doch wie Albert, der das Wichtigste für sich behalten hatte? Der sie dazu gebracht hatte, sich und ihrem Leben und ihrer Wahrnehmung und ihren Gefühlen zu misstrauen?

Sie wollte nicht, dass noch einmal alles von vorne begann.

Sie war jetzt eine erfolgreiche Fotografin, sie war Mutter, sie hatte Verantwortung zu tragen. Theo oder Aaron oder wie auch immer sie ihn nun nennen sollte, war nur ein Teil ihres Lebens. Nicht das ganze Leben, so wie Albert es gewesen war. Er war nur ein Teil, auf den sie im Zweifel auch verzichten konnte. Sie würde verzichten müssen, sagte sie sich jetzt, während er sie anlächelte und entschuldigend seine Schultern hob und sie dieses Verlangen in seinen Augen sah, das sie nur zu gut kannte.

37

»Jude ergaunerte neues Leben!«, titelte am nächsten Tag die *Berliner Zeitung*. »Ein Blutsauger namens Birnbaum«, überschrieb die *Morgenpost* ihren Artikel. In der *B.Z. am Mittag* war zu lesen: »Jüdisches Schlitzohr narrt die Justiz. Richter auf hundertachtzig. Wir aber sagen: Bravo, Birnbaum! Und fordern Freiheit für den cleversten Kommunisten aller Zeiten.« Die *Vossische Zeitung* hingegen eröffnete ihren Artikel mit einer philosophischen Frage.

»Was ist wahr? Ist es wahr, dass Theo von Baumberg tot ist? Dass er lebt? Dass Aaron Birnbaum offiziell für tot erklärt wurde? Oder dass man ihn gestern in Untersuchungshaft genommen hat? Sie werden staunen, liebe Leser, alles ist wahr, und doch entspricht nichts der Wahrheit. Denn die Wahrheit«, las Claire laut vor, während auf dem Herd der Wasserkessel kochte, »die Wahrheit, liebe Leser, ist ein schillerndes Zusammenspiel aus Tatsachen, Möglichkeiten und Sichtweisen. Wer glaubt, Theo von Baumberg und Aaron Birnbaum wären ein und dieselbe Person, der irrt. Wie Dr. Freud erst neulich treffend bemerkte, sind wir nichts weiter als das Produkt aus Spiegelung und Resonanz. Und wer würde uns nicht zustimmen, wenn wir behaupteten, dass man auf einen von Baumberg anders reagieren wird als auf einen Birnbaum? Liebe Leser, dieser Prozess im Kriminalgericht Moabit, der nun neu aufgerollt werden muss, stellt schon jetzt die existentiellste und interessanteste aller Fragen, die sich ein Mensch je stellen kann: Was macht mich zu dem, der ich bin? Oder einfacher gefragt: Wer bin ich?«

Claire legte die Zeitung beiseite, nahm den pfeifenden Wasserkessel vom Herd und goss das heiße Wasser in die Kaffeekanne, die neben dem Stapel Zeitungen auf dem Küchentisch stand.

Charlotte schüttelte nur müde den Kopf. »Ich muss mir diese Frage nicht stellen, ich kenne die Antwort schon. Ich bin eine Naive, eine Gescheiterte, eine Blinde. Die Geprellte eines … eines was eigentlich? Ich weiß ja noch nicht einmal, ob er ein Verbrecher ist. Die Belogene eines Lügners, die Geliebte eines Kriminellen, eines Kommunisten, was weiß ich. Warum muss das ausgerechnet mir passieren? Hab ich denn kein Glück verdient? Warum kann Theo … Oder muss ich jetzt doch Aaron sagen? Irgendwie klingt alles falsch … ist alles falsch.« Charlotte stützte ihren Kopf in beide Hände und starrte auf die Schlagzeile der *Arbeiter-Illustrierten-Zeitung*, die ganz oben auf dem Stapel lag. »Unser tapferster Kämpfer für die gerechte Sache heißt Aaron Birnbaum!« Sie lachte laut auf. »Unser tapferster Lügner Berlins, müsste da wohl eher stehen … Der alte Münzenberg, dieses Schlitzohr von Verleger, wusste bestimmt von Anfang an Bescheid. Sieh dir das Foto von unserem Helden doch an. Da hat einer 'ne Studioaufnahme von ihm gemacht, und ich war es nicht, das weiß ich sicher.«

Claire, die in der Zwischenzeit zwei Tassen aus dem Küchenschrank geholt hatte, stellte nun Brot und Himbeermarmelade auf den Tisch, dazu das Sanddorngelee, das Isolde ihr im Sommer aus Rügen, von ihrem Urlaub mit ihrem Mann, mitgebracht hatte. Nicht, dass sie darüber hinweg gewesen wäre, aber eine stillschweigende Vereinbarung besagte, dass ihr die Dienstag- und Freitagabende gehörten, und bislang hatten sich alle daran gehalten. Sie durfte sich also nicht beklagen. Immerhin war Isolde seit jenem Abend im Eldorado nicht mehr ganz so »verheiratet« wie zuvor.

Gustav streckte seinen Kopf in die Küche. »Ich geh dann mal und öffne den Laden. Soll ich deine Termine für heute alle absagen?«

»Nein, auf keinen Fall.« Charlotte stöhnte leise. »Hier, hast du schon gesehen, was die Zeitungen heute schreiben?«

»Interessiert mich nicht.«

»Wie? Interessiert dich nicht?«

»Entschuldige bitte, aber wer kennt Theo wohl besser? Irgend so ein dahergelaufener Reporter oder ich, der ich mir jetzt schon seit über fünf Jahren mit ihm das Badezimmer teile?«

»Niemand kennt ihn«, sagte Charlotte. »Du auch nicht.«

Gustav lachte. »Aber Charly, du wusstest doch, dass er unter falschem Namen lebt. Du konntest doch nicht so naiv sein anzunehmen, dass es dafür keine triftigen Gründe gibt … Also, mich wundert gar nichts, und wenn ich ehrlich bin, finde ich es sogar komisch, mir vorzustellen, dass es ihm gelungen sein soll, als der eine ins Zuchthaus zu gehen und als ein anderer entlassen zu werden. Offensichtlich hat niemand diesen Fehler all die Jahre über bemerkt. Allein dafür verdient er doch eigentlich einen Orden. Ich wünschte, ich wäre auch etwas frecher gewesen, dann hätte es vielleicht mit meiner Karriere als …« Er winkte ab. »Aber lassen wir das … Also Charly, wenn du heute arbeitest, dann sollte ich dich wohl daran erinnern, dass du um zehn im Theater am Schiffbauerdamm sein sollst, dort erwartet dich Brecht mit dem Ensemble von der *Dreigroschenoper*, und um sechzehn Uhr hast du noch einen Termin mit den Comedian Harmonists in der Scala … Ach ja, wenn's geht, würde ich den Wagen danach gerne nehmen. Ich will mir da 'ne Wohnung in Steglitz …«

»Du willst ausziehen?«, fragte Claire erstaunt.

Gustav zuckte mit den Schultern. »Vielleicht. Ich meine, ich verdiene genug, und immer mit der eigenen Schwester … Nichts für ungut, Charly, das geht nicht gegen dich, aber ich meine, unsere Gemeinschaft hier hat sich doch irgendwie überholt. Und du könntest dann mit Theo …«

»Mit Theo?« Charlotte sah ihn kopfschüttelnd an. »Theo gibt's nicht mehr.«

»Dann eben mit Aaron, also, wenn er entlassen wird …«

»Wer bitte soll Aaron sein? Den kenne ich nicht, warum sollte ich also mit einem, den ich nicht kenne …«

»Lotte! Jetzt mach aber mal halblang. Ist doch egal, wie er heißt. Er ist doch trotz allem immer noch der Alte.«

»Er ist einer, der in Untersuchungshaft sitzt, der vielleicht zum Tode verurteilt wird, der … muss ich wirklich noch einmal alle Vergehen auflisten, die ihm vorgeworfen werden? Und habe ich schon erwähnt, dass er mich belogen hat? Soll ich mit so einem meine Zukunft planen? Ihr macht wohl Witze.«

»Ach komm, Charly, sei nicht so stur. Theo war schon immer anders. Das war doch gerade das Besondere an ihm. Jetzt mach ihm das nicht zum Vorwurf.«

»Also, wenn du mich fragst, finde ich es nicht sehr attraktiv, wenn einer wegen Mordes vor Gericht steht.«

»Theo hat doch keinen …«

»Aaron«, unterbrach Charlotte ihn. »Aaron. Das war Aaron damals, erst danach wurde er zu Theo.«

Gustav verdrehte die Augen. »Also Aaron hat doch diesen Theo nicht auf dem Gewissen. Dafür lege ich meine Hand ins Feuer.«

»Wofür du schon alles deine Hand ins Feuer gelegt hast. Die müsste eigentlich längst verbrannt sein. Ich erinnere dich nur an den Langen, als du den angeschleppt hast.«

»Meine Güte. Das war 'ne Jugendsünde.«

Charlotte atmete tief durch. »Wie auch immer … Wenn du ausziehen möchtest, bitte, meinen Segen hast du, ich könnte gut ein separates Schlafzimmer gebrauchen, sonst hätte ich nämlich Theos Zimmer …«

»Lotte! Denkst du bitte nur einmal daran, dass er unschuldig sein könnte? Nur weil er dir nicht die ganze Wahrheit gesagt hat, was ich, wenn ich ehrlich bin, gut verstehen kann …«

»Ach ja? Bin ich so 'ne Tratschtante, oder warum?«

»Natürlich nicht. Aber stell dir doch mal vor, du hättest alles gewusst und dir wäre vielleicht im Beisein vom Langen etwas herausgerutscht … Ich glaube nicht, dass der Lange gezögert hätte, Theo ans Messer zu liefern, der muss ja einen unglaublichen Hass auf ihn gehabt haben, zumindest, seitdem er wusste, dass ihr ein Paar seid.«

»Wart. Ein Paar wart.«

»Seid.« Claire lächelte.

»Das werde ich ja wohl besser wissen.«

»Das glaube ich kaum«, sagte Claire und lachte. »Und so wie ich Gustav kenne, glaubt er das auch nicht. Oder? Wir zwei, wir wissen doch, wie hartnäckig die Liebe sein kann, gerade wenn sie sich von ihrer schwierigen Seite zeigt. Ich sage nur Isolde und Lilly.« Und Gustav nickte zustimmend.

»Lasst mich bloß mit euren komischen Theorien in Frieden«, zischte Charlotte, als Alice in die Küche gelaufen kam und sich ihr Gesicht blitzartig aufhellte. »Na, meine Süße. Wir beide, wir wissen, was es heißt, für immer zueinander zu gehören. Nicht wahr?« Charlotte streckte beide Arme nach ihrer Tochter aus. »Komm her und lass dich drücken.«

Doch Alice zupfte da schon an Gustavs Hosenbein und bettelte darum, von ihm durch den Flur geflogen zu werden, so wie es der Lange früher auch immer mit ihr gemacht hatte.

»Von wegen zusammengehören und so.« Gustav grinste, packte Alice unterm Bauch und hob sie hoch. »Bereit für die große Atlantiküberquerung?«

Alice nickte.

»Hast du dich auch angeschnallt?«

»Ja.«

»Fliegerbrille auf der Nase?«

»Jaaaaa.«

»Dann los«, rief er und wirbelte sie erst im Kreis herum, bevor er mit ihr aus der Küche flog.

Über Charlottes Gesicht huschte ein wehmütiges Lächeln. Jetzt müsste nur noch Theo zur Tür hereinkommen, sie in den Arm nehmen, ihr einen Kuss geben, ihr einen guten Tag wünschen, ihr von dem Flugblatt erzählen, das er schreiben wollte, oder von einer Artikelserie, die Münzberg bei ihm in Auftrag gegeben hatte, und alles wäre wie immer.

Stattdessen aber klingelte das Telefon. Gustav nahm ab.

»Nein«, hörte sie ihn sagen, und seine Stimme klang ungewöhnlich streng. »Eine Frau Birnbaum wohnt hier nicht.«

»Wer war das?«, rief sie in den Flur.

»Irgend so ein Schreiberling von der *Berliner Zeitung*.«

»Von der Presse? Die rufen hier bei uns zu Hause an? Die fragen nach einer Frau Birnbaum?« Charlottes Stimme überschlug sich fast. »Das kann nur der Chefredakteur von der *Illustrirten* gewesen sein, der da geplaudert hat. Oder der vom *Uhu*. Bei denen waren Theo und ich schon gemeinsam eingeladen, alle anderen, die wissen doch gar nicht … Eine Frechheit ist das, wenn ich die in die Finger kriege …« Aber da klingelte es erneut.

Wieder war es der Reporter von der *Berliner Zeitung*, der dieses Mal »eine Frau Berglas, die Fotografin« sprechen wollte.

»Da hat Sie wohl das Fräulein vom Amt erneut falsch verbunden. An Ihrer Stelle würde ich mich mal beschweren«, sagte Gustav und legte auf.

Als das Telefon Sekunden später zum dritten Mal läutete, nahm Charlotte ab. »Lassen Sie uns gefälligst in …« Dann verstummte sie abrupt. »Nein, Sie irren sich … Aber ich hab damit doch nichts … Gut … Wie Sie meinen, dann … Auf Wiederhören.« Für einen Moment blieb sie fassungslos vor dem schwarzen Apparat stehen, schüttelte den Kopf, fragte sich, ob sie tatsächlich richtig gehört hatte, dann drehte sie sich zu Gustav, der sie bereits neugierig ansah. »Den Termin mit den Harmonists kannst du streichen, das war gerade ihr Agent. Man habe gehört, dass ich mit diesem Birnbaum enger in Kontakt stünde, man wolle jedenfalls auf keinen Fall mit einem Verbrecher und Kommunisten … na, du weißt schon … Himmel aber auch, jetzt macht mir Theo auch noch mein Geschäft kaputt.«

»Aaron«, sagte Gustav und grinste.

»Das ist nicht komisch.«

»Entschuldige. Ich weiß. Aber andere werden das nicht so eng sehen, Brecht zum Beispiel …«

»Einer, der abspringt, ist schon einer zu viel. Ich muss diesen Frey bezahlen, ich muss euch bezahlen, ich muss für Alice …«

Claire, die nun ebenfalls in den Flur geschlurft kam, legte ihr den Arm um die Schulter. »Einer ist keiner, Lotte, zwei niemand und drei nicht der Rede wert … Ich denke ohnehin, dass es das Beste wäre, wenn du dich erst einmal um einen Besuchstermin im Gefängnis kümmern würdest.«

»Bist du jetzt von allen guten Geistern verlassen?«

»Dann verrat mir doch mal bitte, wie es deiner Meinung nach weitergehen soll? Du bezahlst den Anwalt, und ansonsten tust du so, als ginge dich das alles nichts an? Ist es das, was dir vorschwebt?«

Charlotte zuckte mit den Schultern.

»Ach komm, Lotte. Mach dir nichts vor. Ich hab dich doch gestern gesehen. Dich hat es kaum auf deinem Sitz gehalten. Und Theo auch nicht.«

»Aaron«, sagte Gustav und grinste jetzt wieder. Das Spiel war ganz nach seinem Geschmack, und in Gedanken malte er sich aus, wer er hätte sein wollen, wenn er nicht gerade Gustav Rebenich wäre, der getreue Angestellte seiner Schwester, der noch immer auf sein Glück mit Lilly hoffte. Und im Gegensatz zu früher, wo er, ohne zu zögern, Muskel-Adolf oder sonst einen stadtbekannten Ganoven genannt hätte, fielen ihm jetzt nur zwei Namen ein. Max Schmeling und Richard Tauber. Der eine begehrt bei den Frauen wegen seines Aussehens und seiner Siege, der andere wegen seiner Stimme. Er hatte weder das eine noch das andere, aber er hatte einen festen Willen. Und noch heute Abend, das schwor er sich, würde er Lilly in den Wagen packen und sie nie wieder gehen lassen. Denn nicht nur Theo stand vor Gericht, auch ein paar von den »Immertreu«-Brüdern hatte es erwischt, und wenn es so war, wie man las, dass sie mit mehrjährigen Haftstrafen zu rechnen hatten, dann würden sie sich wohl kaum um eine kleine Prostituierte und deren Taschendiebfreund kümmern wollen.

Gustav lächelte siegessicher, als Charlotte kopfschüttelnd und gefolgt von Claire zurück in die Küche ging.

»Ich kann das nicht«, sagte Charlotte immer wieder. »Ich kann das nicht. Ich …«

»Na komm, Lotte, gib dir einen Ruck.«

»Und was ist, wenn er mir ins Gesicht sagt, dass er diesen Theo von Baumberg umgebracht hat?«

»Das glaubst du doch selber nicht.«

»Doch, ich glaube das.«

Claire lächelte. »Dann erschießt du ihn. Oder erwürgst ihn oder machst sonst etwas furchtbar Schlimmes.«

»Ich meine es ernst.«

»Ich auch … Ruf jetzt diesen Frey an. Je eher du mit ihm sprichst, desto besser ist es für uns alle. Auch für das Geschäft. In deinem Zustand kannst du doch gar nicht arbeiten.«

»Was soll das heißen, in meinem Zustand?«

»Ach, Lotte … Du bist nervös, wir alle sind nervös, du brennst doch darauf, ihn endlich zu sprechen … Ich an deiner Stelle würde das gar nicht aushalten, ich würde … Also, wenn

Isolde hinter Gittern säße, ich würde so lange am Gefängnistor rütteln, bis …«

»Bis man dich auch verhaften würde.«

Claire lachte. »Vielleicht, ja … Nein, aber jetzt mal ganz im Ernst. Du solltest so schnell wie möglich mit ihm sprechen, und außerdem …«, sie klimperte mit den Augen, »feiere ich im Mai meine Wintergarten-Premiere, wie du weißt. Wenn du es also nicht für dich tust, tu es für mich und kämpf für ihn und für euch. Ich bestehe nämlich darauf, dass ihr dann alle schön brav und in trauter Eintracht nebeneinander im Zuschauerraum sitzt und mir die Daumen drückt. Gustav, Isolde, Theo und du.«

»Aaron«, korrigierte Gustav, aber das hörte Charlotte schon nicht mehr. Sie war in Gedanken nun ganz bei Theo, bei Aaron, bei einem Mann, den sie nicht mehr zu kennen glaubte, an dessen Lächeln, dessen zarte Hände, dessen kräftige Lippen sie sich aber noch gut erinnerte. So gut, dass sie, wenn sie wie jetzt für einen Moment die Augen schloss, meinte, ihn zu riechen, zu fühlen, zu schmecken.

»Aber was ist, wenn …«

Claire schüttelte den Kopf. »Kein Aber, Lotte.«

»Aber …«

Claire lächelte.

Als Charlotte nach ihrer Kaffeetasse griff, zitterten ihre Hände.

38

»Aber ich bin doch seine Braut«, sagte Charlotte schließlich, nachdem Dr. Dr. Frey immer wieder bedauernd mit den Schultern gezuckt hatte. Es war ihr nicht leichtgefallen, dieses Wort auszusprechen, aber er zwang sie regelrecht dazu, nötigte sie, bis zum Äußersten zu gehen, und sie fragte sich, ob er sie testen wollte oder ob er tatsächlich nichts für sie tun konnte, so wie er es seit eineinhalb Monaten behauptete. »Hat man denn nicht als Verlobte …«, Charlotte schluckte. Noch so ein Wort, das sie in diesem Zusammenhang nie hatte erwähnen wollen, das ihr ebenso unwirklich, ja fast unheimlich erschien. »Dass man als Verlobte«, wiederholte sie dennoch, »ein Besuchsrecht bekommt?«

»Ach, Frau Berglas«, sagte der Anwalt und lächelte bedauernd, aber er hatte die Gesetze nicht gemacht, und er war auch nicht die Justiz, und vor allem war er nicht dieser sture Direktor der Untersuchungshaftanstalt Moabit, der ganz offensichtlich ein Zeichen setzen wollte, indem er keine Privatperson zu dem Gefangenen Aaron Birnbaum ließ und auch jeden Briefkontakt mit ihm verbot. »Sie und Herr Birnbaum, Sie sind doch aber nicht verlobt.«

Birnbaum. Wieder so ein Wort, an das sie sich noch nicht gewöhnt hatte. Das nichts mit ihrem Leben zu tun zu haben schien und doch alles beeinflusste, was in den vergangenen Wochen geschehen war. Die Absage der Harmonists war im Nachhinein betrachtet ein unbedeutendes Ereignis gewesen.

Egal, wohin sie auch ging, ob in ihr Studio oder zu einem Termin oder in ein Restaurant oder mit Alice spazieren, nach jenem »Tag der Enthüllung«, wie sie den 16. Januar nur noch nannte, war sie nicht mehr unbeobachtet geblieben. Kaum dass sie aus der Tür trat, hefteten sich Reporter an ihre Fersen, und obwohl sie mittlerweile wissen mussten, dass Charlotte ihnen nicht antworten würde, überschütteten sie sie mit Fragen nach ihrem »Verhältnis zu Aaron Birnbaum«.

Ich kenne keinen Aaron Birnbaum, hätte sie ihnen am liebsten entgegengeschleudert, aber auf Anraten von Dr. Dr. Frey sagte sie nie etwas, tat so, als würde sie nichts hören, obwohl sie nur zu gut hörte, wie man sie nach den Arbeiterfotos bei Münzenberg fragte, wie man sie verdächtigte, mit Theo unter einer Decke gesteckt zu haben, wie man ihr die immer gleiche Frage stellte: Was haben Sie gewusst?

Alles und dennoch nichts, dachte sie immer wieder.

Unzählige solche Artikel waren in den vergangenen Wochen erschienen. Und auch wenn Charlotte mittlerweile einen großen Bogen um jeden Zeitungsverkäufer machte, hatten sich ihr manche Schlagzeilen ins Gedächtnis gebrannt. »Die Braut des Betrügers« war so eine, die sie bis in ihre Träume verfolgte, und dass sie sich jetzt selbst als seine Braut bezeichnete, schien ihr wie Hohn. Aber was blieb ihr auch anderes übrig, wenn sie nicht länger die blinde Passagierin auf all diesen Reisen sein wollte, auf die man sie in den vergangenen Wochen geschickt hatte.

Die der Gangsterbraut war die eine. Aber es gab auch noch die der Ikone der Linken, die man als »Frau an seiner Seite« feierte, die von Schauspielern und Schriftstellern hofiert wurde, weil Aaron ihr Held war, »dieser bedingungslose Kämpfer«, weil sie hofften, in ihrer Nähe etwas von seinem Heldenmut abzubekommen. Und es gab die der Feindin der Rechten, der man die Fenster in der Bülowstraße einschlug, »Judenpack« auf die Hauswand malte, der man offen drohte, im Falle eines Freispruchs selbst »für Gerechtigkeit« zu sorgen, »im Sinne unseres getöteten Kameraden«.

Charlotte hatte das Gefühl, als wäre ihr Leben ein führerloses Schiff, das in einem Orkan trieb, und wenn sie nicht bald mit Theo, mit Aaron sprechen konnte, wenn sie nicht bald wusste, was wirklich geschehen war, wenn sie nicht bald spürte, wie es sich anfühlte, ihm gegenüberzusitzen, zu hören, was er ihr zu sagen hatte, wenn sie nicht endlich wusste, wer er für sie war, würde sie dieses Leben noch seekrank machen.

Charlotte schlug das linke Bein über das rechte, setzte sich gerade, atmete tief durch, während ihr Blick den Aschenbecher streifte, der vor halb gerauchten und angerauchten Zigaretten nur so überquoll. Als sie den Anwalt gerade einmal mehr anflehen wollte, doch endlich etwas zu tun, hob der seine Stimme, lächelte zufrieden und sagte: »Aber ich verspreche Ihnen, Frau Berglas, ich mache Sie noch heute glücklich.«

Erst einmal aber zündete er sich eine neue Zigarette an, nahm einen langen Zug und schaute dem Rauch hinterher, der über Charlottes Kopf hinweg Richtung Regal entschwand, sich bis zum Ofen hin ausdehnte und um die warmen Kacheln mäanderte. »Es ist mir nämlich gelungen«, sagte er und in seiner Stimme schwang Stolz mit, »meinen lieben Freund, den Polizeipräsidenten, davon zu überzeugen, dass er den Leiter der Berliner Mordkommission als Ermittler im Fall Winterfeldtplatz einsetzt … Ich weiß nicht, ob Sie ahnen, was das bedeutet, aber wenn ich Ihnen sage, dass es in der gesamten Berliner Polizei nur einen gibt, dem man über den Weg trauen kann, und dass dies der dicke Gennat ist, der jetzt die Ermittlungen führt, können Sie meine Freude sicherlich verstehen. Es besteht also berechtigte Hoffnung, dass die Wahrheit ans Licht kommt. Und das ist nicht alles. Es haben sich neue Zeugen gemeldet, die sehr vielversprechend sind, außerdem haben zwei ihre Aussagen zurückgezogen, nachdem sie einräumen mussten, von Nationalsozialisten gedrängt worden zu sein, gegen Herrn Birnbaum auszusagen. In zwei Wochen jedenfalls beginnt endlich die Verhandlung. Was ich sagen will, es sieht gut aus, Frau Berglas. Ich denke, wir können mit einem baldigen Freispruch rechnen, zumindest, was diese Winterfeldtplatz-Sache angeht. Sie müssten sich also nur noch etwas in Geduld üben, danach wird es sicherlich leichter sein, für Sie ein Besuchsrecht zu erwirken. Na, was sagen Sie?« Er sah sie mit leuchtenden Augen an, als erwartete er, dass sie ihm vor Dankbarkeit um den Hals fallen würde, doch Charlotte schüttelte nur den Kopf.

»Nein. Ich kann keine Sekunde länger warten. Und ich kann mich schon gar nicht in diesen Gerichtssaal setzen, wohl wissend, dass alle Augen auf mich und auf Herrn Birnbaum gerichtet sein werden, dass jeder Blickkontakt ausgewertet und analysiert und nach Lust und Laune interpretiert werden wird, während ich selber gar nicht weiß, wie ich zu diesem Prozess und zu dem Angeklagten stehe, weil man mir bislang jeden Kontakt verweigert hat. Glauben Sie denn, für mich war es leicht zu erfahren, mit welcher Lüge er all die Jahre gelebt hat? Mit welcher Lüge auch ich gelebt habe? Würde Sie das denn nicht in Zweifel stürzen, wenn Ihnen Ähnliches widerfahren wäre? Würden Sie nicht anfangen, alles, aber auch alles zu hinterfragen? Jede Geste, jeden Blick, jedes einmal gewechselte Wort, jeden Streit, den es vielleicht mal gegeben hat? Denken Sie denn nicht, dass ich ein Recht darauf habe, endlich aus seinem Mund zu hören, was damals wirklich geschehen ist?« Charlotte zögerte. Sie hatte das eigentlich nicht tun wollen, aber er ließ ihr keine Wahl. »Herr Dr. Dr. Frey«, sagte sie und atmete noch einmal tief durch, »bitte fragen Sie Herrn Birnbaum noch heute, ob er mich heiraten möchte, und sorgen Sie dafür, dass er ja sagt. Man kann so eine Verlobung auch wieder lösen, sagen Sie ihm das.

Und dann bringen Sie mich noch diese Woche zu ihm, am besten gleich morgen.«

»Aber, Frau Berglas …«

»Kein Aber, Herr Dr. Dr. Frey.«

Seit Tagen schon lagen die Temperaturen um den Gefrierpunkt, es schneite in Berlin, war grau und ungemütlich, so kalt aber, wie es Charlotte jetzt war, als man sie durch den langen, schmalen Gang des Untersuchungsgefängnisses führte, war ihr schon lange nicht mehr gewesen. Ihr war, als würde man sie geradewegs in ein Verlies bringen, so dunkel und unwirtlich war dieser Korridor, an dessen steinernen Wänden sich Eisblumen rankten. Gebildet aus Angstschweiß, wie Charlotte dachte. Genährt aus Zweifeln, Hoffnungen, Ängsten, die auch sie jetzt ergriffen.

Vorneweg ging ein Beamter, hinter ihr ebenfalls einer, und man konnte meinen, sie wäre die Verbrecherin, und ein bisschen fühlte sie sich auch wie eine. Schließlich hatte sie eine Ehe versprochen, die sie nicht gedachte einzugehen.

Der Schlüsselbund eines der Beamten klapperte im Wettstreit mit ihren Absätzen. Trotz des Wetters hatte sie die höchsten Lacklederschuhe angezogen, die sie besaß, dazu das schwarze knielange Kleid mit den Dreiviertelärmeln und den großen Taschen an den Seiten. Es war schlicht und nicht zu elegant, aber nicht so gewöhnlich wie die Hosen, die sie sonst tagsüber normalerweise trug.

Eine Tür wurde geöffnet und wieder geschlossen, ein Gang folgte auf den nächsten, und alle waren sie mit ähnlich eisiger Angstschweißkälte getränkt.

Man hörte jetzt Stimmen, hörte Schreie, hörte Rufe, große schwere Holztüren reihten sich dicht an dicht. Gegen manche wurde gepoltert, gehämmert, aber die Beamten, die Charlotte begleiteten, gingen stoisch weiter, bis sie in einen schmalen Gang einbogen, der noch dunkler war als die zuvor.

»Setzen«, sagte einer der Beamten nach wenigen Schritten und zeigte auf einen einfachen Holzstuhl, der neben einer Eisentür stand.

Charlotte tat wie befohlen, mit zittrigen Knien. Gleich würde sie also Theo, Aaron sehen, den Mann jedenfalls, der ihren Heiratsantrag angenommen hatte, und wäre die Lage nicht so ernst gewesen, ginge es nicht noch immer um Leben und Tod und um ihren Seelenfrieden, sie hätte dem Ganzen auch etwas Komisches abgewinnen können. Wer machte schon jemandem einen Heiratsantrag, von dem er noch nicht einmal wusste, wie er ihn nennen sollte?

Als man die Tür aufschloss und sie anwies einzutreten, war sie so nervös, dass sie fürchtete, man könnte ihre Zähne klappern hören. Statt auf Theo oder Aaron fiel ihr Blick jedoch nur auf einen leeren Tisch mit zwei leeren Stühlen und auf eine schwach leuchtende Lampe, die von der Decke hing. In einer Ecke stand ein Uniformierter und gab ihr wortlos Zeichen, sich zu setzen. Wieder musste sie warten, und wieder hatte sie das Gefühl, Sekunden vergingen wie Minuten, Minuten wie Stunden. Nach einer Unendlichkeit öffnete sich schließlich eine andere Tür, und ein anderer Uniformierter erschien, und dahinter ging Theo, Aaron in grauer Gefängniskluft, mit erhobenem Kopf und einem Lächeln auf dem Gesicht, als hätte er seinen Smoking angezogen und als wollte er mit ihr gleich im besten Restaurant der Stadt essen gehen.

Charlotte konnte das Lächeln nicht zurückhalten. Dies war der Theo, den sie kannte, den sie an jenem Tag im Gericht so schmerzlich vermisst hatte. Am liebsten wäre sie aufgesprungen und hätte ihn an sich gedrückt, froh, ihn wider Erwarten unverändert vorzufinden, aber »Körperkontakt« war unter Strafe verboten, wie man ihr schon am Gefängnistor mit strengem Ton gesagt hatte.

»Hallo, Charlotte«, sagte er und setzte sich ihr gegenüber.

»Hallo …« Sie lächelte verlegen. »Aaron?« Und mit einem

Mal war er wieder ein Fremder. Ein vertrauter Fremder. Denn der, der jetzt lächelte und nickte, den kannte sie durchaus. Das war Theo, an den sie jeden Tag dachte. »Aaron«, wiederholte sie. Aber der Name klang nach wie vor fremd.

Für einen Moment saßen sie sich schweigend gegenüber. Jedes Wort schien falsch zu sein, jede Erklärung banal, jede Entschuldigung hohl. Dabei war sie nur gekommen, um sich von ihm alles erzählen, alles erklären zu lassen, doch in den ersten Sekunden ihres Wiedersehens war der Grund ihres Besuches bedeutungslos geworden. Denn Charlotte trieb jetzt nur noch ein Verlangen um. Sie wollte seine Hände, die vor ihr auf dem Tisch lagen, keine Armlänge entfernt, streicheln, drücken, sie wollte über die schlanken schwarzbehaarten Finger gleiten, jedes Härchen ertasten und dabei die Augen schließen und vergessen, dass sie hier in einem Untersuchungsgefängnis waren, dass sie sich in einem schummrigen, eiskalten Raum gegenübersaßen, unter den aufmerksamen Blicken zweier Uniformierter, die sich nicht scheuen würden, die Waffen zu zücken, sollten sie es auch nur wagen, Fingerkuppe an Fingerkuppe zu legen.

»Ich würde jetzt so gern deine Hände …«, sagte er leise.

Und sie nickte nur.

»Und dann über deine Arme und deinen Nacken, unter dein Kleid …« Er lächelte. »Du fehlst mir, Charlotte.«

Tränen stiegen ihr in die Augen. Er fehlte ihr auch.

»Es tut mir leid, dass alles so gekommen ist, ich wollte das nicht, und schon gar nicht, dass der Lange …«

»Pst.« Charlotte legte ihren Zeigefinger auf den Mund. »Ich weiß.« Es reichte, ihm gegenüberzusitzen, ihn zu sehen, zu hören, um zu wissen, dass dies kein Mörder und kein Lügner war, dass sie sich nicht getäuscht hatte, dass sie ihrer Wahrnehmung trauen konnte. Es lag nichts Fremdes in seinem Gesicht, nichts Unbekanntes in seiner Stimme. Bis auf seinen Namen, den sie erst einmal nicht aussprechen wollte, gab es nichts, was ihr an ihm nicht vertraut gewesen wäre. Sie hatte sogar das Gefühl, als läge noch nicht einmal Unausgesprochenes zwischen ihnen, obwohl es noch so vieles zu besprechen gab. Und mit einem Mal wusste sie auch, was sie zu tun hatte, was richtig für sie war. Welches ihr Leben war. »Möchtest du mich heiraten?«, fragte sie.

»Aber Charlotte … das war doch nur, damit wir uns endlich sehen können, damit ich dir endlich sagen kann, wie es wirklich gewesen ist. Du musst doch keinen Sträfling heiraten. Du hast Besseres verdient.« Er sah sie fassungslos an.

Charlotte schüttelte leise den Kopf. »Ich habe dreieinhalb Monate voller Zweifel hinter mir. Dreieinhalb Monate, in denen ich nicht wusste, wer du bist. Ob du vielleicht ein Mörder bist? Ob du diesen echten Theo von Baumberg absichtlich hast sterben lassen, ob dir sein Wohl egal war? Du warst mir plötzlich so fremd. Ich hatte keine Ahnung mehr, wer du für mich bist, was ich für dich empfinde. Und ich sehe dich, und ich weiß, dass ich nur dich möchte, dass ich, ganz egal, wie die Sache hier ausgeht, an deiner Seite sein möchte. Und das ist so schön und so unglaublich und so beglückend nach allem, was passiert ist, dass ich mir nichts Besseres vorstellen kann, als deine Frau zu werden.« Charlotte presste die Lippen aufeinander, in der Hoffnung, ihre Tränen in Schach halten zu können, aber da liefen sie ihr auch schon über die Wangen und tropften ungehindert auf das schwarze Kleid. Sie zitterte am ganzen Körper, blieb jedoch aufrecht sitzen, so wie sie die ganze Zeit schon gesessen hatte, die Hände auf dem Tisch, nur wenige Zentimeter von seinen Händen entfernt.

Sie jetzt nicht berühren zu dürfen, sie jetzt nicht in die Arme nehmen und küssen zu dürfen war wie Folter. Ihn hielt es kaum auf seinem Stuhl, er scharrte mit den Füßen, als wollte er gleich hochspringen, was dem Uniformierten nicht entging, der sich nun direkt neben ihn an den Tisch stellte, die Hand an der Waffe.

»Charlotte, Liebes …« Er sah an dem Uniformierten nach oben. »Würden Sie bitte etwas zurückgehen?«

»Birnbaum, Birnbaum … Dass ihr Juden immer glaubt, ihr könnt alles bestimmen.«

»Wir Juden? Wer hat Ihnen denn so einen Blödsinn …«

»Lass.« Charlotte lächelte ihre Tränen weg. »Wir tun so, als wäre er gar nicht da. Schau einfach nicht hin. Schau mich an. Schau auf meine Lippen«, sagte sie. »Willst du mich heiraten?«, fragte sie ihn lautlos.

»Aber soll ich dir nicht erst erklären … Ich meine, bist du dir wirklich sicher?« Wieder sah er an dem Uniformierten hoch, der sich nicht fortbewegt hatte.

Natürlich wollte sie, dass er ihr alles erklärte, alles erzählte, bis ins letzte Detail, aber egal, was er zu sagen hatte, es würde an ihrem Gefühl, endlich wieder über ihr Leben bestimmen zu können, nichts ändern. »Mehr als jemals zuvor.«

»Ich kann zum Tode verurteilt werden«, sagte er. »Das sollten wir nicht vergessen.«

»Aber das ändert doch nichts an meiner Liebe zu dir«, sagte sie, selbst erstaunt, dass noch nicht einmal das Undenkbare sie in Zweifel stürzen konnte.

Er sah sie jetzt nachdenklich an. Dann lächelte er. Wie früher. Und für einen Moment schienen sie nicht an diesem unwirtlichen Ort zu sein, bewacht von Bewaffneten, sondern zu Hause, am Küchentisch, bei Kerzenschein, und er griff nach ihrer Hand, aber da packte ihn der Uniformierte auch schon an der Schulter, riss ihn nach hinten, so dass er rücklings vom Stuhl fiel, während der andere Charlotte an der Schulter fasste, sie vom Stuhl zerrte und zur Tür schob.

»Ich liebe dich«, rief sie ihm noch zu, bevor sich die Tür hinter ihr schloss und sie sich auf dem dunklen, engen Flur wiederfand, in dem es noch immer nach Angstschweiß roch.

39

Nach diesem Vorfall, den Dr. Dr. Frey »töricht« nannte, war ihnen jeder weitere Kontakt untersagt. An Charlottes Gefühlen aber konnte dieses Verbot nichts ändern. Nicht eine Sekunde des Zweifelns gab es noch, dafür viele Stunden voller Sehnsucht, voller zärtlicher Gedanken, voller Pläne.

Charlotte malte sich aus, wie sie die Wohnung renovierte, wie sie ihm ein Arbeitszimmer einrichtete, mit Schreibmaschine und Regalen voller Bücher. Sie stellte sich vor, wie sie gemeinsam mit Alice auf Reisen gingen, nach Italien, nach Frankreich, nach Amerika, sie mit Fotoapparat ausgestattet, er mit Stift und Papier, und wie sie gemeinsam an großen Reportagen arbeiteten, während sich Claire und Gustav um das Geschäft kümmerten. In ihrer Phantasie waren sie das glücklichste Paar, die glücklichste Familie, die besten Freunde.

Aber natürlich wusste sie, dass alles auch anders kommen konnte. Noch immer drohten Dieter und seine Kameraden ihr und »diesem Juden« und beschmierten ihre Scheiben, noch immer gab es Krawalle in Berlin, beim letzten Mal mit neunzehn Toten, und immer häufiger war in den Zeitungen von Arbeitslosigkeit und Not zu lesen, was sie an die schlimme Zeit der Teuerung erinnerte. Und dass sich vor dem vierten und letzten Verhandlungstag am 10. Mai 1929 noch immer kein Freispruch für Aaron abzeichnete, dass dieser Prozess ein zähes Ringen zwischen Staatsanwalt und Verteidiger war, sprach auch nicht unbedingt dafür, dass ihre Wünsche in Erfüllung gehen sollten.

Dass aber an diesem alles entscheidenden Tag ein zartblauer Himmel über Berlin lag, dass sich die ersten warmen Sonnenstrahlen des Jahres ihren Weg bis in die hintersten Hinterhöfe bahnten, dass Charlotte am Morgen von fröhlichem Vogelgezwitscher geweckt worden war, schien ihr ein gutes Zeichen zu sein.

Wie immer begleitete Claire sie ins Gericht, und wie immer erwartete sie vor dem großen Eingangsportal eine dunkle Reportertraube. Anders aber als noch vor ein paar Wochen, grüßte Charlotte freundlich, plauderte über das schöne Wetter und ging dann erst weiter. Auch an die monumentale Eingangshalle hatte sie sich mittlerweile gewöhnt, obwohl sie sich wünschte, sie müsste nie wieder diese breite geschwungene Treppe nach oben nehmen, von der man nie wusste, wie man sie wieder hinabsteigen würde. Erlöst? Am Boden zerstört? Himmelhoch jauchzend? In diesem Gebäude lagen die großen Gefühle Tür an Tür.

Vor dem noch geschlossenen Gerichtssaal warteten bereits diejenigen, die auch die letzten Male schon gekommen waren. Alte Genossen, Mitstreiter aus dem Wedding, zwei Freunde aus Münzbergs Verlag, die halbe Olympia-Mannschaft, darunter natürlich Dieter, zwei Zuträger des Gauleiters Goebbels, ältere Damen mit Strickzeug, die sich auch sonst keine Verhandlung entgehen ließen, elegant gekleidete Tratschweiber und ältere Besserwisser mit Hut. Dazu kamen fünf Zeugen, die noch gehört werden sollten.

Immer wieder fuhr sich Charlotte nervös durchs Haar, was aber auch an Claire lag, die, die Hände in die breiten Hüften gestemmt, auf der Galerie hin und her marschierte, den Blick auf den Boden gerichtet, während sie leise vor sich hin summte.

»Claire.« Charlotte nahm sie am Arm und zog sie etwas

beiseite. »Möchtest du nicht doch lieber nach Hause gehen? Ich schaff das auch alleine«, sagte sie, denn eigentlich war sie zuversichtlich. Dr. Dr. Frey hatte ihr immer wieder versichert, dass »alles nach Plan« laufe, dass sie sich keine Sorgen machen müsse, dass er sein Geld wert sei, wie er mit einem Lächeln gesagt hatte.

Doch Claire schüttelte den Kopf, wie sie den ganzen Morgen auf diese Frage schon den Kopf geschüttelt hatte, obwohl sie ausgerechnet an diesem Tag, an Aarons und Charlottes Schicksalstag, am Abend ihre Premiere im Wintergarten feierte. »Ich lasse dich nicht allein, Lotte. Nicht heute. Das kommt überhaupt nicht in Frage. Punkt. Aus. Schluss.«

»Du machst mich aber noch ganz verrückt mit deinem Lampenfieber.«

»Entschuldige, ich weiß.« Claire lächelte gequält. »Wann öffnen die hier auch endlich mal …«, sagte sie noch, aber da gingen die Türen schon auf, und Claire drängte sofort nach vorne, an den Nazis vorbei, die sie einfach zur Seite schob, um als eine der Ersten im Gerichtssaal zu sein und wie immer Plätze in der vordersten Reihe zu reservieren.

Als Aaron hereingeführt wurde, suchte er sofort Blickkontakt mit Charlotte. Sie nickten sich aufmunternd zu. Sein Bart war frisch gestutzt, die Haare nach hinten gekämmt, und in dem schwarzen Anzug, den man ihm heute im Gerichtssaal gestattete, sah er ohnehin nicht wie ein Gefangener aus, wie Charlotte erleichtert feststellte.

Sie ließ ihn nicht aus den Augen, versuchte jede seiner Gesten, jeden seiner Blicke als Zeichen seiner Zuversicht zu deuten, glaubte immer ein Lächeln um seinen Mund spielen zu sehen, selbst dann, als einer der Zeugen aussagte, er habe »diesen Mann da, dieses Kommunistenschwein« auf dem Winterfeldtplatz schießen sehen. Jeder andere hätte allerdings gesagt, Aaron schaue ernst drein.

Der nächste Zeuge, ein Mitstreiter aus dem Wedding,

sagte aus, dass er zwar »mit dem Angeklagten« vor dem Sportpalast gewesen sei, um gegen »dieses Pack da«, er zeigte dabei auf Dieter und seine Kameraden, zu demonstrieren, dass sie aber angegriffen worden seien, »und plötzlich waren Schüsse gefallen«. Der dritte Zeuge, ein Kriminalpolizist aus Gennats Abteilung, bestätigte diese Aussage im Wesentlichen, ergänzte jedoch, dass man mittlerweile davon ausgehe, dass »ein Mitglied« der »sogenannten Sturmabteilung der NSDAP« zuerst geschossen habe. Der vierte Zeuge, ein Schutzpolizist, der damals auf dem Winterfeldtplatz im Einsatz gewesen war, sagte hingegen, dass »die Kommunisten« zuerst losgeschlagen hätten. »Und außerdem, die sind doch alle bewaffnet.« Das müssten mittlerweile alle verstanden haben, nach den Krawallen am Ersten Mai mit den vielen Toten. Als Polizist könne er nur sagen: »Von diesen Kommunisten geht die größte Gefahr aus.«

Der fünfte und letzte Zeuge war der einzige, der »in Sachen Zuchthaus Friedrichsfelde, Theo von Baumberg« vernommen werden konnte. Alle anderen Mithäftlinge aus seiner Zelle waren entweder verstorben oder verschollen, auch der Direktor war längst tot, und Haftunterlagen samt Urteil waren im Zuge der Zusammenlegung vieler Gemeinden rund um Berlin zu Groß-Berlin im Jahre 1920 spurlos verschwunden.

Als der Zeuge aufgerufen wurde, durchfuhr Charlotte ein kalter Schauer, ihre Hände wurden feucht, sie zitterte, dabei lächelte Theo jetzt tatsächlich, sah er jetzt zum ersten Mal fast schon heiter aus, als freute er sich darauf, gleich einen alten Weggefährten wiederzusehen. Charlotte aber hatte das Gefühl, als hinge von dieser Aussage alles ab, ihr ganzes Glück.

»Name? Alter? Wohnort? Beruf?«

»Dr. Klaus Meinhardt, geboren am 25. September 1897 in Berlin, wohnhaft in New York. Arzt.«

»Sie waren gemeinsam mit dem Angeklagten in Friedrichsfelde inhaftiert?«, fragte der Staatsanwalt.

»Ja, das stimmt.«

»Weswegen?«

»Man beschuldigte uns des Diebstahls. Wir hätten angeblich ein Waffendepot der Armee geplündert, was aber, wie ich hier jetzt noch einmal betonen muss, nicht der Wahrheit entsprach. Wir waren lediglich wegen unserer Gesinnung inhaftiert. Das hatte mir einer der Wachmänner, der auf unserer Seite …«

»Ja, ja, schon gut … Sie wurden jedenfalls verurteilt. Wie hoch war das Strafmaß?«

»Ein Jahr und zwei Monate.«

»Wurde der Angeklagte gemeinsam mit Ihnen verurteilt?«

»Ja.«

»Ebenfalls zu einem Jahr und zwei Monaten?«

»Vermutlich. Das weiß ich aber nicht mehr.«

»Und Sie haben die komplette Haftstrafe in Friedrichsfelde verbüßt?«

»Nein.« Der Zeuge schüttelte den Kopf. »Nach sechs Monaten wurde ich entlassen. Man brauchte Platz damals. Wissen Sie, da war es ziemlich eng, und die waren froh, mich und die anderen wieder los zu sein. Wir waren ja ziemliche Aufwiegler mit unseren kommunistischen Ideen.«

»Wann hat man Sie entlassen?«

»Am 6. Juni 1919.«

»Dann erzählen Sie uns jetzt bitte vom 13. März 1919. Was ist damals vorgefallen? Was können Sie zum Tod von Theo von Baumberg sagen?«

»Also …« Der Zeuge schaute kurz zu Aaron und lächelte. Sie waren die besten Freunde gewesen damals, und wäre er nicht nach Amerika gegangen und hätte dort Medizin studiert, wären sie es bestimmt noch immer. »Ich war im Krieg als Sanitäter eingesetzt, und als Theo von Baumberg zu uns in die Zelle gelegt wurde, war mir sofort klar, dass der es nicht mehr lange machen würde. Er lag nur da, hat sich kaum noch gerührt, hat noch nicht einmal mehr gestöhnt, und gesprochen hat der nur im Fieberwahn, von verlorenen Gütern und brennenden Häusern und so, was man damals nach dem Krieg eben so im Kopf hatte. Aus heutiger Sicht würde ich sagen, den hätte man in ein Lazarett bringen müssen und nicht zu uns in die Zelle. Aber damals haben wir uns über ihn wenig Gedanken gemacht. Wir waren ja mit uns und unseren Plänen vollauf beschäftigt. Schließlich galt es, die große Revolution zu führen … Wir waren jung und von dem Glauben beseelt, nach diesem schrecklichen Krieg alles besser machen zu müssen«, sagte er und zuckte mit den Schultern. »Heute würde ich sicherlich anders handeln, aber es waren einfach andere Zeiten.«

»Was ist am 13. März 1919 genau vorgefallen?«

»Eigentlich war es ein Tag wie jeder andere, bis wir eben feststellten, dass Theo von Baumberg nicht mehr atmete. Und dann …« Er schaute jetzt wieder zu Aaron und lächelte. »Dann kam der Schlauste in unserer Gruppe auf eine glorreiche Idee.«

»Sie meinen Aaron Birnbaum?«

»Ja. Aaron Birnbaum … Wissen Sie, er hat schon lange mit seiner Herkunft gehadert, und er war es vor allem leid, immer der Jude genannt zu werden. Und weil er dem Baumberg irgendwie ähnlich sah und in diesem Zuchthaus sowieso ein einziges Chaos herrschte, war die Gelegenheit günstig … Ich meine, nie war es einfacher, seine Identität zu wechseln, als in diesen Nachkriegswirren.«

»Sie meinen, die Gelegenheit war günstig, frühzeitig aus dem Zuchthaus entlassen zu werden?«

»Das spielte nicht die entscheidende Rolle.«

»Aber es spielte eine Rolle.«

»Nicht die entscheidende.«

»Na schön. Dann noch einmal zum Tod von Theo von

Baumberg. Im Totenschein«, sagte der Staatsanwalt, und zum ersten Mal horchte Dr. Dr. Frey auf, denn diesen Totenschein kannte er nicht, »steht, dass er an Erbrochenem erstickt sei?«

»Dazu kann ich nichts sagen.«

»War es denn nicht so, dass Sie Theo von Baumberg immer wieder Bohnensuppe eingeflößt haben, wohl wissend, dass ein Kranker früher oder später daran jämmerlich krepieren würde, weil sein Magen diese Kost gar nicht verkraften kann, und dass der Angeklagte Aaron Birnbaum die treibende Kraft in diesem grausamen Spiel war?«

»Nein, nein. Auf keinen Fall. Es stimmt, wir haben ihm zu essen gegeben, aber nicht mit der Absicht, dass er daran stirbt, sondern im Gegenteil, wir wollten gerade nicht, dass er neben uns verhungert.«

»Aber hätten Sie nicht vielmehr einen Arzt rufen müssen, der ihm die richtige Kost verschreibt? Haferschleim oder so etwas in der Art? Etwas, das ein Kranker verträgt?«

»Da gab es keinen Arzt. Da gab es nur Schläger.«

»Sie sagten vorhin aber etwas von einem Wachmann, mit dem Sie sich gut verstanden hätten.«

»Ja, das war der Einzige, mit dem man reden konnte.«

»Dann hätten Sie also diesen Wachmann auf den jämmerlichen Zustand Ihres Mitgefangenen aufmerksam machen können?«

»Wie gesagt, wir waren mit unseren revolutionären Plänen beschäftigt.«

»Aber der Angeklagte hat Theo von Baumberg dennoch Bohnensuppe zu essen gegeben?«

»Wir waren ja keine Unmenschen.«

»Man kann also sagen, dass Aaron Birnbaum den Tod von Theo von Baumberg willentlich in Kauf genommen hat, um frühzeitig unter dessen Namen entlassen zu werden?«

»Nein, das kann man nicht. Er konnte nicht ahnen …

Herrje, wir wollten nur nicht, dass er verhungert. Das können Sie doch keinem zum Vorwurf machen.«

»Danke.« Der Staatsanwalt lächelte. »Keine weiteren Fragen.«

Im Gerichtssaal war es für einen Moment totenstill. Auch Charlotte saß wie festgefroren auf ihrem Stuhl. Nur Theo lächelte, wie man lächelt, wenn man die Wahrheit nicht mehr zu fürchten braucht, wenn endlich alles ausgesprochen wurde, wenn das Urteil anderer nicht mehr in den eigenen Händen lag. Er wusste, dass man ihn sowohl für schuldig als auch für unschuldig halten konnte, dass man ihm zum Vorwurf machen konnte, die Not eines anderen ausgenutzt zu haben. Er selbst fand, dass er unschuldig war, weil er vor dessen Tod nie daran gedacht hatte, zu Theo von Baumberg zu werden.

Dass sein Verteidiger das genauso sah, wusste er, und in seiner Zeugenbefragung setzte Dr. Dr. Frey alles daran, den Vorsatz der Tötung zu widerlegen, wie auch den Vorsatz der Flucht. Dass der Staatsanwalt später zwar einräumen musste, dass man ihm keine Schuld an den Toten auf dem Winterfeldtplatz nachweisen konnte, ihm aber sehr wohl die »fahrlässige Tötung des Theo von Baumberg sowie Urkundenfälschung« anlasten musste, wunderte ihn daher nicht. In seinem Schlussplädoyer forderte der Staatsanwalt eine Gefängnisstrafe von elf Jahren, während Dr. Dr. Frey auf Freispruch plädierte.

»Elf Jahre«, flüsterte Claire entsetzt und griff nach Charlottes schweißnasser Hand.

In elf Jahren wäre sie siebenundvierzig und Alice sechzehn, in elf Jahren hätte sie ihm dreihundertfünfundsechzig mal elf Briefe geschrieben, in elf Jahren würde sie ihn noch immer lieben, dachte Charlotte. Sie lächelte jetzt, und er lächelte auch. Egal, was kommen sollte, sie würde ihn lieben. Das war ihr einziger Trost.

Auf das Urteil zu warten war für Charlotte ähnlich schlimm, wie damals die Nachricht von Alberts Tod entgegennehmen zu müssen. Anders als vor sechs Jahren aber war sie nicht mehr allein, und Claire sprach beruhigend auf sie ein, auch wenn sie selbst um Aaron bangte.

Als der Richter wieder in den Saal trat und hinter seinem Tisch Platz nahm, zitterte Charlotte so sehr, dass man ihre Zähne klappern hören konnte. Aaron aber nickte ihr aufmunternd zu, und in seinem Gesicht war so viel Zuversicht zu sehen, dass sie gar nicht anders konnte, als jetzt nur noch auf ihn zu schauen und gar nicht mehr auf den Richter, der seine Stimme erhob und noch einmal alle Anklagepunkte wiederholte. Und während er von den Indizien sprach, die man zusammengetragen habe, während er Zeugenaussagen erwähnte, während er die Ermittlungen der Kriminalpolizei zusammenfasste, den »kommunistischen Hintergrund des Angeklagten Birnbaum« noch einmal betonte, glaubte Charlotte, Aarons Lippen auf ihren zu spüren, so nah fühlte sie sich ihm in diesem Moment.

Er habe es sich, sagte der Richter, mit diesem Urteil nicht leichtgemacht, und da schon hörte man das Bedauern in seiner Stimme, und ein Raunen ging durch die Menge, und als er schließlich sagte, dass er den Angeklagten Birnbaum »aufgrund unzureichender Indizien nur wegen Urkundenfälschung und Vorteilserschleichung zu sechs Monaten Haft« verurteilen könne, brach ein Sturm der Entrüstung los, in den sich Jubelschreie und Applaus mischen.

Charlotte aber saß jetzt ganz still auf ihrem Stuhl, und in ihren Augen sammelten sich Tränen, während Aaron tief durchatmete.

»Sechs Monate«, flüsterte Claire aufgeregt und drückte Charlotte fest an sich. »Sechs Monate, das ist nichts.«

Und über Charlottes Wangen liefen jetzt Tränen. Tränen der Verzweiflung, die sie noch nicht geweint hatte, Tränen der Erleichterung und schließlich Freudentränen, denn diese sechs Monate wurden, wie der Richter nun sagte, mit der Untersuchungshaftzeit von sechs Monaten verrechnet.

»Der Angeklagte Birnbaum ist also mit sofortiger Wirkung auf freien Fuß zu setzen.«

Fotografen sprangen auf, Dieter und seine Kameraden schrien: »Nieder mit dem Juden!«, Kommunisten stimmten die »Internationale« an, andere Zuschauer spendeten Applaus, manche riefen: »Hängen soll der Mörder!«

Doch davon bekamen die beiden kaum etwas mit. Denn Aaron war sofort aufgesprungen und über die Balustrade geklettert und zu Charlotte geeilt, die er nun zum ersten Mal seit sechs Monaten wieder im Arm hielt. Ihr Körper bebte unter seinen Händen, während um sie herum der Saal tobte.

»Aaron«, flüsterte Charlotte, und zum ersten Mal klang sein Name für sie vertraut. »Aaron.«

Er drückte sie fest an sich. Noch nie zuvor hatte er jemanden seinen Namen so zärtlich aussprechen hören.

Wenig später verließen sie Arm in Arm den Gerichtssaal, gingen die breite Treppe nach unten, immer gefolgt von Fotografen und von Dieter und seinen Kameraden, die unaufhörlich »Nieder mit dem Juden!« brüllten, und natürlich auch gefolgt von Claire, die versuchte, die beiden mit ihrem breiten Körper etwas abzuschirmen.

Arm in Arm traten sie schließlich ins Freie.

Und Arm in Arm gingen sie am Abend in den Wintergarten. Er im Smoking, sie in einem goldbestickten schwarzen Seidenkleid. Den ganzen Nachmittag hatten sie sich kaum losgelassen, selbst dann nicht, als Isolde gekommen war, um zu gratulieren, als Frau Sommerfeld ihm sichtlich gerührt über den Kopf gefahren war, als Gustav ihm anerkennend auf die Schulter geklopft und ihm Lilly vorgestellt hatte, mit der er nun tatsächlich seit zwei Wochen in Steglitz wohnte. Nur als Alice auf ihn zugestürmt war, da hatten sie sich kurz voneinander gelöst, und er hatte Alice hochgenommen und war mit ihr durch den Flur geflogen, so wie es der Lange auch immer mit ihr gemacht hatte.

Wie jeden Abend war auch an diesem Abend der große Saal im Wintergarten bis auf den letzten Platz ausverkauft. Man sah Federboas, Federschmuck, Handschuhe bis zu den Ellbogen, knielange Kleider ebenso wie lange schmal geschnittene. Damen rauchten mit Zigarettenspitze, Herren Zigarre, manche trugen ein Monokel im Auge, andere wiederum standen, eine Hand lässig in der Hosentasche, an die Wand gelehnt und beobachteten die Neuankömmlinge.

Als Aaron mit Charlotte am Arm in den Vorraum trat, hörte man es sofort flüstern. Köpfe drehten sich, manche deuteten auch direkt in seine Richtung. Sein Foto war in den Abendausgaben auf der ersten Seite gewesen, und viele erkannten ihn sofort.

Wildfremde klopften ihm auf die Schulter und gratulierten zu diesem, wie es in den Zeitungen allgemein hieß, »unerwarteten Urteil«. Andere machten keinen Hehl daraus, dass sie wenig Verständnis dafür hatten, dass man einen Kommunisten just an dem Tag freisprach, an dem im Reichstag der kommunistische Frontkämpferbund in Reaktion auf die Mai-Krawalle verboten worden war. Ein Herr in Uniform raunte: »Kommunist und dann auch noch Jude und trotzdem frei. Diese Republik ist wirklich nicht mehr zu retten.«

Aaron lächelte sowohl über die Glückwünsche wie über die Beleidigungen hinweg, auch Charlotte tat so, als störte sie sich nicht an den Kommentaren. Dafür kam Aarons alter Weggefährte Klaus Meinhardt, den Claire für den Abend noch kurzfristig eingeladen hatte, aus dem Kopfschütteln gar nicht mehr heraus.

»Täusch ich mich, oder ist es in diesem Land noch schlimmer geworden als früher?«, fragte er, während er neben Aaron in der dritten Reihe Platz nahm.

»Schwer zu sagen … Aber lass uns heute nicht über Politik sprechen. Wir sollten meine Freiheit feiern und Claires ersten Auftritt.«

»Das nennst du Freiheit?«, fragte er leise. »Weißt du, wo du wirklich frei sein könntest? In Amerika, da wärst du frei. In New York ist Platz für alle. Kommt mit. Ich kenne so viele Leute, es wäre ein Leichtes für euch, dort neu anzufangen.«

»Amerika? … Nein.«

»Warum nicht?«

Doch da ging das Licht im Saal aus, und alle Gespräche verstummten. Der Conferencier trat auf die Bühne, kündigte »die Entdeckung der Saison« an, und kurz darauf ging der Vorhang auf, und alle Augen richteten sich auf Claire, die auf dieser großen Bühne allein vor einem Mikrofon stand.

Schon nach den ersten Takten schien der Saal wie verzaubert. Und spätestens nach dem dritten Stück waren alle verliebt in diese Matrone mit der weichen Stimme, der sie frenetisch zujubelten und die als Zugabe nun ihr Eldorado-Lied sang.

»Reich mir zum Abschied noch einmal die Hände. Gut Nacht, gut Nacht, gut Nacht. Schön war das Märchen, nun ist es zu Ende. Gut Nacht, gut Nacht, gut Nacht.«

Und Charlotte standen Tränen in den Augen, wie damals, und sie drückte Aarons Hand, schmiegte sich an ihn und er sich an sie, und als sie sich für einen Moment anschauten, als sie noch einmal die Angst der vergangenen Monate in den Augen des anderen sahen, schworen sie sich, nie wieder voneinander Abschied nehmen zu müssen.